BUR

Pour Mademoiselle Eva Irblich en souvenir de la généreuse hospitalité accordée à l'auteur dans la Bibliothèque d'Autriche, et en très sympathique hommage.

20.11.90

Edmond Pognon

Edmond Pognon

La vita quotidiana nell'anno Mille

traduzione di MARIA NOVELLA PIERINI

Biblioteca Universale Rizzoli

ISBN 88-17 16706-1

Titolo originale dell'opera:
LA VIE QUOTIDIENNE EN L'AN MILLE

prima edizione BUR: marzo 1989

CAPITOLO PRIMO

LE «PAURE DELL'ANNO MILLE»

Non sempre ci si rende conto di come la vita quotidiana della gente dipenda per tanti aspetti da quelle che sono le sue credenze.

Uno storico dotato d'immaginazione

Supponiamo per un istante che Michelet non favoleggiasse allorché scrisse: «Era credenza universalmente diffusa nel Medioevo che il mondo dovesse avere termine con l'anno mille dall'Incarnazione». Figurarsi che razza di vita quotidiana, allora!... Ma no, non c'è bisogno di figurarsi niente, dal momento che ci ha pensato lo stesso Michelet. Rievocando «le antiche statue delle cattedrali del X e dell'XI secolo, smunte, mute, contratte in quella loro smorfia rigida, con quell'aria sofferente come la vita, brutte come la morte» — senza preoccuparsi eccessivamente che in realtà si tratta di statue tutte abbondantemente posteriori all'anno mille — vi individuava «l'immagine di quel povero mondo dopo tante rovine» — rovine dell'Impero romano, dell'Impero di Carlo Magno, incapacità del Cristianesimo di «porre rimedio ai mali di questo mondo»: «Sciagura su sciagura. Bisognava pure che succedesse qualcosa di diverso e la gente se lo aspettava. Il prigioniero attendeva rinchiuso nel tetro torrione, nel sepolcrale *in pace*; il servo attendeva nei campi, all'ombra dell'odiosa torre; il monaco attendeva nel chiostro in astinenza, fra le ansie solitarie del cuore, in mezzo a tentazioni e cadute, rimorsi e strane visioni, misero gingillo in mano al diavolo, che gli folleggiava intorno e la sera, tirandogli le coperte, gli sussurrava tutto allegro all'orecchio: "Sei dannato!"».

Seguono poi, in questo primo capitolo del quarto libro dell'*Histoire de France*, le sciagure fin troppo reali che afflissero l'epoca, quelle di prima dell'anno mille e quelle successive — che, quindi, inficiarono alquanto la sua tesi. Cercheremo, da parte nostra, di rimetterle un po' in ordine. Intanto, Michelet arriva agli effetti che hanno sulla gente:

«Le troppe sciagure infransero i cuori, restituendo loro un qualche sentimento e senso di pietà. Rimisero la spada nel fodero, tremando sotto la minaccia della spada divina. Non era il caso di battersi e di guerreggiare per una terra maledetta che si era in procinto di lasciare. E neppure di vendetta c'era più bisogno, rendendosi conto chiunque che anche al nemico, come a lui, restava poco da vivere».

Qui il nostro storico ha bisogno di un esempio probante. Se è solo per questo, non importa!

«In occasione della peste di Limoges, accorsero di buon grado ai piedi del vescovo e si impegnarono a rimanere pacifici d'ora in poi, a rispettare le chiese, a non infestare le principali vie di comunicazione, a risparmiare quanto meno chi fosse in viaggio sotto salvacondotto di sacerdoti o di religiosi. Nei giorni santi della settimana (dal mercoledì sera al lunedì mattina) era vietata qualsiasi guerra: si tratta di quella che si chiamava "la pace", più tardi "la tregua di Dio".»

Uno spettacolo di gente davvero raddolcita. C'è però un inconveniente, purtroppo, ed è che le adunanze da cui sono emerse queste precise istituzioni chiamate «la pace di Dio» e «la tregua di Dio» — due cose distinte tra loro, come vedremo — risalgono a una fase successiva all'anno mille. La peste di Limoges, che cade intorno al 997, ha ispirato semplicemente un «patto di pace e di giustizia», concluso — come ci dice il cronista Ademaro di Chabannes — tra il duca di Aquitania e «i grandi», senza il minimo accenno a particolari individui da risparmiare o a giorni in cui fosse vietata la guerra. Un semplice trattato di pace, insomma, che meno di tre anni dopo, esattamente alla vigilia dell'anno mille, non sarebbe riuscito ad impedire ad almeno due di questi «grandi» di battersi e far colare parecchio sangue attorno al castello.

Intrepido, comunque, Michelet va avanti a sognare: «Nello smarrimento generale, la maggior parte della gente trovava un po' di riposo soltanto all'ombra delle chiese». Donazioni di terre, di case, di servi. «Tutti atti», stando a Michelet, che invocano uno stesso motivo: «La sera del mondo si avvicina». Più tardi «tutti questi atti» sono stati rilevati attraverso l'esame di migliaia di testamenti e di documenti di donazione conservati fin dall'Alto Medioevo: trentacinque fanno riferimento alla fine del mondo; nessuno assegna a questa fine una data precisa; se ne trovano alcuni che risalgono al VII secolo, la maggior parte risale a cento anni prima del mille, qualcuno è posteriore e l'ultimo risale al 1080.

A questo punto, senza darlo a vedere, quell'ineffabile drammaturgo della storia che è Michelet, passa con disinvoltura a un altro argomento: «Ma il più delle volte tutto questo non bastava a rassicurarli. Aspiravano ad abbandonare la spada e il budriere, tutti i segni della milizia dell'epoca; si rifugiavano tra i monaci e sotto il loro abito [...]».

I maggiorenti hanno vagheggiato il chiostro e, se vi hanno rinunciato, è stato solo per dovere di Stato. Alcuni esempi: Guglielmo I, duca di Normandia — detto Spadalunga — morto assassinato nel 943; Ugo I, duca di Borgogna dal 1076 al 1079; Enrico II, imperatore di Germania dal 1002 al 1024. Sono tre figure che testimoniano dell'attrazione che all'epoca esercitava su molti laici l'innocenza, tranquillizzante ai fini di ciascuno, della vita monastica; meno convincono, invece, come dimostrazioni delle paure dell'anno mille. Del resto, Michelet se ne è dimenticato; e ora il suo nuovo argomento è la fede, la devozione di alcuni dei principi del tempo; dopo il suo Guglielmo, il suo Ugo, il suo Enrico, è la volta di un quarto, il quale viveva e regnava nell'anno mille e del quale, ovviamente, non ci dice se temesse la fine del mondo: il buon re di Francia Roberto il Pio.

Michelet lascia parecchio spazio a quel personaggio, non senza una certa parzialità, del resto. Di quel che ci dice di lui il suo biografo, il monaco Helgaldo, nonché il cronista da lui già ampiamente sfruttato, Rodolfo il Glabro, un altro monaco, Michelet riprende solamente i tratti della devozione, della carità, della misericordia. Gli fa anche credito di un bel gesto, che Helgaldo attribuisce non già a Roberto, ma al padre di questi, Ugo Capeto. Lo vagheggia teneramente e all'improvviso si accorge che «sotto il buon Roberto si svolse quella fase terribile dell'anno mille». Contraddizione? Macché, c'è modo di sistemare ogni cosa: «Sembrò addirittura che la collera divina si trovasse disarmata da quell'uomo semplice, nel quale la pace di Dio si era come incarnata». Non solo si sistema tutto, ma le paure risultano rafforzate da uno stupendo argomento «a contrario»: «L'umanità si rassicurò e sperò di poter durare ancora un po' [...]. Si riscosse dall'agonia, riprese a vivere, a lavorare, a edificare: a edificare in primo luogo le chiese di Dio». Ed ecco che ancora una volta Rodolfo il Glabro si presta a portare acqua al suo mulino. Traduciamo un po' più liberamente di Michelet: «Avvicinandosi il terzo anno successivo all'anno mille, quasi in ogni parte della terra, ma soprattutto in Italia e in Gallia, si videro ricostruire gli edifici delle chiese. Benché la maggior parte non ne avessero alcun bisogno perché ben costruiti, una vera e propria emulazione spingeva ogni comunità cristiana ad avere una chiesa più sontuosa di quella della comunità vicina. Si sarebbe detto che il mondo stesso si scuotesse, per scrollarsi di dosso la sua patina di vetustà, per indossare dappertutto un bianco manto delle nuove chiese».

Un testo famoso, che mostra di tutta evidenza come l'alba dell'XI secolo, all'indomani dell'anno mille, costituisca un periodo di intenso rinnovamento per l'architettura religiosa. Tutto qui, quel che il testo dimostra. Né il suo tenore, né il contesto legittimano l'idea che «l'umanità si rassicuri», «si riscuota dall'agonia».

La letteratura

Come si vede, basterebbe leggere attentamente Michelet e verificarne le osservazioni per rendersi conto di come in lui la fantasia abbia la meglio e disorienti lo storico, pur geniale, fino a forzare gli stessi testi. Ma naturalmente, lo si è letto essenzialmente senza diffidenza. Altri storici ne hanno seguito la scia, per esempio Augustin Thierry; il tema si è gonfiato in infinite narrazioni di andamento storico, alcune delle quali dovute addirittura ad eruditi come Emile Gebhardt, la cui presenza incombe in tutti i manuali scolastici. Così, il mito dei terrori dell'anno mille si è cacciato nei cervelli di tutti, non perché non lo si sia mai confutato, ma perché, come ha sostenuto l'insigne medievalista Ferdinand Lot, «appena si smette di combattere un errore storico, rispunta immediatamente».

A nulla è valso che, già nel 1873, il benedettino François Plaine, in un valido articolo della «Revue des Questions historiques» dimostrasse, testi alla mano, l'assoluta falsità della tesi; che nel 1885 l'erudito Jules Roy dedicasse all'*An mille* (Anno mille) un intero libro, le cui conclusioni concordano su questo punto; che nello stesso anno i bellissimi *Études sur le règne de Robert le Pieux* (Saggi sul regno di Roberto il Pio) di Christian Pfister facessero rivivere una Francia dell'anno mille esente da qualsiasi forma di panico; che Frédéric Duval, nel 1908, stigmatizzasse dottamente come un'impostura della «storia di parte» i *Terreurs de l'an mille* (Le paure dell'anno mille). A nulla sono valse le infinite confutazioni occasionali di tutti gli storici seri che hanno affrontato il problema nel corso del loro lavoro. A nulla è valso che nel 1947, contemporaneamente a quanto stava facendo Ferdinand Lot nel «Mercure de France», io avessi raccolto insieme e brandito tutte le loro armi, dal momento che nel 1952 ha fatto la sua comparsa un *An mille* di Henri Focillon, in cui l'indimenticabile storico dell'arte spreca un capitolo per dimostrare, a prezzo di arrischiate sottigliezze, che i terrori dell'anno mille, pur assenti nei testi, debbono comunque essere esistiti.

Per riuscire a capire Focillon, mi sono ricordato del dialogo di altri due defunti: il caro Louis-Raymond Lefèvre, dietro la cui sollecitazione avevo scritto l'*An Mille* per l'editore Gallimard, e Jean de la Varende. L'autore di *Nez de Cuir* (Naso di cuoio), nonché di *Guillaume le Bâtard, conquérant* (Guglielmo il Bastardo, conquistatore), nel quale le sue doti e la sua coscienza di storico si manifestano appieno, si adombrava a vedere un «normalista» — io non lo sono, e me ne scuso — prendersela con una delle tante vecchie leggende. Sicuramente, Patrice de la Tour du Pin ha ragione:

Tous les pays qui n'ont plus de légende
Seront condamnés à mourir de froid...[1]

Tuttavia, i terrori dell'anno mille non sono una leggenda. Una leggenda è il ricordo magnificato di un grande momento della storia degli avi, in cui il loro vigore, il loro eroismo alle prese con prove gigantesche che essi riescono

[1] «I paesi senza più leggenda saranno destinati a morire di freddo» (*La Quête de Joie*, «Prélude» - La ricerca di gioia, Preludio - Gallimard, Paris).

a padroneggiare o che li schiacciano, l'intervento divino o celeste esaltano nel cuore di un popolo il sentimento di un destino eccezionale. È l'*Iliade*, è la *Chanson de Roland*. Narrare la paura degli uomini, la loro disperazione, il loro venir meno è tutto il contrario e, se non questo, perlomeno un puro e semplice errore storico. Volesse il cielo che avessimo invece ancora qualche vera leggenda. Correremmo meno rischi di morire di freddo...

Bisognerà, per l'ennesima volta, spiccare d'un colpo la testa di quest'idra? Prendersela con la dozzina di testi — non uno di più — chiamati in causa dagli uni o dagli altri? Dimostrare come quattro di essi mettano in campo effettivamente individui che temono la fine del mondo, che però vivono dopo l'anno mille? Che altri quattro si scaglionano lungo tutto il X secolo, senza mai menzionare la fatidica data? Mettere in questione l'ineludibile Rodolfo il Glabro, che scriveva verso il 1040? È lui il principale responsabile. L'anno mille non è per lui una data qualsiasi; la prende come punto di partenza della sua cronologia, per la verità piuttosto lacunosa. Lui crede nella fine del mondo e si dilunga spesso sulle calamità e i prodigi che, come in altre epoche, hanno indotto a credervi a più riprese — qua e là e temporaneamente — nel corso del periodo da lui affrontato. Questo sì, ma egli non accosta mai anno mille e fine del mondo. Ora, per chi lo ha letto — e per chi vedrà presto in questo stesso libro in quale tragica visione si involva compiaciuto — non vi è dubbio che, se gli uomini del suo tempo fossero stati in preda, esattamente alla vigilia dell'anno mille, a terrori collettivi e motivati, ne avrebbe parlato, e molto esplicitamente.

Nel 954, Assone, vescovo di Montier-en-Der, dedicò alla regina di Francia, Gerberga, un «trattatello dell'Anticristo», al termine del quale, senza accennare all'anno mille, dichiara che il momento del giudizio finale è noto soltanto a Dio. Non voleva per caso rassicurare la regina, o il popolo dietro sua richiesta? Sarebbe stato piuttosto prematuro. La fine del mondo a quarantacinque anni di distanza, in un'epoca in cui un giovane aveva tutte le probabilità di morire prima, doveva lasciare del tutto indifferenti. Assone, nel corso del suo libretto, ha parlato di tante altre cose e non ha mai assunto il tono polemico: non ha voluto far altro, come scrive nella dedica, che rispondere a una serie di curiosità teologiche della regina.

Nessuno, quindi, ha preannunciato la fine del mondo per l'anno mille? Dirlo sarebbe mentire: uno lo ha fatto. Nel 998, Abbone, abate di Fleury-sur-Loire, scriveva le sue memorie, dal titolo *Apologie* (Apologia). Ci racconta che in giovinezza — e siccome è piuttosto vecchio, questo ci riconduce perlomeno intorno agli anni 960 — ebbe occasione di confutare parecchi errori.

«A proposito della fine del mondo» scrive «ho sentito predicare al popolo in una chiesa di Parigi che alla fine dell'anno mille sarebbe sopraggiunto l'Anticristo e poco dopo sarebbe seguito il giudizio universale. Io respinsi con forza tale affermazione con l'appoggio del *Vangelo*, dell'*Apocalisse* e del *Libro di Daniele*.»

Ecco che cosa racconta tranquillamente Abbone a due anni dalla scadenza dell'anno mille. Se il predicatore parigino della sua gioventù avesse fatto scuola, sarebbe stata l'occasione buona per ripetere, urlare come mai il *Vangelo*, l'*Apocalisse* e il *Libro di Daniele* gli dessero torto. Ma nell'*Apologia* non si legge niente di simile. Quasi la faccenda fosse scontata, il vecchio abate passa immediatamente a un altro argomento.

Quattro e quattro fanno otto. Rodolfo il Glabro, Assone, Abbone sono gli altri tre. Siamo a undici. *Quid* del dodicesimo testo? Leggiamolo: «Nell'anno mille dalla nascita di Cristo, violenti terremoti scossero l'Europa, abbattendo ovunque solidi e magnifici monumenti. Nello stesso anno apparve in cielo un'orribile cometa. Alla sua vista, molti di quanti credevano che si trattasse dell'annuncio dell'ultimo giorno rimasero raggelati dallo spavento. Certuni, infatti, da numerosi anni si erano ingannati dichiarando che la fine del mondo sarebbe avvenuta nell'anno mille».

Questa volta è chiaro, non ci manca niente, neppure la cometa.

Quando è comparso per la prima volta questo testo? Nel 1689. Esattamente. Al tempo di Luigi XIV. Lo si ritrova nella seconda edizione degli annali del convento di Hirschau, redatti da un benedettino tedesco che si faceva chiamare Tritheim, dal nome del suo villaggio d'origine, e che è vissuto dal 1462 al 1516. Era un insigne dotto, non immune tuttavia dall'inganno: fra le fonti dei suoi annali di Hirschau cita un tal monaco Meyinfried, che si è inventato di sana pianta. Del resto, ha poca importanza per noi: non è stato lui a inserire nella propria opera i territori dell'anno mille. Stampati per la prima volta nel 1559, quindi quarantatré anni dopo la sua morte, gli annali di Hirschau ricordano solo, nel passo riportato, i terremoti e la cometa. La fine del mondo introdotta nell'edizione del 1689 è un'aggiunta, un'interpolazione — come si dice — anonima ed evidentemente priva di qualsiasi valore.

Del resto, alla fine del XVII secolo, l'errore storico era già nato da cento anni. Negli *Annales ecclésiastiques* (Annali ecclesiastici) del cardinal Baronio, editi intorno al 1590, se ne trova la prima menzione scritta.

Questo principe della Chiesa si è forse lasciato fuorviare da Rodolfo il Glabro e compagni? Eppure, abbiamo appena visto che, anche a volerli invocare — con molta buona volontà o malafede — come testimoni, non potevano bastare a far nascere quell'idea. La cosa più plausibile è che Baronio sia stato fuorviato dalla lettura dell'*Apocalisse*. Nel capitolo XX di questo misterioso scritto escatologico si ripresenta a più riprese il problema di un termine di mille anni che si può interpretare in vari modi e, a rigore, anche nel senso della durata del mondo. Ora, i cristiani del primo Medioevo leggevano molto l'*Apocalisse*, come attestano i manoscritti del X e XI secolo giunti fino a noi. Lasciata un po' da parte nei secoli successivi, l'*Apocalisse* è ritornata in auge nella fase del Rinascimento, come dimostrano tutta una serie di incisioni, la più famosa delle quali è quella di Dürer e la più fantasiosa quella del francese Jean Duvet. Probabilmente gli eruditi del tempo si sono messi nei panni dei lettori di prima dell'anno mille, attribuendo loro il terribile ragionamento che non potevano più. Di qui, dopo il Baronio, sotto Luigi XIII, le elucubrazioni dell'abate Le Vasseur, che invoca esplicitamente, da parte sua, Rodolfo il Glabro e il «bianco manto» delle nuove chiese, imitato e quasi plagiato, sotto Luigi XIV, dal primo archeologo parigino, Sauval, il quale già ne ricava le stesse implicazioni di Michelet. Donde, evidentemente, l'interpretazione degli annali di Hirschau. Nel XVIII secolo tutti credono alle paure dell'«anno mille»; si dice spesso che erano create dai sacerdoti e dai monaci, che in cambio ne hanno ricavato tutta una normativa e una serie di donazioni. Nel 1768, l'inglese Robertson mette a punto per la prima volta la tesi: è stato lui il primo ad aver raccolto i testi mendaci. La sua opera, in traduzione francese, si sarebbe diffusa, per una discutibile anglomania, nelle scuole e Michelet e i suoi emuli non hanno fatto altro che agghindare ulteriormente il tema.

L'anno duemila

Se, a dire il vero, l'*Apocalisse* dovesse terrorizzare la gente, sarebbe più facile che lo facesse con gli uomini del duemila. Per loro, per noi, non può essere l'avvicinarsi di un millennio in cifra tonda quello che fa temere la fine del mondo, ma una riflessione del tutto realistica sulla situazione attuale. Meno che in qualsiasi altra epoca, quanti oggi guardano indietro agli albori del millennio che si compie dovrebbero essere autorizzati a pensare con commiserazione a un mondo di persone in preda al terrore. Certo, quella gente ha vissuto in un'epoca ben dura, ha sofferto nel vivo della carne enormi capricci da parte della natura, per l'incapacità di combatterli, l'egoismo e la malvagità di certuni. Ma, come dimostreremo abbondantemente in seguito, parecchi segni, visibili per chi sapesse vederli, preannunciavano un mondo migliore, un rinnovamento che la storia avrebbe confermato. E, soprattutto, nessun uomo era in grado di scatenare la fine del mondo. Dio l'Apocalisse non la vuole. Gli uomini, ormai, possono realizzarla.

CAPITOLO SECONDO

TRA DUE MONDI

Smettiamo dunque di parlare in questa sede di fine del mondo. C'è ben di meglio da dire sul periodo dell'anno mille. Comunque, se bisogna, come in questo caso, fare rivivere gli uomini, resuscitarne i costumi, le dimore, gli alimenti, le usanze, è sicuramente un'impresa non facile. Non è possibile che gli inventori delle «paure dell'anno mille» le abbiano disseminate in questo punto delle loro storie come gli antichi cartografi che disegnavano mostri per popolare le «terre sconosciute»?

La sfida è raccolta

Il X secolo e la prima metà dell'XI costituiscono rispetto al problema della documentazione un buco nero. Da qualche centinaio d'anni gli eruditi ne hanno ricostruito non senza fatica gli eventi, avvalendosi di cronache, di annali, di rari atti regi o signorili, nonché di alcuni poemi. Gli odierni storici, che disdegnano la storia *évenementielle* e preferiscono andare in traccia dei processi sociali, soprattutto alla luce delle trasformazioni economiche, confessano il proprio scetticismo circa la possibilità di illuminare nel modo auspicato i decenni che precedono e seguono quest'anno mille di cui ci occupiamo. Non esistono quei «polittici», piuttosto numerosi all'epoca di Carlo Magno e dei suoi primi successori, che descrivevano fin nel minimo dettaglio i grandi domini dei principi (e soprattutto delle abbazie) e che Marc Bloch definiva «quei meravigliosi inventari di signorie». Troppo scarsi i contratti che conservino testimonianza delle transazioni private. Qualche testamento, questo sì, ma che non ci dice molto, in concreto, su come andassero le cose. Nei manoscritti, qualche miniatura, senza però che si possa essere sicuri che riflettano una realtà vista dall'autore. Qualche edificio, quasi nulla, e praticamente nessun residuo delle abitazioni dei più umili. Non un mulino, non uno strumento per arare, non una scodella, non un mobile, non un capo d'abbigliamento...

«Un'epoca di cui non resti neppure un pezzettino di stoffa la storia non può considerarla viva.» Per chi ambisca vedere vivere i tempi dell'anno mille l'osservazione dei fratelli Goncourt costituisce una sorta di sfida. Sfida accettata.

In realtà, non è vero che senza qualche pezzetto di stoffa lo storico non possa riallacciarsi alla vita di un'epoca. Se restano tracce di abiti, meglio così; ma gli abiti non sono, e di gran lunga, tutto ciò che può dare colore alla vita. Dipendono, scrivevo io stesso poco avanti, da quelle che sono le credenze della gente, ma dipendono anche — e più ancora — dall'ambiente naturale circostante, dalle strutture della società, dalle attività degli esseri umani.

D'altro canto, per rari che siano gli indizi, non è affatto impossibile immaginarsi costumi, acconciature delle chiome, armature, oggetti d'uso, edifici principeschi e soprattutto religiosi, o anche dimore ben più modeste. Lo stesso campo dell'alimentazione e dell'igiene non ci è completamente precluso. E neppure quello delle usanze, degli amori e degli odi.

Alcuni grandi mutamenti

La caratteristica più spiccata di un'epoca come questa, per tanti versi reticente, è che si tratta di un'epoca di profonde trasformazioni; per dirla in breve, di una svolta. Non si sono viste, come racconta Emile Gebhardt nel suo *San Silvestre de l'an mille* (San Silvestro dell'anno mille), folle in preda al terrore fare ressa attorno al palazzo del Laterano in attesa dell'imminente e definitiva catastrofe, per esultare poi constatando, dopo la mezzanotte, che non succedeva niente. Del resto, il 31 dicembre non era all'epoca considerato l'ultimo giorno dell'anno; vedremo più oltre quanto diverso sia il calendario. Ma, anche non preoccupandosi della fine del mondo, la gente dell'epoca ha pur sempre partecipato, senza rendersene ben conto, alla fine di un mondo e all'inizio di un altro.

Si conosce bene l'epoca carolingia, o più precisamente la sua prima metà, fino agli inizi del X secolo. Se ne è potuta ricostruire, senza grosse penombre, la vicenda quotidiana, a opera del professor Riché. Quando, rarefattisi i documenti in seguito al tracollo dell'Impero di Carlo Magno, le «tenebre» deplorate da Georges Duby cominciano a diradarsi — cosa che avverrà appieno solo verso la fine dell'XI secolo — la luce che riprende illumina un paesaggio completamente rinnovato. Quel che vi si distingue meglio, e più presto, è, a dire il vero, «il bianco manto delle nuove chiese», reso celebre fin dall'indomani dell'anno mille da Rodolfo il Glabro. Non, in realtà, delle chiese che aveva potuto vedere lui; ma di quelle che ormai, all'avvicinarsi del 1100 o poco dopo, vi si sono sovrapposte, conservando parti o tracce delle precedenti. Ancor più sintomatici della vita di tutti i giorni sono le nuove forme di organizzazione sociale, il rinnovamento economico, il conseguente delinearsi della rinascita delle città e probabilmente il significato nuovo di certe esigenze morali del cristianesimo.

Così, quand'anche non si disponesse assolutamente di alcuno strumento diretto per conoscere i decenni prossimi all'anno mille, se ne potrebbe comunque intuire parecchio. Sapendo di dove venivano e dove sarebbero andati gli uomini di quel tempo, si riuscirebbe, come si fa per ritrovare un fiume che si «perde», a estrapolare il percorso da essi compiuto. Un metodo indubbiamente azzardato, che per fortuna non saremo costretti affatto ad adottare.

Più o meno direttamente documentati, quello che il nostro tentativo di resurrezione farà venir fuori sono alcuni mutamenti. Perlomeno, è la tesi dalla quale partiamo. Ma, per non ingannare nessuno, ripetiamo che la scarsezza di documenti relativi alla vita economica comincia con il X secolo e si protrae fino all'XI e che condividiamo lo scrupolo di Duby: «Descrivere in singoli capitoli gli eventi del IX secolo, poi del X e dell'XI [...] significa forse lasciarsi impressionare un po' troppo da pure e semplici diversità di angolazioni».

L'anno mille si colloca tra due diversi mondi, ma il lungo periodo di buio che l'inquadra ha visto senza dubbio più processi lenti e insicuri che non bruschi mutamenti.

CAPITOLO TERZO

MOLTI ALBERI E POCHI UOMINI

Diciamolo subito: l'aspetto dei paesi in cui vissero le tre o quattro generazioni di persone che sono passate nella loro esistenza per il varco dell'anno mille non è l'elemento che appare più cambiato ai loro occhi. Sempre e dappertutto, in Europa, si sono viste in mezzo a paesaggi in cui l'elemento dominante era il bosco.

L'occupazione del suolo

Metodi assai diversi e particolarmente ingegnosi consentono ormai di ricostruire, perlomeno a grandi linee, le antiche occupazioni del suolo. Il più classico, naturalmente, è quello dell'analisi minuziosa delle fonti scritte, ma non può che fornire risultati sporadici. La toponimia è più efficace: controllare tutti i nomi di luogo precedenti una data epoca significa rendersi possibile delimitare sulla carta gli spazi dove non ce ne sono, cioè le terre in quell'epoca ancora vergini. Meglio ancora, vari toponimi sono parole che significano «terra dissodata»: *essarts* nel Nord della Francia, *artigue* nel Mezzogiorno, *ronchi* in Italia, vari suffissi germanici in inglese; i luoghi con tali denominazioni sono stati, senz'ombra di dubbio, precedentemente occupati da boschi, perlomeno da macchie. Ma i più recenti procedimenti di indagine hanno a che vedere con l'osservazione diretta del terreno: la fotografia aerea rileva sul terreno differenziazioni che sfuggono alla visione orizzontale e documentano, per chi sappia interpretarle, lo stato precedente della vegetazione; l'esame in profondità, per esempio degli strati di torba, è più preciso: ogni strato nasconde i pollini fossili delle essenze viventi all'epoca in cui si è formato. Evidenti i vantaggi che si possono ricavare da una simile tecnica.

Gli studiosi, negli ultimi decenni, sono quindi riusciti non solo a farsi un'idea delle superfici ricoperte dal bosco nel corso dell'Alto Medioevo, ma anche a sapere quali tipi di alberi componessero i boschi delle varie zone. Corollario non meno importante di questo, hanno notato che certe essenze si trovavano in territori in cui oggi, per ragioni di clima o di altitudine, non riescono più a sopravvivere. Se ne è concluso che la temperatura media, in Europa occidentale, dovesse essere, intorno appunto all'anno mille e nei due secoli successivi, superiore di un grado a quella che è diventata a partire dal XIII secolo. La «fase calda» che perdurava, ancorché in forma meno sensibile, da cinquecento anni circa, si è manifestata soprattutto attraverso la diffusione di betulle in Groenlandia e in Islanda. E un po' dappertutto si nota che il limite massimo del faggio, cioè l'altezza superata la quale questa pianta non spunta più, era allora di 100-200 metri superiore all'attuale. Si tratta, peraltro, semplicemente di una variante specifica di una situazione più generale, contraddistinta da una prevalenza degli alberi fronzuti sulle conifere, che sono — com'è noto — le uniche forme in grado di prosperare oltre una certa altezza e al di sotto di una certa temperatura.

La situazione demografica

Le condizioni naturali erano, dunque, favorevoli al bosco; quelle dipendenti dall'uomo gli avevano concesso libero corso. Si sa — e si può constatarlo ancora oggi — che bastano pochi decenni di abbandono perché un campo o una vigna si trasformino spontaneamente in un bosco di una certa altezza. Ora, lo sfruttamento del suolo — che anche ai bei tempi dell'Impero romano era rimasto ben meno esteso di quello del pieno Medioevo e dei tempi moderni — aveva subito un arretramento per un motivo decisivo: il tracollo demografico. Mentre la popolazione dell'antico Occidente si era stabilizzata intorno ai 25 milioni di abitanti, quella dell'Impero di Carlo Magno ne contava ormai, a quanto sembra, soltanto una diecina. Durante il IX e X secolo sembra di capire che avesse cominciato a ricostituirsi, ma a ritmi assai lenti. L'anno mille, viceversa, mostra sintomi di un'improvvisa ripresa che, da quel momento in poi, conoscerà una straordinaria accelerazione fino al XIII secolo, soprattutto in Francia. Le grandi operazioni di dissodamento che si osservano specie nel XII secolo ne saranno una delle conseguenze. Questo avvio del rilancio demografico è dunque uno degli elementi di mutamento che segnano il millennio in questione, forse anche il più decisivo in quanto, come sostiene a buon diritto Pierre Chaunu, la civiltà progredisce in rapporto diretto al numero delle persone.

Nell'anno mille, tuttavia, siamo solamente alla soglia. Il paesaggio è quale lo hanno reso cinque secoli con una popolazione che scarseggiava e un'economia in regresso. Non c'è, quindi, da stupirsi del quadro che ci dipinge Marc Bloch nei *Caractères originaux de l'histoire rurale française* (Caratteristiche originali della storia rurale francese): « [...] intorno ai luoghi abitati — gruppetti di case — scarsa estensione di terre fertili; tra queste oasi, vaste distese dove non passa mai l'aratro [...]. La società dei secoli X e XI si fondava su un'occupazione estremamente modesta di suolo: si trattava di una società a maglie larghe, in cui i gruppi umani, anch'essi esigui, vivevano oltretutto gli uni discosti dagli altri ».

E quanto esisteva tra questi raggruppamenti umani erano perlopiù, specie nelle contrade oceaniche e continentali, soltanto alberi.

Quanto detto vale per la Francia descritta da Marc Bloch, tranne forse per il versante mediterraneo, meno propizio alla proliferazione di grandi piante fronzute. Vale ancora di più per l'Europa germanica, dove immense distese erano ricoperte soltanto da foreste vergini. Per dare un'idea, mentre oggi i boschi sono soltanto isole sparse sul territorio coltivato o urbanizzato, in quei tempi il rapporto era esattamente l'inverso. Gli uomini di allora abitavano le poche radure. Per spostarsi, si doveva passare attraverso i boschi.

Boschi-frontiere

Più esattamente, come ha ben sottolineato Roger Dion, da tempo immemorabile i boschi fungevano da frontiere. Difficili da penetrare, svolgevano tra le popolazioni il ruolo di bastioni protettivi, di terra di nessuno atta a scongiurare, o a frenare, gli scontri più o meno ostili. Ancora ai tempi dell'anno mille, i boschi lungo le rive della Mosa tenevano opportunamente separato dall'Impero germanico il regno di Roberto il Pio. All'interno della Francia, come osserva Charles Higounet, «ai confini della Turenna e dell'Angiò, da una parte, del Poitou, dall'altra, una zona incolta e boscosa costituiva una vera e propria marca di confine che separava la Neustria (la Francia del Nord) e l'Aquitania».

Vedremo più avanti come gli uomini del tempo ricavassero dai boschi importanti risorse. E vedremo pure come li trattassero piuttosto male e rovinassero seriamente quelli di minore estensione. Le enormi foreste, tuttavia, restavano intatte nelle loro parti più profonde. E le immense masse boschive, popolate di animali imprevedibili, rifugio o riparo di gente pericolosa — si pensi agli *outlows* (fuorilegge) inglesi dopo la conquista normanna — appena solcate da incerti sentieri, continuavano a ergersi misteriose e inquietanti.

CAPITOLO QUARTO

LE CATTIVE STAGIONI

La storia scientifica del clima, di cui l'analisi dei pollini fossili è semplicemente uno degli strumenti e che è stata esposta sinteticamente in uno dei recenti lavori di Emmanuel Le Roy Ladurie, ci informa dunque di come l'epoca dell'anno mille rappresenti una «fase calda» e addirittura un «momento ottimale» di tale fase. Prestiamo pure fede a questi dotti ricercatori, senza tuttavia ricavarne la conclusione che la gente di allora avesse l'impressione di vivere sotto un cielo clemente.

I testimoni diretti

L'opinione di Rodolfo il Glabro, di Ademaro di Chabannes e di vari altri non è esattamente la stessa. Sostenere che abbiano esagerato per il gusto di comporre pezzi di bravura equivale a liquidare con eccessiva disinvoltura la loro testimonianza. Del resto, ormai, un simile procedimento è superato. E, se è vero che alla loro oggettività fa talvolta velo la tendenza ad attingere i temi alle grandi fonti dell'antichità latina, l'argomento non regge nel caso specifico delle intemperie di cui si lamentano: gli autori mediterranei della Repubblica romana e dei tempi di Augusto non si lagnavano mai, o quasi mai, del clima della loro epoca.

La media annua della temperatura può anche essere notevolmente elevata, senza per questo essere in contrasto con un clima capriccioso. Altri sistemi scientifici — in primo luogo la misura, rilevata su alberi fossili, dello spessore delle cortecce che ogni anno si formano intorno al tronco — hanno consentito di ricavare il bilancio annuo delle «precipitazioni» (pioggia, neve): si nota come le differenze di temperatura siano soggette a frequenti variazioni, assai sensibili e discontinue. Le spie ricavate dai pollini fossili non impediscono minimamente di prestare fede a quel che raccontano i contemporanei, che hanno osservato che tempo facesse.

Ed ecco quanto hanno riferito.

Il tempo di allora

Nel 987: in Lorena e in Renania, piogge torrenziali in autunno, inondazioni che sommergevano le strade, annegavano il bestiame, distruggevano i raccolti. L'anno dopo, perlomeno nella zona di Laon, a una canicola asfissiante segue l'apertura delle cateratte celesti, che decima l'esercito del re di Francia Ugo Capeto. Nel 990: primavera troppo secca, estate torrida, autunno malsano (pestilenze), il tutto documentato per la Francia settentrionale, la Renania, l'Italia meridionale. Nell'autunno del 992, un tempo infernale distrugge i raccolti in Germania — dove si osservano due aurore boreali, il 30 ottobre e il 26 dicembre — e in Italia. Viene poi un inverno glaciale, che dura fino ad aprile, lasciando quindi il posto a un'estate torrida e terribilmente secca. L'inverno successivo, molto precoce, sarà freddissimo, nevoso, interminabile, sia in Francia — fino in Aquitania — sia in Germania. Una tregua di qualche anno e poi, nel 998, altre intemperie nel Nord della Germania, accompagnate, nel luglio, da un sisma che si è fatto sentire dall'Elba alla foce del Reno.

Niente di simile — si badi bene — risulta per l'anno mille e i due successivi, mentre nel 1003 si registra una tremenda piena della Loira. Un paio di anni dopo, in

Aquitania, perlomeno nel Limosino, «siccità disastrose» seguite da «eccessive piogge»; la Vienne si riversa per tre notti su Limoges, per un tratto di due miglia. Poi, silenzio dei testi fino al 1031; in quell'anno la Loira straripa e i raccolti vengono divorati da insetti parassiti che l'autore, conoscitore dell'*Antico Testamento*, chiama cavallette, identificandoli con quelli che avevano infestato l'Egitto ai tempi dell'Esodo. È, a quanto pare, la seconda del triennio che ci porta alla vigilia del millennio della Passione del Salvatore. I monaci di Saint-Benoît-sur-Loire registrano, nel luglio del 1032, piogge catastrofiche e, nei mesi seguenti, intemperie anche peggiori. Rodolfo il Glabro, che si trovava in Borgogna — a Saint-Bénigne-de-Dijon, o forse già a Cluny — da pochi giorni, ha condotto un'osservazione più ampia nel tempo e nello spazio. Abbracciando insieme quei tre terribili anni, accenna a condizioni atmosferiche talmente sfavorevoli che non si trovava mai il tempo giusto per alcun tipo di semina e che, soprattutto a causa delle inondazioni, «non ci fu mai il tempo di fare i raccolti». Stando a lui, tale calamità «era cominciata nelle contrade orientali, devastò la Grecia, giunse in Italia e di là, trasmessa alla Gallia, passò attraverso quel paese a tutti i popoli d'Inghilterra». Si tratta di un itinerario troppo preciso per non prenderlo sul serio: il flagello deve avere infierito su vastissime zone dell'Europa e del Vicino Oriente.

Carestie, cannibalismo

In tutte le epoche, certo, ci sono state intemperie paragonabili. Ma nel X e XI secolo esse colpiscono appieno popolazioni che non disponevano di alcuno strumento per farvi fronte. Le piene dei fiumi significavano regolarmente inondazioni, i terreni mal drenati o non drenati affatto trattenevano eternamente l'acqua delle piogge eccessive, non esisteva alcun sistema di innaffiamento o di irrigazione che consentisse di attenuare i periodi di siccità.

Stando così le cose, le cattive stagioni, distruggendo per tutto un periodo l'agricoltura e l'allevamento del bestiame, non potevano che suscitare carestia. Già dal 910, nella zona di Angoulême, quest'ultima era arrivata a un punto tale — ci riferisce Ademaro di Chabannes — «che, cosa mai vista prima di allora, le persone infierivano le une contro le altre, per mangiarsi». Nel 968, Liutprando, vescovo di Cremona, che si trovava come ambasciatore a Costantinopoli, osserva: «l'intero paese dei greci è in questo momento, con il permesso di Dio, in preda a una penuria tale che non si riesce neppure a procurarsi due *setier*[1] di Pavia di grano per un soldo d'oro, e questo in posti in cui ancora regna una relativa abbondanza».

Periodi di siccità alternati a diluvi, intorno al 1005, hanno provocato, secondo Ademaro, «spaventose carestie».

Nell'epoca in cui il re di Francia Roberto il Pio puntava alla conquista della Borgogna, cioè tra gli anni 1002 e 1016, il borgognone Rodolfo il Glabro ha osservato che «una severa carestia, della durata di cinque anni, incombette sul mondo romano», cioè sull'insieme dei paesi un tempo sottomessi a Roma, «al punto che non si è sentito di una sola regione che fosse risparmiata dalla miseria e dalla mancanza di pane; gran parte della popolazione morì di fame». Si mangiano «gli animali immondi e i rettili», ma sicuramente non ve ne sono a sufficienza: come era accaduto un secolo prima agli abitanti dell'Angoulême, la gente ritorna al cannibalismo. I più deboli, naturalmente, forniscono alimento ai più robusti:

«I figli ormai grandi divoravano le madri, mentre le stesse madri, dimentiche di qualsiasi tenerezza, facevano altrettanto con i bambini più piccoli».

[1] Antica misura di capacità per aridi e per liquidi [*N.d.T.*].

In quegli spaventosi anni 1030-1032 sembra essersi raggiunto il parossismo. Cerchiamo di non eludere Rodolfo il Glabro, testimone tra i più eloquenti di tanto orrore. Eccolo, a distanza di dodici o quindici anni, nel chiuso della sua cella. Non ha dimenticato nulla: «Un moggio di semenza, là dove rendeva di più, dava al momento del raccolto un *setier* e questo, a sua volta, ne produceva un pugno scarso». Nessuno riesce a saziarsi, i potenti e gli appartenenti alla «classe media» non meno degli indigenti. I «potenti» non hanno di che esercitare la loro attività di «brigantaggio». Chi abbia per caso alcune derrate da vendere ne fissa il prezzo a proprio piacimento. La cacciagione, da pelo o da piuma, è stata sterminata rapidamente, per cui si mangiano «carogne» e ogni «sorta di cose indicibili»; a ben poco servono «radici dei boschi» o «erbe dei fiumi». Ancora una volta, quel che rimane a disposizione è la preda umana. Si tratta di una vera e propria caccia: viaggiatori che cercano di sfuggire la carestia vengono colti per via, trucidati, fatti a pezzi e arrostiti; altri, abbattuti e divorati da chi li ha ospitati per una notte; bambini che, attirati da un uovo o una mela mostrata loro di lontano, credendo di potere finalmente mangiare, vengono invece mangiati. Quel che è peggio, si comincia a prendere gusto alla carne umana. Se ne va in cerca persino tra cadaveri già seppelliti. Il raro bestiame sopravvissuto rimasto incustodito è meno in pericolo degli esseri umani. A Tournus — e il monaco di Cluny deve ben parlare con cognizione di causa — qualcuno ritenne di poter spingere fino all'estremo questa tremenda logica, vendendo al mercato carne umana già cotta. In effetti, aveva un pochino esagerato: venne catturato e dato alle fiamme. La sua mercanzia venne seppellita: un affamato la riesumò, ne mangiò e, scoperto a sua volta, fu mandato al rogo anche lui. Del medesimo castigo fu vittima un «uomo selvaggio», una specie di orco che infieriva nei boschi dello Châtenet, nella zona di Mâcon. Aveva fissato il suo covo accanto a una chiesa isolata ma, a quanto pare, frequentata. Chi si fermava accanto a lui, o semplicemente transitava nei paraggi, era perduto. Aveva già ingurgitato quarantaquattro delle sue vittime e le teste di queste stavano marcendo nella sua capanna, allorché un visitatore più forzuto riuscì a sfuggire alle sue grinfie. Ottone, messo sugli avvisi dal reduce, mobilita «tutti gli uomini disponibili». Il cannibale viene catturato, portato a Mâcon, «affisso a un palo in un granaio»; i monaci dei dintorni di Cluny lo hanno visto «con i loro occhi» arrostire su un rogo.

Dunque, gli antropofagi rischiavano la morte come punizione dei loro crimini — ma molti, sicuramente, riuscivano a sfuggirvi — non per quello che avevano mangiato. Non altrettanto può dirsi di quanti — per scrupolo o impotenza che fosse — si astenevano dalla carne umana e ricorrevano a pericolosi surrogati. Aumentare il volume di quel poco di farina o di crusca che si riusciva a trovare mescolandovi, se ce n'era, un'argilla biancastra, una specie di caolino, significava distruggere le vie intestinali per saziare la fame. Visi smunti ed emaciati, ventri gonfi, voce «stridula, quasi gridolini di uccelli in fin di vita», mucchi di cadaveri che non era più il caso di inumare a uno a uno e che alla fine si gettavano «a gruppi di cinquecento e passa» nudi, un po' ovunque capitasse, in enormi fosse comuni...

Si obietterà che Rodolfo il Glabro può attendibilmente testimoniare soltanto per quel che riguarda la Borgogna? Apriamo i *Miracles de saint Benoît* (I miracoli di san Benedetto) di André de Fleury. Eccoci in piena regione d'Orléans, dove già abbiamo notato le disastrose intemperie del 1032. Quanto alla carestia, leggiamo che anch'essa è durata tre anni. Anche lì, cannibalismo, miseria psicologica, mortalità stravagante.

Eppure, nell'abbazia di Saint-Benoît, come pure a Cluny, si sopravviviva, sembrerebbe, senza troppe difficoltà. Essere ridotti, il Venerdì santo, mancando pesce e, immaginiamo, legumi, a nutrirsi di trippe d'asino e carne di cavallo ha lasciato al buon André un ricordo indimenticabile. Naturalmente, era grave trasgredire, proprio nel giorno della Passione, la regola dell'astinenza. Però, in un momento in cui tanti non avevano nulla da mangiare...

In quel periodo, l'inedia non fu l'unica causa di morte precoce; c'entravano anche le epidemie, per non parlare, naturalmente, di tutte le malattie personali che non si era in grado di curare. Nel 956 la peste infuriò in Germania e in Francia. Dopo la morte dell'abate di Cluny, san Maiolo, un «fuoco nascosto» che colpiva prima una delle membra, poi il corpo interno, finendo perlopiù un individuo in una notte, fece addirittura una strage. Nel 997 Ademaro di Chabannes lo vide infuriare nel Limosino; lo denomina «mal degli ardenti» e scrive che «una moltitudine di uomini e di donne si trovarono il corpo divorato da un male invisibile». Si tratta, chiaramente, della stessa malattia che imperversava in Borgogna e la vicinanza delle date lascia pensare che si tratti anche della medesima epidemia, che deve dunque avere attraversato la Francia da Est a Ovest. Tale «fuoco», destinato a ripresentarsi nel 1043 nella zona tra la Senna e la Loira e perlomeno nell'Aquitania settentrionale, e che ricomparve a varie riprese durante il Medioevo, prese il nome di «fuoco di Sant'Antonio». Secondo ogni verosimiglianza, va individuato in quella malattia che prende oggi il nome di «ergotismo», provocata dalle farine avariate e soprattutto da quelle ricavate dalla segala quando vi si manifesta l'*ergot*. Ancora una volta, l'effetto della malnutrizione.

Grosso modo, si ha l'impressione, nonostante tutto, che l'anno 1033 abbia segnato il termine di una lunga serie di guai. Rodolfo — ancora lui! — lo dice esplicitamente: cielo sereno, terra verdeggiante e fertile «nell'anno mille dalla Passione del Signore».

Non è possibile che egli forzi alquanto la coincidenza? Dire che la natura ridiventa clemente con il millennio corrispondente all'anniversario della Redenzione è una cosa che tenta, anche se non è vera. Eppure, in tutte le cronache i richiami alle calamità cominciano a rarefarsi parecchio a partire dal 1033. Bisogna riandare fino al 1046 per incontrare una «grave penuria di vino e di legumi».

CAPITOLO QUINTO

SEGNALI IN CIELO

Nello stesso periodo, ai mali che imperversavano in terra corrisposero in cielo segnali enigmatici, inquietanti, a volte terrificanti, che dovevano evidentemente annunciare comunque qualcosa.

Eclissi e comete

Nel 984, il 20 giugno, il duca di Baviera, soprannominato «l'Attaccabrighe», raggiunge a Rohr, un villaggio della Turingia, le imperatrici Adelaide e Teofano, rispettivamente nonna e madre del giovane Ottone III, di cui si è arrogato la custodia. Obiettivo dell'incontro è discutere la restituzione del giovane principe, ma Enrico è piuttosto maldisposto. All'improvviso, in pieno mezzogiorno, brilla in cielo una sorta di cometa bianchissima, che si sposta lentamente. Istantaneamente il problema è risolto: Ottone si getta tra le braccia della madre senza che Enrico osi muovere un dito.

Il 21 ottobre del 990 c'era un'eclissi di sole: il 15 giugno successivo moriva Teofano. Nel febbraio del 998 si scorse in Germania «un corpo celeste, brillante e rosso, vagante nella notte, che esplose improvvisamente e precipitò a terra, mentre la luna si tingeva di un rosso sangue». In un anno non meglio determinato del regno di Roberto il Pio, prima però della morte di Abbone, abate di Fleury-sur-Loire (quindi tra il 988 e il 1004), una luminosissima cometa illumina il cielo di notte, scomparendo soltanto «al cantar del gallo», durante i tre mesi autunnali.

«Ogni volta» dice Rodolfo «che gli uomini vedono prodursi nel mondo un prodigio di tal sorta, poco dopo si abbatte clamorosamente su di loro qualcosa di sorprendente e di terribile.»

Infatti, Abbone muore entro breve di morte violenta, un incendio distrugge la chiesa del monte Saint-Michel, e l'Ardre, un fiumiciattolo costiero dei paraggi, straripa. Enrico I, duca di Borgogna, muore nell'ottobre del 1002: nel dicembre, il sabato sera prima di Natale, si scorge nell'aere «la parvenza, o forse il corpo stesso, di un enorme drago, che usciva dalle regioni meridionali e conquistava il Mezzogiorno, scagliando fasci di fulmini». Era un indubbio presagio della lunga guerra che Roberto il Pio avrebbe intrapreso per sottomettere il ducato rimasto privo di erede.

Sembra che nello stesso periodo, all'incirca, Ademaro di Chabannes, all'epoca giovane monaco del monastero di Saint-Martial d'Angoulême, avesse notato «numerose eclissi di sole e di luna». Una decina di anni dopo, trovandosi a Saint-Cybard d'Angoulême, vede, come tutti, «una cometa dalla forma di spada, poco più larga e più lunga», che compare «verso settentrione durante diverse notti d'estate»; immediatamente, in Gallia e in Italia compaiono incendi, che distruggono la cittadina di Charroux, la chiesa di Sainte-Croix d'Orléans e una quantità di castelli. Il 24 gennaio del 1023 un'eclissi di sole — perfettamente omologata dai moderni astrologhi — è preceduta o seguita, secondo lui, da frequenti turbamenti della luna, che diventa «ora color sangue, ora azzurro cupo» e, a volte, scompare completamente. Per tutto l'autunno precedente o successivo si scontrano nel segno del leone due stelle, una grande proveniente dall'Oriente, un'altra piccola che viene dall'altro capo del cielo, le si precipita contro, ma improvvisamente scappa, respinta dalla «criniera di raggi» dell'avversaria: dopo poco muoiono il papa Bonifacio VIII, l'imperatore d'Oriente Basilio il Giovane, l'arcivescovo di Colonia. Meglio ancora, nel 1024, il neoeletto imperatore tedesco, Corrado di Franconia, cattura e imprigiona il nipote e rivale, Corrado il Giovane. «Sono questi» scrive naturalmente Ademaro «eventi che avevano avuto il loro annuncio negli astri, grazie al segnale della grande e della piccola stella.»

Il 2 marzo del 1031 una cometa annuncia ai monaci di Saint-Benoît-sur-Loire le devastazioni delle cavallette e le disastrose intemperie di cui abbiamo detto. All'eclissi di luna dello stesso anno ricollegano invece la morte di Roberto il Pio. Due anni dopo — quindi in quel 1033 che vede placarsi la furia degli elementi — l'eclissi solare del venerdì 29 giugno si limita solo a spaventare la gente. Rodolfo, a Cluny, l'ha osservata e trovata «davvero terribile». Il sole diventa di un azzurro color zaffiro e «reca nella parte superiore l'immagine della luna al suo primo quarto»; un «vapore color zafferano» inonda ogni cosa. Il nostro monaco, che scrive a una quindicina di anni di distanza, vi scorge il presagio della rivolta dei romani contro il pontefice Benedetto IX: confonde l'eclissi del 1033 con quella del 22 novembre del 1044, anno in cui avvenne quella tragedia pontificia. Egli osserverà, del resto, quel recente fenomeno celeste e un altro segno più inquietante che gli riferirà quasi nello stesso periodo Guido, arcivescovo di Reims: la gente della sua cerchia aveva scorto una sera «la stella Bosforo, detta anche Lucifero, oscillare dall'alto in basso, per minacciare gli abitanti della terra». Subito dopo il vino aveva cominciato a scarseggiare, al pari di altre derrate. Ma Rodolfo non ha dimenticato neanche l'eclissi solare del 22 agosto del 1039, seguita a distanza ravvicinata dalla morte dell'imperatore Corrado e, poco dopo, checché egli ne dica, da quella di Guglielmo VI, conte di Poitiers. L'ultimo fenomeno astronomico da lui riferito è l'eclissi lunare dell'8 novembre del 1046. Essa — dice — fece «tremare parecchio la gente». L'astro fu quasi interamente ricoperto «da un sinistro velo di sangue». Lo stesso mese, un aerolito precipitò sulla città fortificata di Saint-Florentin, ai confini dell'Armançon: i raccolti delle prime seminagioni del mese d'agosto, che normalmente avvengono in ottobre, maturarono solamente allora, il che sbalordì tutti.

Una forma di parossismo

La cosa che va notata non è la frequenza di tutti questi fenomeni celesti; evidentemente allora non si sono verificate più eclissi solari o lunari di qualsiasi altro periodo e altrettanto, probabilmente, vale per le comete e gli aeroliti. La cosa notevole è l'attenzione pavida e il significato attribuiti loro dalla gente. È anche l'immaginazione a esagerarne le dimensioni, a scorgervi talvolta oggetti riconoscibili — spada, drago — e sempre, naturalmente, terrificanti: effetti della paura in cui le sciagure dell'epoca facevano vivere la gente, in fondo incapace di accettare al riguardo spiegazioni di ordine razionale. Le scienze — di cui in altra parte del saggio cerchiamo di farci un'idea — erano ancora ben lungi dal riuscire a fornire una spiegazione dei fenomeni naturali. Non sospettando l'esistenza di regole economiche, non ci si accorgeva che le disgrazie alimentari e di altro genere derivavano in larga misura dalle debolezze — peraltro insormontabili — del livello di organizzazione sociale e dalla povertà delle acquisizioni tecniche. Alcuni — di gran lunga i più numerosi — ancora in preda a superstizioni primitive, subivano senza capire quanto ritenevano capriccio di forze misteriose. Altri — i chierici — inclini per professione a ricondurre ogni cosa alla volontà divina, presupponevano l'esistenza di una qualche logica: Dio puniva gli uomini per i loro peccati.

Sono stati — come sostiene Rodolfo dopo avere condannato in parecchie delle sue pagine i «prelati che si arricchiscono con mezzi vergognosi» — «il raffreddarsi della carità», «il ridondare dell'iniquità nel cuore degli uomini smisuratamente pieni di sé, a provocare l'inconsueta frequenza delle disgrazie», intorno all'anno mille e dopo, «in ogni parte del mondo». La grande carestia degli anni 1030-1032 è da lui definita «una sterilità vindice». Se gli sforzi delle persone di buona volontà per venire in soccorso alle vittime sortiscono risultati soltanto irrisori, il fatto è che «troppi sono i crimini che restano da vendicare». E via a indignarsi per il fatto che «sotto tanti misteriosi flagelli della vendetta divina» non si sia trovato nessuno, o quasi, che riconoscesse le proprie colpe e chiamasse in soccorso Dio. Diventava di attualità la predizione di Isaia: «Il popolo non si è rivolto verso colui che lo colpiva». Osservazione — si badi — del tutto incompatibile con l'idea che ci si fa solitamente delle «paure dell'anno mille».

Facendo la somma di tutte le calamità e i fantasmi da esse suscitati nelle immaginazioni della gente non si può evitare la sensazione che le tre o quattro generazioni che debbono avere conosciuto l'anno mille siano vissute in un clima di parossismo. Né prima né dopo — perlomeno fino alla grande peste nera del XIV secolo e alle sciagure della guerra dei Cento Anni — si ritrova una concentrazione analoga di miserie e spaventi.

Ma per quanto frequenti fossero, disastri e prodigi spaventosi non erano ininterrotti. Basta averli enumerati per rendersene conto. I decenni che inquadrano il millennio hanno conosciuto periodi relativamente clementi, durante i quali si conduceva una normale vita quotidiana. Altrimenti, sarebbe impossibile scrivere il nostro libro. Cominciamo, allora, a entrare veramente nel merito.

L'antica abbazia di Cluny secondo K.J. Conant, in un acquarello conservato al Musée Ochier di Cluny (particolare). I monasteri, nell'anno mille, erano luoghi dove venivano accolti i viaggiatori altolocati e l'abbazia di Cluny si era attrezzata in modo notevole a tale scopo. Al di fuori della cinta del chiostro offriva un vasto edificio con dormitorio per uomini e donne di alto rango. Tra i due dormitori, come separazione, c'era un refettorio dove uomini e donne prendevano insieme i pasti. Il servizio per questi personaggi era assicurato dal monaco alberghiere, assistito da altri due monaci e da servitori incaricati chi di cucinare, chi di spazzolare calzature e gambali, chi di rifornire con gli asini la legna per tenere acceso il camino e scaldarsi.

Foglio di un calendario con il ciclo dell'anno, le stagioni, il giorno e la notte, una miniatura su pergamena della fine del X secolo (Berlino, Staatsbibliothek, Preussischer Kulturbesitz, particolare). Le stagioni imprimevano al corso dell'anno le naturali articolazioni che guidavano i lavori dei campi, la caccia, la guerra, insomma la vita dei contadini e dei loro signori. Le date, per i giorni, si scrivevano secondo l'uso latino, per calende, idi e none e i mesi recavano nei testi i nomi del calendario latino. Il calendario aveva una grande rilevanza liturgica, poiché le letture della messa e degli uffici, nonché i santi da commemorare, cambiavano, come oggi, ogni giorno.

L'imperatore Ottone III in trono tra due suoi rappresentanti spirituali e due temporali in una miniatura su pergamena della fine del X secolo (Monaco, Bayerische Staatsbibliothek). Allo scoccare dell'anno mille Ottone III ha vent'anni. Abbandonata Aix-la-Chapelle, capitale imperiale dall'epoca di Carlo Magno, Ottone III si trasferisce a Roma. Il suo palazzo si erge sull'Aventino. Dal momento che si identifica con Costantino, e Costantino aveva creato la propria sede a Bisanzio dando il suo nome a quella città, Ottone riprende il modello della corte imperiale, del *basileus* che regna a Costantinopoli. Ne copia minuziosamente l'etichetta. Mangia da solo. Veste da re: manto d'oro, sandali di porpora.

In alto: scene di vita quotidiana da una miniatura del 1039 circa (Norimberga, Germanisches Nationalmuseum, particolare). Nelle abbazie il servizio dei pasti era guidato da un addetto al refettorio, assistito da altri tre monaci incaricati di stendere le tovaglie sui tavoli e di distribuire per ogni posto un coltello e i pani. Normalmente la tovaglia doveva ricoprire solo la metà del tavolo—non si capisce bene perché; solo in determinati giorni, soprattutto nelle festività, lo copriva completamente. Mentre serve la tavola, l'addetto al refettorio indossa, per igiene, una blusa di tela di lino.

Nella pagina accanto: San Gregorio il Grande e il suo scriba in una miniatura su pergamena del 984 circa (Treviri, Stadtbibliothek). All'epoca dell'anno mille alcuni monaci erano incaricati di copiare le carte dell'abbazia — realizzando in tal modo un «cartulario» pervenuto sino a noi — o di riprodurre in varie copie gli esemplari delle opere dei Padri della Chiesa, di san Gregorio o di altri autori ecclesiastici. Tra di essi alcuni sono abbastanza dotati da poter illustrare con miniature i manoscritti. Tutti quei lavori di trascrizione e di miniatura erano ritenuti talmente importanti che i monaci che vi si dedicavano erano in parte esentati dal servizio del coro.

In alto: i giocolieri e musicisti in una miniatura di scuola cassinese, anteriore all'anno 1023 (Montecassino, Archivio dell'abbazia). Questi animatori itineranti, insieme ai giullari e ai cantori, offrivano al pubblico tanto giochi di prestigio quanto canzoni. Essi includevano nel loro repertorio, trasmettendoli di generazione in generazione, testi scritti in versi per poterli più facilmente imparare a memoria ed essere cantati. Gli avvenimenti che preferivano erano le grandi vittorie o le grandi sciagure: Roncisvalle per esempio, dove morì Orlando, era tra i temi più richiesti.

Nella pagina accanto: miniatura dell'XI secolo da *De Musica* di Severino Boezio (Milano, Biblioteca Ambrosiana). In quell'epoca la musica rientrava fra le arti matematiche. Si trattava del retaggio del più o meno leggendario Pitagora cui si attribuiscono i primi progressi delle matematiche. Poiché non si fidava troppo della percezione del senso dell'udito, né degli strumenti che subiscono variazioni per l'influenza della temperatura, Pitagora poté ragionare, con maggior sicurezza, sul rapporto tra altezza dei suoni e larghezza delle corde. È questa l'origine della teoria matematica della musica, che sarebbe stata trasmessa al Medioevo dal *De Musica* di Boezio.

In alto: il lavoro dei campi in una miniatura di arte carolingia dell'XI secolo (Köszeg, Ungheria, particolare). Nell'anno mille le terre che si estendevano intorno ai villaggi erano quasi tutte coltivate. Campi di grano, come si diceva da secoli, ma con quel termine, e ancora per molto, si indicavano tutti i cereali con cui si poteva fare il pane: frumento, come oggi, ma anche segale, farro, avena, orzo e quella mistura di frumento e segale che si chiama segalata. Vi erano campi ovunque se si esclude la superficie ben più ridotta occupata da ortaggi, frutteti, a volte anche piantagioni di canapa.

Nella pagina accanto: mese di giugno, mietitura, dal salterio di San Paolo a Ripa d'Arno (scuola pisana del XII secolo. Firenze, Biblioteca Laurenziana). Lo strumento di cui si servono i contadini per mietere il grano è il falcetto: esso taglia i gambi delle spighe come una sega. Sulla forma non vi sono dubbi: è quella della luna crescente. È raffigurato così in tutti i disegni o le miniature dei manoscritti in tutto il Medioevo.

In alto: una immagine allegorica della terra, miniatura su pergamena del 1000 circa (Bari, Cattedrale, particolare). Sappiamo che fino a Copernico, il cui *De revolutionibus orbium caelestium* sarebbe apparso nel 1543, si è pensato che la terra occupasse il centro del mondo fatto di sfere concentriche, ciascuna delle quali corrispondeva all'orbita apparente del sole, della luna e di uno dei pianeti, mentre l'ultima sorreggeva l'insieme delle stelle fisse. È così, pressappoco, che riusciamo a immaginarci l'universo degli scienziati dell'anno mille.

Nella pagina accanto: la vendemmia, in una miniatura di scuola cassinese dell'anno 1023 circa (Montecassino, Archivio dell'abbazia, particolare). La vigna veniva coltivata un po' dappertutto dal momento che il vino, ricercatissimo da tutte le parti e indispensabile per celebrare la messa, non poteva, come altre merci, essere trasportato ovunque in grandi quantitativi. Sembra che proprio per questo le signorie ecclesiastiche fossero quelle più ricche di vigneti: una superiorità che avrebbero mantenuto fino al termine del Medioevo. I grandi fiumi, uniche importanti vie di comunicazione, facilitavano la coltivazione dei vigneti lungo le loro rive.

In alto: le api, una miniatura su pergamena dell'XI secolo che raffigura la raccolta del miele (Bari, Cattedrale, particolare). Che cosa si serviva sulla tavola degli aristocratici di quei tempi? Per quel che riguarda i dolci, per esempio, non potevano che essere a base di miele, anche se non è certo che fossero altrettanto abituali dei nostri *dessert*. Per quel che riguarda la carne invece provvedeva soprattutto la caccia: cervi e cerbiatti, daini, cinghiali, di cui i boschi erano pieni, venivano serviti per interi quarti sulle tavole dei signori e, a volte, vi si aggiungeva anche l'orso. Dal momento che non esistono libri di cucina che risalgono all'anno mille, non sappiamo però come si cucinasse tutta quella carne. La cosa più probabile è che venisse arrostita alla brace, come è probabile che se ne esaltasse il sapore con erbe aromatiche.

Nella pagina accanto: bottega di calzolaio in una miniatura di arte carolingia dell'XI secolo (Köszeg, Ungheria, particolare). Gli artigiani del tempo, al pari di chiunque, avevano anche loro un signore. Molti risiedevano nelle città vescovili e il vescovo, gran signore, abitando in un palazzo circondato da un consistente personale di canonici, chierici, cavalieri, guerrieri che doveva alloggiare, vestire, nutrire e armare, aveva parecchio lavoro per loro.

In alto: mese di febbraio in una miniatura di scuola piacentina del XII secolo (Piacenza, Biblioteca Capitolare). Negli insediamenti rurali di quell'epoca non c'era il camino per scaldarsi. Si poteva al massimo accendere il fuoco direttamente sul pavimento di terra battuta, o su qualche pietra piatta, bene al centro perché fosse il più lontano possibile dalle pareti di legno. Il fumo usciva dalle finestre. Probabilmente, come si sarebbe usato ancora per molto tempo fra i contadini più poveri, nelle capanne doveva esserci posto per le bestie, che in inverno riscaldavano un po' l'atmosfera.

Nella pagina accanto: carpentieri all'opera in una miniatura di arte carolingia dell'XI secolo (Köszeg, Ungheria, particolare). Nell'anno mille la costruzione in legno dominava ovunque nelle campagne. Possiamo immaginare baracche fatte di assi tenute insieme su montanti squadrati, con perni più che con chiodi, non ancora prodotti normalmente. Il tetto doveva essere di stoppie, di canne, di erba poggiata su tavole. All'alba dell'XI secolo anche i piccoli castelli dovevano essere di legno. E la manodopera la fornivano i contadini che, abituati a costruirsi da soli le proprie capanne, erano tutti un po' carpentieri.

Calice di San Gauzelin (Nancy, Cattedrale), un prezioso esempio di arte orafa della seconda metà del X secolo. È di sicura evidenza che l'incredibile ricchezza dell'arredo liturgico non era assolutamente dovuta all'esclusivo lavoro dei monaci: c'era bisogno di artisti professionali per tutte le pitture, gli oggetti sbalzati in metalli pregiati, le stoffe decorate, le pianete, le vetrate, i calici d'oro ornati di pietre preziose, i lampadari di bronzo, d'argento e d'oro in forma di corone. Eppure è certo che alcuni monaci contribuirono ad abbellire il loro santuario.

CAPITOLO SESTO

I LINGUAGGI

Pochi altri elementi condizionano così intimamente la vita di tutti i giorni come il linguaggio. Senza il linguaggio non può esistere vita, né pratica, né intellettuale. Se è vero che in qualsiasi epoca, in un'area geografica di una certa estensione, ci si trova in presenza di diversi idiomi, questo è vero più che mai in Europa per l'anno mille e per alcuni secoli successivi.

La formazione dei «volgari»

Dopo aver soppiantato fin dall'antichità i vari dialetti italici della penisola, il latino si era imposto nella Gallia e nella Spagna conquistate. Non si trattava certamente del latino di Cicerone, di Tito Livio o di Seneca, che probabilmente il volgo, in Italia e altrove, non parlò mai, ma doveva trattarsi di un latino fortemente contaminato dai dialetti locali, i quali appartenevano quasi tutti, incluso quello della Gallia, alla stessa famiglia indoeuropea, molto somiglianti al latino stesso per le strutture sintattiche e grammaticali, nonché, ovviamente, per molte radici lessicali. Limitiamoci a un solo esempio: la sillaba *rix*, che compare al termine di tanti nomi di capi dei Galli, a partire da Vercingetorix, non significa altro che *rex*, cioè re.

Se insistiamo qui sulla parentela degli idiomi parlati nella parte più occidentale dell'Europa con il latino, a rischio di uscire dal tema più immediatamente specifico del saggio, non è a caso. Il francese, la «lingua d'oc» a lungo parlata nel Mezzogiorno della Francia, lo spagnolo, il catalano — che è una lingua vera e propria, tuttora in uso —, il portoghese derivano evidentemente dal latino, sono le cosiddette lingue romanze. Ora, questi bei linguaggi culturali sono passati, dai primi secoli della nostra èra a un periodo collocabile fra l'XI e il XII secolo, attraverso un processo di sviluppo, durante il quale non sono stati altro che ciò che gli intellettuali del tempo definivano sprezzantemente «lingue volgari», vale a dire dialetti senza tradizione scritta (*patois*), parlati da gente illetterata un po' dappertutto, ma derivati da un latino a lungo bistrattato da gente zotica incapace di osservarne le regole e la pronuncia. Vuol dire che tutti i contadini della Gallia o dell'Iberia hanno cominciato a biascicare il latino unicamente in quanto alcune migliaia di legionari e i signori locali, ben presto romanizzati, dei possedimenti dai primi coltivati parlavano solo quella lingua, o ormai non parlavano più altra lingua che quella; vuol dire, insomma, che l'esempio e l'influenza di un'esigua minoranza di occupanti e detentori del suolo sono bastati a fare dimenticare loro in poche generazioni gli idiomi ancestrali.

È un fenomeno straordinario. La Renania, occupata da Roma altrettanto intensamente e a lungo della Gallia — Treviri fu capitale imperiale — è rimasta germanofona. In Gallia e in Spagna gli idiomi dei conquistatori germanici si sono dileguati. I normanni francofoni che, al volgere dell'XI secolo, si sono insediati in Inghilterra come dominatori non sono riusciti a indurre le popolazioni dell'isola a parlare francese, ma sono stati costretti loro, alla fine, a parlare inglese.

Si è pertanto tentati di pensare che se Galli e Spagnoli si sono bene o male convertiti all'uso del latino la spiegazione stia nel fatto che le loro stesse lingue erano preparate a questo; che le lingue romanze non siano eredi legittime del solo latino, ma frutto del libero connubio — in tal caso « incestuoso » — di questo con le diverse lingue o dialetti del suo stesso ceppo.

Del resto, troppo spesso si dimentica che la conoscenza delle lingue romanze del Medioevo è avvenuta per noi — ovviamente — soltanto tramite testi scritti, dovuti quindi a letterati che hanno probabilmente teso ad abbellire e disciplinare il linguaggio « volgare » di cui si servivano per farsi capire dal pubblico, riaccostandolo il più possibile al latino, che erano fieri di conoscere e che, come tutti, consideravano la lingua per eccellenza. Chi leggesse i ventinove versi della *Séquence de Sainte Eulalie* (Sequenza di Sant'Eulalia), il primo dei testi letterari francesi conosciuti della fine del IX secolo, o i poemi de *La passion* (La passione) o della *Vie de Saint-Léger* (Vita di San Léger), se per miracolo potesse ascoltare una conversazione di contadini dell'epoca, avrebbe molto probabilmente alcune sorprese.

Lasciando pure da parte un'ipotesi così poco tradizionalista, gli strumenti di comunicazione orale sono, intorno all'anno mille, estremamente diversificati.

C'è una zona romana — l'Italia, il territorio dell'attuale Francia con in più la Fiandra vallone tranne l'Alsazia, la Spagna nonostante la dominazione islamica — e una zona germanica. Il simbolo di questa che è la principale spartizione è dato dal testo bilingue dei giuramenti di Strasburgo, intercorsi nell'anno 842 tra il re franco dell'Occidente, Carlo il Calvo, e il re franco d'Oriente, Luigi il Germanico, alleati contro il fratello, l'imperatore Lotario. I guerrieri di Carlo — considerato dagli storici il primo effettivo re di Francia — abituati a vivere e combattere insieme, avendo avuto occasione di attraversare in lungo e in largo la Francia, ricorrevano sicuramente tutti a quella lingua romanza di cui offrono testimonianza le poche righe scritte in loro favore; parallelamente, lo stesso accadeva per il germanico offerto ai prodi di Luigi.

Non si deve pensare, tuttavia, che quel romanzo o quel

germanico fossero parlati allo stesso modo nelle rispettive zone di appartenenza dei due sovrani. Per tutto il Medioevo i testi giunti fino a noi lasciano trapelare qua e là l'esistenza di dialetti locali, che segnano un'ulteriore suddivisione in tutta una serie di aree più limitate. Inoltre, si tratta in questi casi soltanto di idiomi conservati in uso e più o meno elaborati dai chierici che hanno steso quei testi. Sono soltanto relitti di quei linguaggi molto simili, ma con infinite diversificazioni, di cui recheranno testimonianza, fino ai giorni nostri, i dialetti senza tradizione scritta.

La pertinace frammentazione dei comuni modi di esprimersi non può che essere il risultato — e quindi la dimostrazione — dei vari steccati esistenti nella vita di tutti i giorni nei vari territori in epoca medievale. Legato o no alla gleba, il contadino vive normalmente in un ambiente chiuso, nel quale si radicano certe peculiarità fonetiche e semantiche, per cui il suo linguaggio non coincide esattamente con quello del territorio accanto. Tuttavia, com'è logico, le differenze, tra vicini, sono minime. Inoltre, al di sopra di un simile mosaico, si individuano in Francia i contorni di tre principali ambiti linguistico-territoriali: la lingua d'oil («sì») al Nord, fino a Berry e Poitou; la lingua d'oc, al Sud; il *franco-provenzale*, intorno a Lione, dalle Alpi ai monti del Forez e a nord del Giura. Va aggiunto che, nell'intera penisola armoricana, si parla un celtico assai diverso dall'antica lingua gallica: è quello dei bretoni insulari che, nel V secolo, sono sfuggiti all'invasione degli angli e dei sassoni, rifugiandosi nel paese che da allora prenderà il loro nome: la Bretagna. Ancora più eterogenea (e rimasta misteriosa) è, verso l'estrema parte sudoccidentale, la lingua dei baschi.

Tranne per queste ultime due lingue, pellegrini e viaggiatori affrontavano dunque senza difficoltà paesi in cui, pur non parlandosi esattamente come da loro, tuttavia era sicuramente possibile farsi capire: l'adattamento doveva avvenire progressivamente, a seconda delle tappe di quei lenti spostamenti che avvenivano a piedi.

Il latino, idioma universale

Il tratto linguistico che contraddistingue in maniera precipua il Medioevo consiste nel ruolo del latino. Questa lingua, che perlomeno dal VI secolo non rappresentava più per nessuno la lingua madre, restava tuttavia la lingua più diffusa fra quelle vive: veniva normalmente parlata da tutte le persone di Chiesa, clero secolari o monaci, quindi da parecchia gente, specie nell'ambito dell'Occidente cristiano. Inoltre, rappresentava l'unica lingua colta: ogni forma di insegnamento intellettuale veniva impartita in latino; si era dotti soltanto se si riusciva a parlare latino; per molto tempo, e ancora intorno al mille, si scriveva praticamente soltanto in latino (i testi che abbiamo richiamato poco sopra costituiscono rarissime eccezioni).

Un certo numero di laici insigni, variabile a seconda delle generazioni, godeva dei privilegi della latinità, in seguito agli studi da loro seguiti in scuole di cui parleremo più avanti. Qui vale la pena di osservare in quale modo funzionasse questo complesso sistema linguistico a più livelli.

Ecco, per esempio, un incontro tra l'imperatore Ottone II e Ugo Capeto, nel 981. Il tedesco ignora la lingua romanza francese, ma conosce il latino. Ugo, da parte sua, parla soltanto la sua lingua d'origine. Ha con sé il vescovo di Orléans, Arnoldo, che gli traduce in «volgare» le frasi latine dell'imperatore germanico.

Il padre del primo sovrano capetingio, Ugo il Grande, non si era dunque curato di fare apprendere al figlio le belle lettere. Ugo Capeto, invece, manda il figlio Roberto alla scuola di Reims, dove insegnava il dotto Gerberto, che fa qui la sua prima — non certo ultima — comparsa: avrà in tal modo un successore che conosca il latino non meno di un chierico o di un monaco. Un gran signore dell'epoca di Roberto il Pio, Guglielmo V, duca di Aquitania, sarà anche lui un letterato, quindi un latinista, il quale, a detta di Ademaro di Chabannes, consacrava alla lettura parte delle sue notti.

Resta pur sempre il fatto che il complesso degli ambienti laici era precluso alla latinità. Ciò nonostante, l'intera società funziona solo tramite il latino, e anche abbastanza agilmente, in quanto ovunque ci sono chierici, vale a dire persone istruite nell'unica istituzione in grado di farlo, la Chiesa, della quale fanno parte a diverso titolo. Si tratta di ministri, ambasciatori, economi, giuristi, segretari privati. Essi prestano a chi ne abbia bisogno i loro occhi, la loro penna, la loro lingua, assicurano le corrispondenze, redigono gli atti giudiziari. E fra loro, specie nei concili in cui si riuniscono i vescovi, essi si esprimono in latino.

Anche con Dio essi parlano in latino. E nelle loro preghiere sono alla presenza del popolo, che li ascolta e assiste alle loro messe o alle fastose cerimonie liturgiche che accompagnano le principali festività. I più umili, dunque, sentivano parlare, e soprattutto cantare, in latino. Naturalmente non ci capivano nulla e tanto più ne ricavavano il senso della solennità di questi appelli all'invisibile. Con il loro senso magico del sacro, trovavano del tutto naturale che si dovesse ricorrere, per rivolgersi a Dio, a una lingua diversa da quella di tutti i giorni. Non era, infatti, importante che capissero, ma che fosse Dio a capire. È forse noto che i nostri religiosi nei chiostri, da qualche decennio, salmodiavano ancora per ore e ore preghiere latine, delle quali non capivano minimamente il significato? Eppure questo non impediva loro di nutrire una fede limpida e coerente.

Se dunque le forme espressive dei vari luoghi erano infinitamente più numerose e variegate di oggi, esisteva tuttavia, per abbordare i principali affari divini e umani, e anche quelli meno importanti, una lingua universale. Ne derivava il senso di una solidarietà, quella della Cristianità. L'Impero d'Occidente era ormai soltanto un ricordo, le nazioni europee costituivano il segreto ancora insospettato dell'avvenire, esistevano soltanto patriottismi strettamente locali e, soprattutto, rivalità e scontri di interesse su piccola scala, all'origine di conflitti sanguinosi. Ma ognuno sapeva che in qualsiasi parte dell'Occidente si pregava Dio con le stesse parole, e questo sostituiva in certo modo un sentimento nazionale, quello che avrebbe reso possibile lo spirito di crociata.

CAPITOLO SETTIMO

LO SPAZIO

Frantumato dai dialetti, riunificato dal latino, lo spazio dell'individuo occidentale del X o XI secolo sembra fosse, a un tempo, ignorato e sentito in maniera acuta.

Lo spazio vuol dire tante cose. Oggi, per esempio, la parola ci ricorda sia le distese intersiderali sia lo «spazio Cardin»... Intorno all'anno mille era piuttosto inconsueto e l'idea che se ne aveva non era particolarmente chiara.

L'universo

Lo spazio illimitato — o curvo — degli astronomi non era neppure concepibile. Una sfera con la terra al centro: era quella la nozione più vasta che si avesse allora dell'universo ed è inutile dire come fosse riservata a una ristretta cerchia intellettuale: insegnanti e allievi di certe scuole episcopali. Negli anni 980, Gerberto d'Aurillac, «maestro», ovvero direttore, della scuola di Reims, che sarebbe finito papa con il nome di Silvestro II, concretizzava la nozione di universo tramite una sfera piena, sulla quale aveva annotato i punti in cui si levavano o tramontavano gli astri, con varie «sfere armillari», formate cioè da cerchi raccolti insieme, che ne mostravano gli itinerari celesti, per finire con una sfera concava munita di vari tubi, uno dei quali permetteva di individuare i poli, mentre gli altri giravano intorno al primo, orientando e fissando lo sguardo su un punto ben preciso. È quanto ci riferisce Richer, fervido discepolo di Gerberto. Non pretendiamo di capire tutto di questa terza sfera, ma riconduciamo il tubo che consente di individuare i poli a quello di cui lo vedremo più tardi servirsi per puntare in cielo la stella polare e orientare in tal modo un quadrante solare.

A ogni modo, sappiamo che fino a Copernico, il cui *De revolutionibus orbium caelestium* (Sulle rivoluzioni delle orbite celesti) sarebbe apparso nel 1543, si è pensato che la terra occupasse il centro del mondo fatto di sfere concentriche, ciascuna delle quali corrispondeva all'orbita apparente del sole, della luna, o di uno dei pianeti, mentre l'ultima sorreggeva l'insieme delle stelle fisse. È così, pressappoco, che riusciamo a immaginarci l'universo degli scienziati dell'anno mille.

La terra

Si noterà subito come in tale concezione anche la terra sia sferica. Contrariamente a una credenza assai diffusa, questa acquisizione della scienza greca non era caduta nell'oblio generale nel Medioevo. Tuttavia, pur restando in piedi nel pensiero degli astronomi, la sfericità della terra non trovava espressione nelle rappresentazioni dei geografi. Del resto, si possono chiamare geografi gli artefici di quei mappamondi (*mappa mundi*, carta in piano e non globo) che presumono di raffigurare la terra con un disco diviso in tre da una T? Il semicerchio delimitato dall'asta orizzontale è l'Asia; i due quarti di cerchio sono: l'Europa, a sinistra, e l'Africa, a destra; il tratto verticale si ritiene rappresenti il Mediterraneo, la barra il Tanai (il Don) e il Nilo... Al punto di incontro sta Gerusalemme, centro del mondo. I «mappamondi in T-O», come li chiamano gli storici della cartografia, illustrano ritualmente, nei manoscritti, certi passi di opere ritrascritte a più riprese, come il *De natura rerum* (Sulla natura delle cose) e le *Etymologiae* (Etimologie) di Isidoro di Siviglia, il *De ratione compututandi* (Sulla ragione nel contare) di Beda, il *De bello Iugurthino* (Sulla guerra di Giugurta) di Sallustio. Ma un passo delle storie del nostro ineludibile Rodolfo ne rivela il carattere di schema teologico. Osservando come il cristianesimo abbia conquistato «le regioni dell'Aquilone [il Nord] e dell'Occidente» e non «i centri orientali e meridionali del mondo», egli soggiunse: «Del resto, è quanto in perfetta verità presagiva la posizione della croce del Signore [...]: mentre alle spalle del Crocifisso c'era l'Oriente con le sue sanguinarie popolazioni, davanti ai suoi occhi si estendeva l'Occidente, pronto a essere inondato dalla luce della fede; e, del pari, la sua destra onnipossente, aperta nel gesto della misericordia, si tendeva verso il Settentrione, che conobbe la dolcezza di credere nella parola santa, mentre la sua sinistra era riservata al Mezzogiorno, che pullulava di popoli barbari».

Il testo riportato potrebbe ben essere illustrato da un mappamondo in T-O, a molto maggior ragione di quelli che normalmente vi si ricollegano.

C'erano, naturalmente, varianti rispetto a questo schema e, a partire dalle vicinanze dell'anno mille, esistono rappresentazioni meno sommarie della terra. Quella che si ritrova in un manoscritto del commento all'*Apocalisse* dovuto al monaco Beato, redatto dopo il 1027, offre tracce che servono ad accostarsi in maniera un po' più ravvicinata alla realtà. Altre, più tarde, possono essere confrontate con questa.

Ecco alcuni elementi per avere un'idea della visione d'insieme che doveva probabilmente farsi del nostro pianeta qualche monaco colto; quanto all'idea che poteva avere dei paesi, si hanno campioni rarissimi. Eccone uno, sempre di Rodolfo: «Secondo la maggior parte di quanti si occupano della configurazione del globo, il territorio della Gallia rientrerebbe in uno spazio quadrato; ora, benché dai monti Rifei ai confini della Spagna abbia a sinistra il mare Oceano e a destra sia costeggiata dalla catena delle Alpi, la sua forma oblunga oltrepassa i limiti della figura del quadrato. L'estremità inferiore, dappertutto del resto la meno apprezzabile, prende il nome di Corno della Gallia. La sua capitale è Rennes: da tempo è abitata dalla popolazione dei bretoni, che inizialmente ebbero come unica forma di ricchezza l'esenzione dalle imposte e latte in abbondanza. Completamente estranei a ogni civiltà, essi hanno costumi incolti, sono pronti alla collera e farfugliano un'insipido dialetto».

Lasciamo pure da parte quest'osservazione di «geografia antropica», che offre un saggio del legame d'affetto che probabilmente nutrivano reciprocamente le varie etnie della «Gallia», ma non risparmiamoci il commento delle altre affermazioni di un testo così sorprendente. In primo luogo, il termine «globo» — con cui si è tradotto in mancanza di meglio il termine latino *orbis* — non deve lasciare pensare che Rodolfo sapesse che la terra era sferica: *orbis* significa anche cerchio; e il suo insistere sull'orientamento della croce di Cristo si può benissimo riferire ai mappamondi in T-O, tanto da far pensare che abbia impiegato il termine in quel senso. I monti Rifei che, nel contesto, segnano il confine della Francia contrapposto a quello rappresentato dai Pirenei (le «frontiere della Spagna»), pongono un duplice ordine di problemi: in primo luogo, il nome normalmente indica monti posti a nord della Scozia, cioè, grosso modo, dell'attuale Russia; inoltre, il confine settentrionale della Gallia è assolutamente privo di monti. Per poter dire che la Gallia ha alla propria sinistra l'Oceano e le Alpi alla destra occorre orientare la carta con il Nord in alto, come si fa ora, mentre i mappamondi collocano il Nord a sinistra. Ma in tal caso il «Corno della Gallia» — termine da cui sarebbe derivato «Cornovaglia» — che costituisce l'estremità inferiore di questa Gallia oblunga, ne rappresenterebbe l'estremo Sud, mentre si tratta chiaramente della Britannia... Ce n'è a sufficienza per valutare la lucidità in materia geografica del nostro monaco il quale, altrove, colloca il Vesuvio «in terra africana», fa dell'Africa il teatro di guerre tra Saraceni e cristiani, guerre che possono essersi svolte solo in Spagna e, a volte, assegna alla Lorena il nome di Rezia, che è il nome di una regione delle Alpi.

Rodolfo era, dunque, particolarmente scarso in geografia? Mancano strumenti di confronto contemporanei. Ma va fatta un'osservazione che, valida per l'anno mille, si applica in genere al Medioevo: non sembra che la gente sentisse il bisogno di carte geografiche o topografiche. I marinai metteranno a punto, forse durante il XIII secolo, una carta nautica che riproduce con straordinaria precisione il tracciato delle coste del Mediterraneo, costellata dai nomi dei luoghi: l'esemplare più antico che se ne conosca, conservato presso la Biblioteca Nazionale, risale al 1300 circa (si tratta di quelli che si sogliono chiamare i portolani); per la terraferma, tuttavia, non si è trovato niente di analogo. E i testi non ne fanno mai menzione, tranne per una carta «della terra» e alcune piante di Roma e di Costantinopoli incise su una tavola d'argento e, quindi, sicuramente trasformate prima o poi in danaro, che secondo Eginardo avrebbe posseduto Carlo Magno. Il vuoto e il silenzio stupiscono ancora di più, in quanto nel Medioevo, in particolare nell'anno mille, era altrettanto importante che in altre epoche avere una precisa coscienza della superficie terrestre: era infatti un continuo litigarsela e spartirsela. E la spartizione non era casuale: quando, nell'anno 843, con il trattato di Verdun, Lotario, Luigi il Germanico e Carlo il Calvo spartirono in tre l'Impero di Carlo Magno, si accordarono — come sembra avere dimostrato ai giorni nostri Jacques Pirenne — perché ognuno avesse nella parte a lui assegnata più o meno la stessa quota di boschi, di terre arabili, di vigneti, di città importanti. Non sarebbe concepibile, al giorno d'oggi, una spartizione altrettanto accurata senza un'assidua consultazione di carte molto dettagliate. Ora, nessuno dei testi che richiamano l'elaborazione del trattato vi accenna. Del resto, per tutto il Medioevo, dai polittici carolingi fino alle «confessioni e censimenti» del XV secolo, documenti di valore giuridico hanno descritto in dettaglio, grazie alla lingua, realtà territoriali molto complesse. La nostra principale preoccupazione per riuscire a capirli, oggi, è riportarne i dati sulla carta; nessuno di questi testi, però, fino al XVI secolo, è corredato da una carta o una pianta. Si dovrebbe pensare che la gente dell'epoca possedesse un senso dell'orientamento, una percezione intuitiva e concreta dello spazio circostante, forse anche per un raggio piuttosto ampio, che rendeva superfluo il supporto visivo.

Reims-Chartres a cavallo

C'era, certo, bisogno di senso dell'orientamento per spostarsi da un posto a un altro senza rischiare di smarrirsi, attraverso sentieri appena tracciati, per boschi fitti, senza alcun cartello stradale e senza bussola, dal momento che tale strumento si conobbe in Occidente soltanto durante il XII secolo.

Richer, monaco di Saint-Remi di Reims, era appassionato di medicina. Amava molto leggere gli *Aforismi* di Ippocrate. Circa due settimane prima del giorno in cui il rivale carolingio di Ugo Capeto venne catturato a Laon con la complicità traditrice del vescovo Ascelino, cioè in pieno marzo 991, ricevette un messaggio dell'amico Eribrando, chierico di Chartres, che lo invitava ad andare a leggere quell'opera. Affascinato, si appresta a seguire quest'uomo, che chiama «un cavaliere», e lo accompagna anche un domestico del monastero. L'abate, scrive, gli assegna «come unico aiuto» una sola «bestia da soma»; in seguito deve ammettere di avere personalmente un cavallo a disposizione. Dunque, tutti e tre i personaggi non sono appiedati. Ma Richer parte «senza denaro, senza abito di ricambio né altri oggetti di prima necessità». Si dovrebbe pensare che l'abate non approvasse il viaggio, o che avesse scarsa simpatia per Richer. La prima tappa non fa storia. I nostri viandanti arrivano all'abbazia d'Orbais, «un luogo famoso per la sua ospitalità». Dobbiamo supporre che per arrivarci — Richer non ci dice nulla al riguardo — abbiano attraversato il bosco della Montagna di Reims, passato la Marna a Epernay, o più probabilmente a Hautvillers, visto che c'era lì un'abbazia benedettina — divenuta celebre allorché, molto dopo, dom Perignon vi mise a punto il «metodo della Champagne» — dove dovette essere più facile per loro trovare di che ristorarsi a metà giornata. Superata la Marna, hanno probabilmente raggiunto Orbais attraverso i boschi d'Enghien e di Vassy, percorrendo in un giorno circa 55 chilometri, o forse più, se — com'è credibile — il tracciato dei sentieri attraverso il bosco era meno diretto di quello delle attuali strade di dipartimento.

A ogni modo, Richer — come riferisce egli stesso — si vede «rianimato» dall'abate di Orbais, che gli «dà anche segni della sua munificenza». Ci sembra di capire che, dopo una buona nottata, egli parta questa volta con un po' di denaro e un abito di ricambio. È diretto a Meaux.

«Ma» continua «essendomi impegnato con i miei due compagni in un giro per evitare il bosco, incorremmo in tutti gli infortuni possibili. Ingannati dalla diramazione di due strade, percorremmo 6 leghe (24 chilometri) in più del necessario. Poi, superato Château-Thierry, la nostra cavalcatura, che fino a quel momento pareva un bucefalo, cominciò a procedere più lenta di un'asino. Già il sole era lontano dal meridiano e inclinava verso il tramonto e l'atmosfera era piena di pioggia, quando il valoroso bucefalo, morto di stanchezza, cadde privo di forze sul domestico che lo montava e spirò, quasi fosse stato colpito dal fulmine, a sei miglia dalla città.»

Va detto che la povera bestia, che non era se non la «bestia da soma» concessa dall'abate, aveva caricato fin lì sia il domestico sia i bagagli e aveva, quindi, compiuto più del suo dovere.

La città di cui parla Richer è sicuramente Meaux, obiettivo di quella tappa, e non Château-Thierry, come potrebbe lasciare pensare il testo: 6 miglia, infatti, equivalgono a circa 9 chilometri. Ora, vediamo Richer e il «cavaliere» giungere a Meaux in serata: se si fossero trovati a soli 9 chilometri da Château-Thierry ne avrebbero dovuti percorrere altri 40, cioè quasi la distanza di una normale tappa di un giorno, per giungere alla meta.

Ed ecco i viaggiatori fermi sotto la pioggia che raddoppia d'intensità, con i bagagli in *panne*, il domestico, per nulla addestrato a quel tipo di sforzo, prostrato a terra, bagnato fradicio. Richer decide di lasciarlo là, dopo averlo debitamente ammaestrato su quel che deve dire ai passanti, e di proseguire con il cavaliere fino a Meaux. Sono quasi arrivati, allorché, nella notte ormai fonda, si imbattono in un ponte.

«Quando lo esaminai con più attenzione mi accorsi che stavamo andando incontro a nuove calamità. Sul ponte si aprivano tali e tante falle che a mala pena avevano potuto passarvi in quel giorno le persone che avevano scambi normali con la gente della città. Il mio compagno, un uomo pieno di iniziativa e un viaggiatore tutt'altro che privo di risorse, dopo avere cercato dappertutto invano una barca, tornò alla pericolosa imboccatura del ponte e ottenne dal cielo che i cavalli passassero senza inconvenienti. Nei punti con le falle spesso metteva loro sotto i piedi il suo scudo, a volte riaccostava le assi sconnesse; a volte ricurvo, a volte diritto, ora avanzando, ora arretrando sui suoi passi, riuscì felicemente ad attraversare il ponte con i cavalli, e io lo seguii.»

È notte fonda quando Richer arriva all'abbazia di Saint-Faron, a Meaux. Ma i monaci sono ancora in piedi, perché quel giorno hanno «cenato solennemente, dopo avere letto il capitolo relativo al cellerario del monastero, il che aveva ritardato parecchio la loro merenda». Vedremo in un altro capitolo chi sia il cellerario di un'abbazia. Ci accorgeremo allora che il giorno in cui, nella lettura quotidiana della regola monastica, si arriva al capitolo che lo riguarda, i monaci lo festeggiano. I monaci di Saint-Faron accolgono i viaggiatori «come fratelli», gratificandoli con «parole dolci e abbondanti viveri». Ma c'è da credere che il cavaliere non fosse un personaggio degno di una simile generosa accoglienza. Comunque, come vedremo, Richer, stando agli accenni dei testi, lo rispedisce immediatamente, con alcuni cavalli, in cerca del domestico e dei bagagli, senza dargli neanche il tempo di mandar giù un boccone. Quel servitore perfetto ripassa il ponte con lo stesso successo di prima, ritrova con qualche difficoltà il disperso «alla seconda veglia della notte», vale a dire un'ora prima di mezzanotte. Pur di non abbordare un'altra volta il ponte nel buio «si rifugia con il domestico in una capanna». «Benché avessero trascorso l'intero giorno senza mangiare, impiegarono la notte a riposarsi, invece di sfamarsi.» Giungono a Saint-Faron quando è già giorno «di buon'ora, morti di fame».

Qui si ferma il resoconto di viaggio di Richer; si limita semplicemente ad aggiungere che arrivò «rapidamente a Chârtres». Meglio per lui se non ci sono state altre disavventure, ma peggio per noi che non lo vediamo attraversare Parigi, come fu invece costretto a fare per passare la Senna sul ponte di Notre-Dame e il Petit-Pont, né inoltrarsi nel fitto bosco di Rambouillet... Comunque, siamo venuti a sapere che, a cavallo, con i bagagli, si potevano percorrere in un giorno circa 55-60 chilometri, che ci si perdeva con facilità, che certi ponti erano in condizioni paurose. Notiamo anche che un uomo piuttosto malridotto ha potuto passare parte della notte solo con i bagagli nei boschi vicini a Meaux senza venire derubato. Infine, vediamo come i monasteri offrano alloggi per soste normali e, più oltre, vedremo come la loro ospitalità non fosse esclusivamente riservata ai viaggiatori in tonaca.

Va forse aggiunto che Richer durante tutta l'impresa ha osservato tutti i doveri che la Regola prescrive che i monaci osservino? Possiamo immaginare che sia rimasto con la tonaca e il mantello indosso. Che abbia dato a tavola l'esempio della frugalità e della sobrietà, come un monaco era tenuto a fare, soprattutto nelle locande (cosa che non gli è capitata quasi mai, visto che ha avuto modo di fermarsi soltanto presso monasteri). Avrebbe anche dovuto, allo scoccare di tutte le ore canonicali, scendere da cavallo, inginocchiarsi, segnarsi, fare un gesto di contrizione e recitare le preghiere del caso riprendendo il cammino, ma senza infilare i guanti. Né avrebbe dovuto, come invece ha fatto, proseguire la sua strada dopo compieta, cioè quando era scesa la sera. Immaginiamo, infine, che non abbia permesso al cavallo di andare al galoppo, che non abbia corso a piedi e che, se per strano caso ha incrociato un monaco, debba averlo salutato, ma senza scendere a terra e dargli il bacio della pace — gesto che avrebbe potuto comportare dicerie. Possiamo, inoltre, stare certi che non ha dovuto accettare l'ospitalità di una donna, né quindi essere costretto a sedersi con lei alla stessa tavola e rifiutarne i doni. Quanto al silenzio, cui è tenuto come in monastero, deve averlo interrotto spesso, per forza di cose.

Incidenti di viaggio

Helgaldo il monaco di Saint-Benoît-sur-Loire divenuto biografo del sovrano Roberto il Pio, ha invece, da parte sua, conservato un cattivo ricordo di un viaggio fatto insieme ad altri due frati della stessa abbazia per seguire il principe a Poissy, dove questi aveva deciso di trascorrere la Quaresima. Dovettero attraversare la Senna in un punto particolarmente arduo. Si imbarcarono per ordine del re su un «battellino»; i cavalli (naturalmente non sono appiedati) dovranno seguire a nuoto, tirati per le redini. Per disgrazia, «proprio in mezzo ai flutti», una delle bestie, «male addestrata e inesperta di quel genere di esercizio, appoggiò entrambi gli zoccoli anteriori sull'orlo dell'imbarcazione». Il battellino sta per rovesciarsi. Il re, che è già passato dall'altra parte, e quanti sono con lui «rivolgono al cielo grandi preghiere». Roberto aggiunge ad esse un consiglio pratico: grida di allentare le redini e fare allontanare i cavalli. È quel che fanno i quasi naufraghi, con violenti calci, dopodiché prendono «a remare verso riva». In questo, come nella maggior parte dei resoconti dell'epoca, ci sono da deplorare troppi silenzi. Come procedeva il «battellino»? Probabilmente a remi, ma farebbe piacere lo si dicesse. A ogni modo, ecco come dei viaggiatori a cavallo potevano trovarsi ad attraversare un fiume; nulla nel racconto di Helgaldo consente di immaginare l'eccezione. Non c'erano molti ponti, né guadi in punti favorevoli.

Del resto i guadi e anche i ponti (sia pure meno numerosi) potevano essere sommersi, all'atto delle piene. I monaci e i servi di Saint-Benoît-sur-Loire hanno avuto modo di accorgersene.

Nel 986 o 987, l'abate Oiboldo, per celebrare degnamente l'anniversario della morte di san Benedetto — il 21 marzo — invia il monaco Annone ad acquistare pesce in una zona in cui ce n'è in abbondanza, ma molto lontana. Annone assolve l'incarico, poi riprende la via del ritorno. Ma le piogge abbondanti hanno provocato la piena dei «fiumi d'Aquitania». (La dizione prova che la spedizione ha luogo sulla riva sinistra della Loira). Uno di questi fiumi, l'Andria, «un ruscello in apparenza insignificante, ma difficile da attraversare, per il letto dai numerosi meandri e per gli stagni che vi si formano a tratti», non offre al frate un solo guado praticabile, e neanche ai cavalli. Annone scorge due imbarcazioni, una semisommersa al centro del fiume, l'altra ormeggiata sulla riva opposta. Non si vede nessuno che possa aiutarlo. Prega con fervore san

Benedetto, ed ecco che la barca si libera dagli ormeggi e si dirige da sola verso Annone e i suoi compagni — perché a questo punto veniamo a sapere dal racconto che non è solo. Afferrano la barca, la immobilizzano, vi caricano tutti i loro fardelli e attraversano il fiume, seguiti a nuoto dai cavalli. Quanti dubitassero dei poteri miracolosi di san Benedetto si guardino dal respingere completamente la testimonianza di Annone. In fondo, la barca può benissimo essersi staccata senza intervento sovrannaturale dalla riva ed essere passata abbastanza vicino ai viaggiatori, tanto che questi potessero arpionarla. Non c'è ragione, comunque, di non accettare l'episodio come un buon esempio di viaggio movimentato.

Nel 1003 è la grande piena della Loira a fare correre un serio pericolo al bovaro di Saint-Benoît. Per mettere le vacche al sicuro egli le aveva portate in certi prati a notevole altezza. Tornando indietro, trova invaso dalle acque il valico che aveva percorso all'andata. Si affretta allora verso un ponte a lui noto che scavalca un modesto corso d'acqua, chiamato «per la vasta palude tutt'intorno, Lunga Rete» (?). Ma, anche lì, l'acqua è troppo alta, il passaggio impossibile. Il bovaro dispera di potersela cavare e, perdendo un po' la testa, si lega al piano stradale del ponte servendosi delle mollettiere. Sarebbe stato il modo migliore per annegare, se l'acqua avesse continuato a salire. Ma, poiché l'uomo prega ardentemente san Benedetto, le acque scatenate salgono al livello del ponte, ed ecco il bovaro portato come su una zattera verso la confluenza della Bonnée con la Loira. Viene trasportato così per un tratto di 3 miglia, sospinto da venti che, da violenti che erano, si sono ormai tramutati in un soave zefiro. Passa vicino a un battello occupato dai figli, i quali lo raccolgono, lo liberano dalle tavole e lo portano al riparo in luogo sicuro.

Cattivo incontro

Ma non era soltanto la natura a mettere alla prova chi viaggiava. È noto, e non mancherà occasione di ricordarlo anche qui, che alcuni castelli servivano da covo per signori inclini a tendere imboscate ai viandanti. Più caratteristica è la vicenda capitata all'abate di Cluny, Maiolo, poco prima del 972.

Allora i saraceni, che spadroneggiavano in Spagna, in Sicilia e nella maggior parte delle isole del Mediterraneo, erano riusciti a insediarsi sulla costa orientale della Provenza. Avevano fatto di La Garde-Freinet — nel retroterra di Saint-Tropez, in pieno massiccio dei Mori — una piazza d'armi, da cui si irradiavano le loro scorribande, piuttosto in là, nelle Alpi marittime e provenzali. Sicuramente si mettevano ogni tanto in agguato nei pressi dei colli per i quali dovevano passare quanti venivano dall'Italia o vi andavano. In ogni caso, là, «nelle gole più strette delle Alpi», scrive Rodolfo, Maiolo li incontrò mentre ritornava da uno dei suoi tanti viaggi nella Penisola. Ferito da una freccia a una mano, per avere protetto con essa uno dei compagni, viene trascinato con questi «nei luoghi più nascosti della montagna», derubato e informato che verrà restituito solo dietro riscatto.

«Quell'uomo di Dio, con la sua buona grazia estremamente dignitosa, rispose che non aveva alcuna proprietà al mondo, né aveva intenzione di entrare in possesso di beni materiali; ma non nascose di avere una certa influenza su parecchia gente, che si sapeva padrona di vasti possedimenti e grandi ricchezze.»

Immediatamente i rapinatori fissano il prezzo del riscatto nella cifra enorme di 1000 libbre. Uno dei prigionieri viene mandato a Cluny, con un biglietto così concepito: «Ai padri e fratelli di Cluny, il loro fratello Maiolo, miserabile e prigioniero. Le onde di Belial mi circondano; le reti della morte mi trattengono (versetto 5 del *Salmo*

XVII). Vi prego, inviate perciò il mio riscatto e quello di quanti sono prigionieri insieme a me».

C'è da pensare che il messaggero fosse riuscito ad aggiungere a parole qualche informazione in più. Costernazione, lacrime. Si estrae dai vari mobili tutto ciò che c'è, d'oro o d'argento. (Quindi, non sono i ricchi amici del monaco a pagare.)

Nel frattempo, nell'accampamento dei saraceni «il sant'uomo non aveva potuto nascondere i propri meriti agli occhi di tutti». In una maniera, per la verità, un po' sorprendente per noi. In risposta a qualcuno che gli proponeva «un po' di carne e di pane molto duro»: «Per me» rispose «se ho fame, sta al Signore sfamarmi; comunque non mangerò questa roba, non ci sono abituato». In effetti, la carne era vietata a Cluny; ma il pane? Ebbene, se noi non riusciamo a capire, uno dei saraceni ha invece compreso immediatamente: «Intuisce a quel punto l'elevato rango di quell'uomo di Dio; preso da rispetto, scopre le braccia, le lava e lava anche lo scudo sul quale, sotto gli occhi del venerabile Maiolo, si mette a confezionare un pane con tutte le regole. Lo fa subito cuocere e glielo offre con grande rispetto. L'abate lo accettò e, dopo avere pronunciato la solita preghiera, se ne cibò; quindi rese grazie a Dio».

Trascorsero di sicuro diverse settimane tra il sequestro e l'arrivo di coloro che recavano il riscatto: supponendo che la vicenda sia accaduta dalle parti del Col di Tenda, c'erano di lì a Cluny qualche cosa come 700 chilometri buoni; né si trattava di un percorso pianeggiante, a parte il fatto che bisogna calcolare sia l'andata che il ritorno. A cavallo o a dorso di mulo, trasportando al ritorno 500 chili d'oro e d'argento, sicuramente non si potevano fare più di 15 leghe al giorno, mediamente, cioè 60 chilometri; per cui, per farne 1.400 devono esserci voluti ventiquattro giorni. Si aggiunga il tempo necessario a mettere insieme il riscatto. Tutto sommato, la prigionia di Maiolo deve essere durata perlomeno un mese. Sembra sia stato trattato bene; dopo l'episodio del pane, seguito dalla punizione miracolosa di un saraceno che aveva sprezzantemente calpestato la Bibbia del padre, «molti di quegli uomini presero a manifestare nei confronti dell'abate maggiore dolcezza e rispetto».

Nel 972, Guglielmo, conte di Arles, futuro suocero di Roberto il Pio, e Arduino, marchese di Torino, cacciarono i saraceni dal covo di La Garde-Freinet e, a quanto pare, da allora essi non si sarebbero più rivisti in Provenza.

Comunque, come dimostra l'episodio accennato, non è da oggi che i seguaci di Maometto hanno l'abitudine di sequestrare ostaggi e trattenerli a tempo indeterminato, ignorando il diritto delle genti: si tratta di una tradizione antichissima presso i popoli dell'Islam. Tuttavia, nell'anno mille, questa pratica odiosa vigeva anche presso altri popoli. Emma, viscontessa di Limoges, ne fece l'esperienza. Mentre era andata a pregare a Saint-Michel-en-l'Herme, un famoso santuario vandeano, alcuni pirati normanni la rapirono durante la notte e — riferisce Ademaro di Chabannes — «la tennero in esilio oltremare per tre anni consecutivi». Non che mancassero ricchezze per riscattarla: «Il tesoro di Saint-Martial offrì una quantità infinita d'oro e d'argento per il suo riscatto, una statua d'oro del santo arcangelo [san Michele] e una grande quantità di altri monili; i normanni arraffarono il tutto e, venendo meno ai patti, non restituirono la donna. Infine, dopo parecchi giorni, Riccardo, conte di Rouen [si tratta di Riccardo II, duca di Normandia, che approfittò così della stessa appartenenza etnica dei pirati] ebbe l'ingegnosa idea di farla comperare da ambasciatori da lui inviati oltremare e la restituì liberata a Guido, il marito».

A differenza di certi popoli musulmani, gli scandinavi da tempo si sono ormai adeguati alle usanze di tutti i paesi cristiani e civilizzati.

L'imperatore in viaggio

Si utilizzavano perlomeno nella stessa misura dei sentieri anche i fiumi e i corsi d'acqua per gli spostamenti. È spiegabile, in un'epoca in cui lo stato delle strade rendeva scomodo l'impiego dei veicoli a ruote, perlomeno sulle lunghe distanze, e obbligava a caricare bagagli e mercanzie sulle bestie da soma. È noto, per esempio, che Ottone III si spostava spesso in barca. Nell'aprile del 996 lascia Pavia a bordo di una nave messagli a disposizione dalla città. Egli scende lungo il Po con la sua corte e fa scalo a Cremona. Il suo moderno biografo, Alain Olivier, ce lo mostra mentre si lascia scivolare «sull'acqua tranquilla, nella bruma leggera e tiepida della primavera, attraverso l'ampia pianura solcata soltanto da ciuffi di canne, coltivazioni e fiorenti vigneti». Alla fine del mese giunge nel delta del Po e approda a Classe, il porto di Ravenna. Due anni dopo, nel gennaio del 998, ripeterà la piccola crociera, da Cremona a Ravenna. A Ferrara verrà raggiunto da una nave tutta bardata di ghirlande, seguita da imbarcazioni più piccole giunte da Venezia. Essa trasporta il figlio del doge — Pietro Orseolo II — figlioccio dell'imperatore: siamo tentati di immaginare questi battelli minori nella forma di gondole. Ottone sale su una delle imbarcazioni veneziane e completa il viaggio a bordo di essa. Un viaggio gradevole, ma non di piacere, giacché viene in Italia per sottomettere Roma, ancora una volta ribelle verso l'imperatore sassone. Il suo esercito procede per via di terra.

L'accoglienza delle abbazie

Quando l'imperatore faceva il suo ingresso in Italia, dal passo del Brennero, era consuetudine che si fermasse nell'abbazia di San Zeno, a Verona. Più in generale, è noto come i monasteri fossero i luoghi di normale accoglienza dei viaggiatori più altolocati. In un'epoca in cui vescovi, abati, principi e signori di minore importanza erano continuamente per via, tale ospitalità costituiva una funzione indispensabile. L'abbazia di Cluny, esemplare in questo come in tante altre cose, si era attrezzata in modo notevole allo scopo. Al di fuori della cinta del chiostro, essa offriva un vasto edificio di circa 135 piedi di lunghezza e 30 di larghezza, con un dormitorio per gli uomini di quaranta letti e altrettante latrine e, per le donne di alto rango, un altro dormitorio di trenta letti con relative comodità. Tra i due dormitori, come separazione, c'era un refettorio in cui uomini e donne prendevano insieme i pasti. Il servizio per questi personaggi era assicurato dal monaco alberghiere, assistito da altri due monaci e da servitori incaricati chi di cucinare, chi di spazzolare calzature e gambali, chi di rifornire con due asini la legna per tenere acceso il camino e scaldarsi.

Il cerimoniale di accoglienza è definito minuziosamente. Quando è annunciato il re, l'abate o il priore raccolgono in chiesa tutti i fratelli, e qui essi indossano le cappe, mentre i giovani indossano tuniche; quindi il sacrestano ordina la processione che, appena formatasi, si mette in marcia al suono di due campanoni. Essa è composta da un primo gruppo costituito da un monaco che porta una croce, un altro che dondola un turibolo e tre che portano candelabri; un secondo gruppo raccoglie un monaco che porta l'acqua benedetta, un altro con una croce e altri tre con il Vangelo; il terzo gruppo è composto come il primo. Vengono poi i conversi in cappa, che procedono a due per due, seguiti dai giovani guidati dai loro maestri; poi avanza l'abate alla testa dei monaci in fila per due; il gran priore e il priore claustrale, affiancati, guidano la processione. Si offre al re l'acqua benedetta, gli si fa baciare il Vangelo e lo si cosparge d'incenso. Poi si intona l'*Ecce mitto angelum meum*, mentre gli inservienti suonano tutte le campane. In chiesa c'è un tappeto davanti all'altare maggiore e un altro davanti all'altare della Santa Croce. Al suono di un'antifona, dopo una preghiera di circostanza, il corteo fa il suo ingresso nel chiostro. Anche per una regina vale la stessa cerimonia. Per un vescovo, i monaci in cappa, nonché i giovani con indosso camici, sono preceduti da conversi, ai quali spetta il compito di portare l'acqua benedetta, la croce, due candelabri e il Vangelo; prima di entrare in chiesa suonano tutte le campane. Per un abate le cose sono più semplici e le campane rimangono in silenzio. L'accoglienza riservata ai semplici signori, che sono pur sempre ospiti di riguardo, verrà affrontata adeguatamente nel capitolo in cui si descriveranno le funzioni relative agli uffici claustrali dei monasteri.

Un ritorno da Bisanzio

Il vescovo di Cremona Liutprando, che nel 968 si recò in qualità di ambasciatore dell'imperatore Ottone il Grande a Costantinopoli, ci ha lasciato un vivace resoconto della parte iniziale del suo viaggio di ritorno.

Era stato maltrattato molto dal *basileus* e dall'intera corte bizantina. Fallito l'obiettivo dell'ambasciata, era stato anche costretto ad aspettare a lungo che lo autorizzassero a ripartire e gliene fornissero i mezzi. Finalmente, il 2 ottobre, accompagnato da una guida — che chiama in greco *diasostis* — lascia l'odiata città di Costantinopoli, «a bordo di una piccola imbarcazione». Ma, senza che ci comunichi dove è approdato, veniamo poi a sapere che ha viaggiato «per quarantanove giorni a dorso d'asino, a piedi, a cavallo, in preda alla fame, alla sete, sfinito, in lacrime, gemebondo», prima di arrivare a Naupatto. Ha quindi attraversato tutta la Tracia, la Macedonia, la Tessaglia, l'Etolia: cioè, grosso modo, ha percorso 1.500 chilometri, a tappe di circa 30 per volta.

A Naupatto, il *diasostis* si congeda da lui, dopo averlo affidato insieme al seguito ai comandanti di altre due

« piccole imbarcazioni », incaricati di condurli via mare fino a Otranto, dove finalmente si troveranno di nuovo in terra italica. Queste figure di secondo piano, prive di salvacondotto, vengono ignorate ovunque al loro passaggio. Liutprando e i suoi compagni germanici sono più abili negli scambi e nelle trattative ed è al primo che si deve la sussistenza.

Naturalmente la navigazione è lungo costa. Partiti da Naupatto il 23 ottobre, Liutprando e il seguito passano due giorni dopo davanti alla foce del Fidaris, di dove scorgono, sulla sponda del Peloponneso, Patrasso, la città dove venne martirizzato sant'Andrea. Liutprando, che ha fretta di rivedere la patria, pensa di poter evitare di ripetere il pellegrinaggio che vi aveva compiuto in andata. Ma gli va male. L'austero, tremendo vento del Sud che sta per infuriare fa scoppiare una tempesta, che imperverserà senza tregua per cinque giorni consecutivi. Il terzo giorno l'ambasciatore, che è ormai convinto sia giunta la sua ultima ora, ha pregato fervidamente sant'Andrea. In capo a quarantotto ore il santo lo ha ascoltato. Il tempo è tornato buono e, guidando loro stessi le imbarcazioni dal momento che i marinai sono scomparsi, Liutprando e i compagni remano fino all'isola di Leucade, « percorrendo in tal modo un tratto di 140 miglia [circa 25 chilometri], senza incontrare ostacoli o sorprese sgradevoli, ma solo qualche difficoltà davanti alla foce dell'Acheloo [l'Aspropotamos], i cui impetuosi flutti sono respinti dalle onde marine ».

Giunti a Leucade il 6 dicembre, Liutprando e il seguito vi restano fino al 14. Non hanno avuto modo di compiacersi per l'accoglienza del vescovo locale, il quale li ha trattati — come già hanno fatto e continueranno a fare altri confratelli — « senza la minima umanità ». Il prelato è un eunuco, cosa che avrebbe dovuto precludergli il sacerdozio, in base alle regole canoniche. Per farla breve, il 14 i viaggiatori, sempre senza marinai di professione, si apprestano a puntare su Corfù, dove sbarcano il 18. Lo *stratigos* (come scrive Liutprando), e cioè il governatore, di nome Michele, si presenta al loro cospetto tutto gioviale, troppo cortese per non essere sospetto. La disponibilità che ostenta è ben presto smentita peraltro da tre scosse telluriche consecutive e, quattro giorni dopo, il 22 dicembre, da un'eclissi di sole che spaventa Michele, senza tuttavia modificarne l'atteggiamento. Il vizioso *stratigos* avrebbe dovuto fare imbarcare senza indugi Liutprando e i suoi per Otranto su una galera, ma non lo fa e per venti giorni l'ambasciatore è costretto a mantenere se stesso e i compagni a proprie spese. Eppure Liutprando si era premurato di offrirgli un bel manto, acquistato a Costantinopoli. Ma i doni hanno scarso effetto su quei greci anche se, quando non glieli si fanno, o se ne fanno di non graditi, diventano preoccupanti. Ne fa fede il comportamento del messaggero del *chitonita* Leone, il funzionario locale il quale, a Otranto, continua ad attendere l'ospite di riguardo. Liutprando gli ha donato una coppa d'argento, ma lui avrebbe desiderato uno dei manti bizantini. Scontento, dà ordine al capitano della galera che dovrebbe portarli a Otranto di abbandonare i viaggiatori su un promontorio dove dovrebbero morire di fame.

Vorremmo tanto sapere come abbiano fatto a cavarsela Liutprando e i suoi. Deve averlo raccontato di sicuro, ma la fine del suo resoconto è andata perduta.

Un « giramondo »

Ancora una volta ci rendiamo conto senza stupircene che le informazioni di cui disponiamo riguardano figure del tutto marginali rispetto al resto della popolazione. Il frate mandato ad acquistare il pesce e il bovaro di Saint-Benoît, nonostante la loro umile origine, non ci aiutano molto a farci un'idea della folla dei normali pellegrini, del basso clero, dei monaci più o meno autorizzati a eludere la clausura, dei contadini con non meno precario diritto di circolazione, che andavano a piedi per le strade. A parte i pellegrini, di cui parleremo più avanti, la gente che se ne andava in giro era davvero così numerosa come immaginano a volte certi storici? I testi, per il periodo intorno al mille, forniscono soltanto testimonianze reticenti. Il nostro Rodolfo ha visto passare, in uno dei monasteri dove ha soggiornato, « un omino, cittadino di Marsiglia, uno di quelli che vanno in giro per tutto il paese senza mai stancarsi di imparare o di vedere luoghi nuovi ». Quel giramondo non era l'unico del genere, visto che ce lo si presenta come un singolo esponente di una tipologia umana. Si è spinti a domandarsi di che cosa vivesse certa gente e, forse, lo si potrà dedurre prendendo atto di quel che il personaggio dice a Rodolfo e ai confratelli. Spinto dalla smania di vedere tutto, racconta, aveva attraversato un deserto per andare a trovarvi un eremita, che si diceva avesse trascorso vent'anni senza vedere un solo essere umano. Finalmente lo scova: « Sento che vieni dalla Gallia » gli dice l'anacoreta. « Ma, ti prego, dimmi se hai mai visto il monastero di Cluny ». Avendo l'altro risposto di sì, riprende: « Sappi che quel monastero non ha uguali nel mondo romano, specie se si tratta di liberare le anime cadute in preda al demonio. Vi si consuma con tale frequenza il sacrificio vivificante, che non v'è quasi giorno in cui tale continuo scambio non consenta di strappare anime al dominio dei demoni maligni ».

Se, com'è plausibile, ha avuto modo di raccontare quella storia ai monaci di Cluny, è probabile che l'ometto abbia beneficiato di un'ospitalità particolarmente generosa e che non sia ripartito a mani vuote.

CAPITOLO OTTAVO

IL TEMPO

Il tempo di ogni giorno e la sua misurazione

Lo scorrere dei giorni procedeva secondo il quotidiano tragitto del sole o della sua luce nel cielo. Nessuno, è ovvio, aveva una qualsiasi cosa che potesse rassomigliare a un orologio. Nessuno aveva in casa una pendola.

Un suono naturale indicava l'inizio del giorno: il canto del gallo. Il chicchirichì era talmente familiare a chiunque da diventare sinonimo del primo mattino, dell'alba. Quando Rodolfo vuole indicare che la cometa comparsa nel cielo autunnale intorno all'anno mille rimaneva visibile per l'intera notte scrive che scompariva soltanto «al cantar del gallo».

Annunciato in quel modo il ritorno della luce, la natura non scandiva più alcun'altra ora. Erano alcuni individui a sostituirla, più o meno: i monaci, ancora una volta. I contadini che vivevano vicino ai monasteri potevano sentirne le campane che annunciavano gli uffici quotidiani, suonando ogni giorno alle stesse ore. Tranne forse quando si dovevano radunare i fedeli per la messa domenicale, all'epoca le campane si rivolgevano ai soli monaci. Soltanto nel XII secolo si suonerà l'*Angelus* all'alba, a mezzogiorno e al crepuscolo. Ma non sembra che intorno all'anno mille i laici venissero invitati in tal modo a pregare in certe ore del giorno.

Come seguono i monaci lo scorrere quotidiano del tempo? Per quelli di Cluny, dalla seconda metà dell'XI secolo, non ci sono dubbi: possedevano un orologio, che scandiva le ore. Le due «consuetudini» redatte all'epoca lo attestano. Quella redatta dal monaco Bernardo, parlando del sacrestano addetto a fare suonare le campane, dice che «amministra l'orologio e lo regola diligentemente»; quella il cui autore ha il nome di Ulrico segnala come il sacrestano debba agitare la campanella per l'ufficio dei Notturni «dopo che ha suonato l'orologio».

Quest'orologio che suona non poteva essere un orologio meccanico a rotelle, a contrappeso, o a bilanciere, come oggi ci indurrebbe a pensare il termine. Fino al XIII secolo, come strumenti di misurazione del tempo esistevano soltanto quadranti solari o clessidre, dove l'ora è indicata dal livello dell'acqua in un recipiente che si va vuotando goccia a goccia. La clessidra a sabbia, il cui principio è analogo, serviva soltanto per misurare durate brevi.

Come il quadrante solare, la clessidra esisteva fin dall'antichità. L'ingegno degli alessandrini era riuscito a complicare queste macchine dal meccanismo semplicissimo fino a farle suonare all'occorrenza. Gli arabi, eredi per conquista della scienza ellenistica, ne costruirono anch'essi: è il caso, per esempio, di una clessidra che suona, che il califfo Hārūn al-Rashid inviò da Bagdad a Carlo Magno. La descrizione fornitane da Eginardo nella biografia del grande imperatore non lascia dubbi in proposito. L'arte della clessidra passò poi ai cristiani d'Occidente e, ancora nel XIII secolo, il re di Castiglia Alfonso il Saggio, rimasto famoso come astronomo, ne descrive una del genere. Se avesse conosciuto l'orologio a ruote vi avrebbe minimamente accennato. Eppure, non ci mancava molto: l'inventario del mobilio di Filippo il Bello, morto nel 1314, menziona «un orologio d'argento completamente senza ferro, con due contrappesi d'argento pieni di piombo». Si tratta, salvo errore, della prima menzione di un orologio a pesi.

Gerberto d'Aurillac, che abbiamo già incontrato e torneremo a incontrare, è ritenuto anche lui da certuni il costruttore di un orologio. Il cronista germanico Thietmaro di Mersburgo scrive che, soggiornando a Magdeburgo presso il giovane Ottone III — il che ci colloca nel 996 — «egli costruì un orologio che regolò osservando attraverso un tubo una certa stella che guida i navigatori». Eccoci in crisi, noi che abbiamo sempre creduto che il cannocchiale astronomico fosse stato inventato all'inizio del XVII secolo da Galileo. Tranquillizziamoci, quel tubo non è un cannocchiale. Non ha alcuna lente ed è servito a Gerberto soltanto per puntare la stella più fissa del firmamento, quella polare. Tale preoccupazione astronomica ci dimostra che il suo orologio doveva essere orientato rispetto al cielo, per cui si trattava di un semplice quadrante solare.

Tuttavia, certi lettori fantasiosi di Thietmaro, soprattutto Marlot e Jacques Alexandre nel «Journal de Scavans» del 1734, si sono affrettati a salutare nell'*orologium* di Gerberto una meccanica ingegnosa e precoce. Di qui la pacata polemica di Alexandre Olleris nell'introduzione alla sua edizione *Opere di Silvestro II*: «Se avesse inventato gli orologi a ruote, l'ingegnoso segreto, custodito dai suoi discepoli, avrebbe risparmiato a Luigi IX il ricorso a una candela accesa per misurare il tempo e regolare le sue letture durante la notte». Se ne deduce che san Luigi non aveva orologio e ricordiamoci di questa candela mentre torniamo a Cluny, al sacrestano e al suo orologio.

Da quanto detto risulta che quell'orologio non poteva che essere una clessidra. E poiché quel tipo di orologio esisteva fin dall'antichità ed era conosciuto nell'Occidente medievale perlomeno dall'epoca di Carlo Magno, non v'è ragione che non l'avessero anche i monaci di prima delle «consuetudini» che vi accennano. Pensiamo dunque che a Cluny, nell'anno mille, lo scorrere dei giorni e delle notti venisse misurato da una clessidra sonora.

La «consuetudine» di Bernardo prevede l'eventualità

che essa si guasti, o piuttosto che perda la regolarità (*cum fieri possit ut aliquando fallatur*): allora il sacrestano deve «ricorrere a un cero e al corso delle stelle, oppure della luna, per fare alzare i confratelli all'ora che si conviene». (È una possibile traduzione del latino alquanto approssimativa del passo.) È facile intuire che le stelle e la luna, sapientemente osservate, possono indicare l'ora. Quanto al cero, richiama la candela di Luigi IX e sarà il confessore della regina Margherita, moglie del re santo, che, è il caso di dirlo, ci illuminerà: «Ogni giorno si chiudeva in camera, dove ardeva una candela di una determinata lunghezza, cioè di tre piedi circa; e finché questa restava accesa, leggeva la Bibbia o un altro santo libro; e quando la candela giungeva alla fine veniva chiamato uno dei cappellani».

Fino al volgere del Medioevo ci sono testi che dimostrano come il tempo, specie di notte, si misurasse con la durata delle candele. L'usanza era talmente diffusa che era diventato il modo più naturale di scandire la notte.

Quadranti solari di giorno — se era bel tempo — candele di notte, clessidre con qualsiasi tempo, ma certamente molto rare: la gente del mille ignorava perlopiù la suddivisione in ventiquattro ore dei nostri giorni astronomici. L'idea di un'unità invariabile al fine di misurare il tempo era indifferente pressoché a tutti. Se ne occupavano soltanto intellettuali incalliti e il risultato, del tutto teorico, era che la cosa aveva la rilevanza di una curiosità di studio. Ad esempio, il grammatico Papia, nel suo *Vocabularium latinum* scritto verso il 1053, ci informa che l'ora equivale a 5 «punti», a 15 «parti», a 40 «momenti», a 60 «ostenta», a 22.560 «atomi». Poiché, d'altronde, egli dice che il punto vale due minuti, ne consegue che l'ora di Papia valeva dieci minuti. Ma, a distanza di due secoli, un computo manoscritto citato dal Littré alla voce *minuto* proporrà un prontuario, dal quale risulta che l'ora ha 22.560 minuti «talmente piccoli che non li si può dividere»... L'unica cosa sulla quale tutti sono d'accordo è che il giorno abbia ventiquattro ore. Ma siccome, perpetuando l'usanza romana, se ne contano dodici per il giorno e dodici per la notte, la reale durata di queste ore varia con il variare delle stagioni. Sugli astrolabi, strumenti che servono a diverse operazioni astronomiche, c'è un grafico dedicato alle «ore diseguali».

Nei monasteri le varie ore del giorno non si sommavano, meno ancora quelle della notte, del resto normalmente suddivise in quattro «veglie», due prima della mezzanotte e due dopo. Si scandivano soltanto le ore degli uffici, le «ore canonicali». Come vedremo meglio quando entreremo nel dettaglio della vita monastica, erano, per il giorno: l'ora Prima, al levar del sole; l'ora Terza intorno a metà mattina; l'ora Sesta a mezzogiorno; l'ora Nona verso la metà del pomeriggio; Vesperi al calar del sole. Salvo i Vesperi (da *vesper*, sera), le ore canonicali mantenevano, come si vede, la denominazione dell'aggettivo cardinale latino: *prima hora, tertia, sexta, nona.* Scesa la sera suonava la Compieta; verso la mezzanotte, il Notturno; la seconda metà era scandita da Mattutino e Lodi.

Abbiamo visto il sacrestano limitarsi ad agitare una campanella per indicare il Notturno; viceversa, un testo ci mostra il Mattutino annunciato dalle campane, in ogni caso a Saint-Germain d'Auxerre. A maggior ragione dovevano esserlo le Lodi e le ore diurne. In quel modo il monastero rendeva la campagna circostante partecipe del tempo che misurava. Era più che sufficiente, se non addirittura superfluo, perché i contadini non avevano bisogno di niente per accorgersi in quale parte della giornata si fosse, né serviva loro a qualcosa conoscere l'ora esatta.

Ritmi annuali

Le stagioni imprimevano al corso dell'anno le naturali articolazioni che presiedevano ai lavori dei campi, alla caccia, alla guerra, insomma alla vita dei contadini e dei loro signori. Ci torneremo sopra.

Un'ulteriore scansione era imposta all'anno dalla liturgia. Riposo domenicale ogni sette giorni, giornate di festa non lavorative, talvolta male accette, come vedremo. L'anno liturgico, come è noto, si costruisce intorno alla festa di Pasqua, celebrata la domenica successiva al plenilunio dopo il 21 marzo. Calcolare questa data ogni anno era compito di specifici funzionari (computisti). Tramite tale festività mobile si determinavano i principali momenti di penitenza ogni anno, ovviamente i quaranta giorni della Quaresima, ma anche altri periodi più brevi. Stando a Rodolfo, «la maggior parte dei fedeli» digiunavano tra l'Ascensione e la Pentecoste, cioè per dieci giorni, a partire dal quarantunesimo giorno dopo la Pasqua. I sinodi tenuti all'epoca dichiararono facoltativa tale pratica, tranne per il sabato della vigilia della Pentecoste. Ci si può chiedere che cosa significhi «la maggior parte dei fedeli». È perlomeno improbabile che vada intesa alla lettera tale espressione, anche limitandosi alla sola Borgogna, dove il monaco viveva.

Le date, per i giorni, si scrivevano secondo l'uso latino, per calende, idi e none, e i mesi recano nei testi i nomi del calendario latino. Il calendario aveva una grande rilevanza liturgica, poiché le letture della messa e degli uffici, nonché i santi da commemorare, cambiavano — come oggi — ogni giorno. Il resto della gente, probabilmente, lo seguiva da più lontano.

Il millesimo non cambiava, come ora, il primo gennaio. L'inizio dell'anno cadeva in date diverse a seconda dei luoghi e, forse, anche degli ambienti. Per esempio, presso la cancelleria del re di Francia corrispondeva, a quanto pare, al primo marzo. Ma nell'Angiò e nel Poitou coincideva con il Natale, il 25 dicembre. All'abbazia di Saint-Benoît-sur-Loire cadeva il 25 marzo, il giorno dell'Annunciazione e, quindi, della concezione del Salvatore. In Germania e in Inghilterra l'usanza più diffusa era quella di fare cominciare l'anno a Natale.

Va da sé che il clero, responsabile della liturgia, sapeva in che anno ci si trovasse, non foss'altro che per il fatto di fissare la data della Pasqua. È meno certo che il complesso della popolazione fosse altrettanto attenta al millesimo. Ad esempio, quanti hanno saputo che erano trascorsi esattamente mille anni dalla nascita di Gesù Cristo? Del resto, non era neanche vero: l'anno primo dell'era cristiana, fissato dalle opere cronologiche di Dionigi il Piccolo, monaco romano della fine del V secolo, è stato in seguito riconosciuto come posticipato di quattro anni rispetto alla nascita storica del Salvatore.

L'età e l'età del mondo

Si conoscesse o meno l'anno dell'Incarnazione, resta da immaginare come la gente dell'epoca si ponesse nei confronti dell'età del mondo. Un'eco di quel che ne pensavano i dotti si può leggere in Rodolfo il Glabro. Al termine del primo libro delle sue *Storie* egli ricorda, senza precisare, come tra la creazione e l'avvento del Salvatore si siano succedute sei epoche della storia del mondo, e conclude: «E si ritiene che la settima vedrà la fine dei tumulti di questo basso mondo, perché sicuramente tutto ciò che ha avuto un inizio ha altresì nell'artefice della propria esistenza la fine che più si addice al suo riposo».

Evidentemente il testo non restituisce in tutto il loro vigore le paure dell'anno mille, visto che è del 1040, ma dimostra semplicemente che nei monasteri si leggevano i trattati di storia universale, in particolare quello del Venerabile Beda, monaco inglese degli inizi dell'VIII secolo, il cui nome d'altronde Rodolfo cita fin dalle prime pagine delle sue *Storie*. Nel suo *De temporum ratione* (Spiegazione dei tempi) Beda riferisce con precisione la tradizionale suddivisione dei tempi: la prima èra va da Adamo a

Noè, cioè dalla creazione al diluvio; dura, secondo la cronologia ebraica, 1.656 anni e, secondo quella dei «Settanta» (i settanta traduttori alessandrini del *Vecchio Testamento*), 2.242 anni. La seconda èra, da Noè ad Abramo, l'antenato comune del popolo ebraico, dura rispettivamente 292 anni e 1.072 anni. La terza dura fino al regno di Davide (1.942 anni in entrambe le cronologie). La quarta, che termina con la fine della cattività babilonese, prende 473 anni (dodici di più per i Settanta). La quinta, in 589 anni dal preannuncio generale, ci conduce fino all'Incarnazione. La sesta è quella che gli uomini stanno vivendo dopo quel fondamentale evento della storia del mondo che, secondo la cronologia ebraica, è avvenuto nell'anno 3.952 dalla creazione.

Dunque, nell'anno mille, il mondo ha 4.952 anni. Com'è noto, questa cronologia verrà riconosciuta fino in piena età classica. È, con pochissime varianti, la stessa di Bossuet. È necessario compiere un certo sforzo oggi per mettersi nei panni di persone per le quali l'età del mondo era così breve.

Si aggiunga che quella gente credeva di stare vivendo l'ultima fase della storia. Era logico, del resto, dal momento che quale poteva essere l'evento futuro in grado di superare l'Incarnazione e la Redenzione, segnare un'altra tappa, dischiudere un'èra nuova? Non era ancora nato Gioacchino da Fiore, i cui discepoli illegittimi, nel XIII secolo, ne avrebbero esasperato le dottrine mistiche fino a profetizzare, dopo il regno del Figlio di Dio, quello dello Spirito Santo, terza persona della Santissima Trinità. Per Beda, e per gli intellettuali dell'anno mille, si dava sì una settima èra, ma si collocava al di fuori del tempo, al di fuori del mondo di quaggiù; e ne esisteva anche un'ottava, inaugurata dalla resurrezione della carne e destinata a durare in eterno.

Convinti di vivere l'ultima èra della storia temporale, quegli individui non potevano, rispetto alla scala cronologica di cui disponevano, sospingere la fine del mondo in un futuro lontanissimo. Purtuttavia non la datavano. Beda scrive: «La sesta età, che si sta svolgendo, non ha la certezza assoluta né del numero di generazioni né di una qualsiasi durata». Quanti lo leggevano a distanza di oltre tre secoli non potevano se non constatare che quell'età stava ancora durando.

Tempo di vita

Finalmente, c'era anche il tempo della vita. La durata della vita di ognuno. Tempo della vita, tempo della morte, fa tutt'uno.

Non vi è alcuna speranza di poter riuscire a stabilire sulla base di dati certi la durata media della vita intorno al mille. Non esiste stato civile, non esistono registri parrocchiali, non si dispone di alcuna documentazione a supporto di eventuali statistiche. Impossibile sapere se morissero molti bambini nei primi anni di vita, come è probabile dal momento che è sempre stato così dappertutto fino ai più recenti progressi della medicina e della profilassi.

Si conosce in genere, con maggiore o minore esattezza, la data di morte di personaggi illustri, laici o ecclesiastici. La data di nascita è enormemente più rara, per meglio dire eccezionale. La si ignora per certi sovrani di Francia quali Ugo Capeto — il cui padre aveva svolto per tutta la vita un ruolo di primo piano — al pari del figlio Roberto il Pio. La si ignora per figure del rilievo degli abati di Cluny, Maiolo od Oddone. Ma, nel caso di questi personaggi storici, la si può ricostruire attraverso il controllo di concordanza fra testimonianze, riuscendo in tal modo a conoscere più o meno la durata della loro vita.

La palma della longevità, considerando soltanto individui viventi nell'anno mille, spetterebbe all'abate di Cluny, Odilone. Nato — si è appurato — nel 962, muore nel 1049, all'età, cioè, di ottantasette anni. Un suo contemporaneo, l'abate di Saint-Bénigne di Digione, Guglielmo da Volpiano, segue a discreta distanza: 961-1031, esattamente settanta anni. Ma il predecessore di Odilone, Maiolo, morto nel 994 e nato probabilmente verso il 906, era forse vissuto più a lungo di lui. Fra i prelati secolari, Ascelino, che conosceremo meglio, viene nominato vescovo di Laon nel 997 e muore nel 1030, dopo avere quindi retto la mitra per cinquantatré anni. Ammettendo che avesse una trentina d'anni all'atto dell'elezione, sarebbe vissuto ottantatré anni. Poteva però essere, al momento, più giovane, per cui la sua vita si abbrevierebbe in relazione. Quanto a Gerberto, *alias* Silvestro II, muore nel 1003, all'età di circa settantatré anni.

Ben al di sotto rimane la longevità rilevata tra i principi laici. Roberto il Pio è morto, secondo il suo biografo, a sessantuno anni, nel 1031. Il re Stefano d'Ungheria è morto nel 1038, a cinquantanove anni. Eteldredo, sovrano d'Inghilterra, muore nel 1016, a cinquant'anni. Ottone III, l'imperatore germanico dell'anno mille, vivrà, da parte sua, soltanto ventidue anni. La malaria che lo ha stroncato è di sicuro soltanto un incidente, che non ne inficia quindi la vitalità. Purtuttavia si noti che il padre, Ottone II, era morto a ventotto anni, parrebbe per un'infezione intestinale.

Folco Nerra, conte d'Angiò, muore a sessantotto anni, nel 1040, al ritorno dal quarto pellegrinaggio a Gerusalemme. Guglielmo V, duca d'Aquitania — che, invece, si recava ogni anno a Roma o a San Giacomo di Compostella — è vissuto dal 959 circa al 1030, cioè qualcosa come settantuno anni. Un'osservazione va fatta a proposito della morte dei membri dell'aristocrazia feudale ed è che pochi di questi guerrieri muoiono sul campo di battaglia. Un argomento da approfondire quando parleremo della guerra.

Ancora più raramente si conosce la data di nascita delle donne. È una fortuna inaspettata, quasi, sapere che

Gerberga, la sorella di Ottone il Grande, divenuta regina di Francia in seguito al matrimonio con Luigi IV, sia nata nel 913 e morta nel 969, cioè a cinquantasei anni. Quanto alla moglie di Roberto il Pio, Costanza, non può essere nata prima del 982 ed è morta sicuramente nel 1032: cinquanta anni al massimo.

Non sono possibili generalizzazioni, sulla base di un campione così limitato. Teniamo per acquisite la longevità dei prelati, la tendenza dei principi a morire giovani (al massimo intorno ai sessant'anni), la durata un po' più lunga dei loro grandi vassalli e limitiamoci alla constatazione che alcune principesse non sono arrivate alla sessantina.

Quel che dispiace non conoscere è l'aspettativa di vita degli strati più umili. Male e irregolarmente nutriti, probabilmente, mal difesi dalle intemperie, costretti a sforzi fisici durissimi e reiterati, non dovevano durare molto a lungo. In fondo, però, non ne sappiamo assolutamente nulla.

Tempo di morte

Avremmo maggiori delucidazioni sull'atteggiamento della gente di fronte alla morte se ci fidassimo incondizionatamente dei resoconti scritti pervenuti fino a noi. Ma come dimenticare che appartengono tutti a scrittori che aspirano a mostrarsi edificanti? Non sono menzogneri, ma operano selezioni.

Ecco, ad esempio, un tal Liébaut, pellegrino a Gerusalemme, i cui ultimi istanti sono stati riferiti al ritorno dai compagni a Rodolfo il Glabro. Al monte degli Ulivi, il monte di dove si dice che il Cristo, dopo quarantatré giorni dalla notte di agonia che vi trascorse, si sia levato in cielo, si prosterna e prega: «Signore Gesù, [...] supplico l'onnipotente tua bontà che, se la mia anima deve emigrare quest'anno dal corpo, lasci che io non me ne vada più di qui; ma che questo mi capiti in vista dei luoghi della tua

Ascensione. Credo infatti che, come ti ho seguito con il mio corpo arrivando fin qui, pure la mia anima entrerà sana e salva e gioiosa al tuo seguito in Paradiso».

E viene esaudito.

Stando a Rodolfo, Liébaut non fu un caso unico nel suo genere: «Parecchi» pellegrini desideravano, come lui, morire prima di tornare nel proprio paese.

Per loro, dunque, la morte era un evento desiderato, l'accesso alla beatitudine senza fine. Esisteva, viceversa, gente che la considerasse la fine di ogni cosa? Se ve ne è stata, non lo sapremo mai: non ha lasciato la minima traccia. Al contrario, numerosi sembrano quelli che, pur non nominandola, consideravano la morte come la porta del cielo o dell'inferno. Di tutti i dogmi cristiani, sembra che quello dell'immortalità dell'anima, della ricompensa o del castigo, sia stato il più comprensibile, quello nel quale si credeva di più. Quanti non riuscivano a diventare, malgrado tale certezza, casti, miti, onesti e giusti — e c'è da credere che fossero la stragrande maggioranza — pensavano bene di acquistare la misericordia divina e la protezione dei santi a furia di elemosine o di generosi lasciti testamentari. Parecchi intendevano farsi monaci all'ultimo momento. Si potrebbe giudicare ingannevole l'idea che voti pronunciati da chi non ha più futuro davanti a sé possano cancellare gli errori o i crimini di tutta una vita. Ma alcuni illustri cristiani consigliavano quel rimedio dell'ultima ora. Sant'Anselmo di Canterbury, uno dei pensatori più profondi dell'XI secolo, scriveva alla contessa Matilde di Toscana: «Se sentite la morte imminente, dedicatevi completamente a Dio prima di lasciare questa vita e, allo scopo, abbiate sempre un velo pronto in segreto accanto a voi». Del resto, la pia contessa, efficace alleata del pontefice Gregorio VII, non doveva poi avere così gravi peccati da rimproverarsi. Ma ben più vicino al mille, nel 995, un turbolento vassallo di Ugo Capeto, Eudo, conte di Chartres e di Blois, mentre stava per morire di malattia durante una guerra che stava conducendo contro il re, aveva adottato quell'espediente. «Eudo trapassò dopo essersi fatto monaco», scrive Richer, senza commenti, tanto la cosa è banale, quasi abituale. Del resto, si potrebbero portare tanti altri esempi.

Come al solito, sappiamo queste cose soltanto in riferimento a personaggi i cui nomi sono rimasti nella storia. Come moriva — non certo in pellegrinaggio, come Liébaut — un contadino povero? Ce ne erano che si facessero monaci? In quale disposizione d'animo ha visto avvicinarsi la sua ultima ora il ricco coltivatore di Vineuil, dispregiatore di san Benedetto, che incontreremo in uno dei prossimi capitoli? Lo stesso Philippe Ariès, il prodigioso storico de l'*Homme devant la mort* (L'uomo e la morte), non avrebbe la presunzione di dircelo.

Ma se l'intimità degli animi è ben protetta, la penna dei monaci ha da dirci di più sulla morte. Ecco, a La Réome, un monaco, sugli ultimi mesi del quale Rodolfo è ampiamente informato. Comincia con l'avere una visione, dopo il Mattutino (quindi la notte), in Chiesa: vede alcuni monaci spagnoli che, nonostante il loro stato, sono stati costretti a prendere le armi contro i saraceni e sono morti nello scontro. Ora vengono chiamati da Dio «tutti insieme a condividere le sorti dei beati»; ma passano per La Réome, «perché c'è là parecchia gente che entro breve si unirà alla loro compagnia». Non appena si congedano, uno di loro fa segno al nostro monaco — di nome Goufier — di seguirlo: ma il tutto si dilegua prima che egli abbia il tempo di ubbidire. Si rende conto, a ogni modo, di dovere lasciare questo mondo entro breve.

Era giunta la prima domenica dopo la Pentecoste. Cinque mesi dopo, «cioè nel dicembre successivo» — precisa Rodolfo, sbagliando di almeno un mese dal momento che la Pentecoste non può cadere oltre il 13 giugno — Goufier, che si intende di medicina, viene spedito dall'abate al monastero di Saint-Germain d'Auxerre per curare alcuni confratelli malati. Appena giunto, intende avviare le cure, ma gli consigliano di riposare fino al giorno dopo ed egli dichiara che l'indomani non potrà più fare niente. Infatti, sul finire della notte viene assalito da dolori. Si trascina come può davanti all'altare della santa Vergine, vi dice la messa, torna all'infermeria e, sul letto, vede Maria tutta raggiante che gli promette di fargli da protettrice nel «trapasso». Il priore e futuro abate di Saint-Germain, di nome Achard, al quale il monaco ha raccontato questa e la precedente visione, non ha dubbi: «Dal momento che avete visto quanto è raramente dato agli uomini di vedere, dovete pagare il tributo che ogni corpo fatto di carne [...]».

I monaci si recano a fargli la visita di rito in simili casi. Egli muore in capo a tre giorni, sul cadere della notte. Mentre lo lavano «secondo le consuetudini», si prepara il lenzuolo funebre e si suonano le campane, un laico, «un uomo comunque devotissimo», crede di sentire suonare il Mattutino e si alza per andare in chiesa. Appena poggia il piede su un ponte di legno che sta press'a poco a mezza strada, diverse persone che si trovano nei paraggi sentono provenire dal monastero voci che gridano: «Tira! Tira! Portacelo presto!». E qualcuno risponde: «Questo non posso, ma ve ne porterò un altro, se c'è modo». Nello stesso istante il pio laico crede di vedere uno dei vicini venirgli incontro sul ponte. In realtà, però, si tratta di un diavolo, che si trasforma improvvisamente in una torre che si erge verso l'alto. Il nostro personaggio cade pesantemente sul ponte. Un segno di croce dissipa quelle suggestioni. L'uomo se ne torna a casa, più che mai deciso a coltivare la virtù della prudenza. E presto se ne va «in pace».

In questo ridondante racconto ci sono parecchi elementi relativi alla morte nell'anno mille: i defunti, perlomeno quelli di loro che hanno acquisito eminenti meriti, se ne vanno a «condividere la sorte dei beati», e lo faranno in luoghi ben precisi, perché sono per via quando decidono di fare sosta a La Réome. Vi si recano in gruppo, gruppo che si arricchisce di quelli che muoiono, salvi, nei paesi attraverso cui passano. Tuttavia, prima di raggiungere queste schiere ognuno muore solo e subito i diavoli cercano di impossessarsene e di trascinarlo con loro nell'inferno. Vediamo anche che avere visioni costituiva presagio piuttosto certo di morte prossima.

CAPITOLO NONO

LE CATEGORIE SOCIALI E IL LORO MODO DI PERCEPIRE L'AMBIENTE

Nessuno riuscirebbe a vivere la vita di ogni giorno senza rendersi conto dell'ambiente umano in cui vive. In un'epoca in cui i cosiddetti *mass media* non esistevano ancora, l'idea che ciascuno poteva farsene dipendeva essenzialmente dalla rispettiva collocazione sociale. Larghe e lucide vedute erano consentite solo a chi avesse responsabilità o ambizioni legittime di vaste dimensioni, riferite ai principali problemi politici o spirituali. Scendendo a mano a mano per i vari gradini della scala sociale, chiarezza e concretezza della visuale si vanno riducendo progressivamente. Per i più umili, lo stimolo a una visione meno ristretta deriva dalle storie che possono sentire raccontare, un fenomeno letterario su cui torneremo in altro capitolo.

Il papa e l'imperatore

L'anno mille è decisamente una data da esaltare. Avviene esattamente in quell'anno — e non da molto né per molto — che due individui assolutamente fuori del comune occupassero il posto da cui era possibile prendere coscienza del mondo nel modo più ampio e cercare di orientarne le sorti. Il luogo era Roma; gli individui, il papa e l'imperatore.

Il papa. L'alta carica non dipende dalla sua origine. Il piccolo Gerberto, quando intorno al 945 i monaci di Saint-Géraud lo ritennero sufficientemente dotato per essere educato nel loro monastero e diventare in seguito un confratello, era semplicemente il figlio di umili contadini, probabilmente di pastori, dei quali non si sa nulla. Il resto è venuto dalla sua sete di conoscenza, dall'ideale spirituale e politico che gli ha ispirato l'assidua frequentazione dei principali scrittori sacri e profani, dal bisogno di agire e dalla volontà di dominare la realtà. Più oltre, lo seguiremo negli studi che — si è pensato — l'avrebbero condotto fino a quella Spagna dove i musulmani, all'epoca, conservavano il tesoro della scienza greca e alessandrina. Lo vediamo, per il momento, prescelto, nel 973, dall'arcivescovo di Reims, Adalberone, come direttore della scuola episcopale, mentre dichiara le proprie idee al nuovo maestro e gli mette al servizio le proprie doti. Convinti che per il bene dell'Occidente cristiano si debba essere uniti sotto l'autorità di un unico principe come è stato con Costantino, poi con Carlo Magno, entrambi si danno da fare per fondare su quel regno franco dell'Ovest che ancora non ha il nome di Francia il potere dell'impero restaurato ormai da undici anni dal sovrano sassone di Germania Ottone I, detto il Grande. Non si sarebbero prestati a una simile subordinazione i discendenti di Carlo Magno che regnano sul paese, ma non sono in realtà molto solidi. Nel 987, grazie a un caso fortunato, Adalberone ha fatto eleggere come successore di Luigi V il duca Ugo Capeto, che sia lui sia il direttore della scuola di Reims sperano possa dimostrarsi più malleabile. Quattro anni dopo, Gerberto è diventato a propria volta arcivescovo di Reims. Ma il suo avvenire è altrove: presso l'imperatore che ha creduto di servire contribuendo alla decadenza degli ultimi carolingi. Ha già gravitato, a varie riprese, nella sua orbita: il primo Ottone lo ha trattenuto per un periodo presso la propria corte; il secondo lo ha imposto come abate ai turbolenti monaci di Bobbio. Eccolo, nel 996, accolto a braccia aperte dal giovane Ottone III, che lo conosce già e lo ammira e che lo nomina arcivescovo di Ravenna. Ed eccolo, nel 999, papa per grazia del suo imperatore. Assume un nome che è tutto un programma: Silvestro. Si chiamava così, sei secoli prima, il papa che aveva visto il mondo romano spalancarsi al cristianesimo grazie all'imperatore Costantino.

Ottone III ha vent'anni. È un nuovo Costantino? Gerberto ne è convinto, vuole che sia così. Nipote di un rude sovrano sassone, l'imperatore ha la nonna italiana e la madre bizantina. Ha divorato la letteratura latina e greca. Ha una fede ardente, mistica, irrequieta. Crede nella sua missione, che è quella di fare regnare su tutto l'Occidente cristiano — e magari, in seguito, sull'Oriente — la *pax romana* e la *pax Christi* contemporaneamente. È quel che pensa, e che vuole, anche Silvestro. Cesare e Pietro, una volta tanto, sono d'accordo. Si ricongiungono: e dove, se non a Roma? Abbandonando Aix-la-Chapelle, capitale imperiale dall'epoca di Carlo Magno, Ottone III si trasferisce nella Città eterna. Contro venti e maree. Contro i suoi naturali sostenitori: i germani. Contro i romani, che c'è stato bisogno di colpire aspramente. Ma poi, che vita ogni giorno! Il suo palazzo si erge sull'Aventino. È ancora un «palazzetto provvisorio», in attesa di quello che, al pari di Augusto o Traiano, si farà costruire sul Palatino. Il mattone di cui è fatto è ingentilito da un porticato di colonne antiche in marmo bianco, è mascherato da pilastri e sculture ricavati da edifici antichi e inseriti nelle mura. Dal momento che si identifica con Costantino, e Costantino aveva creato la propria sede a Bisanzio dando il suo nome a quella città, Ottone riprende il modello della corte imperiale, del *basileus* che regna a Costantinopoli. Ne copia minuziosamente l'etichetta. Mangia da solo. Veste da re: manto d'oro, sandali di porpora. I suoi ufficiali hanno titoli bizantini: *kurospalatos, logoteta, parakimomene, protovestiario*...

È il fasto esteriore. Come a Silvestro, tuttavia, esso non nasconde a Ottone la realtà dell'ambiente circostante.

Egli rappresenta l'immagine, il simbolo della forma che vorrebbero imprimere al mondo e che si manifesta nel sigillo del giovane principe, nel quale si vede l'allegoria di Roma armata, con la scritta: *Renovatio Imperii Romani* (rinnovamento dell'impero romano). Entrambi, Silvestro e Ottone, sanno — anche se il secondo ha ritenuto di rimettere in vigore il famoso codice giustinianeo — che il compito è immane.

Un Occidente a pezzi

Quello che hanno davanti queste due figure è un Occidente a pezzi, che un po' dovunque reca le piaghe appena cicatrizzate o ancora aperte delle invasioni scandinave, delle razzie saracene e, peggio ancora, delle incursioni magiare. Un Occidente tagliato fuori a causa dell'Islam quasi dall'intera Spagna, dalla Sicilia e, nonostante le vittorie del nonno famoso, costantemente minacciato a est dagli slavi tuttora pagani. Un vasto territorio in cui l'insicurezza generalizzata, cui nessun potere centrale è riuscito a porre rimedio, ha costretto le popolazioni a ergersi localmente a difensori, in certo senso a martiri che non si sentono perciò tenuti a obbedire a nessuno. Se in Germania, che nel 919 Enrico, il padre di Ottone, ha ripreso in pugno, un qualche ordine è stato restaurato, in tutto il resto dell'impero, a cominciare dall'Italia, il problema più urgente è quello di vincere l'anarchia. Da ormai un paio di secoli essa infuria in quel che resta della Gallia, dopo che nell'843 il trattato di Verdun le ha sottratto la riva sinistra del Rodano, della Saona e del Reno. A differenza dell'Italia, quel paese, per spezzettato che sia, costituisce comunque un regno: per quanto il «re dei franchi, degli aquitani e dei borgognoni» — come si definisce ufficialmente, dopo Ugo Capeto, il figlio Roberto il Pio — non discenda da Carlo Magno, la sua corona costituisce comunque un ostacolo all'unità dell'Impero d'Occidente. E non è la sola: c'è un «regno di Borgogna» — che si estende da Basilea al delta del Rodano, sovrapponendosi a ovest al ducato omonimo — fedele al sovrano capetingio; il principe, Rodolfo III, non è ostile all'imperatore, anzi ne ricerca la protezione, ma è pur sempre un re.

Bisognerà forse, per fare rivivere l'Impero romano, cominciare con la destituzione di quei sovrani? Ottone non si illude a tal punto, anzi ne crea degli altri. Tra il Danubio e la Drava, nella fertile pianura bagnata dal Tibisco, i magiari se ne stanno ormai quasi tranquilli, dopo che Ottone il Grande li ha fatti a pezzi, quarantacinque anni prima, sul Lechfeld: il principe di questa giovane Ungheria, Waïk, si è convertito al cristianesimo, prendendo il nome di Stefano; Ottone lo fa re. Il duca di Polonia, Boleslao, che agevola l'evangelizzazione del suo popolo, viene anche lui promosso al rango di sovrano quasi nello stesso periodo. Si considera (o meglio accetta i titoli di) «fratello e collaboratore dell'Impero», «amico e alleato del popolo romano» (è il modo con cui Roma in passato sottometteva piccoli principati periferici); anche Stefano, sia pure in termini più vaghi, si è legato più o meno allo stesso modo. Una famiglia di popoli troppo diversi e coscienti delle reciproche differenze per non pretendere ciascuno un proprio principe, ma uniti in un'unica fede e guidati da colui che, al disopra di tutti e insieme al vicario di Cristo, ne assume il regno e l'obiettivo dell'espansione: ecco come Ottone III, come Silvestro II concepiscono la *Renovatio Imperii Romani*. Non è un ripiego, ma l'ambizione più vasta che si possa concepire nel contesto dato.

Troppo vasta, in realtà. A che cosa potevano servire i satelliti, quando l'astro centrale era al tempo stesso il cuore del disegno di rigetto? Era il popolo di Roma, il popolo italiano che si sarebbe dovuto conquistare diversamente che attraverso le armi. Il volgere dell'anno mille mette fine al bel sogno. I romani cacciano colui che si reputava imperatore romano e che è ai loro occhi soltanto un tiranno sassone. E sarà la malaria o il rimpianto a infliggergli, diciotto mesi dopo, il colpo di grazia? Silvestro lo raggiunge ben presto in quella città celeste che i due lettori di sant'Agostino avevano inteso fornire a modello per quella terrestre.

I romani non volevano saperne di un padrone, neppure di uno che li voleva padroni del mondo. Ottone si è ingannato sul loro conto, immaginandoseli sensibili alla gloria, al progetto di rinascita che proponeva per la loro città. Ma anche i romani erano come il resto dell'Occidente: avevano capi locali, che non intendevano essere sottomessi a nessuno. C'era già stato bisogno, per imporsi a Roma, di sconfiggere e condannare a morte uno della famiglia dei Crescenzi; sarà un altro dei Crescenzi ad avere la meglio sull'imperatore.

Ma per quanto Ottone avesse voluto illudersi sul conto dei romani, non poteva non accorgersi di come stessero le cose per gli altri popoli. L'ostacolo vero all'unificazione, l'ostacolo alla *pax romana* e alla *pax Christi*, l'ostacolo alla *Renovatio Imperii Romani* non è rappresentato dai re già insediati o creati da lui e che, anzi, si dimostrano volonterosi e ben disposti, ma da quello che è il tessuto sociale dei loro regni.

Un regno feudale

Che visione ne avevano quei sovrani? Che visione ne aveva, per esempio, Roberto il Pio, che regnò dal 996 al 1031 sul «regno dei franchi, degli aquitani e dei borgognoni», poco prima che prendesse il nome di Francia semplicemente?

Ha in primo luogo la visione di gente di ogni sorta che è praticamente in grado di fare ciò che vuole. Si ricorda che Baldovino Bellabarba, il potente conte delle Fiandre, ha per antenato un guerriero preposto alla guardia del paese dal re Carlo il Calvo e che non aveva alcun diritto di trasmettere ai discendenti le proprie funzioni amministrative e di difesa locale e neppure di assolverle lui per tutta la vita. Ora le Fiandre non sono una grossa circoscrizione, ma un grosso feudo; il conte delle Fiandre non è più un alto funzionario revocabile, ma un vassallo del re, un grande feudatario. Egli è, di fatto, un sovrano sulla propria contea; che l'abbia «ottenuta» dal re vuol dire soltanto che, in cambio, gli ha «prestato omaggio», giurato fedeltà... Volesse il cielo che lo rispettassero anche Eudo II, conte di Chartres e di Blois, entro breve anche di Troyes e di Meaux, o Folco III Nerra, conte d'Angiò! Roberto non può non sapere che quei due hanno fondato la propria potenza a spese del di lui padre, Ugo Capeto; che il paese di Chartres e di Blois, che l'Angiò costituivano un tempo parti integranti dell'enorme ducato di «Francia», che Ugo Capeto, suo padre, era riuscito a trasformare in un grande suo feudo, ai danni dei sovrani carolingi; che l'avo di Eudo altri non era che un umile visconte preposto alla custodia di Tours, così come quello di Folco era stato incaricato della sorveglianza del paese d'Angers. Legittima rimonta, forse, ma soprattutto inevitabile effetto del corso delle cose.

Da un secolo e mezzo il mondo feudale non ha fatto che usurpare le prerogative del sovrano e ormai finisce per imporsi, semplicemente sulla base dei rapporti di forza. Come potrebbero non pensare, individui che dispongono di un territorio, che ne traggono le risorse per vivere e per battersi, che ne portano il nome, che appunto quel territorio appartenga loro e sia destinato ai propri figli? Né Roberto pensa di contenderglielo. Né a Riccardo II, duca di Normandia; né — meno ancora, possibilmente — a Guglielmo il Grande, detentore dell'immenso ducato di Aquitania. E meno ancora al duca di Guascogna, al conte di Tolosa, al marchese di Gozia che ha sede a Narbona, al conte di Barcellona, il cui feudo, la cosiddetta «marca di Spagna», sarebbe in teoria «dipendente dalla corona di Francia». Tutti i grandi vassalli devono al sovrano, in linea generale, il loro appoggio militare se entra in guerra. In realtà, essi concedono l'aiuto che vogliono, lasciandosi guidare dai propri interessi, in qualche caso chiedendo in cambio favori, normalmente delle terre. Ottenerne l'appoggio fa parte della diplomazia e il re si adegua. Proviene da una famiglia che ha a lungo condotto in proprio il medesimo gioco. Perché dovrebbe risentirsi?

Roberto ha alcune mire soltanto sul ducato di Borgogna. Rientrava nei domini del nonno e adesso è in mano allo zio Enrico, che morirà senza lasciare eredi. Si tratta di non lasciarlo cadere in mano a un usurpatore, che già si sta profilando all'orizzonte. Roberto si sta preparando. È l'unica guerra che abbia in animo di affrontare senza esservi stato provocato: durerà quattordici anni. Se entrerà in guerra altre volte, lo farà per difendere o proteggere il dominio di cui lui e il padre sono riusciti a conservare il possesso diretto, quella parte centrale del regno, quell'Île-de-France dove, attraverso Orléans, Parigi, Senlis, si ricongiungono Loira, Senna e Oise; oppure, per brevi spedizioni di normale ordine pubblico, per così dire.

L'ordine! Qui sì che ci sarebbe parecchio da fare, ben più di quanto non possa il re dei franchi, degli aquitani e dei borgognoni. L'ordine nei possedimenti del sovrano, l'ordine nei principali feudi i cui titolari, tranne forse in Normandia, non riescono neanch'essi a garantirlo bene, insieme alla sicurezza e alla pace. Il sistema feudale, un sistema in cui ognuno dispone di fatto delle risorse del territorio che occupa e obbedisce a colui dal quale lo ha ottenuto solo in virtù della fedeltà che gli ha giurato, presenta livelli diversi. Se il sovrano è alla mercé della lealtà dei grandi vassalli, lo stesso vale anche per questi: poiché si è dovuto innalzare, o permettere che si innalzassero, un po' dappertutto, roccaforti contro i normanni, contro i magiari, contro i saraceni, contro gli stessi vicini, poiché in ogni roccaforte c'è un castellano che è naturalmente un rude guerriero, poiché il castellano può vivere solo della terra che domina, i grandi vassalli hanno altri vassalli, i quali, se il feudo ha una sia pur minima estensione, ne hanno altri a propria volta. Ora, l'ultimo di questi piccoli feudatari è, in realtà, il più indipendente di tutti. Dal proprio castello può sfidare non solo il nemico, ma anche il «signore», il «sovrano», colui dal quale ha ricevuto la terra. Stringerlo d'assedio? Le condizioni della guerra allora — che dovremo descrivere più avanti — rendono difficile l'operazione. Se si è premurato di fare scorta di viveri, resisterà a lungo. Il sovrano vi si decide solo per motivi molto gravi.

Il piccolo castellano

Non meno ampie di quelle del re erano le vedute di un Riccardo di Normandia, di un Guglielmo il Grande, di un Folco Nerra e ancor più, forse, di Eudo II di Chartres, che per un istante dovette credersi re di Borgogna. Ben meno vaste, invece, quelle del castellano di basso rango. Dall'alto del suo maschio scorge il paese circostante e il suo pensiero non va oltre l'orizzonte che si dischiude ai suoi occhi. Eppure la sua testa lavora! Forse all'orizzonte discerne i confini del suo possedimento, un pezzo di quello del vicino. Ovviamente, ci sono laggiù terre di cui si sente privato — i diritti feudali sul suolo, come anche su altri privilegi, sono diventati a lungo andare complicatissimi — o che vorrebbe tranquillamente fare proprie; o ci sono altre terre, sue, ma che sa che il vicino minaccia o rivendica. Bisogna pensare a contrattaccare o a difendersi. Laggiù, al limitare del bosco, sbuca un sentiero per il quale ha imposto — bisogna pur vivere — un pedaggio di propria iniziativa. Oppure si tratta di un ponte. I suoi non permettono assolutamente di passare se non si sborsa danaro. Se si elimina ogni scrupolo — cosa per nulla eccezionale — si risparmiano le forme: si segnalano viaggiatori (uno solo capita raramente, perché non si ha mai il coraggio di spostarsi altrimenti che in gruppo?). In sella!

Addosso agli incauti! Sono sicuramente armati, ma meno di noi. Se reagiscono con le buone, basterà spillare loro danaro, portare via qualche mercanzia, qualche rifornimento alimentare, o le bestie da soma, o i vestiti se ne vale la pena. Altrimenti, peggio per loro.

Certo, egli deve al signore l'appoggio militare né, per principio, vi si sottrae. La guerra gli piace. Inoltre, se presta realmente i propri servigi, se il suo contributo è indispensabile, probabilmente si potrà racimolare un pezzo di terra, un villaggio, magari un altro feudo. C'è anche un'altra occasione di guerra che può allontanarlo da casa, ed è la vendetta, che è per tutti un dato evidente del reale.

I contadini

Volgendo lo sguardo intorno al castello, il proprietario vede le sue terre coltivate dai contadini. Ce ne è forse anche una parte — non sempre — che valorizza lui direttamente. Non, ovviamente, che vi ponga mano personalmente, una mano che è fatta soltanto per tenere la spada o le redini del cavallo, ma nel senso che se ne riserva l'intero prodotto. Si tratta del cosiddetto *mansus indominicatus*, il « manso » del signore. Il termine, che in origine indicava il tratto di terra necessario al sostentamento di una famiglia, ha ormai un significato ben più elastico. In sostanza, significa « parte ». Non c'è alcuna base per poter calcolare le dimensioni del *mansus indominicatus*, che del resto non è mai grandissimo verso l'anno mille. Né ve ne sono per misurare i mansi occupati dai contadini dipendenti dal signore: nel corso del tempo, accorpamenti o suddivisioni hanno determinato partizioni molto diseguali.

I mansi dei contadini sono *tenures* (piccole, e medie gestioni contadine), cedute loro per essere coltivate in cambio di alcune prestazioni, tra le quali figura l'obbligo di fare fruttare, sotto la guida di un esperto non sempre tenero, il manso del signore.

I contadini sono forse «servi»? Non necessariamente, specie se il feudo non è in Borgogna, nel Nivernese o nella Champagne. Il servo, lo abbiamo tutti imparato a scuola, è «legato alla gleba»: non ha il diritto di lasciare il terreno che coltiva, né di ammogliarsi al di fuori del possedimento. Non è padrone di se stesso. Il contadino libero — il «villano» — non è in teoria altrettanto legato. In pratica, però, la differenza è minima. Il signore locale la conosce — tutto quel mondo è straordinariamente lucido e preciso in fatto di diritto — ma non è detto che debba tenerne conto, se non per riacciuffare e punire un servo «in fuga». Servi o villani che siano, il signore li disprezza e li sfrutta. La terra è sua. Il contadino la riceve da lui. Non ha giurato «fedeltà e omaggio», naturalmente: sarebbe inimmaginabile, date le sue condizioni: è costretto a pagare determinati canoni tradizionali, in denaro e soprattutto in natura, a parte il lavoro dovuto per il *mansus indominicatus*. Non basta, però: anche un padroncino non è forse sovrano sulla propria terra? Quanto un tempo esigevano i re dai propri sudditi, la «taglia» (che era un'imposta in danaro), la *corvée* (che era l'obbligo di compiere alcuni lavori, come costruire strade, edifici, trasportare delle cose), è lui ormai che le richiede. I diritti regali che ha a mano a mano usurpato gravano non soltanto sui suoi dipendenti, ma anche su quelli che un tempo erano proprietari a pieno titolo dei rispettivi appezzamenti individuali, di quei piccoli possedimenti che appartenevano a uomini liberi, i cosiddetti «allodi»: eccoli anch'essi dipendere dal signore locale, costretti ad alimentarne le casse e a lavorare per lui. E taglia e *corvée*, oltretutto, non sono minimamente regolamentate, per cui non hanno limiti definiti, al pari, del resto, dell'importo da pagare per fare uso del mulino o del forno, non essendo possibile macinare o cuocere altrove.

Allora, il servo, il villano, o quelle stesse varietà intermedie di contadini le cui specifiche denominazioni hanno scarsa importanza in questa sede, che razza di visione si può pretendere abbiano del mondo? La propria capanna, i loro campicelli, le loro bestie, il bosco accanto; il castello dove bisognava portare gran parte del frutto delle loro fatiche e dal quale non veniva mai niente di buono; il mercato del villaggio; la chiesa — e c'è da chiedersi che significato avesse per loro. E, tutt'intorno, soprattutto minacce. Dal cielo la pioggia, quando ci sarebbe stato bisogno di sole, e il sole, nei momenti in cui si sarebbe voluta la pioggia. All'orizzonte, i guerrieri del signore vicino o le truppe di un principe in guerra, il cui sistema (comune nei due casi) era quello di saccheggiare a tappeto il paese. Ci si potrà rifugiare nel castello, condurvi dentro le bestie, forse anche ammucchiarci i raccolti; ma delle messi ancora sul campo, delle capanne, rimarranno soltanto le ceneri.

Una visione complessiva

Di questo tipo è l'ambiente che potevano osservare i contadini dell'anno mille. I contadini, cioè perlomeno i nove decimi della popolazione d'Occidente. Ecco la trama della loro vita quotidiana. Il quadro presenta tinte fosche? Così, comunque, lo ha visto anche un contemporaneo. Adalberone, vescovo di Laon, omonimo dell'arcivescovo di Reims (e che è più pratico chiamare con il nome di Ascelino, come comunemente lo designavano), dedica un lungo passo alla descrizione della società in un poema da lui dedicato al re Roberto. Tranne il clero, che riconducendo gli uomini a Dio occupa, a suo avviso, un ruolo di primo piano e non è coinvolto in nessuno dei lavori umani, egli individua altre due categorie, i «nobili» e i «servi», intendendo quindi con questi termini tutti i tipi di contadini, a prescindere — ed è sintomatico — dalla gamma del loro stato giuridico, che sicuramente non ignora, e accomunandoli tutti nella condizione sociale peggiore. Ecco dunque quanto dice: «Questa sfortunata genia, se possiede qualcosa è solo a prezzo della sua fatica. Chi riuscirebbe mai, abaco alla mano, a conteggiare le preoccupazioni che assillano i servi, le loro lunghe marce, i loro lavori? Denaro, alimenti, tutto i servi forniscono a tutti gli altri; non c'è uomo libero che potrebbe sopravvivere senza di loro [...]. Il padrone è alimentato dal servo. E il servo non riesce a vedere la fine delle sue lacrime e dei suoi sospiri».

Tra l'altro, Ascelino non parla delle disgrazie della guerra. Anzi, a leggerlo — ma c'è da scommettere che stia ironizzando — i quadri laici della società assolverebbero una funzione benefica: «Due personaggi stanno al primo posto: uno è il re, l'altro l'imperatore» — e già da questo ci rendiamo conto di come, nell'ottica del tempo, il re di Francia fosse ormai, come avrebbero detto sotto Filippo il Bello, «imperatore nel proprio regno». E prosegue: «Vediamo come il loro regno garantisca la solidità dello Stato. Ce ne sono altri in posizione tale da non subire alcun condizionamento» — che cosa dicevo poco fa? — «purché si tengano lontani dai crimini perseguiti dalla giustizia reale». Purché... «Si tratta dei guerrieri, protettori delle chiese: sono i difensori del popolo, dei grandi come dei più umili, di tutti insomma, garantendo a un tempo la loro stessa sicurezza.»

La società come avrebbe dovuto essere... Non c'è dubbio che Ascelino non la vedesse com'era in realtà: era furbissimo, cinico e non aveva scrupolo di sorta. Aveva partecipato assai da vicino agli intrighi di Adalberone e di Gerberto contro la stirpe carolingia e la sua arma preferita era il tradimento. Giurava sulle cose più sacre, poi spergiurava. Alla fine lo si era soprannominato «il vecchio traditore». Ma era vescovo e, fino alla fine dei suoi giorni, visse impunemente e fu persino onorato. Non era, del resto, l'unico personaggio dell'alto clero che non facesse il minimo conto della parola data. Per citare un altro esempio, l'arcivescovo insediato da Ugo Capeto a Reims dopo la morte di Adalberone si era subito affrettato ad aprire le porte della sua villa al rivale carolingio del nuovo re. Anche lui, a parte qualche lieve incidente, se l'era cavata senza danno.

Alto e basso clero

Già da questi pochi cenni si intuisce come anche i quadri ecclesiastici, indipendentemente da quel che se ne è scritto, concepissero l'ambiente circostante al pari dei laici. Vescovi, chierici, monaci, sacerdoti di campagna, tutti erano inseriti nel sistema. Quelli che si trovavano ai livelli superiori — lo abbiamo visto con Silvestro II, nonché con Adalberone — condividevano la visione dell'imperatore, dei re, dei grandi, il che non vuol dire che fossero totalmente d'accordo. I vescovi di minore importanza possedevano terre, né più né meno dei signori laici, e si trovavano ad avere a che fare con le stesse preoccupazioni, le stesse mire, persino le medesime funzioni di amministrazione dei possedimenti, i medesimi obblighi di assistenza militare al sovrano. Altrettanto, e a maggior ragione, valeva per gli abati dei monasteri, che avevano immense proprietà fondiarie — e gli abati più importanti, quelli che presiedono a un intero ordine, hanno la stessa visione ampia, anche più ampia, dei principi. I vicari parrocchiali di basso rango, invece, quelli preposti a una parrocchia di campagna e che ancora non si chiamano curati ancorché si dica che hanno la *cura animarum* (la cura delle anime), non dispongono di un orizzonte più vasto di quello delle loro pecorelle: sono, come vedremo, della loro stessa razza, non la sanno minimamente più lunga e hanno soltanto l'esperienza della zona dove, il più delle volte, trascorreranno tutta la loro vita.

Strutture anticipatrici

Se si volesse descrivere, secondo le regole dell'analisi «sofisticata» che oggi si impongono agli studiosi di scienze umane, la società in cui conduceva la propria esistenza di ogni giorno la gente dell'anno mille non basterebbero poche pagine, ci vorrebbe un intero volume. Ce ne sono in effetti di volumi, ma a dire il vero non si limitano ai pochi decenni, così poco noti, che inquadrano il nostro millennio. Anche l'ammirevole *Guerrieri e contadini nel Medioevo* del professor Georges Duby, nonché il suo primo volume dell'*Economia rurale nell'Europa medievale* si assegnano margini cronologici più vasti. Inquadrare l'epoca dell'anno mille nel più generale sviluppo politico e sociale e, ancor più, farsi un'idea attendibile della visione che potesse averne ciascuno dalla propria angolazione è ciò che abbiamo cercato di fare. Ciascuno? Evidentemente no. Certo, ci sarà anche stato qualche contadino che non pensava di essere un disgraziato, o che addirittura viveva in condizioni di una certa agiatezza, del tipo di quello che incontreremo nel prossimo capitolo; ci saranno anche stati signori di buona volontà e, ancor più probabilmente, prelati capaci di navigare fra gli scogli della politica senza dannarsi l'anima: qualcuno ne troveremo anche in questo libro, come pure scopriremo, lungo i vari capitoli, parecchie notizie sull'esistenza concreta di tutta questa gente e anche di altre figure, rappresentative di categorie ancora poco numerose e marginali, che si è ritenuto di omettere in questo quadro d'insieme.

Da questo abbozzo a grandissime linee viene forse fuori che l'anno mille è stato al centro di un periodo di profondi cambiamenti? Ebbene sì.

L'insuccesso di Ottone e di Silvestro è il simbolo nettissimo della fine di un mondo, di quel mondo sul quale ancora aleggiava l'idea dell'unificazione dell'Impero d'Occidente, concretizzata per un attimo da Carlo Magno. Esiste già un regno definitivamente indipendente, che un Ascelino — e non è il solo — mette sullo stesso piano dell'Impero germanico: quello del Capetingio di Francia. Altri ne seguiranno: le forze politiche del pieno Medioevo si mettono in moto.

Più pressante per la vita di tutti i giorni, lo sgretolarsi dell'autorità nei paesi d'Europa arriva al culmine; il che non vuol dire la fine del mondo, ma un nuovo punto di partenza. Il costume codificherà rapidamente, e sempre più decisamente, l'esercizio dei poteri esistente di fatto, con relativi diritti e doveri. Si va delineando la gerarchia feudale.

Le strutture sociali si semplificano, si direbbe quasi che si razionalizzino: si attenua la diversità delle condizioni dei conduttori agricoli di minore importanza, determinate nei secoli precedenti dalla diversità d'origine o dalle circostanze del rispettivo insediamento. Quale che sia il loro nome — servo, villano, o un qualsiasi altro — sono coltivatori, considerati e trattati tutti allo stesso modo. Certo, non sono proprietari del pezzo di terra che coltivano, ma lo conducono loro; a parte i canoni dovuti e le *corvées*, lo sfruttano come vogliono, come se fosse loro. Anche questa è una novità, e non di poco conto. La società merovingia, poi quella carolingia la cui agonia occupa tutto il X secolo, avevano ereditato dall'epoca dei romani il regime della grande proprietà, della *villa* i cui vasti campi erano coltivati da servi non molto diversi dagli antichi schiavi, qualcosa del genere, insomma, delle «piantagioni» schiaviste della moderna America: il *mansus indominicatus* era immenso e richiedeva una quota di lavoro enorme da parte dei coltivatori, mentre, ormai, va riducendosi progressivamente. Una parte notevole della superficie del manso è servita al signore per costituire piccoli feudi in favore di vassalli armati, che è costretto ad avere in gran numero e che, a loro volta, hanno affidato le terre ad altri per coltivarle. Un'altra parte è stata a mano a mano incorporata nelle tenute vicine, ingranditesi di conseguenza. Generalizzato e articolato in tal modo, il sistema del compenso tramite la concessione di una terra ha innescato un processo rivoluzionario tacito, i cui effetti tuttavia condizioneranno il futuro dell'umanità occidentale, a proposito del quale Pierre Chaunu ha scritto di recente: «La rivoluzione per la libertà, per il diritto e il tremendo dovere di decidere l'organizzazione del proprio lavoro, si compie nell'anno mille».

Non c'è dunque da stupirsi se lo schema delineato da Ascelino — gente di Chiesa, nobili, «servi» — prefigura quello che corrisponderà, in Francia ma anche altrove, alla società fino alla fine del XVIII secolo: clero, nobiltà, terzo stato.

Prefigurazione soltanto: quando, ai tempi di Filippo il Bello, il terzo stato troverà insieme un nome e un ruolo all'interno del regno, non corrisponderà ai contadini, bensì alla borghesia. E borghesia vorrà dire città, mentre ai tempi di cui ci occupiamo le città, ormai decadute rispetto alla prosperità che avevano conosciuto sotto l'Impero romano, contano ancora ben poco. Semideserte, esistono semplicemente come piazzeforti, come residenze del signore, o dei signori, di certi grossi domini di pianura, di personalità laiche o di monasteri e, più in generale, come sedi vescovili. Ma, appena si riemerge dal buio della mancanza di documentazione, risulteranno già impegnate in quel processo di espansione che costituirà uno dei principali fenomeni economici e sociali del Medioevo maturo. Un ulteriore elemento di trasformazione, i cui timidi inizi (ai quali riserveremo in altre pagine un esame più attento), perlomeno, vanno ascritti a questi decenni così difficili da conoscere.

CAPITOLO DECIMO

RELIGIOSITÀ DELLE CAMPAGNE

Se il posto di un individuo nella società segna alcuni tratti della sua quotidiana esistenza, altri dipendono dal suo atteggiamento religioso.

Condizioni della Chiesa e sua missione

La religione in vigore è, naturalmente, quella cattolica. La Chiesa è presente ovunque. Nelle città che, come abbiamo visto, sono eminentemente sedi vescovili; nelle campagne, dove ciascun villaggio ha una sua chiesa, e una parrocchia. Ma le parrocchie, che sono circoscrizioni territoriali, quindi terre da cui si ricava un reddito, e che inoltre forniscono la decima prelevata sui fedeli per il sostentamento del vicario e le spese del culto, sono diventate beni fondiari al pari degli altri. Appartengono a chi ha saputo assicurarsi la disponibilità del suolo, signori, laici, vescovi, abati, e vengono trasmesse in eredità, vendute e spartite. E l'umile vicario — anche se in linea di principio deve essere stato riconosciuto degno e investito del sacerdozio dal vescovo della diocesi — è un individuo scelto dal proprietario della parrocchia, che lo considera un subordinato, vale a dire un servitore, e si arroga il grosso della decima. In breve, concretamente, territorialmente e a tutti i livelli la Chiesa si fonde con il sistema feudale.

Ma, per quanto impegolata con gli interessi del «secolo», non può lasciare che si dimentichi la sua stessa ragion d'essere: battezzare, celebrare gli uffici sacri, conferire i sacramenti, comunicare la fede, vigilare sui costumi, pregare e far pregare. Ci si chiede — o, meglio, lo si intuisce perfettamente — come facesse ad assolvere una simile missione un modesto sacerdote di parrocchia pescato più o meno a caso da un signore laico nel gregge dei suoi «servi». Ma i vescovi, nei concili o al cospetto dei canonici della loro cattedrale, non facevano che richiamare quell'ideale; e anche molti dei monasteri, dalla metà del X secolo, erano tornati a essere luoghi insigni di preghiera, dopo un periodo di turbolenti disordini.

Torneremo a lungo più oltre su questo grande fenomeno di civiltà, nonché sulla vita quotidiana di questi monaci completamente dediti al servizio divino e all'esercizio della carità fraterna. Qui, per il momento, ci interessa il fatto che perlomeno alle numerosissime parrocchie che dipendevano dai monasteri erano addetti sacerdoti che sapevano quel che dovevano fare; altrettanto può dirsi, inoltre, per buona parte di quelle che i vescovi potevano sorvegliare direttamente.

Nelle campagne c'era dunque parecchia gente non solo battezzata — lo erano tutti a quanto pare, visto che ovunque c'erano chiese parrocchiali — ma anche fortemente stimolata a ubbidire alle leggi della Chiesa e a prestare fede ai suoi insegnamenti. Resta da vedere come li prendessero.

Come il lettore dovrebbe ormai cominciare a rendersi conto, tutta la produzione letteraria dell'epoca, o quasi tutta, è stata scritta nei monasteri. Assolutamente nulla esce da una penna laica. È un monaco Richer, il quale ci ha lasciato una cronaca degli ultimi carolingi francesi e dell'inizio del regno di Ugo Capeto. Sono monaci Rodolfo il Glabro, Ademaro di Chabannes, Abbone, Assone, che abbiamo già citato più o meno spesso. È monaco Helgaldo, il biografo o l'agiografo di Roberto il Pio, il re di Francia dell'anno mille. È monaco Eudo, autore della vita di

Bouchard, conte di Vendôme. Monaco è André de Fleury, che ha narrato la vita del suo abate e i cui *Miracoli di san Benedetto* ci forniranno parecchie notizie. E chi non lo è, è vescovo, come Liutprando e Ascelino, già incontrati, o Fulberto di Chartres, di cui sono particolarmente interessanti le lettere. Gerberto, il papa Silvestro II, è prima monaco poi vescovo, cosa non rara all'epoca.

A leggerli, sembra ovvio che dappertutto si creda in Cristo e lo si adori, che il contrario sia l'eccezione rapidamente espulsa in forme brusche da un corpo sociale che la disapprova. Ma vediamole, invece, queste eccezioni.

Eresie

Le eccezioni sono le cosiddette eresie dei teologi. La più clamorosa venne scoperta a Orléans — la capitale del regno capetingio — nel 1022 o 1023. Stando a Rodolfo il Glabro, l'avrebbe introdotta «una donna giunta dall'Italia», che pare del resto avesse fatto scuola anche durante il tragitto. Due chierici di Orléans, Herbert e Lisoius, stimati e ammirati dai grandi e dallo stesso sovrano per la loro scienza e per la loro devozione, ne divennero discepoli e, infine, proseliti. Fecero adepti senza scoprirsi, «di tutti coloro il cui spirito non fosse sufficientemente consolidato dall'amore per la fede universale». Prendendo a mano a mano coraggio, inviarono a indottrinare un santo prete di Rouen, che si affrettò a denunciare la cosa al duca di Normandia, Riccardo II. Tempestivamente avvertito dal vassallo, il re Roberto corre a Orléans ad aprire un'inchiesta, convocando numerosi vescovi, abati, religiosi e laici. I chierici del luogo vengono minuziosamente interrogati sul modo in cui ognuno «recepisce e crede le verità che la Chiesa cattolica custodisce e predica incrollabilmente secondo la dottrina degli apostoli». Messi alle strette, Herbert e Lisoius gettano la maschera. «Molti» confessano pubblicamente sulla loro scia di appartenere alla setta.

A quanto pare, né il re né i vescovi avrebbero voluto la morte dei peccatori, ma soltanto la loro conversione. Riconvertire alla fede vera Lisoius, che si distingueva nel monastero di Sainte-Croix per incomparabile spirito di carità, ed Herbert, che era il direttore generale della scuola della chiesa Saint-Pierre-le-Puellier, sarebbe stato ben più edificante che non sottoporli a punizione. Si insiste a incalzarli, si profondono argomentazioni ed esortazioni, invano. I monaci si spingono fino a dichiararsi certi che entro breve la loro dottrina trionferà in «tutte le nazioni». Roberto si decide a ricorrere alla minaccia: fa accendere un gran rogo nei pressi della città. Fatica sprecata. Herbert e Lisoius, nonché altri undici seguaci non meno determinati di loro, «per ordine del re e con l'unanime consenso del popolo» inaugureranno il rogo degli eretici, che richiederà alcuni secoli prima di spegnersi.

Quali verità sostenevano, al prezzo della vita? Noi le conosciamo soltanto nella descrizione dei persecutori, in versione pertanto molto probabilmente calunniosa. Secondo il Glabro, consideravano «stravaganti» i dogmi ricavati dalla Chiesa dall'*Antico* e dal *Nuovo Testamento*, soprattutto il dogma della Trinità. Sostenevano che l'universo fosse increato ed eterno. Come gli epicurei, ritenevano la dissolutezza naturale e incolpevole. Infine, non vedevano che «fatica sprecata» in «tutta l'opera cristiana di pietà e di giustizia», vale a dire in una condotta ispirata al Vangelo.

Da parte sua, Ademaro di Chabannes riferisce che adoravano il diavolo, che «forniva loro quotidianamente parecchio denaro», e che « si abbandonavano nell'ombra a orrori e crimini che sarebbe peccaminoso riferire». Ma li definisce anche «manichei», elemento che getta una certa luce sul resoconto di Rodolfo il Glabro e ne spiega meglio l'eroismo. Quella di Mani era una dottrina elevata e, letteralmente, affascinante. Tutti sanno come presupponga una sorta di parità di potenza tra i principi del bene e quelli del male. Meno noto è come invitasse i seguaci a liberarsi del male, che coincide con la materia, attraverso la contemplazione costante delle cose spirituali, i cui strumenti sono la preghiera e il digiuno.

Nelle affermazioni di Rodolfo il Glabro si può in primo luogo individuare l'idea che il mondo materiale, il mondo del male, non sia stato creato dal Dio buono e sia sempre esistito. Inoltre, la negazione dei fatti riferiti dalle Scritture, dal momento che queste — in particolare la storia della Redenzione — sono considerate esposizioni puramente simboliche. Infine, il rigetto dei divieti e dei precetti dell'etica: la vita di ogni giorno è infatti completamente immersa nel mondo del male ed è questo il solo principio che la guidi; l'unica possibilità di evasione è attraverso lo spirito. E quelli che si erano liberati erano rari; erano i «perfetti», mentre gli altri, i discepoli, gli «auditori», in attesa di unirsi ad essi, si ritenevano innocenti del male che non potevano non commettere.

Si tratta, come vediamo, né più né meno dell'eresia catara, che vedremo esplodere chiaramente due secoli dopo, soprattutto nel Sud-ovest della Francia, i cui adepti presero il nome di albigesi. Ora, Ademaro scrive che «anche a Tolosa si scoprirono manichei e vennero sterminati». Probabilmente non lo furono radicalmente. Questa dottrina altamente intellettuale, accessibile solo al clero colto che teneva scuola all'ombra delle cattedrali, quindi nelle città, si è trasformata, nel giro di sei o sette generazioni, nella religione di un intero popolo, contadini, artigiani, signori. Si dovrebbe pensare che fin dall'epoca di re Roberto fossero attivi alcuni propagandisti che conoscevano il modo di parlare alla gente semplice. Già nel cattolicesimo professato e protetto da Guglielmo V è possibile intuire, sotto sotto, i progressi occulti di una concezione della vita che si richiama all'invisibile, vi riconosce il Bene, ma si rassegna senza rimorsi, dietro garanzia di alcuni eroi redentori, a dibattersi fra le delizie ben concrete del Male. E — l'intero Medioevo e tutti i secoli della nostra èra sono lì a dimostrarlo — non basta di certo credere in Cristo per praticare le virtù cristiane. Ma come non immaginarsi, in questa terra meridionale dove già il sole riscalda con tanta forza la carne, un'esistenza quotidiana nella quale queste virtù fossero particolarmente assenti?

Il catarismo è anch'esso una formazione religiosa. I testi ci lasciano intravedere altri «eretici» meno qualificati e, del resto, più sporadici.

A Ravenna, un tale Viligardo «praticava con rara passione lo studio dell'arte grammaticale». Allora grammatica significava letteratura, e la si studiava nei testi profani dell'antichità latina. In Italia, osserva Rodolfo, si preferiva la grammatica a ogni altra «arte». Una notte Viligardo si vide comparire davanti Virgilio, Orazio e Giovenale (si trattava, in realtà, di demoni che ne avevano assunto l'immagine), che lo ringraziavano per averli studiati con tanto amore e contribuito alla loro gloria, preannunciandogliene una analoga per sé. Da quel momento, il nostro personaggio perde la testa. Non è più la Bibbia il suo libro sacro, ma sono i testi dei suoi amati poeti. Prende perciò a proclamare — «insegna» dice il cronista (teneva scuola, forse? È probabile) — che in questi è racchiusa la verità. Entra in ballo l'arcivescovo di Ravenna e lo fa condannare come eretico. E, in quell'occasione, si scopre che in tutta Italia ci sono «seguaci di quel dogma pernicioso». Vengono sterminati «col ferro e col fuoco». Dalla Sardegna, dove ce n'erano alcuni, passarono «in Spagna» — sicuramente nella Spagna settentrionale, visto che il resto era nelle mani dei musulmani —. Vi corruppero «parte della popolazione», prima di venire anch'essi soppressi fisicamente «dai cattolici».

Dunque, il paganesimo greco-latino, religione nazionale degli italiani per secoli e secoli, non era ancora stato completamente soppiantato dal cristianesimo. Forse nella penisola sopravvive qualcuna di quella scuolette di «retorica» note nell'antichità e che, pur senza ergersi in genere apertamente contro la religione stabilita, continuava a fornire tutt'altro insegnamento. Nostalgia che diventa a un certo punto più impellente, negligenza da parte di un clero locale preoccupato più di prebende che non di catechesi: ed ecco che qualcuno azzarda una sortita, pensa di potere abbozzare una rivincita, prende a risvegliare presso «una parte del popolo» credenze ancestrali non ancora sopite. All'epoca, la conversione cristiana, pur datando ormai da sei secoli prima, ha ancora bisogno per mantenersi di una continua e spietata vigilanza.

In Gallia, il politeismo romano si era insediato come religione ufficiale, ma non si era radicato. Un cultore di grammatica il quale avesse predicato al popolo Giove, Marte o Venere avrebbe sicuramente fatto fiasco. Diverso è stato il modo in cui Liutardo, un cittadino del villaggio di Vertus nella Champagne, riuscì a fare proseliti. Liutardo era semplicemente un contadino. Un giorno, mentre era nei campi, annoiato — come ci riferisce Rodolfo con sprezzo intellettuale — da «qualche operazione agricola», si stese a dormire. Fece uno strano sogno, piuttosto impressionante: uno sciame di api, percorrendo a ritroso il tragitto normale degli alimenti nel corpo umano, entravano in lui e gli uscivano dalla bocca, agitandosi minacciosamente e crivellandolo di punture. Alla fine presero a parlare, intimandogli «di fare agli uomini ogni sorta di cose impossibili». Quel che avrebbe fatto al risveglio non lo era, ma richiedeva pur sempre una certa fiducia in se stesso. Liutardo se ne torna subito a casa e caccia la moglie «pretendendo di divorziare in virtù dei precetti evangelici». Esce poi di casa «come per recarsi a pregare, entra in chiesa, afferra il crocifisso e fa a pezzi l'immagine del Signore». Grande emozione fra coloro che assistono al sacrilegio. In un primo momento pensano che sia impazzito; ma ha sicuramente la lingua sciolta e «gli scervellati campagnoli» abboccano. Non spiega loro per esempio che «pagare la decima è un'usanza assolutamente inutile e priva di senso»? Sono cose nelle quali tutti sono disposti a credere. Condisce l'affascinante dogma con qualche notazione sui detti dei profeti, alcuni dei quali vanno presi per buoni, secondo lui, mentre altri non meritano alcun credito: ed eccolo più dotto di un Padre della Chiesa, in ogni caso un «individuo pieno di buon senso e di devozione», sicché la sua fama gli guadagna entro breve «una parte notevole del popolo».

Vescovo di Châlons-sur-Marne era il vecchio e saggio Geboino, che sarebbe morto nel 991, cosa che ci fornisce un *terminus ad quem*, come si suol dire, per l'episodio. Il vescovo manda a chiamare Liutardo, l'interroga e svela agli astanti l'inconsistenza dei suoi presunti ragionamenti teologici. «Il popolo in parte ingannato» ritorna «al completo alla fede cattolica». Al povero eresiarca di villaggio non resta che riconoscere la sconfitta e il fallimento delle sue «ambizioni demagogiche». Il buon Geboino — c'è da credervi — si sarebbe limitato a quella lezione; ma Liutardo, restituito alla libertà, andò spontaneamente a buttarsi in un pozzo. Sicuramente l'esistenza quotidiana non gli sembrava degna di essere vissuta.

L'eresia viene, certamente, schiacciata sul nascere, o comunque agli inizi. Resta pur sempre il fatto che essa trova orecchi vigili e animi disponibili a buttare alle ortiche le prediche di vescovi, chierici o monaci. Ma queste «eresie» non sono quello che normalmente si intende con questa parola. Non si tratta di cristiani che contestino singoli aspetti della teologia dominante: questi manichei, questi grammatici appassionati dell'Olimpo sono non-cristiani, seguaci di un'altra religione. Quanto a Liutardo, per la verità, le presunte conoscenze della Scrittura potrebbero trarre in inganno. Ma come potevano i suoi ascoltatori, che ne sarebbero subito diventati seguaci, scambiare per un cristiano un individuo che aveva inaugurato la sua predicazione infrangendo il crocifisso? Una rottura clamorosa: seguirlo poteva forse significare liberarsi finalmente di un'inibizione, nell'accezione quotidiana del termine.

San Benedetto come rivelatore

Siamo così giunti alle soglie di un'ipotesi piuttosto seria, per cui conviene forse consolidare il nostro modo di procedere.

Un contadino di Châtillon, un villaggio appartenente all'abbazia di Saint-Benoît-sur-Loire, decide di non rispettare il riposo del giorno di festa del patrono e trasporta verso casa un carro di fieno. Mal gliene incoglie: il fuoco del cielo divora il suo carico e i buoi, senza più nulla da trainare, vagano alla ventura. Il contadino promette di non farlo più, dopodiché il beato Benedetto gli restituisce la sua protezione.

Questo aneddoto non è l'unico del genere nei *Miracoli di san Benedetto*, dove lo si può leggere al capitolo XII del libro V, redatto, come i precedenti e i due successivi, dal monaco André de Fleury intorno agli anni 1050. Ecco per esempio, nella zona di Blois, un «personaggio facoltoso», possessore di terre «nella campagna di san Benedetto». Per quanto ricco, non si tratta di un signore: vedremo che lavora personalmente nei campi. È un grosso contadino, un coltivatore con certe risorse, e il cronista non trova eccezionale la cosa. Il 9 luglio, giorno della commemorazione della «traslazione» delle reliquie del santo a Fleury-sur-Loire (che conserva il nome di Saint-Benoît), un sacerdote di Vineuil (la sua parrocchia) esorta il suo gregge a celebrare la festa astenendosi da ogni sorta di lavoro. La cosa non piace al nostro personaggio, che proprio in quel punto dell'estate ritiene giunto il momento della mietitura. Davanti alle porte della chiesa egli si mette a gridare che se ne infischia di Benedetto e spedisce i suoi dipendenti al lavoro. Al termine del giorno arriva anche lui sui campi, non per alleviare la fatica degli altri, ma per dimostrare il proprio disprezzo e la propria ostilità nei confronti del santo. Afferra con la sinistra un pugno di spighe, e queste stranamente si divincolano e resistono; tenta con la destra di tagliarle con la falce, e bestemmia: «Vediamo un po' se questo Benedetto riuscirà ad avere ragione di me o di chicchessia!». Cerca di tagliare le spighe, ma la falce gli scivola e la «lama dentellata» gli fa in due pezzi la mano sinistra ed egli cade a terra, fulminato. Poi il fuoco divora le messi, il carro, gli animali e i servi se ne tornano a casa seminudi.

Nel paese di Tours, nel giorno di un'altra festa di san Benedetto che cadeva, questa volta, il 4 dicembre. Un certo Gautier non rispetta il riposo. Una «visione» gli ingiunge di interrompere quello che sta facendo, lui se ne infischia e immediatamente viene abbattuto.

Ancora agli inizi del XII secolo, l'autore dell'ottavo libro dei *Miracoli di san Benedetto*, Raoul le Tourtier, riferirà episodi analoghi. È chiaro che — come molto più tardi il ciabattino di La Fontaine — quei contadini pensano che le troppe feste li rovinano. Alcuni dichiarano esplicitamente che devono guadagnarsi il pane quotidiano.

L'argomento è convincente, ma non dev'essere il solo. Non basta, per esempio, a spiegare la furia blasfema del coltivatore di Vineuil. Né offre una spiegazione sufficiente dell'insistenza degli autori su episodi del genere, delle tremende punizioni da loro riportate con ricchezza di particolari. Con questi episodi destinati, tramite monaci e chierici che avevano modo di leggerli, alle popolazioni che glieli sentivano riferire, in realtà essi combattevano lo scetticismo e l'ostilità verso il santo dimostrata da quei contadini. Ed ecco perché, immancabilmente, il colpevole una volta punito si pente, si trasforma in ardente seguace di san Benedetto e ne conquista l'efficace protezione. Si tratta di ricondurre a questa grande figura del firmamento cristiano persone che chiaramente non ne vogliono sentir parlare.

André de Fleury introduce il contadino di Châtillon-sur-Loire e il suo carro di fieno con una breve frase di notevole interesse: «La rozza genia dei contadini, così come assiste con spirito semipagano al culto instaurato dalla santa dottrina, è indotta dalla sua fiacchezza morale a considerare inutili e frivole le norme stabilite in onore dei santi».

Spirito semipagano, *semipaganum animum*. Ecco che la parola è sfuggita!

Paganesimo della Gallia

In epoca gallo-romanica il cristianesimo aveva conquistato a sé solo le città e l'aristocrazia autoctona dei grandi proprietari terrieri, rapidamente alleatisi al conquistatore e così inseriti nella classe superiore dei «senatori». I contadini sottomessi ai detentori del suolo venivano chiamati *pagani*, dalla parola *pagus*, che vuol dire «villaggio» o circoscrizione rurale; il termine *pagani* è servito ben presto a indicare chiunque, come loro, rimanesse attaccato agli antichi culti. Pagano e contadino (*paysan*) fanno tutt'uno.

Clodoveo e i franchi sottomisero la Gallia, ma erano troppo pochi per sradicare ovunque l'aristocrazia indigena. Fecero le loro conquiste a sue spese, ma si mescolarono ad essa. Frequenti furono, logicamente, i matrimoni misti. E poiché i franchi erano i vincitori, furono loro a dare il tono. Con la stessa rapidità con la quale avevano adottato le usanze romane, i nobili galli assunsero quelle dei franchi. Come segno evidente di tale assimilazione entro breve presero tutti solo nomi germanici. La classe contadina si trovò rapidamente inquadrata, dominata e più o meno sfruttata da padroni che potevano tutti apparire ai loro occhi come occupanti stranieri. E quella che i predicatori merovingi si sono dati da fare a imporre a tutto il paese era, appunto, la religione di quegli occupanti. In che cosa allora credevano quei *pagani*, quei contadini? Non professavano evidentemente una religione organicamente strutturata come il cattolicesimo, con i suoi dogmi e la sua liturgia. In primo luogo, era passata di là la Roma dei Cesari che, in genere tollerante verso le divinità delle popolazioni conquistate nelle quali non aveva problemi a riconoscere le proprie, si era invece accanita contro quelle della Gallia e contro i loro sacerdoti, i druidi. La vecchia religione dei Galli, le cui origini si perdevano nella notte dei tempi, nell'epoca neolitica dei menhir e dei dolmen, di parecchio precedente quindi alla conquista del paese da parte dei celti, e che possiamo immaginarci nelle sue manifestazioni elevate e spettacolari, si era ormai ridotta dopo Cesare alla clandestinità. Non esisteva più alcun culto pubblico; non esistevano più grandi affluenze di popolo, attirato al momento dei solstizi sulle alture, la più famosa delle quali sembra fosse il monte Tombe, detto più tardi Saint-Michel. Niente più druidi, o perlomeno, se tale sacerdozio continua a perpetuarsi trasmesso di padre in figlio, essi perdono progressivamente l'aspetto sacerdotale, assumendo piuttosto quello dello stregone del villaggio. Analogamente, si trasforma e si deteriora la concezione dell'Essere divino.

Quest'Essere — come ha dimostrato ormai oltre quarant' anni fa Henri Dontenville nel suo straordinario *Mythologie française* (Mitologia francese) — aveva un nome, anzi ne aveva due, perché era Padre e Figlio a un tempo. Come Padre, si chiamava Belenus; equivaleva sostanzialmente ad Apollo, era il grande dio solare originariamente adorato dalle popolazioni pre-indoeuropee. In qualità di Figlio era sentito come più vicino alla terra, in qualche modo legato alle pietre, agli alberi e alle acque. Si chiamava Gargano.

Il territorio francese, per limitarci a questo, è costellato di luoghi il cui nome si collega etimologicamente a quello di Belenus (*Bel* o *Belen* in francese) o di Gargano. Si tratta, a seconda dell'evoluzione fonetica della varie zone, di Balan, Blesme, Belfait (l'albero di Bel), Montbelair, Baleine, Blaine, Ballons, Corblin (la pietra di Belin), Blainville, Belmont, Montbel... Si tratta delle antiche roccheforti dei Galli, Gergobina e Gergovie; a Guérande, il castello Gorgon; si tratta di fiumi: Gorganne, Gorgonne, Gargonne, Gargonde; di alture: Gargatte, Jariatte... Non è raro che i due nomi si affianchino; oppure — e può essere ancor più sintomatico — non lungi dal luogo che richiama Belenus sopravvive — o sopravviveva fino a poco fa — una leggenda popolare il cui eroe è un gigante perlopiù chiamato Gargantua.

Gargantua

È del tutto improbabile che questo Gargantua sia stato suggerito ai contadini dalla lettura di Rabelais. Del resto, l'immortale curato di Meudon non lo ha inventato lui questo nome: fin dal 1471, un «Gargantuas» in carne e ossa ha lasciato traccia storica di sé, nell'Alta Vienne; poco prima di Rabelais, Charles Billon, originario di un villaggio vicino a Issoudun, era stato il primo a scrivere le *Grandes et inestimables chroniques de l'énorme géant Gargantua* (Grandi e inestimabili cronache dell'enorme gigante Gargantua). Come ha giustamente osservato George Sand, a proposito delle leggende di Gargantua da lei stessa raccolte nel suo angolo di Berry: «Chi vi racconta queste cose non ha mai letto [illegible] sicuro "il libro" e, come loro, anche gli avi non hanno mai saputo che esistesse. Ignorano il nome di Rabelais, come ignorano quello di Pantagruel o di Panurge [...]. Quei personaggi sono creazione del poeta; ma sono convinta che Gargantua sia frutto del popolo [...]».

Rabelais, per chi abbia saputo leggerlo, è l'ilare dissacratore — ilare per prudenza — di tutte le tradizioni cristiane. Se ha scelto Gargantua come simbolo, non è stato a caso. La sua esperienza e il suo intuito devono aver riconosciuto in lui il fantasma, errante per le campagne francesi, di una religione, di una concezione di vita che il cristianesimo da ormai nove secoli aveva cercato accanitamente di sopprimere, ma che si ostinava a non morire.

Gargantua, dunque, è Gargano, il figlio di Belenus. Perché lui e non il padre? Perché era più vicino, più incarnato, più umano (anche Gesù è più familiare ai cristiani del Dio Padre). Perché quel « tua » finale?

Per indurre il popolo a dimenticare le sue credenze ancestrali, uno degli espedienti della Chiesa fu, come si sa, quello di cristianizzare i luoghi considerati sacri da tempo e gli esseri che vi si veneravano. Un oscuro san Gorgonio, che si andò a pescare a Roma, parve quello giusto per soppiantare Gargano. Dalla Lorena, dove era stato riportato nel 765 dall'abate di Gorze, Chrodegang, il santo si diffuse ben presto in tutta la Francia al nord della Loira. Se ne ritrova il culto in molti dei luoghi in cui ancora ieri si trovava traccia della leggenda di Gargantua. Il suo nome viene imposto a stagni e fonti che devono sicuramente aver avuto fin lì tutt'altro santo patrono. Finalmente san Gorgonio si installa al confine tra Bretagna e Normandia, vicinissimo a quel monte Tombe che era il massimo luogo sacro dell'antica religione, il monte dal quale l'arcangelo san Michele aveva, già nel VI secolo, cacciato Belenus e Gargano, senza tuttavia riuscire probabilmente a sradicarli dal cuore dei fedeli. Con il santo pressoché omonimo che si piazza quasi di fronte al Monte, a Saint-Quintin-sur-le-Homme (*homme*, *houlme* significa « cima ») si spera che alla fine, i pellegrini che si ostinano a venirvi a venerare il loro falso dio potranno farlo senza rigettare quello vero. Ed era un calcolo giusto, perché ancora nel secolo scorso il pellegrinaggio di san Gorgonio attirava folle bretoni e normanne che non avrebbero pensato neanche per un attimo di dichiararsi non cattoliche. Ma questo successo a lungo termine non prova che nell'VIII secolo il grande Gargano sia stato tranquillamente scambiato, con il generale consenso, con l'oscuro Gorgonio. Allo scopo di evitare qualsiasi confusione, gli irriducibili devono allora avere aggiunto al nome del loro Dio quella sillaba, « tua », il cui senso oggi ci sfugge, ma che in qualche modo doveva servire a distinguerlo.

Conformismo e presa di distanze

È vero che nelle leggende campagnole che Henri Dontenville poteva ancora raccogliere nel 1948 Gargantua è ormai solo una figura vaga di gigante, che vaga a grandi passi per monti e per valli, lascia qua una collina che altro non è se non il fango dei suoi stivali, là una roccia che è un granello di sabbia tolto dalle sue scarpe, e in un altro posto dà vita a un fiume o a un lago orinando. Se però ancora non era dimenticato del tutto quarant'anni fa, se quattro secoli e mezzo fa era ancora tanto vitale e interessante da fungere da protagonista allegorico dell'opera scristianizzante di Rabelais, come pensare che mille e più anni fa fosse docilmente rassegnato a eclissarsi dinnanzi al dio di Clotilde, di Clodoveo, di Carlo Magno o del re dei franchi Roberto il Pio? Come non scorgerlo dietro il penoso gruppo di Liutardo, dietro la rivolta dei contadini di Châtillon, del grosso coltivatore di Vineuil, di quel Gautier della Turenna, degli emuli tardivi che vi aggiungerà, un secolo dopo, Raoul le Tourtier? Il meno che possiamo immaginare è che i contadini, ormai fortemente inquadrati da un'aristocrazia cristiana e un clero cristiano detentori delle terre da loro coltivate e dai quali dipendono strettamente in qualità di servi o di concessionari delle terre stesse, cedano in genere alle pratiche imposte dalla religione dominante, ma prendano le loro distanze; che, naturalmente a diversi livelli, il Dio e i santi che vogliono imporre loro vengano rifiutati da alcuni, in segreto, ma anche apertamente in qualche caso; che, per altri, il vecchio Gargano potrebbe prendersela con gli infedeli... Perché in fondo, se il Cristo è dio, non vuol dire che Gargano non lo sia, non esista. Se anche conferisce i suoi poteri a santi come Benedetto o Gorgonio, questo non inficia minimamente i minacciosi poteri di quegli individui, uomini o donne, che sanno per esempio a quale albero o a quale fonte andare a richiedere una guarigione. Rodolfo il Glabro, dopo avere riferito un episodio relativo a false reliquie, conclude diversamente: «Quanto a noi, abbiamo riferito l'episodio perché si faccia attenzione alle numerosissime forme di inganni diabolici e umani così abbondanti nel mondo e che dimostrano una particolare predilezione per le fonti e per gli alberi, che i malati venerano senza discernimento».

Coloro che continuavano a tenere vive tali credenze nei villaggi non potevano che essere i discendenti dei sacerdoti di Belenus e di Gargano, druidi intristiti dalla clandestinità, privi — per essersi tanto a lungo preclusi la scrittura — di un libro che ne custodisse la dottrina, ma anche per questo ancora più dediti a perpetuare oralmente, alterandoli via via che passavano di memoria in memoria, i principali miti, le strampalate leggende del gigante Gargantua, gli antichi riti che si andavano trasformando in pratiche magiche: degli stregoni, cioè.

Dunque, tra la fede che predicano loro e le antichissime credenze alle quali sarebbe pericoloso rinunciare, quest'umile gente, primitiva, non sceglie. Il dio dei loro padroni e i suoi santi, il dio dei loro padri e le misteriose potenze che egli governa appaiono ai loro occhi altrettanto reali. Il mondo è zeppo di forze sovrannaturali che non sempre vanno d'accordo e tra le quali bisogna barcamenarsi, con furberia. Il Cristo e i suoi amici del Cielo possono fare molto bene e anche molto male, senza contare che ignorandoli ci si inimica i potenti di questo mondo: andiamo dunque a messa. Ma anche Gargano e i suoi sono, del pari, capaci di concedere ricompense o di vendicarsi: ci sono modi sperimentati di attirarsene il favore. Ricorriamo ad essi, veneriamoli nei loro alberi e nelle loro fonti, ma silenziosamente, perché è vietato. L'importante è ottenere che piova quando è necessario, che la vacca non muoia, che il bambino guarisca, che la moglie abbia finalmente un figlio, che l'amato non si innamori di un'altra. Ecco, a parte le sporadiche ribellioni attraverso le quali ogni tanto riaffiora il rifiuto serpeggiante e più o meno cosciente della fede imposta, di che natura poteva essere la vita interiore di ogni giorno dei contadini, intorno all'anno mille.

In sostanza, se le cose stanno così, l'idea dell'esistenza di un unico Dio doveva essere estranea per loro e, a maggior ragione, doveva esserlo l'idea che Dio vada ricercato per sé e non per i benefici che una serie di pratiche adeguate potrebbero indurlo a concedere al mondo di quaggiù. Probabilmente perché si è reso conto di questo, André de Fleury individua in loro « uno spirito semipagano ».

Quanti, come lui, si danno da fare per conquistare quella gente all'unico vero Dio avanzano la stessa diagnosi. E ne traggono le conseguenze. Pur predicando naturalmente loro le verità della propria fede, pur esortandoli a meritare la beatitudine eterna grazie all'osservanza dei dieci comandamenti, pur incitandoli a santificarsi assistendo agli uffici, cercano di non disorientarli troppo. C'è un solo Dio — in tre persone — ma per fortuna ci sono anche gli angeli e i santi. Abbiamo già visto l'arcangelo Michele insediato ben presto sull'antico monte Tombe — affidato alla custodia di dodici canonici — spalleggiato più di recente da san Gorgonio. Altri lo imiteranno. San Nicola, che sbarca dall'Asia Minore a Bari attorno all'anno mille, sostituisce in qualità di patrono di chi viaggia Mercurio, meno dimenticato in Italia che in Francia, per poi valicare le Alpi e soppiantare, perlomeno in un villaggio della Seine-et-Oise, Gargantua. Poco dopo l'anno mille è la volta di san Cristoforo, di cui si trova traccia un po' ovunque come sostituto del gigante... Numerosi altri santi li hanno preceduti o li seguiranno.

Ci è parso di capire che il successo non fosse immediato, ma quegli apostoli della fede sono perseveranti e pazienti. E hanno dalla loro anche il numero. Oltre alla potenza...

CAPITOLO UNDICESIMO

LA PRESSIONE DEL CRISTIANESIMO

Diversamente dalle altre religioni, il cristianesimo non è un dato naturale per gli uomini — ed è questo uno degli argomenti più validi a sostegno della sua verità. L'atteggiamento spirituale e la morale conseguente si diffondono e si mantengono soltanto come risultato di una pressione esercitata da un'*élite*. Spazziamo via qualsiasi malinteso: pressione non vuol dire coercizione, non necessariamente perlomeno. L'eroica *élite* rappresentata dagli apostoli dei primi secoli non disponeva sicuramente di alcuno strumento di coercizione: hanno convertito gli abitanti delle città, dei ceti più umili, nonché degli strati superiori, fino allo stesso imperatore, con la loro forza di persuasione e nient'altro. Predicazione, esempio, pratica della carità fraterna sono gli strumenti consueti della pressione cristiana. Essa si è espressa costantemente in questa forma fin dalle origini, liberamente, senza inciampi né appoggio nel periodo merovingio, durante il quale i vescovi costituivano gli unici quadri efficienti della società; poi, a partire da Carlo Magno, con il sostegno del potere. Si venne così a creare un'atmosfera che, al limite, offriva la parvenza dell'unanimità. Doveva essere questo il clima di quei grandi secoli che furono il XII e il XIII. Per allora, si può parlare di pressione, ma in un'altra accezione, nel senso cioè della pressione atmosferica o della pressione in una caldaia: essa può investire con violenza i dissidenti, come ne vennero investiti i catari della Linguadoca. Senza tracciare qui una ricostruzione storica che andrebbe oltre l'argomento del presente volume, osserviamo tuttavia come il cristianesimo popolare abbia cominciato in quasi tutti i paesi a svanire non appena i potenti hanno perso interesse al lavoro degli apostoli, o lo hanno ostacolato. Aggiungiamo rapidamente che nei paesi attualmente più perseguitati probabilmente si ripeterà la storia dei primi secoli. Se ne avvertono già alcuni segni embrionali, naturalmente *mutatis mutandis*.

Come si manifestava, attorno al mille, la pressione del cristianesimo?

Il movimento cluniacense

Ne abbiamo già visti alcuni aspetti nel capitolo precedente: rientrano nella sfera della coercizione — castigo degli eretici — o di quelli che potremmo chiamare «espedienti provvisori» — riverniciatura cristiana degli elementi sacri del paganesimo. Abbiamo incontrato anche la persuasione, ma abbinata a una specie di terrorismo intellettuale, con i racconti dei *Miracoli di san Benedetto*. Vanno però rilevati anche altri aspetti di più vasta portata.

L'oscuro periodo che ha inizio verso la metà del IX secolo con il fallimento irreparabile dell'Impero carolingio è contrassegnato, fra le tante miserie, anche dalla decadenza del clero. Si è già visto sopra come vescovati, parrocchie, monasteri fossero intimamente connessi al sistema feudale e deve essere risultato abbastanza chiaro come questo danneggiasse notevolmente la missione spirituale loro assegnata. Abbiamo anche visto, tuttavia, come nel X secolo i monasteri, se non i vescovati, avessero avviato un processo di rigenerazione.

Il movimento era partito da Cluny, nella zona di Mâcon, un villaggio bagnato dalla Grosne. Qui, nel 910, Guglielmo il Pio, conte d'Auvergne e duca d'Aquitania, possedeva un dominio appartenente alla famiglia. In quanto «pio», concepì l'idea di fondarvi un monastero, che volle fosse esemplare. Venne a sapere che nel Giura, nei pressi di Lons-le Saulnier, i monaci di Baume, guidati dall'abate Bernone, osservavano la regola di san Benedetto in tutto il suo antico rigore. Fece chiamare Bernone e gli affidò Cluny. Nell'atto di fondazione stabilì che il nuovo monastero sarebbe rimasto affrancato da qualsiasi giurisdizione, laica o ecclesiastica, dipendendo esclusivamente dalla Santa Sede: un tratto geniale e di vera *pietas* (devozione). Gli altri monasteri dipendevano regolarmente — quale più quale meno — per quanto attiene ai beni temporali da un signore o da un principe, che ne aspettava al varco le rendite, nominava a piacimento i monaci incaricati di guidarli e veniva designato con il nome di «abate laico»; quanto alla loro vita religiosa, era di competenza del vescovo della diocesi, ma il più delle volte il loro progresso spirituale non rientrava fra le sue principali preoccupazioni. Da tutta la consueta serie di condizionamenti, sconfinamenti, contagi, corruzioni, sfruttamenti si sarebbe invece salvata la giovane abbazia di Cluny.

Bernone e i suoi successori (Oddone, Aimaro, Maiolo, e l'ultimo, Odilone, abate dal 994 al 1049) avrebbero approfittato al massimo di questa fortunata indipendenza. I monaci di Cluny diventano ben presto famosi per la loro vita rigorosa — la vita di ogni giorno, l'unica che ci sia dato di conoscere in dettaglio per quei tempi, una fortuna che ci guarderemo bene dal disdegnare in questa sede — per lo splendore e la ricchezza della loro preghiera. Il loro esempio è contagioso: e il contagio è incoraggiato da vari principi che, scoprendo improvvisamente l'urgenza di riformare le abbazie dei loro possedimenti, si scontrano con le relative resistenze. La maggior parte dei monasteri riformati si collocano alle dipendenze dell'abate di Cluny, che diventa così — il fenomeno è nuovo — «il capo dell'ordine». Alla fine dell'XI secolo si potranno contare in Europa millequattrocentocinquanta abbazie o priorati dipendenti da Cluny, con un complesso di qualcosa come una decina di migliaia di monaci. Ve ne saranno, all'epoca, ottocentoquindici in Francia — cioè, mediamente, nove o dieci per ciascuno degli attuali dipartimenti — centonove in Germania, ventitré in Spagna, cinquantadue in Italia, quarantatré in Inghilterra. Meno elevate sicuramente sono le cifre dell'epoca del mille. Tuttavia, la conquista avviata sotto la guida dell'abate Oddone, vale a dire prima della metà del X secolo, era già ampiamente avviata. Scrive Rodolfo il Glabro: «Profuse un tale zelo nel propagandare la regola che, dalla provincia di Benevento fino all'Oceano, tutti i più importanti monasteri che contavano l'Italia e la Gallia ebbero la felice sorte di essere sottoposti alla sua autorità».

E aggiunge, parlando dell'epoca in cui scrive (il 1040 circa): «Quel monastero [Cluny] si vede spesso richiedere da parte di vari paesi alcuni fratelli che, nominati superiori di altri conventi, servono in mille modi gli interessi del Signore».

Ci furono, non v'è dubbio, anche fondazioni allergiche alla riforma. Se il riformatore insisteva troppo, le cose si sarebbero anche potute mettere male. Il priorato di La Réole ne rappresenta l'esempio più tragico. Sottomessi dal 997 all'abbazia di Saint-Benoît-sur-Loire, ben presto collegata a Cluny, dal duca di Guascogna Guglielmo-Sancio, non per questo i monaci di quel convento erano diventati più virtuosi. Abbone, abate di Fleury-sur-Loire, andò a visitarli e, nella speranza che il grano buono potesse trasformare il loglio, lasciò tra loro alcuni monaci del suo monastero. Quei missionari si resero conto rapidamente che, se volevano rimanere vivi, era meglio darsela a gambe. Una seconda squadra la pensò allo stesso modo. Abbone allora, nel 1004, si decise a tornare di persona. L'acceso rigetto della riforma da parte di quei monaci guasconi era ulteriormente alimentato dall'antipatia per i «francesi» del Nord della Loira. Ogni minimo particolare diventò argomento di polemica. Una volta che Abbone aveva rimproverato un monaco che andava a dormire in città, scoppiò una rissa, nel corso della quale venne ferito a morte.

Prestigio e diffusione dell'influenza degli abati

Dunque, la vita quotidiana dei grandi abati riformatori era a volte pericolosa, anche se più frequentemente intessuta di successi, prestigio e venerazione. Non si svolgeva assolutamente, come si è potuto vedere, nel chiuso dei monasteri affidati alla loro giuda. I viaggi, per meglio dire le spedizioni, ne riempivano una parte probabilmente preponderante, soprattutto se vi si aggiungono i trasferimenti, che essi erano tenuti a effettuare in risposta alle richieste dei principi desiderosi di averne i consigli. Abbone, il martire di La Réole, era molto ascoltato da Ugo Capeto, al quale d'altronde aveva esposto, nell'opera dal titolo *Canones* (Canoni), un vero e proprio statuto della corona. Dopo la morte del primo re capetingio, venne inviato in delegazione a Roma da Roberto il Pio per trattare con il pontefice Gregorio V una serie di questioni importanti. Le sue vaste conoscenze in tutti i campi del sapere dell'epoca lo portarono anche in Inghilterra, al monastero di Ramsay, nell'intento di restituirvi l'antica fama intellettuale.

L'udienza degli abati di Cluny è ancora più ampia. Maiolo è in rapporto con tutti i sovrani del suo tempo, con il re di Borgogna, con gli Ottoni. Ed è, anche lui, amico di Ugo Capeto che, rinunciato al titolo di abate laico di Marmoutiers, lo pregò di restaurare quel monastero e poi lo fece pregare da Bouchard, duca di Vendôme, di riformare i monaci di Saint-Maur-des-Fossés, alle porte di Parigi. Per sbarazzarsi di quanti recalcitravano, egli ricorse a un'astuzia escogitata da Bouchard: convocò tutti i monaci in un villaggio distante poche leghe e li informò che solo quelli che gli avessero giurato ubbidienza avrebbero potuto ritornarsene nell'abbazia... Riccardo I, conte di Normandia, volle che riformasse l'abbazia di Fécamp; egli però chiese in cambio che Cluny potesse godere i diritti di pascolo nei boschi di Normandia: non avendoli ottenuti, si rifiutò.

Odilone — l'abate di Cluny dell'anno mille — non ha mai cessato, da parte sua, di andare su e giù per la Francia, la Borgogna, l'Aquitania, l'Italia. Riforma, secondo i desideri di Ugo Capeto e del figlio Roberto, l'abbazia di Saint-Denis, vicino Parigi; nell'Alvernia, suo paese natale, i monasteri di Saint-Flour, di Thiers; quelli di Saint-Sauveur di Nevers, di Nantua, di Charlieu; su richiesta di Guglielmo V, che vedeva in lui «un tempio dello Spirito Santo» (come dice Ademaro di Chabannes), vari monasteri del Poitou; fonda nella valle del Rodano La Voulte. Nel 1014 si reca a Roma, per assistere alla consacrazione imperiale di Enrico II; in quell'occasione — come riferisce Rodolfo il Glabro — il pontefice Bonifacio VIII aveva offerto al principe l'insegna della sua dignità, una sfera d'oro «divisa in quattro parti da file di perle assai preziose, sormontata da una croce d'oro». Enrico la depose fra le mani di Odilone, dicendo: «Nessuno è più degno di possedere e contemplare questo dono di coloro ai quali il disprezzo dei fasti di questo mondo rende più facile seguire la croce del Salvatore».

È possibile dedurre da quest'episodio quale stima avessero dell'abate di Cluny i personaggi più insigni dell'epoca. Odilone avrebbe accompagnato ancora una volta l'imperatore in Italia. Non minori favori egli godeva presso il re di Francia. Quando Roberto dichiarò guerra alla Borgogna, non esitò a rimproverargli le crudeltà commesse e riuscì perlomeno a salvare l'abbazia di Saint-Bénigne, a Digione. È presente a Reims per la consacrazione del secondogenito del re, Enrico. Riceve messaggi dal re di Navarra, Sancio il Grande, dal re Stefano d'Ungheria. Possiamo dire, con il suo biografo, che anche lui è un re, il capo di quello Stato internazionale che ha nome Cluny.

Un suo contemporaneo, il lombardo Guglielmo da Volpiano, diventato abate di Saint-Bénigne di Digione (salvata, come abbiamo appena visto, da Odilone), ne è l'emulo più famoso. Riforma a tutta forza in Normandia, nella diocesi di Langres, a Parigi, dove rimette in ordine dietro richiesta del re Saint-Germain-des-Prés, in Lorena. Fonda in Lombardia, nelle sue terre, il monastero di Fruttuario. Usa meno riguardi di Odilone nell'esprimere al re Roberto le proprie opinioni. In ultima analisi, per quanto riguarda la disciplina monacale, è più severo del necessario: viene soprannominato «Oltreregola». Non per questo è meno grande ed efficace la sua autorità.

La carità cluniacense

Come si vede, i grandi abati vengono considerati fra i personaggi più insigni e più influenti del loro tempo. La loro presenza ovunque, i loro continui viaggi hanno sicuramente trasformato in qualche misura l'atmosfera circostante, intensificato la pressione cristiana. Ma se allora le adesioni sincere al cristianesimo avevano fatto progressi nelle campagne, se l'antico paganesimo rurale era andato perdendo coscienza, il merito di questo spettava principalmente alla loro iniziativa fondamentale: la riforma monastica.

Tale riforma consisteva nell'instaurare nei monasteri — con una certa duttilità di adattamento — l'osservanza della regola elaborata nel VI secolo da san Benedetto da Norcia, integrata sotto Carlo Magno da san Benedetto d'Aniane. Ora, nella «regola benedettina» (doppiamente benedettina) era contenuta la seguente prescrizione: «Riconfortare il povero, vestire l'ignudo, soccorrere chi si trova nella tribolazione, consolare l'afflitto». È possibile conoscere — grazie alle «consuetudini» di Cluny già richiamate in questa sede, redatte nell'XI secolo ma che invece gli estensori danno per «antichissime» e che possiamo considerare vigenti per l'anno mille — come questo precetto squisitamente evangelico venisse messo in pratica a Cluny; è immaginabile che lo fosse anche nei numerosi altri monasteri riformati, perlomeno per quanto possibile a ciascuno. Assistiamo dunque al quotidiano esercizio della carità cluniacense.

C'è un monaco che ne ha l'incarico specifico, ed è l'elemosiniere. Ha il compito di accogliere gli umili in viaggio, i pellegrini diseredati, i sacerdoti e i religiosi che sono in giro e soprattutto i poveri che vengono a chiedere di che vivere e coprirsi per qualche giorno. Per questi ultimi c'è un edificio riservato all'esterno del chiostro, la cosiddetta casa dei poveri. Ogni ospite riceverà una libbra di pane fornito dal monaco addetto al granaio e, al momento di partire, se ne porterà con sé un'altra mezza libbra. Sia in arrivo sia in partenza otterrà una razione di vino pari a quella di un monaco. Con il consenso dell'abate, l'elemosiniere deve anche portare nel refettorio i poveri chierici in viaggio, appiedati, che gli occorra di incontrare; raccoglie per loro in una scodella quello che i monaci hanno lasciato nei piatti, offre loro una razione di vino e un ramoscello di bosso.

Egli va anche a trovare la miseria a domicilio, percorrendo il villaggio una volta a settimana e interrogando la gente. Se gli segnalano un malato costretto a letto entra in casa sua, gli chiede di che cosa ha bisogno e, d'accordo con l'abate, cercherà di fare del suo meglio per soddisfarlo. Se si tratta di una donna, si fa sostituire nella visita dagli inservienti che lo accompagnano.

In tutti i monasteri cluniacensi ben forniti l'elemosiniere effettuava quotidianamente la distribuzione del cibo ai poveri. Anche a Cluny si cuocevano regolarmente dodici torte al giorno, cioè dei pani di segale del peso di tre libbre ciascuno, per distribuirli tra gli infelici che si fossero eventualmente presentati: bambini, storpi, ciechi, vecchi e vecchie.

I periodi di penitenza quali l'Avvento, la Quaresima, la vigilia delle feste, le Quattro Tempora offrono l'occasione di distribuire ai pellegrini bisognosi il pane e il vino avanzati in refettorio. Nei giorni in cui i monaci ricevono quel supplemento alimentare che prende il nome, come vedremo, di «generale», l'elemosiniere ottiene carne per i poveri e ne acquista all'occorrenza con il denaro della decima. Ogni pellegrino o viandante senza mezzi che preveda di non fare ritorno al monastero prima che sia trascorso un anno riceve un viatico di un denaro. Quando muore uno dei religiosi la sua razione di cibo viene distribuita in elemosina per trenta giorni.

Anche gli abiti dei monaci, dopo che questi li hanno indossati per un anno, vengono distribuiti ai poveri. Questa volta il compito non spetta all'elemosiniere, ma al camerario, che ha anche altre mansioni più ampie. È lui che consegna ai monaci i due denari che ognuno dovrà donare, il sabato, al povero al quale avrà lavato i piedi.

Di poveri del resto gli abati di Cluny non mancavano di certo di incontrarne: diciotto ne mantenevano all'interno della stessa abbazia. Una delle nostre fonti li chiama esplicitamente «poveri beneficiati». Questi privilegiati della sfortuna avevano quotidianamente la loro razione di vino e la loro libbra di pane, nonché, sembrerebbe, una porzione di fave. Tre giorni alla settimana vi si aggiungono legumi prodotti dall'orto personale dell'elemosiniere. Nelle principali festività ricevono anche la carne. A Pasqua vengono consegnati loro nove cubiti di panno di lana per il vestiario e a Natale un paio di scarpe. Hanno un dormitorio ricavato nella casa dei poveri e hanno l'obbligo di assistere al Notturno, altrimenti vengono privati del vino e, se si lasciano prendere dal sonno, rischiano di vedersi decurtare notevolmente anche i pasti. Farebbe piacere sapere come venissero scelti. Non potevano essere malati o infermi, dal momento che dovevano assistere alle cerimonie. C'è anche da chiedersi se fossero assistiti a vita o se il manipolo venisse rinnovato a rotazione... A ogni modo, questa forma di carità cluniacense è un po' meno convincente delle altre, pur corrispondendo alle usanze del tempo ed essendo praticata anche dai laici più in vista. In ultima analisi, in una società assiduamente mantenuta nel quadro delle prospettive cristiane, quindi nell'idea che la carità fosse un dovere per i detentori dei beni di questo mondo, il povero aveva una funzione sociale: c'era quindi bisogno anche di funzionari della povertà.

Non erano questi, tuttavia, a riuscire a contribuire al fascino del cristianesimo fra la gente più umile, quanto piuttosto tutti gli altri, i malati soccorsi in casa propria, i diseredati beneficiari della distribuzione del pane di segale e soprattutto, forse, i viandanti bisognosi, per i quali i monasteri fungevano da ostelli gratuiti. I monaci sono tenuti a osservare tra loro la regola del silenzio, ma con quanti accolgono sono particolarmente loquaci. Parlano loro di qualsiasi cosa e le loro parole vengono diffuse lontano dagli ospiti di un solo giorno. In questo modo riescono a fare addirittura opinione a tutti i livelli della società, soprattutto ai livelli più bassi. E sono praticamente gli unici, visto che i vescovi non ne hanno occasione quasi mai, visto che fra i vicari parrocchiali gli unici a poterlo fare sono appunto i monaci addetti alle chiese di villaggio dipendenti dai monasteri, e visto che i signori sono in tutt'altre faccende affaccendati che non parlare con i concessionari delle loro terre.

I poteri dei santi

I discorsi tenuti dai monaci alla povera gente non hanno lasciato traccia, ma niente vieta di immaginarseli. Un gran peso dovevano avere in essi i poteri dei santi, che si riteneva proteggessero in maniera speciale i monasteri. È questo sicuramente uno dei temi di fondo delle raccolte di miracoli, come quella dei miracoli di san Benedetto. I miracoli non si riducevano tutti alle punizioni del tipo di quelle richiamate nei capitoli precedenti. Spesso si trattava di guarigioni, di favori di vario genere, di ricompense concesse ai devoti del santo: tutte cose non in grado di ispirare agli uditori una fede di ordine teologico. In ogni caso, il santo non era mai disgiunto da Cristo e l'idea che i miracoli fossero opera di Dio, che il santo fosse semplicemente l'intercessore, è comunque richiamata a ogni piè sospinto da un monaco cluniacense come Rodolfo il Glabro, che nella sua opera ne riferisce parecchi. C'è quindi da pensare che un'idea del genere fosse tenuta viva nei monasteri, con la vigilanza degli abati. Così, indipendentemente dal suo valore, riusciva a diffondersi fra le popolazioni delle campagne la concezione di un Dio unico, lui solo onnipotente, che sì punisce i malvagi, ma sa anche perdonare e riconoscere un comportamento virtuoso.

I santi fornivano inoltre anche un altro strumento — meno ricorrente quotidianamente, ma con una portata più di massa — per attirare l'attenzione degli umili: ed era quando le loro reliquie venivano esposte alla vista del popolo nel santuario che le custodiva, o meglio ancora quando cambiavano, definitivamente o meno, di residenza, da un santuario all'altro. Tali «elevazioni» o «traslazioni», così si chiamavano, davano luogo a vasti spiegamenti di monaci e chierici, ricoperti dai più fastosi paramenti liturgici. Ademaro di Chabannes ci ha lasciato un suggestivo resoconto delle feste cui diede origine la scoperta nella basilica di Saint-Jean d'Angély della testa — del «capo» — di san Giovanni Battista. «L'intera Gallia, l'Italia, la Spagna, commosse dalla notizia, sono percorse dal desiderio di accorrere in quel luogo». Naturalmente, chi può venire da così lontano sono i sovrani e i nobili: Roberto il Pio, Sancio re di Navarra, le relative corti. Roberto reca doni magnifici: «Un piatto d'oro fino del peso di 30 libbre e stoffe di seta e d'oro per ornare la chiesa». Grande accorrere di musici, di canonici, di monaci. Ademaro omette qui di menzionare la folla dell'umile gente, ma racconta subito dopo che durante i festeggiamenti le reliquie di san Marziale vennero trasferite a Saint-Etienne di Limoges «in una cassa d'oro e di pietre preziose». Si passò da Charroux, oggi capoluogo cantonale nella Vienne, detta allora Charroux-le-Saint perché vi si conservava un frammento del legno della Croce. Scortavano le reliquie del santo l'abate di Saint-Martial di Limoges e il vescovo della città, insieme a numerosi signori e, questa volta, a «una sterminata folla di popolo». Vengono accolti dai monaci e da «tutta la gente» di Charroux «fino a un miglio dalla città», condotti in chiesa al suono delle antifone cantate «a piena voce» e, dopo la messa, riaccompagnati allo stesso modo. Di ritorno a Saint-Jean d'Angély, altra cerimonia, nella quale «i canonici di Saint-Etienne cantarono a turno con i monaci di Saint-Martial tropi e laudi, come accade nei giorni di festa». Dopo la messa, «il vescovo, con in mano il capo di san Giovanni, impartisce al popolo la benedizione».

I drammi liturgici

La settimana santa e la Pasqua, il Natale e l'Epifania fornivano ulteriori occasioni di colpire l'animo dei fedeli. Allo splendore della celebrazione liturgica in quanto tale il clero di alcune chiese abbinava la rappresentazione figurativa, sommaria ma suggestiva, degli avvenimenti riportati dal Vangelo.

È quanto prova un testo scritto tra il 965 e il 975 dal benedettino inglese Ethelwold, che raccomanda ai correligionari di prendere a modello l'usanza seguita nelle chiese francesi, soprattutto a Fleury-sur-Loir, onde «rafforzare la fede del volgo ignorante e dei neofiti». Egli espone dettagliatamente il modo di rappresentare la deposizione e la resurrezione di Cristo.

La sera del Venerdì santo, due diaconi avanzano verso

l'altare recando una croce avvolta in un panno, che rappresenta il Crocifisso avvolto nel sudario. La depongono in una cavità dell'altare, che rappresenta il Sepolcro. All'alba della Pasqua, un monaco con un camice indosso e una palma in mano si va a sedere accanto all'altare. Tre altri monaci gli si avvicinano, con un turibolo in mano e si muovono come se cercassero qualcosa. Rappresentano, come è intuibile, le sante donne, venute a cospargere di balsamo il corpo di Gesù e che incontrano l'angelo. Il dialogo ben noto comincia, in latino: «Chi state cercando?». «Gesù di Nazareth.» «Non c'è più...» Dopo che le tre donne hanno cantato in coro: «Alleluia! Il Signore è resuscitato!» l'angelo scopre il Sepolcro dove si scorge il Sudario lasciato dal Cristo resuscitato, che gli altri tre monaci aprono e mostrano agli astanti. Il tutto si chiude con un «Te Deum laudamus» intonato dall'abate.

Si tratta di ciò che gli storici del teatro — in particolare l'amato e rimpianto Gustave Cohen, al quale queste pagine debbono tutto — fanno rientrare nella categoria dei drammi liturgici. È l'embrione delle rappresentazioni sceniche della Passione e della Resurrezione, che hanno sempre proliferato e che sfoceranno negli ultimi secoli del Medioevo nei mastodontici «misteri» di trenta o quarantamila versi. Anche da questo punto di vista l'epoca dell'anno mille è l'epoca degli albori.

La rievocazione drammatica della Natività e dell'Epifania è documentata soltanto più tardi, per cui ci si mostra a uno stadio più avanzato del suo sviluppo. In un testo dell'XI secolo, conservato nel monastero di Linsen, nel Limburgo, vediamo l'annuncio ai pastori, l'arrivo dei Magi imprigionati da Erode, che però escono di prigione e si recano a portare i doni al Dio-bambino, per poi ritornarsene a casa per un'altra strada, avvertiti da un angelo. La lettura delle profezie del *Vecchio Testamento* che annunciavano l'avvento del Messia davano luogo a una pittoresca sfilata, nella quale si notavano Mosè con corna e barba e in mano le tavole della Legge, Abacuc che spilluzzicava un grappolo d'uva, Elisabetta, la madre di san Giovanni Battista, palesemente incinta (parte naturalmente svolta da un chierico anche se palesemente gravido), Balaamo sulla sua asina, rappresentato da un uomo a quattro zampe ricoperto da una pelle villosa, con una testa dalle orecchie lunghe e che, come vuole la Bibbia, a un certo punto parlerà, ma in latino... Forse già nell'anno mille si mettevano in scena i *Miracoli di san Benedetto*, la *Resurrezione di Lazzaro*, una *Conversione di san Paolo*, come anticipazione di quei drammi di cui i manoscritti di poco più tardi ci consegnano i testi latini e che è immaginabile che anche gli illetterati, aiutati dai gesti degli attori, comprendessero grosso modo, quando non si fosse aggiunto, com'è probabile, alla rappresentazione un commento nella lingua del luogo.

Per chi non aveva né il cinema né la televisione, le feste e le rappresentazioni drammatiche erano — a dire il vero, forse, insieme ai canti e ai giochi di prestigio dei «giullari», di cui parleremo in altro capitolo — gli unici momenti di evasione. Se si tiene conto dell'influenza dei *mass media* moderni sull'opinione pubblica, non è difficile avere un'idea del valore che si doveva assegnare nell'animo della gente più umile a una religione che infrangeva con tutti quei suoni, movimenti, luci e colori il grigiore di tutti i giorni.

Pace di Dio e tregua di Dio

La Chiesa fece anche di meglio allorché cominciò a recare rimedio alle sciagure della guerra. Nella misura in cui vi riuscì — piuttosto esigua — rappresentò davvero un cambiamento nella vita quotidiana della popolazione delle campagne.

Michelet — lo abbiamo visto nelle prime pagine del volume — individua l'origine delle cosiddette istituzioni di pace nel moto di buona volontà ispirato ai signori della zona di Limoges, intorno al 997, da un'epidemia di peste. Anche se quei signori — stando ai testi — non presero, come lui scrive, quegli impegni precisi che sarebbero diventati poco dopo la «pace di Dio» e la «tregua di Dio», non ha tuttavia torto se già sente alitare su di essi il nuovo spirito di resistenza di fronte alla guerra endemica.

Intorno al 900, quindi ancora prima del «patto di pace e di giustizia» giurato dai cavalieri limosini — e, come si è visto, con così scarsi effetti pratici — in un altro punto dell'Aquitania, nel Puy, il vescovo Guido d'Angiò riuniva alcuni prelati del Mezzogiorno; dal concilio uscì un testo particolarmente significativo, rivolto a tutti i fedeli: «Che, d'ora in poi, nei vescovati e nelle contee nessuno faccia irruzione nelle Chiese; che nessuno porti via cavalli, pollame, buoi, vacche, asini e asine con i relativi carichi, pecore, capre, maiali. Che nessuno sia portato a costruire o assediare un castello, se non chi abita nella vostra terra, allodio, beneficio; che il clero non indossi le armi secolari; che nessuno rechi torto ai monaci e a chi è con loro in viaggio disarmato; che solo i vescovi e gli arcidiaconi ai quali non abbiano pagato il censo abbiano tale diritto; che non si facciano prigionieri il contadino o la contadina per ottenerne il prezzo del riscatto [...]».

I fedeli erano invitati a venire a promettere di rispettare quei divieti in un'assemblea fissata per la metà di ottobre. Vennero, cavalieri e contadini, ma, cosa strana, altrettanto poco entusiasti sia gli uni sia gli altri. Ci vollero le truppe dei due nipoti del vescovo per farli decidere a impegnarsi. Ancora non alitava lo spirito di Limoges; e neppure a Poitiers, a quanto pare, precisamente nell'anno mille, quando un concilio ivi tenutosi decise che qualsiasi disputa sorgesse su beni usurpati dovesse concludersi in tribunale: il testo non ci fa conoscere la reazione degli interessati.

Il movimento si sarebbe esteso e precisato soltanto molto più tardi. Il merito spetta a Roberto il Pio, il quale seppe, in questo come in altri campi, allearsi con la Chiesa di Francia per il bene del reame. Egli incoraggia le assemblee di pace, ne tiene egli stesso nel suo dominio, a Orléans, a Verdun-sur-Saône, una cittadina della Borgogna conquistata di recente. Nel 1024, sempre in Borgogna, convoca a Héry una grande assemblea generale, alla quale convengono da ogni parte prelati, abati, signori, contadini. Le numerose reliquie portate lì per l'occasione compirono tutta una serie di miracoli e l'entusiasmo raggiunse l'apice. Da allora si moltiplicarono le assemblee di pace in tutto il regno e quasi ogni diocesi ne ebbe una sua.

I patti conclusi in queste assemblee variavano parecchio nei punti specifici. Possiamo dire, per semplificare, che miravano ad arginare la guerra, sia rispetto al numero di persone, sia rispetto ai tempi impiegati: la «pace di Dio» faceva obbligo ai guerrieri di risparmiare i poveri, i deboli, le donne, la gente di Chiesa e i loro beni: la «tregua di Dio» impediva di battersi dal venerdì alla domenica, durante la Quaresima e in alcune altre occasioni liturgiche. Non si poteva chiedere di più a una società per la quale la guerra era una manifestazione naturale. Anche se un ideale tanto modesto non venne costantemente rispettato, la guerra diventò un po' più rara e, soprattutto, meno crudele con la gente umile. Per la prima volta il guerriero sentì l'esistenza di doveri di Stato: poteva sì tirar di spada, ma aveva giurato sulle sacre reliquie di non maneggiarla più indiscriminatamente. In quel giuramento vediamo delinearsi la figura del cavaliere dei prossimi secoli.

Da queste assemblee di pace emerge anche un altro aspetto del futuro: vi partecipavano i contadini, potevano prendervi la parola e si ritrovavano poi insieme ai signori nella lega, che in genere si formava per imporre il rispetto del patto, all'occorrenza anche con la forza. Il servo della gleba, fino ad allora gingillo passivo della storia, si inseriva fra i protagonisti e accedeva alla dignità, alla responsabilità di uomo. Certo, era ancora un processo lento di promozione e, rispetto ai condizionamenti che ancora per secoli avrebbero pesato sulla gente di campagna, rispetto al disprezzo che si ostinavano a manifestare loro i padroni che impugnavano la spada, lo si riusciva a scorgere appena. Eppure si fu costretti a percepirlo.

E fu senz'altro per lo sforzo della Chiesa che questo avvenne. A furia di vederla darsi da fare per respingere il flagello della guerra e contrapporsi per ciò stesso a quei padroni che per un bieco pregiudizio atavico essi avevano sempre visto come suoi alleati interessati, i contadini non potevano non farsene una nuova idea, quella stessa che cominciava a suscitare in loro lo spirito di carità dei monaci. Il Cristo predicato dalla Chiesa li amava, voleva il loro bene e li considerava perlomeno alla stessa stregua dei potenti di questo mondo. Finalmente si sentivano cristiani. Il vecchio paganesimo delle campagne, che pure non sarebbe mai morto del tutto e che anzi sicuramente lasciava tracce nel loro stesso modo di intendere il cristianesimo, sopravviveva ormai soltanto nelle pieghe più inconsce della loro psicologia.

Pellegrinaggi

I sintomi di un simile sviluppo costellano tutto l'XI secolo, fino a diventare clamorosi negli ultimi anni, allorché l'appello di Pier l'Eremita mobiliterà a migliaia le folle di gente semplice cha accorrerà in aiuto alla patria terrena di Cristo. Ma fin dai primi decenni il fascino della Terra Santa si manifesta con l'ondata dei pellegrinaggi.

Poco dopo lo scadere di mille anni dalla Passione di Cristo, cioè trentatré anni dopo l'anno mille, «una folla innumerevole», riferisce Rodolfo il Glabro, «cominciò ad accorrere da tutte le parti del mondo verso il Sepolcro del Salvatore, a Gerusalemme; nessuno mai avrebbe potuto prevedere in precedenza un'affluenza simile. Furono dapprima i popolani, poi gli appartenenti alle classi intermedie, quindi i principali sovrani, conti, marchesi e gli alti prelati; infine, cosa mai successa, si videro dame dell'alta nobiltà viaggiare verso quei luoghi insieme alla gente più misera».

Qui Rodolfo non riporta voci remote. Ha visto egli stesso quei pellegrini che, diretti in Oriente, ricevevano ospitalità presso il convento borgognone di Bèze, dove allora si trovava. Li ha visti passare al loro ritorno, quando i compagni del pellegrino Liébaut gli hanno raccontato com'era morto, secondo i suoi desideri, «in vista del luogo dell'Ascensione» del Salvatore. È stato colpito dal grande numero di «gente del popolo» che marciava alla volta di Gerusalemme. Né la sua testimonianza è la sola: dopo avere narrato del pellegrinaggio di Guglielmo Tagliaferro II, conte di Angoulême, negli anni 1026-1027, Ademaro di Chabannes scrive che il suo esempio fu seguito da «numerosi signori, gente del ceto medio e poveri». Un'unica differenza rispetto a Rodolfo: secondo lui non sarebbe stato il «popolino» a dare il segnale.

Quei viaggi costituivano un grosso avvenimento anche per chi restava in patria: quando ad Angoulême fu annunciato, al ritorno, il passaggio di Guglielmo Tagliaferro, «tutti i signori, non solo della zona di Angoulême, ma anche del Poitou e della Saintonge, e la gente di ogni età e sesso accorsero dinnanzi a lui per contemplarlo, pieni di gioia strabocchevole. Il clero regolare di Saint-Cybard, in vesti bianche e recando parecchi ornamenti, accompagnato da una grande ridda di popolo, di chierici, di canonici, andò festosamente a incontrarlo fino a un miglio dalla città, al suono di laudi e di antifone».

Non possiamo evitare un'osservazione: qui si tratta di abitanti della città. I domestici del conte, gli inservienti laici del «clero regolare» di Saint-Cybard, gli artigiani e i commercianti indispensabili alla vita della città, pur nelle condizioni in cui si svolgeva allora, potevano dare l'impressione, insieme alle loro famiglie, di una «grande ridda di popolo». Comunque, l'accoglienza riservata a Guglielmo non ci illumina sulla fede dei contadini. Gli altri testi citati qui li riguardano?

Due espressioni vanno richiamate: «i più infelici» che Rodolfo ha visto mescolati alle «dame dell'alta nobiltà»; i «poveri» che, secondo Ademaro, accompagnano i signori e gli appartenenti ai ceti intermedi. In quell'epoca, la miseria si trovava nelle campagne e nei villaggi più che nelle città, la cui popolazione, sommariamente evocata poco sopra, non doveva generalmente mancare del necessario.

È vero: probabilmente i contadini, nel loro complesso, non fornirono il grosso degli effettivi dei pellegrinaggi, dei viaggi a piedi, perché avrebbero dovuto tra l'altro lasciare in abbandono per mesi i loro campi e le bestie. Eppure, essendo numerose le famiglie, uno dei membri poteva anche non essere eternamente indispensabile. Inoltre, per non parlare dei più «infelici», ce n'erano di quelli che, annoiati dalla vita di ogni giorno, tentati dall'avventura, attratti dal fascino mistico di Gerusalemme, dal bisogno e dalla speranza di trasformare il loro modesto destino a contatto di quanto consideravano la cosa più sacra, certi di ottenere il perdono dei loro peccati e di conquistarsi il paradiso, dimenticavano l'ottusa prudenza e mettevano da parte la consapevolezza della propria condizione. Non dubitiamo certamente che tra quella ridda di «gente del popolo» ci fossero anche numerosi contadini, più o meno poveri, né che il loro ardore costituisse una testimonianza della fede di quelli che restavano, prigionieri della loro terra.

CAPITOLO DODICESIMO

MORALE E COSTUMI

Una delle missioni principali di una Chiesa che si andava imponendo in misura crescente alla gente era quella del controllo della sua condotta. Diversamente dalle religioni dell'antichità, praticamente tutte salvo il giudaismo da cui deriva e l'Islam che vi si richiama, il cristianesimo assegnò ai propri sacerdoti la funzione di censori della vita di ogni giorno dei fedeli, consigliandoli, guidandoli, esprimendo divieti, giudizi, punizioni, perdono.

La manifestazione più tangibile di tale vocazione consisteva nell'amministrare la penitenza, ed è qui che la morale cristiana dell'epoca, e con essa i costumi allora dominanti, ci si rivelano nel modo più trasparente.

La penitenza a tariffa

La maniera di concepire e praticare il perdono concesso al peccatore era mutata rispetto all'origine. Nell'anno mille prevaleva ormai da due secoli circa il sistema della «penitenza a tariffa», vale a dire: a ogni tipo di peccato corrispondeva una pena proporzionale alla sua gravità. Esistevano quindi tariffe scritte, i cosiddetti «penitenziali». Indipendentemente da quel che si possa e voglia pensare di una simile morale da contabile, è innegabile il valore documentario di tali cataloghi.

L'ultimo penitenziale in ordine di datazione è di poco posteriore all'anno mille, essendo stato redatto nel 1008-

1012 da Burcardo, vescovo di Worms. Il famoso giurista è autore di una raccolta completa di legislazione canonica, di quel che cioè si chiamava allora un *Decreto*. Il penitenziale di Burcardo altro non è se non il diciannovesimo libro del suo imponente *Decreto*, cui è stato attribuito il titolo particolare di *Guaritore* o *Medico*, e che ebbe una larga diffusione, soprattutto nelle chiese germaniche, per tutto l'XI secolo e anche oltre. Se poi non se ne scrissero più dopo di lui, ciò è dovuto più che al durevole successo del testo di Burcardo all'evoluzione del concetto di penitenza, ricostruito con estrema chiarezza una ventina di anni or sono dall'abate Vogel.

Il meccanismo della confessione che determinava pene a tariffa aveva segnato un ammorbidimento in favore del peccatore rispetto al sistema vigente fin dalla Chiesa primitiva, quando s'intendeva che il cristiano, battezzato e con ciò stesso mondato da ogni precedente peccato, dovesse normalmente restare per il resto della vita nello stato d'innocenza così recuperato. In una concezione del genere, è ovvio che peccatucci e imperfezioni di poco conto non si prendessero in considerazione. Ma il cristiano incorso in grave errore poteva essere perdonato solo a patto di rientrare a vita nella schiera dei penitenti: era ormai costretto a vivere mendicando, perdendo famiglia e condizione sociale. I giovani non potevano farlo, né la Chiesa lo auspicava, anche perché un'applicazione rigorosa di un sistema simile avrebbe entro breve spopolato la società. Si abbandonava quindi il peccatore al peccato per tutta la vita, intendendo che gli si sarebbe poi inflitta la penitenza nell'estrema vecchiaia o *in articulo mortis*. È immaginabile pertanto che razza di maledizione rappresentasse una morte improvvisa. Come ha perfettamente colto Philippe Ariès, la si considerava di frequente una conseguenza della collera divina. Del resto, visto che il peccatore non riconciliato era escluso dai sacramenti, si finiva per sfociare in una società di cristiani non in grado perlopiù di vivere il cristianesimo stesso in tutta la sua pienezza.

L'introduzione del sistema della penitenza a tariffa costituiva, perciò, il corollario di una ben più consistente novità: la possibilità che il peccatore si confessasse tutte le volte che gli fosse parso necessario durante la vita. Resta pur sempre il fatto che l'applicazione della tariffa comportava molto spesso pene piuttosto pesanti e assurdamente lunghe, semplicemente per effetto del gioco aritmetico. Nel corso dell'XI secolo la pratica delle addizioni sarebbe caduta, in seguito a un ulteriore progresso nel senso del realismo e nell'intento di alleggerire il peccatore: l'ammissione delle colpe, con relativa umiliazione e contrizione, sarebbe valsa sempre più come titolo per ottenere il perdono divino. La penitenza si sarebbe, quindi, progressivamente ridotta in proporzione, fino a ridursi alle poche preghiere che conoscono i cattolici di oggi, quelli perlomeno che ritengono ancora di doversi confessare.

Quel severo giurista che è Burcardo è, tuttavia, ancora ben lontano dal preannunciare un simile processo. Vediamo.

L'omicidio

Per cominciare, c'è di fatto un peccato che implica una penitenza definitiva al vecchio modo: l'uccisione del padrone o della moglie. Burcardo offre a chi si macchi di una colpa come questa la scelta tra due forme di espiazione: « Lascia questo mondo miserabile ed entra in convento; umiliati sotto l'autorità dell'abate e fai in tutta umiltà ciò che egli ti ordinerà di fare ». Oppure — e c'è da chiedersi se quest'alternativa non sia ancora più dura — il colpevole dovrà rinunciare alle attività che gli assegnavano un ruolo nella società: servizio militare, amministrazione dei propri beni, ecc. Dovrà astenersi dalla carne e dal lardo, con la sola eccezione delle tre feste principali (la Pasqua, la Pentecoste e il Natale), riducendosi a pane e acqua, raramente accompagnati da legumi o frutta; non dovrà sposarsi, dimenticherà per sempre bagni ed equitazione, non si unirà in chiesa al resto dei fedeli, tenendosi dietro il portone... Riceverà la comunione solo in punto di morte.

Il peccato tassato con maggiore severità dopo quello dell'omicidio del padrone o della moglie è il «parricidio», con la precisazione che la vittima può essere non solo il padre o la madre, ma anche un fratello, una sorella, uno zio, una zia o «altro parente». Per un anno il colpevole è tenuto a stare davanti al portone della chiesa a implorare la misericordia di Dio. Poi vi entrerà, ma dovrà rimanere in disparte ancora per un anno. A quel punto, se «si constata in lui qualche effetto della penitenza», potrà comunicarsi «per non cadere nella disperazione». Mai più carne. Ogni giorno digiunerà fino all'ora di nona (le 15), tranne nei giorni festivi e la domenica. Si asterrà dal vino, dall'idromele e dalla birra per tre giorni alla settimana. Si sposterà solo a piedi. Potrà però conservare la moglie se è già sposato, ma rimarrà celibe se non lo è ancora. Il vescovo porrà fine alla sua penitenza quando lo riterrà opportuno. Per dura che sia, come vediamo, l'espiazione del parricidio è comunque più leggera di quella dell'omicidio del padrone o dell'uxoricidio. La spiegazione è di ordine prevalentemente sociale, più che teologico: per la solidità del sistema sociale era più importante salvaguardare l'autorità e il matrimonio che non l'affetto dovuto ai genitori. A chi sbadatamente obiettasse che, comunque, omicidi del genere non venivano colpiti con la condanna a morte — come accade ancora oggi — occorrerebbe innanzitutto ricordare che la Chiesa, pur profondamente preoccupata della stabilità sociale, non ha bisogno, al pari del potere laico, di punire in un'ottica temporale; la sua missione è quella di riconciliare il colpevole con Dio e per questo un penitenziale è una cosa diversa da un codice penale. Va altresì aggiunto che la società di allora era assai meno severa nei confronti dell'omicida di quanto non sarebbe diventata in seguito. È noto come la legge che si erano portati dietro i vari popoli germanici che invasero l'Impero romano a partire dal V secolo non punisse minimamente l'omicida con la pena di morte, ma sancisse soltanto una pena pecuniaria a mo' di riparazione, più o meno elevata a seconda del censo della vittima. Uccidere un uomo, intorno al mille, costituiva un atto assai meno eccezionale e molto meno riprovevole che non oggi. Né ha alcun senso spiegare questo elemento con la brutalità dei costumi, perché il motivo vero sta nel fatto che il diritto di farsi giustizia da sé era ammesso, e per ovvie ragioni, da tutti gli Stati. In altri termini, la vendetta era ammessa, o meglio, in genere, era ammessa la vendetta privata. Il primo che avesse ucciso, magari anche per motivi non sempre malvagi, rimaneva ormai esposto alla minacce dei parenti della vittima, senza che si dovesse ricorrere ai gendarmi o ai giudici per garantire la giustizia.

Ma quale giustizia! C'era ad esempio, nei pressi di Joigny, un nobile di nome Arlebaut. Sia lui sia la moglie provenivano da famiglie nobilissime e ricchissime. «Così» prosegue il Glabro, al quale dobbiamo la storia, «tra i loro figli e nipoti e i vicini dei dintorni erano sorte grosse contestazioni relative ai domini paterni». Da anni cercavano di recuperare una proprietà denominata Aillant, sita nella zona di Sens, concessa loro dai priori di Sainte-Colombe e che alcuni guerrieri dell'Auxerre avevano conquistato e saccheggiato. Un giorno, durante la vendemmia, le due fazioni vengono alle mani proprio in territorio di Aillant. Ci sono parecchi morti da entrambe le parti, tra cui undici tra figli e nipoti di Arlebaut.

«E in seguito la disputa si protrasse, la discordia si acuì e innumerevoli disgrazie continuarono a colpire questa famiglia, molti dei cui membri furono assassinati, per trent'anni e più.»

La vendetta, logicamente, si perpetua, uccide e torna poi ancora a uccidere senza interruzioni, e Rodolfo il Glabro lo trova del tutto logico!

La Chiesa era la sola che non giudicasse innocente quel tipo di omicidio, come testimonia Burcardo: «Hai commesso un omicidio per vendicare i tuoi parenti? Se sì, digiunerai per quaranta giorni l'anno per sette anni, perché il Signore ha detto: "A me appartiene la vendetta, sarò io a restituire il dovuto"».

Impunito nel secolo, l'omicida per vendetta non se la passava liscia invece al cospetto del cielo; e la riparazione costava cara. Su questo, come su tutta una serie di altri punti, la Chiesa suppliva, nel suo stile personale, di fronte alla carenza dei poteri temporali. A maggior ragione puniva pesantemente l'assassinio perpetrato «per cupidigia, per accaparrarsi i beni altrui»: una «quaresima» di quaranta giorni a pane e acqua, con poi tre anni di astinenza dal vino, dalla birra, dalla cervogia «al miele», dal lardo, dalla carne, dal formaggio, dal pesce grasso. In più, altri quattro anni durante i quali il peccatore si impone il medesimo regime per tre quaresime: prima di Pasqua, prima della festa di san Giovanni Battista, cioè dal 13 maggio al 23 giugno, infine per i quaranta giorni prima di Natale. Dopo il primo anno, è ammesso in Chiesa e riceve il bacio della pace. Ma potrà comunicarsi soltanto alla fine del settimo anno. Si noti che durante la penitenza l'omicida, se è in viaggio, in guerra o ammalato, può riscattare il digiuno il martedì, il giovedì e il sabato in cambio di un denaro, oppure dando da mangiare a tre poveri (il che lascia pensare che un pasto piuttosto frugale valesse un terzo di un denaro).

Peccati carnali

Le offese alla castità — alcune delle quali rappresentano i peccati che costano di più dopo l'omicidio — rientravano nell'esclusiva competenza della Chiesa, poiché è la Chiesa a esigere dagli uomini tale virtù, tra le meno naturali e spontanee.

L'infrazione punita più severamente è l'incesto, ma con varie differenziazioni. Stranamente, il primo caso evocato non chiama in causa la parentela per via di sangue, ma quella per via di matrimonio, nel qual caso all'incesto si aggiunge l'adulterio: si tratta di un uomo che abbia «dormito» con la sorella della moglie. È chiaro che Burcardo ritiene un individuo che abbia fatto questo un grandissimo peccatore, che non potrà riavvicinare mai più la propria moglie, mentre quest'ultima, se «non intende vivere nella continenza», potrà legittimamente contrarre matrimonio «con chi vorrà». Quanto al colpevole e alla sua complice, saranno condannati al celibato e, per tutta la vita, si infliggeranno le mortificazioni prescritte loro dal curato. Stessa condanna al celibato perpetuo per chi abbia commesso incesto con la propria madre o sorella; dovrà mortificarsi fino alla morte, ma gli si precisa che nei primi quindici anni — ridotti a dieci nel caso della sorella — dovrà osservare digiuni periodici, uno dei quali a pane e acqua. La «fornicazione» con la moglie del padre, con quella di un fratello, con la nuora implicano la privazione definitiva di una vita coniugale e una serie di imprecisate pratiche di penitenza, da osservare comunque fino alla morte. Ben meno severa è la punizione prevista per chi abbia «fornicato» con una donna successivamente sposata dal figlio: sette anni di penitenza, «con digiuni in certi precisi momenti», dopodiché il peccatore potrà sposarsi «davanti al Signore». La complice però sarà separata dal marito e farà penitenza fino alla morte: si individua in questo una parziale analogia con il caso del marito amante della cognata. Analoga è la pena inflitta a chi abbia fornicato con la madrina o la figlioccia: sette anni di penitenza, a partire da una «quaresima» a pane e acqua.

Un ulteriore attentato alla castità — l'adulterio, tra

l'altro il più grave — è quello che commette un uomo sposato con una donna sposata, sommando così due adulteri. Per quindici anni il peccatore si imporrà due quaresime ogni anno e continuerà in un modo o in un altro a fare penitenza per tutta la vita. La pena è però dimezzata — il che ha una sua logica — per il celibe seduttore di una donna sposata: una quaresima all'anno per sette anni.

Il marito che abbia ripudiato la propria moglie e ne abbia presa un'altra dovrà riprendersi la prima e infliggersi per sette anni una quaresima all'anno a pane e acqua. A nessuno infatti è permesso ripudiare la moglie, se non in caso di fornicazione, cioè di adulterio; ma anche chi si separi da una moglie colpevole non ha il diritto di risposarsi, finché la prima moglie è in vita. Se, non intendendo restare in tal modo «privati», marito e moglie hanno preferito rinunciare al divorzio, allo scadere dei sette anni di penitenza il vescovo dovrà «riconciliarli». Analogamente si procede nel caso di un marito macchiatosi di adulterio: la moglie può separarsene, ma non risposarsi. Tuttavia, abbiamo appena visto come una moglie tradita dalla sorella possa risposare un altro uomo: il fatto è che il marito era di gran lunga più colpevole, avendo cumulato adulterio e incesto. Il suo era un peccato abbastanza grave da legittimare lo scioglimento del matrimonio.

Dunque, gli sposi hanno il dovere della fedeltà e il matrimonio è indissolubile, con l'eccezione dell'adulterio incestuoso; i legami di parentela che contraddistinguono l'incesto non sono soltanto quelli di sangue, ma anche quelli creati dal matrimonio o semplicemente da un legame spirituale, come tra padrino e madrina, o tra padrino e figlioccia. Come sempre, quando si tratta di una legislazione complessa e minuziosa, ingegni duttili e fantasiosi ritenevano di riuscire a trovare il modo di aggirarla. Ad esempio, un marito stanco della moglie si accorge a un certo punto che è vietato essere sposato con una donna il cui figlio sia il proprio figlioccio, per cui cerca di tenere il figlio sul fonte durante il battesimo; questo semplice gesto, benché irregolare perché per definizione il padrino non può essere il padre, determina quel legame di parentela per cui l'unione diventa incestuosa. Si spera così di vedersi annullare il matrimonio e convolare altrove. Ma Burcardo resta vigile: sì, il matrimonio è sciolto e la moglie — «se non può contenersi» — può risposarsi; il marito è però condannato al celibato e per sette anni dovrà digiunare una volta l'anno a pane e acqua; dovrà mortificarsi per tutta la vita...

Ma l'uomo regolarmente sposato e che rimane fedele non è ancora a posto con la Chiesa. I giochi più intimi della vita di coppia sono, come si sa, regolamentati. Tra l'altro Burcardo, a differenza di altri penitenziali, non elenca tutti i casi fisicamente possibili, ma solo quel che è proibito. Le sue penitenze, rispetto a quello che abbiamo già visto, sembrano piuttosto leggere: cinque giorni a pane e acqua per essersi uniti con la propria moglie «alla maniera dei cani»; del resto, Burcardo aggiunge: «o a qualunque altra donna», il che implica di per sé il peccato di «fornicazione», quindi un'ulteriore penitenza aggiuntiva. Tre giorni per il marito che abbia avvicinato la moglie mentre era indisposta; quaranta se lo ha fatto nei giorni successivi al parto, durante i quali era vietato alla donna entrare in chiesa; cinque giorni se la moglie è incinta; dieci giorni se l'unione è avvenuta dieci giorni dopo che il bambino si è mosso; quattro giorni se non è rispettata la continenza domenicale; quaranta giorni per quella della quaresima — ma si può sostituire la penitenza con il pagamento di 26 soldi; venti giorni soltanto per essersi accoppiati in stato di ubriachezza. Dal pari, venti giorni a pane e acqua spettano al marito che non si sia astenuto nei venti giorni precedenti il Natale, le domeniche e qualche altro giorno festivo.

Venti giorni a pane e acqua è anche la pena che sconta un celibe che abbia fornicato con una donna libera o con la propria domestica. Questa pariteticità nella pena può apparire sorprendente. Il celibe, che non dovrebbe mai accostare una donna perché l'atto carnale è consentito solo tra gli sposi, è pur sempre perlomeno altrettanto giustificabile, per il fatto di cedere ogni tanto ai propri desideri, di un marito che non rispetti i giorni di astinenza previsti. Qui e in alcuni altri casi Burcardo dimostra di rendersi conto di questi aspetti: ad esempio, ottenere i favori di una donna costa due giorni a un uomo sposato e soltanto uno a un celibe.

Viceversa, non stupisce di trovarlo particolarmente severo nei confronti del peccato contro natura dei sodomiti: l'uomo sposato che si sia smarrito in tal modo un paio di volte farà penitenza per dieci anni, il primo anno a pane e acqua; chi pecca d'abitudine, per dodici anni; chi abbia usato così con il proprio fratello, per quindici anni.

Ci si chiede perché l'articolo sulla sodomia descriva dettagliatamente e in termini realistici un peccato il cui nome è di per sé evidente; tanto che, a furia di precisazioni, finisce per applicarsi a uno solo dei partner, lasciando l'altro nell'ignoranza della pena in cui incorre. Identica osservazione si può fare per l'articolo successivo, il cui soggetto è talmente vicino da rendere difficile intravedervi una qualche distinzione morale: il colpevole è arrivato allo stesso risultato limitandosi a un contatto superficiale. Si penserebbe che per Burcardo ci sia un'enorme differenza, in realtà: per espiare la colpa bastano quaranta giorni a pane e acqua. Ancor meno gravosa è la reciproca masturbazione, descritta con minuzia di particolari: venti giorni. Praticata in solitudine — ma descritta in trentasette parole evocatrici — costa dieci giorni in penitenza, a meno che al posto della mano non si sostituisca un « legno forato », circostanza che raddoppia la pena. Più avvantaggiato è, comunque, il ragazzo che abbracciando una donna raggiunga il godimento completo: basta a mondarlo un giorno a pane e acqua, a meno che il fatto non sia accaduto in chiesa, perché allora ce ne vogliono dieci.

Si tratta di debolezze dei sensi banali in qualsiasi epoca. Meno diffuse sembrano quelle che inducono gli uomini a soddisfarsi con una giumenta, una vacca o un'asina, «o un altro animale qualsiasi». Se il colpevole vi si è indotto perché non ha moglie «per soddisfare la propria libidine», rispetterà per sette anni una quaresima annuale a pane e acqua e continuerà a mortificarsi per tutta la vita. Se aveva invece una moglie a disposizione, farà penitenza per dieci anni invece di sette; quindici anni se si tratta di una pratica abituale; se lo si è fatto da piccoli, si ritorna a posto dopo cento giorni a pane e acqua.

Contraccezione e aborto

Burcardo distingue dai peccati tipicamente maschili quelli che possono commettere le donne contro la castità. Imputa loro ogni misura anticoncezionale o abortiva, quasi che, ai suoi occhi, il partner maschile non vi entrasse per nulla. Non accenna all'abbandono di una donna incinta da parte del seduttore, rivelando con questo una mentalità. Ma, allorché ipotizza una contraccezione esclusivamente femminile, ci lascia intuire degli uomini del tutto indifferenti di fronte al futuro fisiologico della donna con la quale se la spassano. Si spiega così, probabilmente, la sua relativa indulgenza: «Hai fatto come sogliono [*sic*] fare certe donne che, dopo avere fornicato e volendo fare perire il loro frutto, lo espellono dal proprio seno con malefici ed erbe, o fanno in modo di non concepirlo? Se lo hai fatto o hai insegnato a farlo, tre anni di penitenza. Ma in altri tempi donne del genere venivano respinte dalla Chiesa fino al termine della loro vita, perché ogni ostacolo alla concezione veniva considerato un omicidio. Tuttavia, c'è una grande differenza tra la povera donna che avrebbe difficoltà ad allevare il bambino e quella che intende nascondere la propria colpa».

Non è chiaro come si concilino con questo articolo gli

altri due che distinguono tra aborto compiuto prima dell'animazione del feto, che comporta un anno di penitenza, e quello che interviene contro un embrione provvisto di anima, punito con tre anni di penitenza. E farebbe molto piacere sapere in capo a quanto tempo si produca tale fondamentale cambiamento.

Burcardo richiama poi quanti, con l'ausilio di droghe, sbarazzano gli amanti adulteri dei bambini nati o destinati a nascere dalla loro colpa. Dovranno rimanere per dieci anni al di fuori della comunione dei fedeli e dovranno chiudere la propria vita fra le lacrime e l'umiltà.

A parte le pratiche per impedire la fecondazione, le donne sono soggette ad altri peccati contro natura. Alcune, stando a Burcardo — che usa termini assai più diretti — «usano» attrezzarsi in modo di potere comportarsi da uomo con un'altra donna: tre anni di penitenza. Per quelle che usano personalmente la medesima protesi, un anno. Per quelle che, senza ricorrere a un simile artificio, praticano contatti intimi fra loro, tre anni. Altre ve ne sono, a quanto pare, che piegano ai propri piaceri il figlio ancora piccolo: due anni. Per non parlare di quelle che inducono qualche animale a fare la parte dell'uomo. La pena è ben più pesante: sette anni di quaresima annuale a pane e acqua e penitenza continua per tutta la vita.

Magia sessuale

Più tipiche dell'epoca sembrerebbero le pratiche di magia sessuale, che Burcardo non trascura di evocare. Naturalmente, in ogni epoca sono esistite donne assillate dal timore di vedersi abbandonare dal marito o dall'amante, pur variando i modi per scongiurare un simile pericolo. Burcardo ne conosce diversi. Egli chiede alla sua penitente se abbia ingoiato lo sperma dell'uomo; se lui le abbia offerto a tavola un pesce, che poi lei ha introdotto vivo nelle sue parti intime, estraendolo solo dopo gli ultimi spasimi di agonia; se lui le abbia offerto del pane da mangiare, che lei poi ha fatto impastare sulla pelle nuda del suo posteriore; se abbia aggiunto ai cibi o alle bevande un poco del suo sangue mestruale. Il primo di questi procedimenti, tipico peccato di lussuria, comporta sette anni di penitenza, gli altri due successivi soltanto due anni, il quarto cinque anni. C'è un caso speciale: l'amante di un uomo sposato che si accorge che quest'ultimo è sul punto di lasciarla per tornare dalla moglie lo rende impotente con pratiche purtroppo non descritte. Ebbene, c'è da pensare che sia molto meno colpevole che se avesse cercato di tenerlo con sé: se la cava quindi con quaranta giorni a pane e acqua. Il fatto è che per Burcardo, come per tutti i moralisti cristiani di ogni epoca, l'atto d'amore è comunque malvagio: meno si fa l'amore, meglio è. Ed ecco sicuramente perché si riserva una penitenza tanto moderata alla sposa che cerca di rendere infermo e impotente il marito con questo espediente: completamente nuda, si cosparge di miele, rotolandosi su uno strato di chicchi di grano; raccoglie poi tutti i chicchi rimasti attaccati al suo corpo, li macina facendo girare la mola nel senso opposto a quello della rotazione del sole e con questa farina confeziona un pane che poi offrirà al malcapitato.

È assai notevole che Burcardo non preveda il caso simmetrico di magia sessuale messa in atto dall'uomo. Evidentemente ritiene che o non esista, o sia rarissimo; quasi che, nell'umanità a lui nota, le donne tenessero al proprio uomo molto più che non gli uomini alla propria donna. Tale disparità, che indigna le attuali militanti del movimento di liberazione della donna, è comunque inevitabile e logica in qualsiasi civiltà scarsamente evoluta: primeggia la forza muscolare, in quanto principale fonte di energia e, di conseguenza, l'organizzazione sociale avvantaggia il sesso che ne ha di più. La più debole ha quindi bisogno della protezione, del sostegno, della garanzia del più forte e perdere tutto ciò rappresenta per la donna una catastrofe, mentre non vale la reciproca. Soltanto l'amore può ristabilire un certo equilibrio, quando il maschio è sensibile ad esso, il che naturalmente succede. Ma, appunto, bisogna anche che duri e la magia, in mancanza di meglio, dà l'illusione di riuscire a farlo durare; o perlomeno di vendicarsi.

A ogni modo, nell'anno mille l'amore dell'uomo per la donna è ancora lontano da quell'amor cortese che subordinerà in seguito il cavaliere alla devozione per la sua «dama». La letteratura non ne parla, con l'eccezione — paradossale e sorprendente — delle opere drammatiche di una giovane religiosa tedesca, sulla quale ritorneremo al momento opportuno. Non se ne parla neppure nelle *chansons de geste*, più recenti di almeno un secolo, ma di cui — come si vedrà — si ha motivo di pensare che esistesse qualche versione già agli inizi dell'XI secolo. Salvo errore, la storia documenta per l'epoca solo il caso di un uomo innamorato di una donna: il re di Francia Roberto il Pio. Anche di lui riparleremo in seguito.

Superstizioni pagane e pratiche magiche di vario genere

Complessivamente, dei 180 articoli del *Guaritore* di Burcardo 42 riguardano i peccati in materia sessuale. Il tipo di infrazione più ricorrente dopo quelle sessuali è dato dalle superstizioni e dalle pratiche magiche, sempre più o meno ereditate dal paganesimo, che — senza contare quelle connesse al sesso e affrontate poco sopra — prendono ben 38 articoli particolarmente istruttivi. Burcardo osserva in primo luogo come queste «tradizioni pagane» si siano trasmesse di padre in figlio fino ai suoi tempi, «quasi per un diritto di successione, il cui amministratore è il diavolo». Si adorano gli elementi, o la luna, o il sole, o il corso delle stelle. Si è convinti di potere restituire a furia di urla il suo splendore al novilunio o alla luna oscurata da un'eclissi, oppure di dover fare i conti con la luna al momento di costruirsi la casa o di sposarsi. La pena per queste infrazioni è di sette anni di digiuno.

Altrettanto costa celebrare il capodanno secondo le usanze pagane. L'anno, come abbiamo già visto, non inizia in questa data e ci rendiamo conto ora che il problema è appunto quello di rompere con la cronologia del paganesimo: è quindi peccato tenerne conto e comportarsi il primo gennaio come i pagani, sottolineando quel giorno con comportamenti eccezionali, per esempio sistemando alcune pietre sulla tavola, dando un festino, portando in giro per strada cantanti e ballerini, mascherandosi da cervo o da vacca, arrampicandosi con la spada al fianco sul tetto di casa per trarre gli auspici per l'anno che viene, sedendosi a un crocicchio su una pelle di toro per indovinare il futuro, o facendo cuocere il pane nella notte di capodanno per sapere se l'anno sarà propizio, a seconda che la pasta lieviti e riesca. Chi fa questo abbandona Dio suo creatore, si rivolge agli idoli, diventa apostata. Perdipiù, non è lecito avviare alcun lavoro nella notte del primo gennaio, che è sacra in quanto corrisponde all'ottavo giorno dopo la Natività. Ma quest'infrazione è assai meno grave delle altre e bastano a riscattarla quaranta giorni a pane e acqua.

Viceversa, incorrono nella grave pena di due anni di digiuno coloro che annodano lacci, fanno sortilegi e incantesimi al pari degli empi, dei porcari, dei bovari e a volte dei cacciatori, quando pronunciano incantesimi diabolici sul pane, o su certe erbe, o su nastri annodati, per poi nasconderli negli alberi, o gettarli ai bivi o agli incroci, per guarire gli animali o i cani dalla peste e dalla malattia, o viceversa per fare del male a quelli dei vicini.

Ancora più grave è il peccato commesso dalle donne che ricorrono a sortilegi e incantesimi per attirare sulle proprie greggi e gli alveari la prosperità notata presso la vicina: tre anni di digiuno. Cinque anni, invece, per «le donne edotte nelle scienze diaboliche» che «spiano le orme dei passi lasciate dai cristiani, raccolgono manciate della terra che hanno calpestato, la esaminano e sperano di servirsene per togliere la vita o la salute ai passanti».

Burcardo è invece assai più indulgente verso le stupidaggini delle donne che lavorano alla tessitura della lana, convinto che sortilegi e manovre diaboliche possano imbrogliare ordito e trama del loro lavoro e che si possa riuscire a salvare la pezza solo con altri diabolici incantesimi: ritorneranno a posto, insieme con la gente eventualmente coinvolta, con venti giorni di digiuno.

Quando si raccolgono erbe medicinali bisogna recitare il Credo e il Pater e non «incantesimi empi»; altrimenti, dieci giorni di digiuno.

È molto più importante dire le proprie preghiere in chiesa o in un luogo consacrato dal vescovo della diocesi o dal curato della parrocchia che non vicino a una fonte, a un cumulo di pietre, a un albero, o a un crocicchio. Evitare soprattutto di venerare tali posti accendendovi una torcia o un cero; non deporvi pane o altra offerta; non mangiarvi pregando per la propria salute fisica o morale. Chi lo facesse meriterebbe tre anni di digiuno. Si tratta, infatti, di un inequivocabile e ingiustificabile comportamento pagano.

Alcuni credono di potere guarire dalla scabbia mangiando le proprie pelli morte, ingoiando un beveraggio in cui navigano pidocchi, bevendo orina, ingerendo escrementi: venti giorni a pane e acqua. Ma soltanto dieci per chi abbia sperato di guarire il proprio figlio piazzandolo sul tetto, o sulla canna del camino.

C'erano alcuni atteggiamenti di fronte alla morte che Burcardo stigmatizza e per i quali codifica la pena: per esempio, bruciare granaglie nei punti dove è morto qualcuno; annodare la cintura di un defunto nell'intento di nuocere ad altri; gettare nella bara pettini per cardare la lana... Dieci giorni a pane e acqua. Venti per le donne che sperino di resuscitare un uomo ucciso sfregandogli le mani con un unguento. Dieci per la pretesa di ottenere una guarigione spandendo acqua di fonte sotto la lettiga di un morto nel momento in cui viene sollevata, badando bene di non sollevarla al di sopra del ginocchio.

Ma ecco una cosa più grave: certe donne temono che un bambino morto prima del battesimo ritorni in terra e danneggi i vivi. Per scongiurare tale pericolo infilzano con un palo il cadaverino e lo nascondono. Anche una donna morta prima del parto viene a volte impalata, insieme al frutto del suo ventre, e «inchiodata a terra nella medesima tomba». Il prezzo di tali profanazioni sono due anni di digiuno.

In confronto, le superstizioni correnti sono anodine: per esempio, quella di non osare uscire di casa prima del cantar del gallo per timore degli spiriti impuri, che sono più pericolosi di notte; o quella di trarre gli auspici di un buon viaggio se una cornacchia attraversa la strada da sinistra a destra gracchiando; oppure se lo fa quell'uccello cui si dà il nome di «sterminatore di topi», perché afferra i topi e se li mangia. La tariffa rispettiva è di dieci e cinque giorni a pane e acqua. C'è anche chi, andando a visitare un malato, solleva lungo la strada una pietra e la gira: se vi trova un verme o un insetto vivo dichiara che il malato guarirà, altrimenti ne predice la morte. Venti giorni a pane e acqua. Altri ancora sono indovini che se la cavano ugualmente con poco: gettano chicchi di grano sulla pietra del focolare ancora calda e, se i chicchi saltano, si annuncia un pericolo. In quest'ultimo caso, dieci giorni a pane e acqua.

Il medesimo costo hanno pratiche propiziatorie consistenti nel pronunciare parole e fare gesti magici anziché dire una preghiera quando ci si mette al lavoro. È strano che Burcardo non giudichi più colpevole chi abbia «confezionato gagliardetti cifrati, come fanno i bambini» e li abbia «gettati nella cantina o nel granaio per far giocare con essi fauni e nani villosi, per ottenere in cambio beni sottratti al vicino».

Ecco però delle contadine il cui peccato di superstizione — che comporta venti giorni a pane e acqua — ci procura la descrizione di una curiosa scena dei campi: «In periodo di siccità radunano parecchie fanciulle e assegnano loro come guida una giovinetta ancora vergine. Esse la svestono e la conducono fuori dal villaggio in un prato dove spunta il giusquiamo. Fanno cogliere quest'erba con tutta la radice alla fanciulla nuda con il mignolo della mano destra e le legano il giusquiamo con un nastro al mignolo del piede destro. Le fanciulle, ognuna con un ramo in mano, spingono nel fiume vicino la giovinetta ignuda che trascina il giusquiamo dietro di sé. La aspergono con i loro ramoscelli e in tal modo, con i loro incantesimi, sperano di fare cadere la pioggia. Poi riaccompagnano dal fiume verso il villaggio, tenendola per mano, la giovane nuda, che procede all'indietro come i gamberi».

È verosimile che un po' ovunque i contadini praticassero un'ingenua magia mimetica per ottenere la pioggia, pur variando i dettagli del rito a seconda dei luoghi. Burcardo sicuramente ci descrive l'usanza seguita a Worms, dov'era nato.

Alcune domande sulla virtù delle fanciulle

Si è tentati di chiedersi che cosa implichi quella semplice espressione: «una giovinetta ancora vergine». Le fanciulle che radunano intorno a sé le donne di cui sopra non lo erano dunque più, o perlomeno la loro verginità era in forse? Quei tre semplici termini rappresenterebbero un'indiretta ammissione del fatto che è rara la continenza fra le fanciulle? Burcardo elenca un copioso catalogo di peccati carnali; c'è un articolo di condanna — moderata — del celibe unitosi con una donna libera, che però dimentica di indicare la penitenza in cui incorre la donna. Costei si vede proibire ogni genere di comportamenti, l'adulterio, l'incesto, le pratiche anticoncezionali e l'aborto, gli atti contro natura, la magia sessuale; da nessuna parte si dice che dovrebbe fare penitenza se, non essendo sposata, si coricasse tranquillamente con un giovane non sposato. Che Burcardo non ne abbia parlato, vuoi per distrazione vuoi deliberatamente, è pur sempre un indizio sui costumi del tempo. In sostanza, c'è perlomeno una certa indulgenza, e forse persino una certa tolleranza, per gli amanti se nessuno dei due è ancora sposato, se tra loro non c'è alcuna parentela né di sangue, né di affinità e neppure spirituale e se non fanno nulla che possa eludere la logica e naturale conclusione dei loro piaceri. Sembra, tra l'altro, che quest'ultima prescrizione sia stata presa molto sul serio, a meno che, semplicemente, le «precauzioni» non fossero gradite agli uomini e l'aborto considerato pericoloso per le donne. Altrimenti, si sarebbero avuti meno bastardi nel corso del Medioevo. Più precisamente, intorno all'anno mille, la scarsezza dei documenti impedisce di contarne molti; ciononostante, eccone uno: l'immancabile Rodolfo il Glabro ci confessa — senza vergognarsene, precisa — che i genitori lo hanno «generato nel peccato». Se ne incontrano anche in Ademaro di Chabannes, ma sono bastardi di signori e, quindi, quasi sicuramente nati dall'adulterio, il che per la verità non fa che confermare la tendenza a lasciare libero corso alla natura.

Credenze peccaminose. Sabba

Burcardo non si limita a condannare le pratiche magiche: considera colpevole, e quindi punibile con la penitenza, il fatto di prestare fede ad alcune credenze connesse con la stregoneria. Impone un anno di digiuno a chi attribuisce a certe donne quello che altre chiamano il malocchio, cioè il potere di fare morire il pollame «e anche i piccoli del maiale o di altri animali» per il solo fatto di entrare in casa del padrone del cortile. Altre credono nelle «Parche» e se le immaginano capaci «di dare a un essere umano, nel giorno della sua nascita, il potere di trasformarsi in lupo mannaro». Se la possono cavare con dieci giorni a pane e acqua. Stesso prezzo per chi, cedendo a una fantasia più allegra, creda «nelle silfidi dei boschi che si danno agli uomini se e quando vogliono». Ma chi sacrifichi all'uso di preparare in tavola, in certi periodi dell'anno, tre coltelli per le tre Parche dovrà per un anno mettersi a pane e acqua «nei giorni ufficiali».

Ecco poi una serie di illusioni diaboliche da cui guardarsi per non incorrere in grave peccato. Alcune donne «nel silenzio della notte, a porte chiuse, in compagnia di altri discepoli del diavolo» credono di potere «salire in aria fino alle nuvole» e di potersi scontrare lassù con altre analoghe squadre. Per questa fantasia stregonesca, tre anni di digiuno. Punita molto severamente sarà anche colei che si ritenga in grado, di notte, di percorrere lo spazio insieme ad altre donne «mentre il marito riposa sul suo seno»: un fantasma che Burcardo ricollega al potere immaginario di uccidere un cristiano tramite armi invisibili, mangiarne la carne dopo averla cotta, sostituire un po' di paglia al posto del cuore, o un pezzo di legno, o qualcos'altro, e poi farlo resuscitare. Per quest'insieme di credenze contrarie alla fede cristiana la pena è di quaranta giorni di digiuno e sette anni di imprecisata penitenza.

Quando però l'autore arriva alla «cavalcata di Diana» si avverte chiaramente che, malgrado le smentite, teme di non avere a che fare con semplici illusioni:

«Di notte, insieme a Diana, la dea pagana, in compagnia di una ridda di altre donne, in sella ad animali esse percorrono grandi distanze nel silenzio della notte fonda, obbedendo agli ordini di Diana come alla loro padrona e ponendosi al suo servizio in certe notti determinate. [...] Molti credono che queste cavalcate di Diana esistano davvero, [...], convinti che possa esserci un'altra divinità o una dea al di fuori dell'unico Dio. Il diavolo, per la verità, si trasforma in ogni possibile figura o parvenza umana e, ingannando nei sogni l'anima che tiene prigioniera, gli fa intravedere ora fortune, ora disgrazie, ora personaggi sconosciuti. È così che il diavolo guida l'anima per strade aberranti. La cosa riguarda solamente l'anima, ma la mente umana è convinta che tutti quei fantasmi siano reali [...]».

La cavalcata di Diana somiglia a quest'altra fantasmagoria: alcune donne diaboliche «pretendono di essere costrette e obbligate, in compagnia di demoni trasformati in donne che la gente del luogo chiama scioccamente la maga Holda, a cavalcare in certe notti sul dorso di animali, unendosi in tal modo alla schiera dei demoni».

Si tratta precisamente del Sabba. Ma credere in queste donne costa soltanto un anno di digiuno nei giorni prescritti, contro due anni per la cavalcata. Forse perché Holda, a differenza di Diana, è una figura locale, non una divinità di quel paganesimo di cui bisognava estirpare le radici residue?

Mancanze nei confronti della carità

In confronto ai trentotto articoli consacrati alle pratiche e credenze connesse con la magia o ereditate dal paganesimo, i peccati contro la carità fraterna, tanto chiaramente prescritta dal Vangelo, fanno una ben magra figura: due soli articoli. Chi avrà trascurato di fare visita ai malati e ai carcerati, chi avrà omesso di soccorrere i poveri dovrà espiare con quaranta giorni di digiuno. L'altro articolo richiama più precisamente i costumi dell'incipiente feudalesimo: «Hai oppresso i poveri che ti erano vicini e che non potevano difendersi? Hai sottratto loro gli averi?». Il colpevole dovrà prima restituire il maltolto, poi fare trenta giorni di digiuno a pane e acqua.

Abbastanza tipici del feudalesimo sembrano anche questi altri peccati: «Hai assunto la difesa dei colpevoli per pietà o amicizia e sei stato in tal modo spietato con gli innocenti?». Si intravede qui la solidarietà di casta in favore di un oppressore ai danni di una vittima indifesa. Cadere in questa colpa comporta trenta giorni a pane e acqua.

In un analogo ordine di idee, ancorché più vago, rientra il peccato di chi calunnia o maledice qualcuno per invidia: sette giorni a pane e acqua.

Furto

Il furto è argomento di quattro articoli, dalle sfumature assai istruttive. Un mercante che imbrogli sul peso o sulle misure deve fare penitenza per venti giorni a pane e acqua. Se qualcuno è entrato di notte, con effrazione, in casa di un cristiano, portandogli via le bestie, il cavallo, il bue, «o qualcosa del valore di 40 soldi», potrà essere perdonato solo se avrà prima restituito l'equivalente di quanto ha rubato; dopodiché digiunerà per un anno nei giorni prescritti. Se il bottino vale di più, la penitenza sarà più pesante. Viceversa, un furtarello da niente si monda con dieci giorni a pane e acqua e addirittura con cinque se il colpevole è un ragazzo. Vi è indulgenza — non assoluzione — anche per l'affamato che ruba di che cibarsi: se la caverà con tre venerdì a pane e acqua, purché, naturalmente, paghi o restituisca ciò che ha rubato: altrimenti, quaranta giorni.

Tuttavia, Burcardo giudica insufficiente la penitenza di un anno per la rapina perpetrata a viva forza, «perché è più grave spogliare qualcuno che se ne accorge e che bisogna costringere, anziché un individuo che dorme o che è assente». Del resto, la tariffa è imprecisata, sicuramente perché la penitenza, come nei casi precedenti, va misurata sull'entità del bottino.

Infine, c'è un tipo di furto incomparabilmente più costoso: è, com'è facile immaginare, quello perpetrato ai danni di una chiesa. Chi abbia sottratto al tesoro di un santuario oro, argento, pietre preziose, libri, manti, paramenti d'altare, abiti sacerdotali dovrà — dopo avere beninteso restituito integralmente il bottino — fare tre quaresime all'anno per sette anni. Stessa punizione per il furto di reliquie.

Intemperanza

I peccati di intemperanza sono quelli puniti con minore severità. Mangiare e bere più del necessario sarà compensato da dieci giorni di digiuno; bere vino fino alla nausea, da quindici giorni. Chi abbia commesso simili eccessi dopo la comunione e abbia vomitato l'Eucarestia verrà evidentemente punito più gravemente, ma non quanto sembrerebbe legittimo, data l'entità del sacrilegio: quaranta giorni di digiuno, poco di più del raduno di bevitori, che ne comporta trenta. Infine, divertirsi a fare ubriacare qualcuno, se lo si fa per amicizia, vale dieci giorni, mentre ne costa venti se lo si fa per cattiveria.

Empietà

Ricordiamo che il *Guaritore* conta circa centottanta articoli e notiamo con stupore che soltanto quattro concernono peccati relativi all'empietà. Uno ha a che vedere con le donne che manchino di raccoglimento: «Andando in chiesa chiacchierano, pensano a cose fatue, senza preoccuparsi seriamente della propria anima. Quando varcano la porta d'ingresso dove vengono inumati i corpi dei fedeli ne calpestano le tombe, senza pensare all'aldilà e senza pregare per il riposo della loro anima». La punizione prevista sono dieci giorni a pane e acqua.

Leggermente più colpevoli sono quei fedeli che non si comunicano il Giovedì santo, a Pasqua, il giorno della Pentecoste, a Natale: venti giorni. Ricordiamo che al termine del Concilio di Trento l'obbligo si limita alla comunione ogni anno nel giorno di Pasqua.

Ed ecco un peccato molto più grave: « Hai abbandonato la messa celebrata da un prete sposato, ne hai disprezzato la preghiera e le offerte prescritte? Hai rifiutato di confessarti a un prete sposato e di ricevere la comunione dalle sue mani, con l'argomento che lo ritenevi un peccatore? ».

Certo, il celibato ecclesiastico era caldeggiato già da parecchio tempo e ritenuto da molti obbligatorio. Ma sarà solo nel 1074 che Gregorio VII lo stabilirà come regola e ancora c'erano parecchi parroci sposati. Ricusarli avrebbe significato sia negare il carattere sacro impresso loro dall'ordinazione sacerdotale, sia decimare gli effettivi indispensabili all'inquadramento religioso dei fedeli. Ecco di sicuro perché Burcardo condanna il colpevole a un anno di digiuno, mentre infligge quaranta giorni soltanto a un fedele che abbia fatto campagna contro il vescovo o il curato, mettendone in ridicolo « l'insegnamento o le disposizioni ». La cosa, in effetti, riguarda l'uomo, non il personaggio investito di poteri divini.

Il « Guaritore » e la realtà

Leggendo il *Guaritore* di Burcardo ci si fa certamente un'idea del comportamento dei cristiani degli inizi dell'XI secolo e di quel che la Chiesa pretendeva da loro, ma c'è anche da restare pensierosi di fronte alle tariffe. Vari giorni a pane e acqua per ogni minimo peccatuccio, astinenze della durata di anni per colpe più gravi, ma non certo eccezionali: costava caro. Ma era un meccanismo applicabile?

In realtà, era talmente poco applicabile che erano ammesse alcune commutazioni. I peccatori potevano sostituire i digiuni con preghiere. Meglio ancora, per così dire: le preghiere, che richiedevano un sacco di tempo, potevano essere pronunciate anche da bocche mercenarie. Analogamente, pellegrinaggi sostitutivi di penitenze particolarmente gravi potevano venire compiuti da sostituti prezzolati...

Dunque il penitenziale, testimone veridico dei costumi dell'epoca, è ingannatore precisamente in quella che è la sua stessa ragion d'essere: quanto prescrive non viene applicato. In compenso, ci par di vedere ricchi che pagano per vivere a modo loro e poveracci che ne approfittano. Sicuramente, l'abbandono di un regime penitenziale basato su esorbitanti riparazioni, per giunta inapplicabili, costituirà un progresso nella vita spirituale dei cristiani, un regresso del formalismo e dell'ipocrisia.

Dopo tutto, l'umanità che ci lasciano intravedere i testi non sembra fatta di gente preoccupata di espiare i propri peccati vivendo nel digiuno, o attenta a conservare la propria innocenza...

Rodolfo ha ritenuto di potere osservare che il periodo prospero apertosi dopo il millennio dalla Passione, cioè dopo il 1033, fu contrassegnato da una recrudescenza di ogni genere di vizio: «I maggiorenti della nobiltà e del clero, ritornando alla loro cupidigia, si misero come e ancora più che in passato a soddisfare, con ogni genere di ruberia, i propri istinti rapaci. Poi, dietro il loro esempio, anche gli strati intermedi e inferiori precipitarono in vizi infami. E infatti, chi aveva mai fino allora sentito parlare di tanti incesti, adulteri, unioni illecite tra consanguinei, di tanti vergognosi concubinati, di tante emulazioni nel male?».

Qualche pagina dopo, lo stesso Rodolfo assicura che «si assistette allora un po' dappertutto, nelle faccende ecclesiastiche come in quelle secolari, a tutta una serie di crimini contro il diritto e la giustizia». Una «sfrenata cupidigia» fa dimenticare quasi a chiunque «quella lealtà verso gli altri che costituisce il fondamento e il supporto della buona condotta». «Saccheggi, incesti, conflitti di cieca cupidigia, furti, infami adulteri...»

Naturalmente, si possono considerare questi passi come pezzi d'eloquenza e osservare, tra l'altro, che il secondo discorso è in rapporto alla descrizione dell'eclissi di sole del venerdì 29 giugno del 1033, un prodigio che non poteva che preannunciare sciagure. Si può anche osservare che non c'è epoca in cui i costumi siano stati buoni. Quel che comunque rimane significativo in questa testimonianza è la mancanza di ogni accenno a un qualche apparato penitenziale.

Se elementi tanto generici dovessero essere sorretti da fatti specifici si avrebbe solo l'imbarazzo della scelta. Le cronache, ad esempio i *Miracoli di san Benedetto*, ridondano di esempi di brutalità, di crudeltà, di estorsioni contro i deboli, di disprezzo delle cose sacre, di corruzione. Ci si annoierebbe soltanto, e rapidamente, a leggere tante monotone descrizioni. Ricorderemo qui, tuttavia, il supplizio inflitto alla moglie del comandante della guarnigione del castello di Melun, che aveva consegnato la piazzaforte a un avversario del re Roberto. Scrive Richer: «Fu esposta a un nuovo genere di oltraggio: venne appesa per i piedi, così che le vesti, ricadendole intorno, ne mettessero a nudo il corpo, ed essa spirò di una morte atroce al cospetto del marito».

In contrasto con tale vendicativa barbarie, ecco invece dei peccatori risparmiati da Ugo Capeto, testimone della loro turpitudine: il re, che trascorre la settimana di Pasqua nel palazzo di Saint-Denis, si reca come ogni mattina in cappella per ascoltare la messa. Per via «scorge davanti a sé due sciagurati che, nascosti in un angolo, si abbandonavano insieme a una vergognosa occupazione». Anziché umiliarli, lascia cadere su di essi il suo ricco mantello di pelliccia. Ecco dunque due sodomiti che sarebbero sfuggiti alle sanzioni dei penitenziali. Ed Helgaldo, che riporta l'aneddoto nella sua *Vita del re Roberto*, si dilunga in elogi del padre del suo eroe: «Oh! la perfezione di chi copre così con la propria veste i peccatori! [...] Che retta regola di virtù e di perfezione per chi voglia seguire i sentieri della giustizia! Il padre e capo dei monaci [san Benedetto] ci consiglia infatti di scegliere per confessargli i nostri peccati un uomo del genere, che sappia curare le proprie e le altrui ferite, ma non svelarle e renderle pubbliche [...] ».

La *Vita del re Roberto* è stata scritta dopo il *Guaritore* di Burcardo. Decisamente, il vescovo di Worms non dettava legge ovunque. L'ultima citazione di Helgaldo ci lascia intravedere piuttosto uno statuto del peccatore molto simile a quello che sarebbe prevalso entro breve, per secoli, nel mondo cristiano.

Ciononostante, era necessario soffermarci a interrogare Burcardo a fondo, essendo l'unico che potesse istruirci in dettaglio sul comportamento morale della gente dell'anno mille, che egli conosceva e della quale riceveva la confessione: micidiali spadaccini che egli condanna a non battersi mai più e ad andare d'ora in poi a piedi; contadini dei quali censura le pratiche magiche; mercanti che falsificano pesi e misure; ladri violenti o astuti; donne che fantasticano di stregoneria e di strumenti più o meno diabolici per tenere legato a sé il proprio uomo, ma che usano soltanto procedimenti naturali per evitare o interrompere la gravidanza; lussuriosi e lussuriose che sbagliano sesso, o si abbandonano ad animali.

Sì, tramite il penitenziale di Burcardo intravediamo una intera società, epperò una società laica, come ci rivela immediatamente questa rapida retrospettiva. Molti dei peccati richiamati potrebbero, certamente, essere commessi anche da chierici, ma si è dedotto chiaramente dal contesto che l'autore non intendeva prendere di mira loro. Né fa accenni specifici a peccati di monaci, preti o vescovi. Non una penitenza per il simoniaco che ha comperato l'accesso alla carica vescovile, in un tempo in cui, pure, Rodolfo il Glabro ha potuto scrivere che «ogni carica ecclesiastica si vendeva come le merci alla fiera». Per il nicolaita (il prete che convive con una donna) non solo non è prevista alcuna sanzione, ma si proibisce ai fedeli di togliergli il loro rispetto. Silenzio assoluto sul vescovo che va a caccia o mantiene cortigiane, sul monaco che infrange la clausura e se ne va a cavallo per le vie principali, con gli stivali ai piedi e la spada al fianco.

Per Burcardo l'importante è dare ai fedeli un preciso inquadramento, più esattamente farli restare fedeli: allontanarli in primo luogo dalle credenze non cristiane — ereditate dal paganesimo o dal folklore — e da tutti quei piaceri della carne che le antiche religioni non mettevano al bando. Ecco perché peccati di questo genere occupano da soli quasi la metà del *Guaritore* ed ecco perché si prendono di mira soltanto i laici: la gente di Chiesa fa parte dei buoni cristiani per definizione e i suoi peccati non rientrano in argomento. Per conoscerli bisogna andare a cercare altrove.

CAPITOLO TREDICESIMO

COSTUMI DEL CLERO

Lungo tutto il Medioevo abbiamo avuto cattivi vescovi, cattivi sacerdoti e cattivi monaci, sia pure con alti e bassi. Il X secolo rientra nei «bassi», ma verso la sua fine si preannuncia una notevole ripresa. Anche in questo, dunque, l'anno mille funge da svolta. Del resto, lo si è potuto scorgere anche in questa sede, allorché abbiamo accennato all'azione riparatrice degli abati dell'ordine cluniacense.

Vescovi

L'anarchia feudale conseguente al crollo dell'Impero carolingio aveva profondamente disgregato i quadri secolari della Chiesa. Lo stesso papato era caduto in preda all'aristocrazia locale. Il seggio pontificio era spesso occupato da rampolli di nobile famiglia, che vi scorgevano soltanto un sistema per vivere nella più sfrenata lussuria: la Chiesa era ormai priva di un capo. E siccome neanche i regni ne avevano uno, sono quasi dappertutto i signorotti locali a nominare vescovi e abati, scegliendoli perlopiù in seno alla propria famiglia, quando non optino per chi offre di più. La città sede del vescovo diventa una signoria e il vescovo, che non sente più doveri spirituali, si comporta come i fratelli e i cugini rimasti in stato laicale. Il secondo abate di Cluny, Oddone, non ha peli sulla lingua: «I ministri della Chiesa si saziano di carne; sono ebbri d'orgoglio, inariditi dall'avarizia, ammolliti dalla voluttà, tormentati dalla malvagità, ardenti di collera, lacerati dalla discordia, stravolti dall'invidia, uccisi dalla lussuria».

Alcuni vescovi hanno un'«episcopessa» (*episcopissa*), ospitata in uno degli appartamenti del palazzo vescovile: per esempio, il vescovo di Le Mans, Sifroi. Un altro vescovo di Le Mans, Avejod, predilige appassionatamente la caccia rispetto alla messa. L'arcivescovo di Sens, primate dei galli, Archambaut, insediato nella carica dal padre, il conte Renaut, gli somiglia: dedica totalmente l'attenzione ai cani e ai falconi e li dimentica solo nelle orge.

Non c'è bisogno di dire come non fossero sicuramente più puri i costumi dei vicari parrocchiali, reclutati come sappiamo fra i fittavoli dei signori locali. Non è affatto anomalo che vivano con una donna e, su questo, il ripensamento si farà attendere a lungo. La donna del prete è un personaggio ricorrente nella novellistica popolare (*fabliaux*) in auge nel XI secolo.

Tuttavia, intorno alla fine del X secolo, perlomeno nel regno capetingio, non tutti i vescovi sono indegni, tutt'altro. Arnoldo, vescovo di Orléans, Séguin, arcivescovo di Sens, e altri ancora di coloro che parteciparono nel 991 a un concilio tenutosi a Saint-Basle nei pressi di Reims — per giudicare un arcivescovo che aveva tradito Ugo Capeto — sono figure altamente rispettabili. «C'è da dubitare», scrive lo storico di quel consesso, «che se ne potesse mettere insieme uno più rispettabile e autorevole in un qualsiasi paese della cristianità nel X secolo». In quello stesso anno era morto, nella sua sede di Châlons-sur-Marne, il vecchio e saggio Geboino, che abbiamo visto abilmente in funzione mentre scoraggiava pacificamente e con moderazione le imprese di un eretico di villaggio.

Monaci

Più complessa è la situazione del clero regolare, dei monaci. Ricordiamo che fin dall'inizio del secolo un'opera vasta e particolarmente efficace di rigenerazione, promossa da Cluny, si va diffondendo e va strappando un numero crescente di monasteri da quello stato pietoso in cui anch'essi, per le medesime ragioni, erano precipitati in seguito all'anarchia feudale. Purtuttavia, in prossimità dell'anno mille l'operazione di risanamento è ben lungi dall'essere stata portata a termine ovunque. Bisogna quindi distinguere due tipi di monasteri: quelli che hanno accettato la riforma e gli altri.

A questo punto, però, bisogna prima porsi una domanda, che sicuramente il lettore si sarà già posto da un po': come mai c'erano tanti monaci?

Oggi la vocazione claustrale ci appare riservata ad alcuni individui eccezionali. Vi scorgiamo soltanto una generale rinuncia a tutto ciò che rende interessante la vita, proprietà, libertà, piaceri, senz'altra contropartita se non l'intimità con un mondo invisibile, dal quale sono ben pochi gli spiriti che si sentono attratti.

Simili anime elette esistevano senz'altro nel Medioevo, probabilmente in numero maggiore che non ai nostri giorni. Ma sicuramente non erano tante quanti erano i monaci, tutt'altro. Dobbiamo allora ricorrere alla chiave interpretativa della preoccupazione dei «fini ultimi», al desiderio del Paradiso, alla paura dell'Inferno, sentiti ben più concretamente dagli uomini di allora che non da noi? A vederli vivere, violenti o addirittura sanguinari, cupidi, gaudenti, certi probabilmente della misericordia divina, oppure con la riserva di fare onorevole ammenda all'ultimo momento, non si è particolarmente tentati di sopravvalutare l'incidenza di tale fattore. Certo che più d'uno è finito per questo nel chiostro, ma tardi, appunto, perlopiù in punto di morte. Abbiamo visto anche noi come fosse un'abitudine pressoché generale. I penitenti tardivi prendevano il nome di *monachi ad succurrendum*, cioè di «monaci da soccorso», il che è tutto dire.

Bisogna tuttavia rendersi conto che i monasteri erano

luoghi in cui, austera o meno che fosse, l'esistenza era più facile che altrove. Fondati da più o meno lunga data da signori che li avevano dotati generosamente di terre, essi erano ricchi: dentro non c'era da temere la fame; e se si usava vivervi nel lusso e nei piaceri, i mezzi per questo non mancavano. Così, ad esempio, andavano le cose nella metà del X secolo in Lorena, a Senones e a Gembloux, dove dominava liberamente la licenza più spudorata. In Italia, a Farfa — un'abbazia che un secolo dopo si sarebbe dimostrata esemplare — i monaci intrattenevano concubine, che in un primo momento ritennero opportuno nascondersi, ma che ben presto ostentarono clamorosamente i loro vizi. È comprensibile che in abbazie del genere i posti fossero ricercatissimi e che, quindi, vi si trovassero logicamente più rampolli dell'aristocrazia che non figli di poveri contadini.

Richer ci dimostrerà come, verso la fine del X secolo, si potessero trovare in Francia monaci di tal fatta.

Strano tipo di monaci

Adalberone, arcivescovo di Reims, illustre personaggio politico la cui condotta in materia (ricordata in quest'opera) non poteva naturalmente essere completamente evangelica, ma i cui costumi nessuno ha mai criticato, nutriva un'elevata coscienza della propria missione spirituale. Così, dunque, negli anni tra il 977 e il 983, ritenne necessario e urgente riformare i costumi dei monaci della sua provincia ecclesiastica. Decise allora, alla presenza di alcuni vescovi, « che gli abati delle varie abbazie si sarebbero dovuti riunire per studiare i modi più efficaci per ottenere una riforma ». L'assemblea — Richer non specifica dove si tenne — elesse come presidente l'abate del monastero di Saint-Remi di Reims, Rodolfo, probabilmente un sant'uomo, ma piuttosto scadente come capo dei monaci.

L'arcivescovo apre il dibattito con un discorso che non

definisce bene l'obiettivo: « [...] La religione del vostro ordine ha perduto, lo sanno tutti, molta della sua antica purezza; siete in contrasto tra voi persino sull'applicazione della regola dell'ordine e uno la intende in un modo e agisce di conseguenza, l'altro la intende e opera in modo diverso; così, finora, avete deviato parecchio dalla santa vita [...] ».

La risposta del presidente, preso di mira dall'accusa insieme ai monaci dei quali è responsabile, è assolutamente curiosa. Per cominciare, non la nega, ma la minimizza: « [...] Ci siamo in effetti allontanati ogni tanto da quel che avremmo dovuto ricercare [...] ».

Ciò detto, tuttavia, egli viene ai fatti. E il primo che richiama, per reprensibile che sia, riguarda una sola persona — o più probabilmente un caso per ciascun monastero: «Quale stato di necessità, in realtà, ha spinto il monaco incaricato dei servizi domestici all'interno del chiostro a darsi un "padrino" e a dirsi a sua volta *padrino*? ». È noto che sono vietate tra monaci amicizie particolari. Dobbiamo spingerci fino a supporre che quei «padrini» le praticassero reciprocamente, nell'accezione specifica del termine «padrino» derivante dal titolo di un recente romanzo? Lo strano commento semantico svolto dall'abate Rodolfo lascia perplessi: «Se, dico, è "padrino", passiamo dalla verosimiglianza alla realtà: egli è compare, padre insieme a un altro padre; e se è padre non v'è dubbio che abbia un figlio o una figlia, per cui merita piuttosto il nome di debosciato che di monaco». Semplice gioco di parole, si direbbe. Ma già la comparsa dell'epiteto di «debosciato» ci insospettisce. E il seguito, in cui vengono perfidamente chiamati in causa i secolari, lascia campo libero a ipotesi tra le più precise: «Ma che dirò delle "madrine"? Che cosa intendono con questo nome i secolari, se non una donna complice di sregolatezze? Pur riferendomi a un fatto reale, non intendo attaccare i secolari, ma riscontro una cosa vietata al nostro ordine».

Questa volta non c'è ombra di dubbio: l'abate lascia intendere che, nei monasteri, i compari fanno insieme quel che nel «secolo» i preti fanno con le comari. Ed ecco che lo scandalo si distribuisce e, con ciò stesso, si attenua... Naturalmente il sinodo vieta all'unanimità le pratiche dei compari.

Quest'infrazione sembra inoltre, e non si capisce perché, limitata a un solo «ufficiante» del chiostro. Più diffusa è l'usanza detestabile di «alcuni monaci» che «hanno preso l'abitudine di uscire da soli dal monastero, rimanere da soli fuori del chiostro, senza testimoni dei loro atti [...]». Peggio, escono ed entrano «senza ricevere la benedizione dei confratelli», il che li priva di un prezioso supporto spirituale. Donde: «vita sregolata», «depravazione dei costumi», «desiderio di ammassare un peculio».

Ma ecco qualcosa di ancor più sorprendente: «Vi sono alcuni monaci del nostro ordine ai quali piace coprirsi in pubblico il capo con cappelli a larghe tese, od ornare il copricapo religioso con pelli esotiche e indossare invece di umili vesti abiti sontuosi [...]».

Quegli abiti dovrebbero somigliare parecchio a quelli che indossano i laici ricchi. Ora l'abate, ormai ben lanciato, ce li descriverà nel dettaglio. Seguiamolo: «Ricercano soprattutto le tonache più costose, che stringono ai fianchi, lasciandovi pendere maniche e risvolti in maniera che, grazie alla taglia più ridotta e alle natiche sporgenti, sembrerebbero da dietro più puttane che non monaci».

Questi strani monaci ricercano anche i colori. Non hanno voglia di portare tonache nere, né quelle in cui «il fabbricante ha mischiato lana bianca e lana nera»; «anche il color rossiccio viene respinto»; quello che va bene per loro sono stoffe «tinte con succo di corteccia».

L'abate Rodolfo — o Richerius che, tramandandoci questo brano di eloquenza, può forse averlo riadattato a suo modo — continua senza troppo preoccuparsi dell'ordine dell'esposizione: arriva a parlare delle scarpe, poi della biancheria, che mette insieme al mantello e alla pelliccia, infine delle brache. Il disordine della descrizione è comune a tutti gli scrittori di allora. Ristabiliamo l'ordine logico affrontando, dopo le tuniche, ciò che copre, o dovrebbe coprire, le gambe: «Le brache sono larghe 6 piedi [2 metri!] e la trasparenza del tessuto non protegge minimamente dagli sguardi le pudende; le fanno fare in modo che non bastino per uno, mentre potrebbero abbondantemente bastare per due [...]».

Sopra questo ridicolo abbigliamento quei monaci indossano un mantello: «I nostri predecessori consentirono per tolleranza che ci si coprisse di pelli comuni anziché di lana; di qui è sorta la peste del lusso. Ora mettono risvolti di 2 palmi [circa 45 centimetri?] tutt'intorno a mantelli di stoffa esotica, oltre a coprirli di drappo del Norico».

Della biancheria si dice solo che è costosa, il che ci lascia con il desiderio di saperne di più. Largo spazio lascia invece la requisitoria alle scarpe: «In questo eccedono talmente da perdere ogni comodità. Le portano talmente strette che possono camminarci a malapena, chiusi in tale prigione; vi cacciano dentro anche i talloni» — un'indicazione che lascia intuire come le scarpe conformi alla regola fossero semplici solette legate ai piedi con le cinghie, oppure una specie di ciabatte; «le allungano ai due lati con delle orecchie, stanno attentissimi a non piegarle e ordinano a servi esperti di tirarle a lustro» (erano dunque di cuoio).

Chiaramente, monaci così vestiti non se ne restavano tra le mura del monastero. Dove andavano? In quale posto della sede metropolitana di Reims, o delle città dipendenti, sedi vescovili e con abazie, potevano fare ammirare i loro begli abiti? Che genere di ambiente laico, di certo ben al di sopra del volgo, si apriva ad essi per distrarli dalla noia del chiostro? Abbiamo avuto modo di notare di passata come certuni ammassassero «un peculio». Come facevano? Partecipavano all'attività commerciale che cominciava a risvegliarsi nelle città? Frequentavano forse i precursori dei ricchi borghesi del Medioevo ormai maturo e se la spassavano con loro?

Sia quel che sia, l'abate — dopo avere notato che i monaci, quasi tutti, aggiungevano nel loro letto dei drappi alle semplici coperte consentite dalla regola — conclude: « Vi ho messo al corrente di come stanno le cose; dite voi se volete bandirle ». E soggiunge: « Il resto verrà riformato nelle nostre conferenze apposite ». Vi sono dunque altri attentati alla morale monastica, che non ritiene opportuno affrontare pubblicamente. E l'arcivescovo Adalberone approva, prima di concludere: « La nostra autorità vieta dunque quanto la vostra saggezza richiede che qui si reprima; e per quanto voi omettete di dire riservandovi di prenderlo in esame altrove, lasciamo al vostro giudizio la cura di intervenire con riforme ».

Richer ci dice che « da allora i monaci si fecero notare per grande regolarità, perché il metropolita, che conosceva perfettamente la loro regola, li esortava e li induceva a conformarvisi ».

Se è vero quel che dice Richer, ci sarebbe da pensare che Adalberone avesse polso.

Monaci soldatacci

I disordini fatti rientrare dall'arcivescovo coinvolgevano evidentemente monaci notevolmente disturbati dal movimento riformatore suscitato da Cluny. Altri, oltre a loro, avevano buoni motivi — non necessariamente gli stessi — di maledire il moto d'ordine che avanzava. Portavoce di questa categoria di scontenti diventa il vescovo di Laon, Adalberone, detto Ascelino, il « vecchio traditore », che abbiamo già intravisto quando abbiamo ripreso da lui una visione della società dell'epoca tratta dal suo *Carme al re Roberto*. Egli ci offre l'occasione di osservare un tutt'altro genere di aberrazione monastica, suscitata da quello che si potrebbe definire uno «sciovinismo cluniacense».

Roberto il Pio era cosciente del forte elemento d'ordine rappresentato dalla rete di abbazie intessuta in tutto il regno da Cluny. Egli non si limitava a sostenere l'azione dei grandi abati, ad ascoltarne i consigli e a prediligerne i monasteri. Disponendo in Francia di numerose sedi vescovili e metropolitane, vi insediava il più delle volte i monaci dei quali conosceva il valore, anziché quei cadetti di nobili famiglie che, fino ad allora, ne detenevano pressoché esclusivamente il monopolio. Tale politica di cristiana buona volontà ebbe un peso notevole nella — relativa — rigenerazione dell'alto clero secolare, anche se va detto che era mal tollerata dai residui prelati del vecchio regime.

Ma torniamo ad Ascelino. Membro di quella nobiltà lorenese al cui interno i Carolingi avevano perlopiù reclutato il loro episcopato, colto, di più che dubbia castità, politico fino in fondo all'anima, si considerava, al pari dei suoi simili, un reazionario. Di qui è nato il suo *Carme al re Roberto*, in cui egli dipinge un quadro a fosche tinte della situazione del regno, ne attribuisce la responsabilità a Cluny, che prende in giro scherzosamente, espone la propria dottrina dell'organizzazione politica e religiosa dello Stato e suggerisce al re un programma immediato di orientamento.

Quel che a noi interessa qui è la satira di Cluny. Costernato di vedere andare tutto sottosopra, ignoranti nominati vescovi, gli individui di nobile famiglia istruiti e naturalmente predestinati alla mitra rinviati nelle loro terre e invitati a sostituire nei chiostri quei monaci che se la stavano spassando nella vita secolare, non sapendo a quale santo votarsi, Adalberone, su consiglio dei suoi, decide ingenuamente di consultare a Cluny il grande maestro dei monaci e gli invia un religioso della sua diocesi, assennato, devoto e riservato. L'indomani mattina ecco tornare il nostro uomo, ma in quale stato! «Trafelato, balza dalla groppa del cavallo, che ha la bava alla bocca: "Hoplà! Ho! Dov'è il vescovo? La bambinaia? Il mio figliolo? Mia moglie?". I suoi abiti sono in disordine; ormai ha abbandonato gli abiti di prima. Porta un copricapo alto fatto con la pelle di un orso di Libia; l'abito con strascico, rialzato fino a metà ginocchio, è aperto sul davanti e non lo copre più dietro: ha stretto intorno alle reni un budriere ricamato; un gran numero di oggetti svariati gli pendono dalla cintura: un arco con relativa faretra, delle tenaglie e un martello, una spada, una pietra focaia, il ferro per batterla, il rametto di quercia da ardere. Un pantalone gli modella le gambe, scendendo fino ai piedi. Saltella e i suoi speroni pungono e scavano la terra; si alza sulla punta dei piedi, allungati da becchi ricurvi.»

Ecco come ha trasformato Cluny in un sol giorno un monaco fin lì esemplare: una caricatura di guerriero, nella quale Adalberone ha accumulato una serie di accessori interessanti per noi, sicuramente mutuati dall'attrezzatura normale della maggior parte degli uomini d'armi. Inutile dire che quell'arrivo crea scalpore: «I confratelli in rapporto più stretto con lui stentano a riconoscerlo; i cittadini accorrono in folla e riempiono l'ampio palazzo». Si noti di passata come, in tutta questa narrazione inventata, quest'osservazione intenda inserire un tono come di cosa vista con i propri occhi. Ci aiuta a immaginarci la vita quotidiana di una città episcopale, con la sua popolazione di «cittadini» sempre curiosi di quel che succede al vescovado, che vi entrano come se fosse casa loro alla prima notizia di un evento inconsueto. Questa volta, comunque, non saranno delusi: «Ebbene, mio monaco?» chiede il vescovo stupito. E l'altro «stringe i pugni, tende in aria le braccia, inarca il sopracciglio, gira il collo roteando gli occhi»: «Ora sono soldato; rimarrò forse monaco, ma in altre guise. O meglio, no, non sono più monaco: combatto agli ordini di un re; infatti il mio signore è Odilone, re di Cluny».

Il vescovo lo vorrebbe far tacere, ma l'altro non si dà per vinto. Racconta, con enfasi, la spedizione contro i saraceni alla quale ha partecipato insieme ai «soldati del Signore» (evidentemente i monaci di Cluny). Qui la comicità giunge al culmine. Nell'evocare quello strano tipo di guerrieri Adalberone trova lo stesso tono che avrà sei secoli dopo la *Satira menippea* che ridicolizza i monaci della Lega Santa, i travestimenti militari, le pretese bellicose. In questa sbrigliata inventiva, tuttavia, non c'è alcun riferimento alla vita quotidiana, come non c'è nell'ordine di mobilitazione che il nostro personaggio trasmette al vescovo da parte del «generale in capo, Odilone».

È una farsa, che ha però un senso e una spiegazione, che è divertente per i contemporanei soltanto se ingigantisce la realtà.

I monaci di Cluny, piegati all'umiltà e all'obbedienza da una disciplina di cui vedremo fra poco meglio quanto rigida fosse, compongono di fatto un immenso esercito, strutturato gerarchicamente, che ha nella persona dell'abate alla testa dell'ordine un unico capo onnipotente. L'orgoglio personale, infranto, ha ceduto in loro il posto a un inconsapevole ma straordinario orgoglio di casta. Loro non sono niente, ma l'ordine è tutto, ha tutti i diritti e, quel che è forse peggio, tutti i doveri. Cluny è la forza nuova, pura e inflessibile destinata a spazzare via gli elementi marci della società cristiana e, malgrado i vescovi simoniaci e depravati, a fare regnare ovunque la virtù e il timore di Dio.

All'interno dei chiostri un simile spirito di corpo poteva anche non avere implicazioni, ma molti monaci uscivano di lì, e anche con molta regolarità. L'abate, come si è visto, è spesso in viaggio, sia per visitare i numerosissimi monasteri che dipendono da lui, sia per rispondere all'invito dei principi che ne richiedono i consigli. Le strade non sono molto tranquille, per cui egli si circonda di una nutrita scorta di monaci a cavallo, muniti com'è indispensabile di armi difensive e offensive. A queste guardie del corpo come potrebbe ragionevolmente imporre il silenzio, la disciplina alimentare, la riservatezza, o la castità della vita monastica? Ed ecco città e campagne percorse da una vistosa milizia di «soldati del Signore», forte della santità della propria missione, giustificata dall'indulgenza — attestata dal biografo di Odilone — del «generale in capo». Naturalmente, non guerreggiano come nel *Carme* di Adalberone con i saraceni, ma dovunque passano, mentre l'abate rimprovera i potenti, censura i prelati secolari, essi da parte loro impartiscono lezioni ai canonici, al personale del vescovado, a chiunque. E diventano insopportabili. Scoppiano tafferugli, che a volte degenerano in risse sanguinose, come a La Réole.

«Non sono invenzioni pure e semplici quelle che ho condannato», sostiene Adalberone nel suo poema; e c'è da pensare che non abbia del tutto torto.

In che periodo scriveva? Egli è vescovo di Laon a partire dal 977 e dice di sé ormai «è diventato vecchio sotto la mitra». Odilone è abate di Cluny dal 994. Roberto regna dal 996. Sicuramente l'abate ha avuto bisogno di parecchi anni per diventare quel «re», quel «generale in capo» che fa ombra ad Adalberone, e parecchi anni devono essere stati necessari al principe per affermare inequivocabilmente quella politica in favore di Cluny che suscita l'indignazione del vescovo. Ammettiamo che il poema non possa essere precedente all'anno mille e possa essere stato scritto nel 1010: esso è comunque successivo al sinodo convocato dall'arcivescovo di Reims. Senza spingerci fino a immaginare che nell'XI secolo non ci fossero più monaci paragonabili a quelli che si dovettero «riformare» intorno al 980, ci sembra di individuare in questo testo un riflesso di un'ulteriore degenerazione della condizione monastica, un po' più tarda. Ricordiamo che prima del 972 l'abate Maiolo, in certe traversate delle Alpi, non aveva avuto una scorta in grado di difenderlo dai saraceni, per cui potremmo dedurne che l'usanza delle scorte armate — probabilmente dettata da incidenti del genere — sia stata inaugurata da Odilone.

Detto questo, attenzione a non scorgere nel grottesco guerriero di Ascelino il volto dei monaci di Cluny. La testimonianza si riferisce soltanto — e con quanta esagerazione! — alla ristretta cerchia di coloro che si trovavano a dovere uscire dal chiostro per il servizio di scorta dell'abate quando era in viaggio. Dopodiché, sarà bene ritornare seri e andare a visitare pacatamente i principali monasteri dell'Ordine.

CAPITOLO QUATTORDICESIMO

TUTTO SUI BRAVI MONACI

Nel momento in cui stiamo per andare alla scoperta dei monaci degni della loro condizione, che all'epoca dell'anno mille si vanno moltiplicando, è il caso di porsi ancora una volta la domanda: come mai ce ne erano tanti?

Gli allettamenti del monastero

Fra loro si trovavano, evidentemente, coloro che avevano il desiderio di rispondere all'esigente ideale della vera vita monastica, all'appello di Dio. Tuttavia, lo ripetiamo, costituivano probabilmente soltanto una cerchia minoritaria. Parecchi debbono invece avere ubbidito a uno stimolo di carattere sociale.

Diversamente dall'occidentale del XX secolo, che il complesso della legislazione e dell'organizzazione pubblica proteggono comunque dai rischi della vita quotidiana, l'uomo del Medioevo, in particolare quello dell'anno mille, viveva in una società ben poco rassicurante. Parecchie delle pagine precedenti ce lo hanno lasciato intuire e molte delle successive ce lo confermeranno. Gli umili, cioè i contadini prevalentemente, non avevano alcuna certezza del domani: le guerre dei rispettivi signori, i capricci delle stagioni contro cui non erano in grado di prendere precauzioni, li tenevano sotto la minaccia più o meno imminente della miseria, della carestia, della morte. Tra i superbi — intendendo con questo i discendenti di un titolare di un feudo, grande o piccolo che fosse — rovina e fame erano sicuramente meno ossessive e la morte era uno dei rischi scontati della guerra; ma questa gente d'armi si serviva a torto o a ragione della spada, per imprese di corto respiro o mal concertate. Pur essendo più lungimiranti, gli strati socialmente più elevati non avevano mezzi per contenere o placare le varie forme di turbolenza, che provocavano soltanto un disordine devastante e sanguinoso.

Nei monasteri riformati, pur non essendovi licenza di saziarsi a piacimento, non mancava di certo il necessario: si ignorava l'angoscia dell'indomani. Ma, di più: al centro di un mondo incoerente e frenetico, i monaci rappresentavano una forza organizzata, disciplinata, rispondente agli obiettivi dei capi. Naturalmente, anche nel mille come in ogni altra epoca esistevano motivazioni spirituali; ma se allora i monaci erano tanti, ci sono anche due spiegazioni molto concrete e piuttosto pertinenti. Sono ragioni analoghe a quelle che spingono tanti nostri contemporanei verso il pubblico impiego: la maggior parte è attratta dalla tranquillità e dalla sicurezza del posto; i migliori ambiscono all'esercizio del potere e al prestigio della funzione pubblica. Qualcosa di simile vale per i monaci dell'ordine di Cluny: hanno il cibo garantito e hanno al tempo stesso la sensazione di appartenere a una comunità bene organizzata, potente e in cui chi ha qualche talento può essere in grado di operare efficacemente nel mondo cristiano. Questo non toglie che essi pur sempre si subordinino a una regola molto esigente.

La giornata di un monaco cluniacense

Conosciamo la regola: è quella benedettina, redatta fin dal VI secolo da san Benedetto da Norcia, integrata da san Benedetto d'Aniane. Ma per quanto riguarda i monaci di Cluny abbiamo qualcosa di più: usi e costumi cluniacensi sono stati fissati per iscritto nei dettagli fin da prima dell'anno mille, quando era abate Maiolo; testi ancora più ricchi sono poi stati elaborati nel corso dell'XI secolo. Sono le cosiddette regole «di Farfa», perché il manoscritto relativo è stato ritrovato nel monastero italiano che porta questo nome: possono risalire al 1042-1043; quelle del monaco Bernardo dovrebbero risalire al 1063 circa; quelle del monaco Ulrico dovrebbero essere di poco posteriori. Il rispettivo confronto dimostra come le abitudini monastiche non fossero molto cambiate nel frattempo.

Tale preziosa documentazione è stata utilizzata poco più di quarant'anni fa da Guy de Valous nel suo dotto *Monachisme clunisien* (Monachesimo cluniacense). Gli elementi essenziali che ne risultano valgono non solo per Cluny, ma — perlomeno a grandi linee — anche per i numerosi monasteri dell'ordine, nonché per quelli che, pur senza ricollegarvisi, ne avevano seguito l'esempio riformatore.

C'è dunque materiale sufficiente a farci vivere per pagine e pagine all'interno della vita che conducevano i monaci cluniacensi, per farci entrare nella loro esistenza di ogni giorno: una cosa che non sarebbe possibile per qualsiasi altro tipo di individuo dell'anno mille. Avremmo dovuto, per esigenze di mantenere gli equilibri, sfoltire l'abbondante documentazione disponibile su questi religiosi? A parte il fatto che sarebbe un peccato impoverire ulteriormente un paesaggio già con tante zone d'ombra, ci sono diversi aspetti della loro esistenza (anche soltanto i loro utensili, per esempio), che non sono esclusivamente loro. I contatti con il resto della popolazione, che abbiamo già esaminato per l'aspetto relativo alle loro pratiche di carità, ma che assumevano anche tante altre forme, forniscono alcune idee anche sulla vita quotidiana di alcuni laici. Insomma, tutto ci spinge ad approfittare senza remore di un'occasione così rara.

Secondo la regola benedettina, a parte la missione di carità specificata in uno dei precedenti capitoli, i monaci erano tenuti a dividere il loro tempo fra il lavoro e la preghiera. Bernone, il fondatore di Cluny, aveva nettamente privilegiato la preghiera, in questo fedele allo spirito di san Benedetto, che aveva affermato: «Niente deve scavalcare il servizio divino». Non si trattava tanto, infatti, della preghiera privata, personale di ogni monaco, quanto di quella dell'intera comunità, della lode rivolta a Dio tramite le funzioni liturgiche. Tali funzioni scandiscono notti e giorni. I canti e le letture di cui sono costituite rappresentano quasi gli unici suoni che debbono uscire dalla bocca dei monaci, costretti per la maggior parte del tempo a rigorosi silenzi.

I monaci dormono nel dormitorio comune: sono rigorosamente vietate celle individuali. La solitudine — come ha spesso dimostrato l'esperienza degli eremiti e come tornerà a dire il celebre Verlaine — è «cattiva consigliera»... Il monaco deve avere tutti i confratelli a testimoni della propria condotta notturna, a parte il fatto che, come si sa, i demoni preferiscono manifestarsi al buio. Ecco perché nel dormitorio una luce deve rimanere accesa per tutta la notte. Inutile dire che alla reciproca vigilanza dei confratelli si aggiunge, per maggiore sicurezza, quella di un paio di monaci addetti specificamente a questo compito e che fanno, appunto, le ronde.

Sulla struttura in legno del letto è appoggiata una specie di stuoia di feltro — l'«isolante» delle brande militari — che sorregge un paglericcio. Anche il cuscino è riempito di paglia. Il monaco, che si corica in camicia — mentre la tradizione monastica è quella di restare completamente vestiti quando si va a letto e l'usanza generalizzata del tempo è piuttosto quella di dormire nudi — ha diritto a una sola coperta, che d'inverno è di «stoffa pelosa» o di pelliccia economica — capra, pecora, ma non pelle di gatto o di «agnello accotonato grigio o nero» — e d'estate in panno grezzo. È proibito scendere dal letto.

Tra mezzanotte e l'una suona il segnale dei Notturni.

Prima di alzarsi, i monaci si affrettano a indossare la «cocolla», una «tunica senza maniche, che deve essere abbastanza larga da farci entrare comodamente i due gomiti e abbastanza lunga da scendere fino ai talloni, aderente al corpo e arrotondata da tutte le parti». Per la verità, non è molto chiaro di che cosa si tratti. Ci si potrebbe immaginare una specie di pianeta lunga ricadente sulle braccia: essa ha un cappuccio che «deve da ogni parte avere la misura quadrata di un intero piede umano, l'apertura superiore di un cubito fino alla cima del pollice, l'inferiore di un intero cubito e tre dita, e deve lasciare vedere il davanti della cocolla in larghezza».

Quale che ne sia l'esatta forma, la cocolla, come il saio di cui parleremo subito dopo, è di tessuto grezzo, d'inverno più pesante che d'estate, e non è tinta: ha il colore grigiastro o brunastro naturale della lana in cui è tessuta.

Infilata la cocolla, i monaci emergono dalla coperta e la ridistendono sul letto. Infilate le pantofole da notte, il cappuccio calato sulla testa, si recano nelle latrine, molto ben tenute. Quelle del monastero di Cluny misuravano 70 piedi di lunghezza e 23 di larghezza; erano suddivise in quarantacinque compartimenti; i sedili, a 2 piedi di altezza, avevano ciascuno sopra una finestra di 17 piedi di altezza e 3,5 di larghezza. (Ricordiamo che il piede è pari a circa 33 centimetri.)

Fatta questa concessione alla natura, i monaci si recano al coro della chiesa per la preghiera dei Notturni, detti anche Veglie. Occupato ciascuno il proprio posto, eseguono insieme il saluto cosiddetto *ante et retro*, consistente nell'inclinare il busto ad angolo retto, per poi rialzarsi lentamente. Cantano una quindicina di salmi, l'inno composto da sant'Ambrogio — l'«Ambrosianum» — e leggono alcuni passi, «lezioni», dal *Vecchio* e dal *Nuovo Testamento*. Poi tornano a dormire, ma non per molto, perché prima del termine della notte, o appena albeggia, dovranno tornare in chiesa a cantare i Mattutini o Laudi: altri tre salmi, due dei quali cambiano quotidianamente nel corso della settimana, diverse lezioni, l'« Ambrosianum » e un cantico.

Al levar del sole si alzano definitivamente dal letto al quale avevano fatto ritorno dopo i Mattutini: è l'ora Prima, la prima ora del giorno. Questa volta infilano le scarpe — che possiamo immaginare « a contrario », grazie ai fantasiosi modelli dei cattivi monaci di Reims — indossano sopra la cocolla il saio, una veste lunga le cui maniche devono coprire le mani fino alla seconda falange e che ricade con ampie pieghe. Riattaccano alla cintura il coltello che avevano tolto la sera prima salendo nel dormitorio. Si recano in chiesa in processione e, là giunti, cantano un inno, tre salmi, una lezione, un versetto di testo biblico e il « Kyrie eleison ». L'ora Terza, alle nove, si svolgerà allo stesso modo, come pure le due successive, Sesta (mezzogiorno) e Nona (le tre pomeridiane).

Dopo l'ora Prima si raduna il capitolo quotidiano del convento. I monaci, che probabilmente hanno già avviato qualche lavoro manuale, cambiano tenuta e si affrettano, appena si sente il segnale della campana, a raggiungere la sala capitolare. Ascoltano la lettura del Vangelo del giorno, o di un passo della Regola; segue un commento. Si legge poi l'elenco dei monaci defunti (obituario) e si recitano cinque salmi in loro onore. La seconda parte del capitolo è dedicata alle faccende del monastero: l'abate (o il suo sostituto) legge una relazione, sulla quale ogni monaco può intervenire. Il martedì la seduta comporta una terza parte, il cui argomento è costituito dal comportamento dei monaci. Quanti sentono di avere qualcosa da rimproverarsi si autoaccusano pubblicamente; altri, che rimangono in silenzio, possono essere denunciati da uno o più confratelli.

Penitenze

La colpa ammessa o dimostrata, se è grave, comporterà una punizione per il colpevole: questi si presenterà al capitolo scalzo, a torso nudo, con la cocolla sul braccio sinistro, la camicia annodata intorno al corpo per le maniche. Gli depongono nella mano destra un fascio di verghe ed egli entra nella sala capitolare preceduto da un confratello designato all'uopo. Si prosterna davanti all'abate e chiede perdono. Obbedisce all'ordine di rialzarsi e sedersi a terra e riceve il numero di frustate decretato dall'abate, trentanove al massimo, perché san Paolo, punito per essersi convertito al Cristo dai compatrioti giudaici, ne aveva ricevute quaranta soltanto, per la verità in cinque rate. Dopo essersi rivestito, il monaco colpevole si prosterna di nuovo davanti al capo, poi a testa bassa, il cappuccio calato sugli occhi, ritorna al posto assegnatogli, dove rimarrà per la durata della pena, allontanandosene solo per le funzioni, che seguirà dalla porta della chiesa, incappucciato, scoprendosi però e prostrando il viso a terra dal momento del «Kyrie eleison» fino alla fine dell'Ora. Anche per la messa non potrà entrare in chiesa, né avrà diritto a comunicarsi, a ricevere il bacio della pace, a baciare come gli altri monaci il Vangelo, a cantare o recitare dal suo posto insieme agli altri. Il suo cibo non verrà benedetto. Non gli verrà consentito di servire in cucina. E quando finalmente l'abate gli avrà fatto grazia, riceverà ancora un altro colpo di verga prima di riprendere il proprio posto fra i confratelli.

Il luogo di detenzione dei monaci condannati poteva essere la prigione, vale a dire (nell'XI secolo regolarmente) una fossa in cui si scendeva attraverso una scala, priva di porta e di finestra. Oltre al sinistro soggiorno potevano anche esserci i ferri alle caviglie o una specie di gogna al collo (il termine che ricorre nei testi, *bogiae*, non consente di stabilire precisamente di che cosa si trattasse).

Come si vede, le sedute del capitolo non sempre mancavano di qualche elemento pittoresco piuttosto crudele. Dopo il capitolo segue l'ora Terza, che corrisponde alle nove.

Il primo pasto

C'è ancora un po' di tempo per dedicarsi a vari lavori, in attesa che un quarto d'ora circa prima di mezzogiorno (l'ora Sesta) suoni il segnale del primo pasto, il *prandium* (pranzo). I monaci si affrettano verso il refettorio, vi si lavano le mani, si sistemano ai loro posti e attendono, in piedi, che arrivi l'abate (o il suo supplente) a presiedere, come di dovere, la tavola. Egli pronuncia la benedizione, rinnovandola a ogni piatto. Impartisce al monaco specificamente addetto a tale funzione l'ordine di avviare la lettura — vita di un santo o altro testo di devozione; soltanto allora si potrà cominciare a mangiare e si dovrà smettere quando l'abate farà tacere il monaco che legge. Naturalmente è di rigore il silenzio.

Il menù comporta due piatti: uno di fave o piselli, uno di legumi verdi: cavolo, lattughe, insalate varie. La domenica, il martedì, il giovedì e il sabato ogni monaco si vede servire in aggiunta cinque uova e, qualche volta, una porzione di formaggio cotto: la cosiddetta «generale». Gli altri tre giorni della settimana si distribuiva una «pietanza», che andava suddivisa ogni due monaci e che consisteva in una libbra di formaggio molle o mezza di formaggio duro, più quattro uova, cioè due sole a testa anziché cinque... La domenica e il giovedì la «generale» si arricchiva di pesci, «se era possibile procurarsene»; ma mai di carne, tranne per i malati degenti in infermeria. A ciascuno veniva consegnata la razione quotidiana di pane, in ragione parrebbe di una libbra a testa. Idem per il vino, la cui razione singola era di circa 30 centilitri, ma che veniva distribuito in recipienti detti «giuste», che ne contenevano il doppio. Due monaci, dunque, dovevano a turno intingervi le labbra; e d'estate, se vi restava un po' di vino, andavano a caderci le mosche. Piuttosto sgradevole, ma i religiosi di Cluny dovettero attendere fino al XII secolo per ottenere un bicchiere ciascuno. Una consolazione l'avevano dai supplementi chiamati «vino di carità», che venivano loro assegnati fuori pasto nei giorni in cui le funzioni erano particolarmente lunghe e snervanti, soprattutto il Venerdì santo. Il vino notoriamente, magari a torto, passa per un «tonificante»...

Ben riconfortati, dunque — come indica il nome stesso di «refettorio» — i nostri monaci si trasferiscono in chiesa a cantare l'ora Sesta, dopodiché, in certi giorni, potranno recarsi nel chiostro, o nell'*auditorium* — una stanza adiacente alla cucina — a scambiare, a gruppi e non a due a due, qualche parola. Potranno poi riprendere ogni tanto, dopo avere cantato le None. Al calar del sole abbiamo i Vespri: quattro salmi, una lezione ripresa da un'epistola di san Paolo, l'«Ambrosianum», il cantico del Vangelo, la litania seguita dall'orazione domenicale: il *Pater*.

Pasto della sera

Cantati i Vespri, giungeva il momento del pasto serale, la cena: pane con frutta cruda o cialde, «una pasticceria molto minuta, fatta di farina pressata tra ferri».

La frugalità della cena attenua alquanto la sorpresa che può aver suscitato la relativa abbondanza del pranzo. Va aggiunto che il regime di due pasti vigeva soltanto al di fuori dei periodi di digiuno. Ora, il digiuno era prescritto non solo nei quaranta giorni di Quaresima, ma anche per i circa cinque mesi tra le idi di settembre (13 settembre) e la Quaresima. Era la «Quaresima monastica» della regola di san Benedetto. Inoltre, i mercoledì e i venerdì delle settimane fra la Pentecoste e il 13 settembre erano anch'essi giorni di digiuno. In definitiva, i monaci prendevano due pasti al giorno per tutta la settimana solo da Pasqua alla Pentecoste. Facciamo notare che, in conformità con le prescrizioni di san Benedetto di Aniane, interrompevano il digiuno in occasione delle principali festività: Natale, l'ottavo giorno dopo Natale, l'Epifania, Pasqua, l'Ascensione, l'Assunzione, o nella ricorrenza della festa di qualche santo importante.

Nei giorni di digiuno si faceva un solo pasto: all'ora di Nona durante la Quaresima monastica e dopo i Vespri, cioè all'ora di cena, durante la normale Quaresima.

La cucina

L'unica ricetta culinaria pervenutaci dai tempi dell'anno mille è quella delle fave cucinate nel monastero di Cluny. Riprendiamola come una preziosa testimonianza.

Le fave, cibo quotidiano dei monaci, dovevano essere preparate secondo un rito particolare: dopo che i monaci cucinieri si sono lavati le mani e hanno fatto le tre orazioni prescritte, lavano le fave non sbucciate con tre passate successive, per poi metterle a bollire in un caldaio. La schiuma e le fave cattive che rimangono a galla al momento della bollitura vengono asportate con un colabrodo, che serve anche per staccare dal fondo quelle che si attaccano, «perché non si mangiano le fave bruciate». Quando i baccelli cominciano ad aprirsi si tolgono le fave dal fuoco per passarle tre volte nell'acqua fredda. Poi le si versano in una marmitta ben coperta, mettendole a cuocere per qualche momento insieme al lardo. Il lardo, però, non verrà servito insieme alle fave: recuperato e pressato, accompagnerà i legumi verdi, lavati da parte loro nell'acqua bollente, perché «l'acqua fredda non li fa venire buoni da mangiare». Quanto alle fave, una volta cotte, vi si mescola un po' di grasso. Il cuoco le deve assaggiare per assicurarsi che siano salate al punto giusto. Probabilmente il sale si metteva nell'acqua di cottura, ma non lo si dice espressamente.

Gli altri legumi a baccello in uso a Cluny erano i piselli e le lenticchie. Come legumi verdi — si chiamavano «erbe» — incontriamo il porro (che si mangiava crudo), la lattuga, il cerfoglio, il prezzemolo, il crescione. Non è facile identificare che cosa fosse una radice dal nome di «rasa». La frutta era molto varia: pere, mele, cotogne, pesche, nespole, noci, nocciole, ciliege, fragole, fichi, prugne, castagne e forse — da allora — uva al momento della vendemmia.

Le uova venivano cucinate in vari modi, soprattutto fritte o «cotte al pepe».

Anche la gamma del pesce era molto variata: salmone, lampreda, seppia, carpa, trota, anguilla, barbi grandi e piccoli, lasca, cavedano, ma anche pesce di mare, cefalo, aringa e tanti altri tipi dal nome enigmatico.

Equilibrio tra preghiere e funzioni

Esaurito il capitolo gastronomico, ritorniamo alla giornata dei nostri monaci, che dopo la cena volge ormai al termine. Ma, prima di andare a dormire, c'è ancora da cantare le Compiete: il «Deus in adjutorium», il «Gloria», tre salmi, il «Pater», l'orazione del giorno.

Secondo la regola di san Benedetto, l'insieme delle Ore doveva occupare quattro ore, mentre è facile intuire come tutte le preghiere fin qui elencate ne prendessero molte di più. Per meglio dire, alle ore propriamente dette si aggiunsero a Cluny, fin dalla fondazione, alcuni «uffizi di supererogazione»: prima dei Mattutini, quindici salmi; poi altri quindici in momenti non determinati, per non parlare dei «salmi familiari» (*familiares*), «grandi» e «piccoli», cantati in onore dei benefattori del monastero, degli stessi monaci, degli abati, degli amici, in ragione di quattro dopo ogni Ora. Durante la Quaresima se ne cantavano altri due, sempre alla fine di ogni Ora: per questi canti i monaci si prosternavano, donde il nome di «salmi prostrati». Si potrebbe pensare che si finisse qui, ma i documenti ci inducono a registrare ancora i sette salmi della penitenza, che andavano recitati durante la Quaresima dopo i salmi familiari. E c'era anche la processione due volte al giorno tra la chiesa principale dell'abbazia e la cappella dell'infermeria, posta sotto il patronato della Vergine; si svolgeva dopo i Notturni e dopo i Vespri, al canto del «Magnificat». E c'era anche la funzione per i monaci defunti, che si celebrava dopo il pasto serale; e le Ore della Vergine, che seguivano Mattutini e Vespri.

E c'erano naturalmente le messe. La domenica la messa grande veniva celebrata dopo l'ora Terza, ma era stata preceduta da una «messa all'alba» e tutti i monaci dovevano assistere a entrambe. Nel corso della settimana si diceva una messa «del giorno», dedicata cioè al santo festeggiato in quel giorno, e una messa per i morti. Inoltre, stando a Rodolfo il Glabro, sempre a Cluny «un'usanza resa possibile dal grande numero di monaci voleva che si celebrassero messe ininterrottamente dalla prima ora del giorno fino all'ora di pranzo».

Va da sé che a queste messe non partecipavano tutti i monaci. Venivano probabilmente dette davanti ad altari secondari, durante gli uffizi che si cantavano nel coro.

Lavoro manuale

Con giornate così piene, di sicuro rimaneva poco tempo per lavorare. Certo, come vedremo, tutti i monaci dovevano cucinare a turno, ma c'erano anche tante altre incombenze correnti da assolvere. Esse erano affidate a semimonaci, che prendevano il nome di conversi e che in sostanza fungevano da servitori. In origine erano devoti laici desiderosi di aiutare i monaci, ma che non si sentivano degni o capaci di diventare monaci essi stessi. Poi si videro sempre più «oblati» adulti che avevano ceduto i propri beni all'abbazia, pronunciato i voti di ubbidienza e che si erano spontaneamente votati al servizio dei monaci. I conversi prendevano anche il nome di «barbati», perché a differenza dei monaci non si tagliavano la barba, oppure di «illetterati»: in effetti, proprio perché non sapevano leggere e quindi non potevano prendere parte ai canti e alle letture degli uffizi, non sarebbero mai diventati monaci a pieno titolo. Il termine di illetterati è dunque particolarmente significativo rispetto all'estrema specializzazione dei monaci che partecipano al coro: la preghiera liturgica cui dedicano quasi tutto il loro tempo — e le loro forze, perché ne servono — presuppone una vera e propria erudizione, per non parlare di una tecnica consumata del canto. Si noterà inoltre come, pur non implicando affatto lo stato monastico il sacerdozio, in linea di principio, diventeranno tuttavia sempre più numerosi i monaci che ne saranno investiti.

Purtuttavia, i monaci di Cluny non avevano voluto sfuggire completamente il lavoro manuale, inscritto nella regola benedettina. Si trattava per tradizione di lavori agricoli. Ma i campi delle abbazie, numerosi e vasti, non potevano che essere coltivati da contadini a pieno tempo, i fittavoli. In ultima analisi, le occupazioni campestri dei monaci si riducevano quasi a niente. Ulrico nota senza ambagie: «In verità, il lavoro da me più di frequente osservato consisteva nello sbucciare le fave novelle non ancora completamente mature, o nel pulire il giardino dalle erbacce, inutili o dannose per i legumi, oltre al fatto di impastare ogni tanto i pani nella panetteria».

Le consuetudini di Farfa ci mostrano i monaci che si recano a lavorare l'orto: «Allo scoccare dell'ora canonica, i monaci si recano al lavoro al canto delle litanie. Se vi si recano dopo il capitolo, si intonano i salmi familiari e si continua a cantare fino al luogo di lavoro. Tutti sono tenuti a prendere parte alla recitazione dei salmi, incluso il cellerario. Arrivati al lavoro, i fanciulli [vedremo fra poco di quali fanciulli si tratti] vengono disposti di fronte e ci si inchina *ante et retro*. Il priore intona allora "Deus in adiutorium meum intende", ripetendolo per tre volte; dice il "Gloria patri", poi il "Kyrie eleison", il "Pater", l' "Adiutorium nostrum", dopodiché i religiosi cominciano il lavoro e riprendono i salmi al punto in cui li hanno interrotti: sette salmi, cinque salmi per i defunti, insieme ai salmi familiari delle ore. L'ebdomadario dice le collette[1]. Durante il lavoro il priore commenta la lettura. Finito il lavoro, i monaci se ne tornano al convento cantando salmi. Giunti al chiostro, l'abate intona il "Beatus vir", il priore recita l' "Adiutorium nostrum", il "Benedicite" e ognuno ritorna alle sue abituali funzioni, mentre il sacrestano suona la campanella».

Come si vede, neppure il lavoro interrompeva la preghiera.

Lavori spirituali

Manualmente, tuttavia, i monaci eseguivano altri lavori, in cui lo spirito entrava più che nel lavoro di sgranare i legumi o di sarchiare l'orto: quando maneggiavano la penna. All'epoca dell'abate Odilone — quindi, come sappiamo, all'epoca dell'anno mille — alcuni monaci sono incaricati di copiare le carte dell'abbazia — realizzando in tal modo un «cartulario» pervenuto sino a noi — o riproducono in varie copie gli esemplari delle opere dei Padri della Chiesa, di san Gregorio o di altri autori ecclesiastici. Sicuramente, se ne trovano ormai fra di essi alcuni abbastanza dotati da illustrare con miniature taluni di quei manoscritti. Sarà comunque questo uno dei vanti di Cluny fin dalla seconda metà dell'XI secolo: di lì tra l'altro proviene il più brillante di questi artisti, Durando. Certamente, i più curati erano i testi sacri o quelli teologici, ma non erano gli unici. Cicerone, Boezio e altri ancora

[1] Orazioni che precedono l'Epistola [*N.d.T.*].

sono tra gli autori profani salvati dal completo oblio grazie alla penna dei monaci di Cluny. Tutti quei lavori di trascrizione e di miniatura erano ritenuti talmente importanti, nonché così prossimi alla preghiera, che i monaci che vi si dedicavano erano in parte esentati dal servizio del coro.

D'altronde, ogni opera di bellezza che potesse apparentemente servire alla gloria di Dio veniva apprezzata e incoraggiata a Cluny. È di sicura evidenza che l'incredibile ricchezza del mobilio liturgico non era assolutamente dovuta all'esclusivo lavoro dei monaci: c'era bisogno di artisti professionali per tutte le pitture, gli oggetti sbalzati in metalli preziosi, le stoffe decorate, le pianete, le vetrate, i calici d'oro ornati di pietre preziose, i lampadari di bronzo, d'argento e d'oro in forma di corone, tutte quelle meraviglie la cui presenza, per la verità, è documentata a Cluny soltanto più tardi, ma le cui premesse, magari meno fastose, ornavano certamente il monastero già dall'anno mille. Eppure è certo che alcuni monaci contribuirono ad abbellire il loro santuario. Rodolfo il Glabro — sempre lui! — ce ne fornirà più avanti una prova singolarissima.

Novizi e oblati

La vita quotidiana che abbiamo descritto finora è solo quella dei monaci integrali, dei monaci «professi», gli unici «monaci di coro», i soli abilitati a celebrare tutte le funzioni. A tale rango si accedeva soltanto dopo un periodo di prova, il noviziato, per il quale del resto passano in ogni epoca religiosi e religiose. Per i cluniacensi durava un anno o qualcosa di meno.

Il novizio poteva essere sia un laico sia un chierico secolare desideroso di abbracciare la regola. In linea di principio, non poteva essere ammesso a postulare prima dei diciassette anni. Trascorreva la prima notte nell'ostelleria del monastero, poi riceveva, per cominciare, una lezione di comportamento o, per usare il termine in voga nelle buone famiglie del XIX secolo, una lezione di contegno. Nell'Ordine si teneva molto alla dignità dei modi, senza cui la liturgia non avrebbe onorato adeguatamente Dio, come è suo compito precipuo. Gli aspiranti imparavano in particolare a prosternarsi convenientemente, come avrebbero dovuto fare di lì a poco al cospetto dell'abate, alla presenza di tutta la comunità. «Che cosa volete?», chiedeva l'abate. Ed essi rispondevano: «Desidero ottenere la misericordia e la grazia divina e far parte della vostra società». «Che Dio vi doni la società dei fedeli», replicava l'abate. Poi essi venivano inizialmente istruiti circa il rigore e le durezze della regola di san Benedetto: privazioni, rinuncia alla volontà individuale, assoluta dipendenza da quella di un altro individuo. Condotti in chiesa, assistevano alla messa, poi li si portava a sedersi nel coro, di fronte all'altare maggiore, e là venivano loro tagliati i capelli in corona e veniva loro tagliata la barba. Infine il maestro dei novizi li conduceva al guardaroba e faceva loro indossare il saio, ma non la cocolla, che avrebbero portato soltanto dopo la loro professione. Per il resto del periodo di noviziato venivano istruiti a fondo nella regola e li si ammaestrava su tutti gli aspetti della liturgia monastica, in particolare il canto dei salmi.

Capitava ogni tanto che monaci appartenenti a un ordine diverso chiedessero di essere accolti a Cluny: in tal caso erano tenuti a ripetere la professione di fede.

Nei primi tempi di Cluny — quindi nell'anno mille — l'ordine accoglieva anche «fanciulli oblati». Si trattava di ragazzi offerti dai genitori al monastero, i quali in teoria si trovavano in tal modo impegnati per la vita nella condizione monastica. Tale forma di reclutamento, cui gli abati si adeguavano in quanto i genitori dell'oblato offrivano, insieme al figlio, una dote, non poteva sicuramente fornire monaci eccellenti. Anche altri fanciulli venivano però educati in monastero, questa volta prescelti dall'abate in persona: erano in genere figli di contadini le cui buone disposizioni e le cui doti intellettuali erano state notate dai monaci, per cui se ne assumevano l'educazione e l'istruzione. L'esempio più illustre è quello del piccolo Gerberto, il futuro papa Silvestro II, di cui si è già richiamata in questa sede la brillante carriera e che, probabilmente, custodiva i montoni quando i religiosi cluniacensi di Saint-Géraud d'Aurillac lo accolsero in monastero.

Ciò detto, è evidente come nessun monastero potesse accrescere indefinitamente i propri effettivi; anzi, il numero dei monaci era limitato rigorosamente, in funzione della quantità dei prodotti alimentari forniti dai possedimenti rurali di ogni convento. Pertanto l'abate poteva (anzi avrebbe dovuto) dimostrarsi intransigente per quanto riguardava le doti degli aspiranti. Gli infermi, gli storpi, i malati mentali venivano scartati. Una disposizione, a dire il vero infranta con molta frequenza, escludeva anche i bastardi. E c'è da pensare che fra i contadini attratti dalla prospettiva di saziare la fame vi fossero assai meno prescelti degli aspiranti. Meno numerosi, i membri dell'aristocrazia feudale erano a quanto pare accolti più favorevolmente. Più preparati per le origini familiari all'arte del comando, favoriti dall'atmosfera dell'epoca, che comunque privilegiava la nascita, accedevano con maggiore facilità dei confratelli meno altolocati alle cariche di abate o di priore.

Ma lasciamo perdere questa questione. Ecco i novizi giunti al momento della professione, che avviene durante la messa grande celebrata dall'abate. Prima dell'offertorio, avanzano per file verso l'altare maggiore davanti al quale sta l'abate. Ognuno legge il foglio della dichiarazione scritta e firmata di proprio pugno, poi la depone sull'altare. Chiede quindi perdono in ginocchio per tre volte e, poggiando sulle mani — a quattro zampe, insomma — recita per tre volte il versetto «Suscipe me, Domine» e ogni volta i monaci professi gli rispondono. La terza volta aggiunge il « Gloria Patri » e si prosternano a pregare. L'abate intona allora il « Kyrie eleison », cui seguono vari versetti e il salmo « Miserere ». Benedice poi le cocolle, aspergendole di acqua benedetta. Per indossarla, i neoprofessi si tolgono il saio, indossandolo poi di nuovo sopra le cocolle. Girano intorno al coro per ricevere il bacio della pace da ognuno dei confratelli, a partire dall'abate. Ed eccoli ormai monaci a pieno titolo. Ma per altri tre giorni essi dovranno restarsene incappucciati, dormire con la cocolla indosso e non dire neanche una parola.

L'igiene

Un aspetto della disciplina che contraddistingue in modo particolare la vita quotidiana del cluniacensi è l'importanza (nuova nel monachesimo) da essi attribuita alla pulizia del corpo. Fin dalla metà del IX secolo, l'abate Oddone aveva prescritto ai monaci di pulirsi le scarpe tutti i sabati. Intorno al mille, il sabato era diventato anche il giorno in cui ci si lavavano i piedi e bisognava poi tagliarsi le unghie degli alluci. Quelli che, o per difetti di vista, o per via di reumatismi, non riuscivano a farlo da soli, chiedevano l'intervento di qualche confratello. Ma ogni giorno bisognava lavarsi viso e mani. I bagni sono meno frequenti: due volte l'anno, prima di Natale e prima di Pasqua. Si fanno individualmente, in tinozze con acqua scaldata su fuoco di legna.

Infine, dal momento che la regola vieta ai monaci di portare la barba, bisognava raderla. A dire la verità, non era un'operazione frequente: circa quattordici volte l'anno, prima delle festività più importanti e prima della festa di qualche grande santo, e più spesso d'estate che d'inverno. Nel giorno fissato, i religiosi si schierano su due file, gli uni vicino alle arcate del chiostro, gli altri lungo la parete. Il frate elemosiniere fa distribuire da una parte i rasoi, dall'altra i catini da barba. Ognuno rade il monaco che ha di fronte: quello che fa l'operazione indossa la cocolla, chi la subisce se l'è invece tolta, pur indossando il saio. Mentre si maneggia il rasoio si continua a cantare salmi e una volta terminati i salmi si osserva il più profondo silenzio. In attesa del turno, è vietato alzare la testa, tagliarsi i capelli o le unghie...

La pulizia corporea è inscindibile da quella degli abiti: nei chiostri c'è un lavatoio con singoli compartimenti per le camicie e le mutande, che ciascuno può usare individualmente. Il mattino, prima del capitolo, si mette a bagno la biancheria in una bacinella d'acqua scaldata in cucina, per poi lavarla in giornata, «nelle ore in cui è permesso parlare». Poi la si metterà ad asciugare su una corda tesa nel chiostro, ma soltanto dopo la cena o dopo i Vespri.

Linguaggio muto

Tranne in pochi momenti di distensione, i monaci erano tenuti, lo ricordiamo, al rispetto del silenzio. Siccome tuttavia era indispensabile scambiarsi qualche messaggio, qualche comunicazione pratica, perlomeno, si ricorreva ai segni. Il linguaggio muto venne codificato a Cluny fin dai tempi del primo abate, Bernone. Sotto il successore di questi, Oddone, «si era sviluppato talmente che si sarebbe creduto che i monaci avessero perso la lingua». E il biografo di Oddone soggiunge: «Penso che i segni fossero sufficienti per loro a esprimere tutto ciò di cui avevano bisogno». Tale pratica esisteva nelle filiali di Cluny e anche in altri monasteri. Il codice in uso proprio a Cluny ci è stato conservato da Bernardo e Ulrico. Si tratta di un vero e proprio lessico di cento parole, in cui figurano gli alimenti, gli utensili per la tavola, gli abiti, gli effetti letterecci, gli oggetti personali, i ventidue tipi di personaggi che i monaci potevano dovere nominare, le cose relative alla vita monastica, infine vocaboli che indicavano gesti o idee (tredici in tutto). Spesso si fornisce la spiegazione del gesto convenuto. Per esempio, per chiedere il pane occorre «formare un cerchio con gli indici e i pollici delle due mani, perché il pane ha una forma rotonda». Se, per indicare una «generale» di pesce è logico che basti «imitare con la mano il movimento del pesce nell'acqua», il caso particolare del salmone o dello storione va spiegato: «Fare il segno del pesce, poi mettere il pugno sotto il mento con il pollice alzato, segno di superbia, perché solitamente se ne nutrono i potenti e i ricchi».

Perché, però, «mostarda» si dice «posando il pollice sull'articolazione anteriore del mignolo»? Mistero.

Altre volte si tratta di un semplice gioco di parole. «*Crêpes*, frittelle: prendere i capelli come per accotonarli [*crêper*, in francese].» Ma, con il latte, ritorniamo a un segno più aderente all'imitazione: «Succhiarsi il mignolo, come un bambino che ciuccia».

Il segno delle scarpe ha oggi il vantaggio di aiutarci a immaginarcele: «Girare con un dito intorno a un altro dito, nel modo in cui si lega una scarpa con i lacci».

Per indicare i monaci si toccava il cappuccio della cocolla. Ma se si trattava di un monaco educato nel convento bisognava, una volta toccato il cappuccio, distinguere due casi: o era ancora fanciullo, e allora si accostava alle labbra il mignolo; oppure era ormai affermato, e si poggiava il dito sul cuore, «in segno di scienza».

Se si voleva alludere al maniscalco, incaricato delle scuderie, bastava «tirarsi sul davanti i capelli con due dita, alludendo alle redini dei cavalli».

Per indicare «cattivo», «mettere le mani lontano dal viso, con le unghie che imitano la stretta dei rapaci che lacerano qualcosa».

Si può pensare che dotarsi di un sistema così ricco di espressione del proprio pensiero equivalesse in fondo a eludere la regola del silenzio, la cui ragion d'essere consisteva, appunto, nel lasciare libero il pensiero di rivolgersi a Dio. Tanto più che, a quanto pare, ai monaci il gioco dev'essere piaciuto, devono essersi divertiti con questo linguaggio fatto di segni, più ancora che se avessero parlato come il resto del prossimo. È questa, a ogni modo, l'impressione che dovette ricavare, verso la fine del XII secolo, un signorotto laico, Girard de Cambray, da una cena presso l'abbazia cluniacense di Canterbury: gli sembrò che i monaci esagerassero talmente in gesti delle dita, delle mani, delle braccia, che gli parve di trovarsi a teatro, o attorniato da attori e buffoni. E ritenne che sarebbe stato ben più degno dell'ordine e della loro condizione parlare onestamente il linguaggio degli esseri umani, anziché ricorrere a quel frivolo linguaggio da sordomuti.

CAPITOLO QUINDICESIMO

FUNZIONARI DEI CHIOSTRI

Abbiamo esaurito l'argomento dei monaci cluniacensi? Sembrerebbe, ma non è così. Per ora ci siamo limitati a vedere vivere solamente i monaci senza titoli specifici. Ci resta ora da esaminare l'esistenza — assai istruttiva circa quel periodo nel suo complesso e non solo rispetto ai segreti dei chiostri — di coloro che, a diverso titolo, vi fungevano da «quadri», da funzionari.

L'abate e il priore

A ciascuno il suo. Ogni monastero di una qualche importanza è diretto da un abate — e si tratta di un'abbazia — mentre quelli con pochi monaci — a volte poche unità — hanno alla loro testa un priore e si chiamano priorati. Il termine non si ricollega al verbo pregare [*prier*, in francese] ma significa semplicemente «il primo», *prior* in latino.

Nella stessa Cluny, nonché nei più importanti monasteri che ne dipendono, l'abate, costretto spesso ad assentarsi per ispezionare le case che dipendono da lui oltre che per altri motivi, è coadiuvato in primo luogo dal priore, abilitato a esercitare per delega i poteri abbaziali, non solo all'interno ma anche sugli istituti presenti nei dintorni. Poiché si tratta di funzioni assai gravose, c'è un «decano» che si occupa più specificamente della vita del monastero, cioè dell'amministrazione dei suoi possedimenti fondiari. Infine, il compito di mantenere la disciplina interna, in altri termini il compito di sorvegliare i monaci, spetta a un «priore claustrale», il cui nome sta chiaramente a indicare come la sua competenza sia circoscritta al perimetro degli edifici propriamente conventuali.

A queste figure che esercitano il potere centrale si aggiungono altri monaci investiti di mansioni specifiche che sono, ai nostri fini, quelli più interessanti.

Il camerario

Il funzionario più importante fra questi è il camerario, o tesoriere. È lui a distribuire gli abiti ai monaci — tenendone una rigorosa contabilità — a vigilare sulla conservazione degli effetti letterecci, a provvedere all'illuminazione del dormitorio, dell'infermeria, della cantina, della sala dei novizi; partecipa in qualche modo anche alle elemosine, soprattutto fornendo ai monaci che il Giovedì santo devono lavare i piedi ai poveri i due denari che ognuno doveva consegnare a colui che aveva subito quell'operazione; e, la domenica, prima del grande digiuno quaresimale, egli assicura la distribuzione di carne a tutti i poveri che vengono quel giorno a chiedere di essere nutriti dal convento. Naturalmente, siccome per tutti questi uffici servono parecchi soldi, è lui il monaco qualificato a ricevere direttamente tutti gli introiti in contanti che l'abbazia ricava dai propri possedimenti, nonché i doni in natura, in bestiame o in oggetti di vestiario. Infine, ha il controllo supremo sullo sfruttamento dei boschi — per cui, come vedremo in seguito, dispone di un forestale, che a volte è un laico — nonché sugli stagni e sui fiumi, sui quali bisognava vigilare per conservare il pesce in abbondanza.

Il cellerario

Il cellerario, da parte sua, ha eminentemente il compito di occuparsi dei viveri del monastero. Fa provvista delle derrate necessarie e prepara prima di ogni pasto le singole porzioni su un grande tavolo della stanza riservata a lui e nella quale il priore può entrare per constatare che le porzioni siano uguali. Se il pane non basta, impugna la mazza che serve a percuotere il cembalo per radunare la comunità in refettorio e manda i monaci a recitare intanto una lezione al coro, mentre se ne procura dell'altro. Con gli aiutanti, dirige il servizio durante i pasti. Sempre di sua spettanza è il mantenimento degli ospiti accolti nel monastero, nonché dei loro cavalli.

Per garantire il buon andamento della cucina, il cellerario è aiutato da un sottocellerario, che ha la funzione di dirigere il lavoro dei quattro o sei monaci designati ogni settimana a rotazione, senza dispensa per nessuno, in teoria neanche per l'abate.

Gli inservienti settimanali entrano in funzione il sabato dopo i Vespri e smettono il sabato successivo, dopo avere accuratamente spazzato la cucina e ammucchiato immondizie e ceneri davanti alla porta, dove i servi verranno a portarle via. Quello stesso giorno avranno fatto scaldare l'acqua che useranno per lavare i piedi dei monaci, insieme a quelli che verranno a rimpiazzarli. Quanto alle funzioni, le loro occupazioni non ve li lasciano partecipare insieme ai confratelli nel coro, per cui recitano i salmi in cucina.

Utensili da cucina

Ulrico ci ha fatto dono di un intero capitolo sugli «utensili che non devono mai mancare in cucina». Si tratta di un elenco davvero istruttivo:

— tre caldai, uno per le fave, un altro per i legumi (le «erbe»), il terzo con un treppiede di ferro per fare il bucato;

— quattro catini, uno per le fave semicotte, un altro dove mettere il tubo dell'acqua e lavare le fave prima di metterle nel caldaio, il terzo per lavare i piatti e il quarto riservato all'acqua calda per la barba;

— quattro grandi pale, una per le fave, una per i legumi, la terza — più piccola — per schiacciare il grasso, la quarta in ferro (le prime tre probabilmente sono di legno) per coprire il fuoco con la cenere. Inoltre, per quest'ultimo uso, un paio di molle;

— quattro paia di maniche, per proteggere le maniche delle camicie dei monaci cuochi;

— due paia di guanti a pugno, che servono a proteggere le mani dal calore dei caldai quando bisogna toglierli dal fuoco, spostarli o appenderli;

— tre piccoli asciugamani, da cambiare ogni quinto giorno feriale (giovedì) per risparmiare quelli appesi nel chiostro;

— un coltello per tagliare il lardo e una pietra per affilarlo;

— un recipiente per far bollire l'acqua o fondere il grasso;

— un altro ancora più piccolo, con il fondo bucato, per raccogliere il grasso;

— una scatola per il sale;

— un cofanetto per sistemare i piccoli oggetti;

— una brocca per attingere acqua;

— due scopetti per pulire i caldai dopo la cottura;

— due pezze di tessuto spugnoso per lavare scodelle e caldai;

— due ripiani per sistemare le scodelle, uno dove le si appoggiano dopo i pasti, approssimativamente lavate, l'altro dove le si ripongono all'alba, quando devono essere perfettamente linde;

— due seggioline, volgarmente dette banchi;

— uno sgabello basso a quattro piedi per poggiare la bacinella dei legumi prima di versarli nel caldaio;

— una pietra più grande di una mola, dove poggiare il solito caldaio delle fave o dei legumi da servire;

— un'altra per posare un' altra bacinella dove si lavano le scodelle tra un pasto e l'altro;

— un mantice per attizzare il fuoco;

— una ventola di giunco per sventolare;

— una barra alla quale appendere i caldai;

— un'altra per disperdere il fuoco;

— una tinozza o mastello sempre pieno di acqua insaponata per i frequenti lavaggi delle mani;

— anche due specie di gru o pulegge [*trigonus*] composte ciascuna di tre sbarre di legno che formano angoli irregolari e che possono andare e venire come una porta; vi sono attaccate catene cui si appendono i caldai per portarli a riempirsi d'acqua sotto il tubo e poi portarli di lì senza fatica sul fuoco.

A giudicare dagli elenchi posteriori, i bicchieri (dal nome latino di *scyphus*) potevano non essere di vetro, ma ricavati dai nodi di certi legni duri.

Vediamo bene che il sottocellerario non avrebbe avuto scuse se non avesse garantito in cucina un servizio perfetto.

L'addetto al refettorio

Il servizio di refezione era diretto da un altro coadiuvante del cellerario, l'addetto appunto al refettorio, assistito da altri tre monaci incaricati di stendere le tovaglie sui tavoli e di distribuire per ogni posto un coltello e i pani. Normalmente la tovaglia doveva ricoprire solo metà del tavolo — non si capisce bene perché; solo in determinati giorni, soprattutto nelle festività «doppie», lo copriva completamente. Mentre serve a tavola, l'addetto al refettorio indossa, per igiene, una blusa di tela di lino (*linteum*).

La custodia del vino era affidata appunto al *custos vini*, che dipendeva dal cellerario. Appena terminata la vendemmia, il priore gli indica la quantità di vino assegnatogli, nonché i giorni in cui i monaci avranno il diritto di ricevere il *pigmentum*, che è un vino piccante per le spezie.

Dorme in cantina, dove arde continuamente un lume il cui olio gli viene fornito dal camerario. Sempre il camerario gli procura il denaro necessario per stagnare le botti. Spetta al custode del vino — benché si tratti di un compito estraneo alla sua funzione — fare portare l'acqua calda con la quale i monaci si lavano i piedi nei giorni di grande freddo e fare attenzione, sempre in quei giorni, che nel refettorio vengano messi bracieri, perché i bambini oblati si possano scaldare. Ci si potrebbe stupire di vederlo, tra l'altro, incaricato di fornire al monastero la salvia che serviva per cucinare i legumi, se non si sapesse che spettava a lui procurare le erbe e i condimenti che entrano nella confezione delle due bevande distribuite ai monaci nei giorni di festa: l'*helnatum*, un vino aromatizzato con fiori e ontano, una pianta le cui radici fanno bene allo stomaco e ai bronchi; l'*herbatum*, un vino in cui si macerano varie piante medicinali. Esisteva anche un altro vino aromatizzato, con dentro molto miele, reso piccante da una serie di spezie e contenente radice di betonica, che è lassativa. Il *pigmentum*, cui abbiamo accennato sopra, è molto meno sofisticato. La funzione di fornire la salvia rientra quindi nel compito più generale di procuratore di piante aromatiche e spezie.

L'addetto al granaio

C'è ancora un altro diretto dipendente del cellerario: l'addetto al granaio. Dopo la mietitura, egli riceveva l'indicazione dei quantitativi di grano di cui potrà disporre. Li fa depositare in un grande granaio nei pressi del mulino del monastero, al cui funzionamento presiede. I panettieri sono sottoposti ai suoi ordini ed egli li punisce all'occorrenza. Vigila a che si cuociano due tipi di pane, entrambi eccellenti. In determinati periodi dell'anno fa distribuire a ogni monaco, oltre alla razione di pane, cinque cialde; in altri giorni, quando si è troppo indeboliti dal digiuno o dalle funzioni, si tratta invece di dolci di pastasfoglia freddi; nelle cinque festività principali si tratta di un dolce ripieno di prugne cotte (un calzone di prugne?). L'addetto al granaio ha ai suoi ordini il monaco che guida gli asini, perché sono queste bestie a trasportare i sacchi di grano o di farina. Più curiosa è la sua funzione di presiedere al lavaggio della biancheria. Forse perché anche la farina è bianca? La biancheria viene raccolta ogni martedì durante la messa mattutina. I monaci hanno depositato ciascuno la propria in una cassa *ad hoc*; da soli si lavano soltanto piccoli effetti personali, ad esempio le calze, che in realtà sono fasce di stoffa con cui si avvolgono i piedi (l'arte di confezionare calze con la forma del piede si farà attendere a lungo). Ogni abito è marcato con il nome del monaco che lo indossa — non diciamo con il nome del «proprietario», dal momento che la proprietà non è ammessa — con l'inchiostro sulla camicia, con il filo sulle mutande.

Il monaco conestabile

Il monaco conestabile è incaricato delle scuderie. È questo il significato originario del termine, il quale è diventato poi una carica prestigiosa. Questa incombenza conventuale, anch'essa sottoposta all'autorità del cellerario, era un incarico pesante, in quanto si riferiva sia ai cavalli del monastero sia a quelli, spesso ben più numerosi, dei personaggi altolocati ai quali il monastero offriva ospitalità. Il monaco conestabile provvede in materia di paglia, avena, foraggi e si dà da fare per non rimanere mai a corto di ferri e di morsi. Visto che attaccato alla porta con una catena c'è un martello per ferrare i cavalli, si può dedurne che abbia ai propri ordini un maniscalco. Egli comunque deve garantire tale servizio ai viaggiatori che glielo chiedono, entro i margini di due ferri. Notiamo comunque di passata che non ne hanno invece diritto, come non hanno diritto all'ospitalità i mercanti di passaggio o chi abbia contese con il monastero, dal momento che quest'ultimo non è poi un albergo e accoglie soltanto i potenti e i poveri; commerciare o difendere sordidi interessi personali non è una buona presentazione.

Per gli ospiti di rilievo, tuttavia, non si hanno troppe prevenzioni. Mentre questi si ristorano, il monaco conestabile si avvicina «con un modesto sorriso» (*cum hilaritate et modesta alacritate*) e dice loro: «Benedicite». Dal momento che sanno stare al mondo, gli altri gli rispondono: «Dominus». Quindi il conestabile si presenta e offre i propri servigi.

Il monaco giardiniere

Il monaco giardiniere deve completa obbedienza al cellerario. Deve fornire al monastero legumi freschi il mercoledì e il venerdì, oltre che nelle Quattro Tempora. Per Pasqua procura legumi, cipolle e pere, che i monaci assaggeranno dopo un piatto di uova farcite e un altro di pesce.

Il sacrestano

Le funzioni del sacrestano sono particolarmente illuminanti sulle condizioni della vita quotidiana dei cluniacensi. È il funzionario che ha l'incarico della chiesa e dell'arredo del culto. Fornisce la cera, l'olio e l'incenso, cura l'illuminazione, vigila sulla buona conservazione delle urne sacre, dei libri che servono per il culto, degli abiti sacerdotali e delle campane. Sorveglia apertura e chiusura delle porte del santuario e, per maggiore tranquillità, vi dorme. In genere, le porte devono rimanere chiuse nell'intervallo tra le varie funzioni e le varie messe, ma vanno aperte in qualsiasi ora del giorno e della notte a chi venga a bussare. Spetta al sacrestano anche la pulizia della chiesa.

Avendo la responsabilità di tutti gli strumenti materiali della liturgia, il sacrestano predispone quotidianamente i paramenti adatti ai vari uffizi e deve quindi conoscere di che colore deve essere la cocolla richiesta in quella determinata festività da celebrare.

Ma il suo compito principale consiste nel suonare le campane. Suona per i Notturni (soltanto con una campanella) finché non sono arrivati i fanciulli. Suona anche per accompagnare certe funzioni, ora con una delle campane grandi, ora con una piccola, prima dell'ora Terza e dell'ora Nona, per invitare i monaci a lavarsi le mani; dopo la messa e prima dell'ora Sesta. Nei giorni festivi fa andare tutte le campane nel momento in cui si canta l'ultimo versetto dei «cantici graduali», cioè alla fine della prima Veglia.

Quasi altrettanto assorbente per il sacrestano è la cura dell'illuminazione. Il numero e la disposizione dei ceri sono minuziosamente regolamentati, a seconda dei giorni e delle funzioni. Ogni sabato, nonché alla vigilia della festa di determinati santi, davanti all'altare vengono collocate tre lampade a olio.

È immaginabile, benché la cosa sia documentata solo per periodi successivi, che gravasse sul sacrestano anche l'illuminazione notturna delle altre parti del monastero (in particolare del dormitorio che, come abbiamo già visto, non deve mai essere lasciato al buio). L'illuminazione era probabilmente garantita da lampade a olio, o più facilmente da candele.

Infine, il sacrestano aveva l'incarico di presiedere alla confezione delle ostie, che rispettava un rituale ben preciso. Bisognava procedervi a Natale e a Pasqua, anche se la provvista fosse sembrata sufficiente. Si tritava, chicco per chicco, grano della migliore qualità, lo si lavava e lo si chiudeva in un sacco speciale, che poi portava al mulino un frate converso *non lascivus*, vale a dire «non dissoluto», molto serio, oppure «non sensuale», dai limpidi costumi. Per macinare, dopo avere lavato le due pietre della mola e avervi messo sopra e sotto dei panni di lino, questi indossava un camice e si copriva interamente il viso con l'amitto, cioè un rettangolo di tela sottile che si annodava intorno al collo in modo da lasciare scoperti soltanto gli occhi: come per i nostri chirurghi, impediva emanazioni di saliva o di vapore dalla bocca. La farina veniva consegnata al sacrestano, che la impastava insieme a due monaci sacerdoti o diaconi e a un confratello converso, in camice e amitto; l'acqua veniva portata con la brocca dove si conservava quella della messa. Il tutto avveniva fra preghiere — salmi o Ore della Vergine — nel divieto assoluto di dire qualsiasi altra cosa.

Direttamente connesso con la confezione delle ostie è il lavaggio della biancheria su cui queste poggiano una volta consacrate durante la messa, i cosiddetti corporali. Tale lavaggio, affidato a monaci che avevano ricevuto il sacerdozio, avveniva in primavera, per la purezza dell'aria, e in autunno, a metà settembre, quando si placava l'«insolenza delle mosche». Si immergeva la biancheria a bagno nell'acqua fredda, in grandi vasi di bronzo riservati a quell'uso, per una notte intera. Il mattino dopo la si immergeva nella «piscinula» dove si lavavano i calici. Quindi, in sacrestia, la si lavava con una lisciva che non doveva più servire per altro bucato. Ancora umidi, i corporali venivano cosparsi con una farina bianca che finiva di assorbirne l'acqua. Li si ripassava poi con una sfera di vetro tra due panni di lino che li tenevano isolati e dalla sfera e dal legno del tavolo dove si eseguiva l'operazione.

Il primo cantore

Il primo cantore è il gran maestro dell'intera liturgia. È il conservatore dei libri che ne contengono i testi, evangeliari, epistolari, lezionari, salteri, e in generale di tutta la biblioteca, ed è colui che decide che cosa si debba leggere in ogni funzione. Ciò presuppone un'erudizione acquisita da lunga data, e per questo il primo cantore viene scelto tra i «nutriti», vale a dire i monaci allevati in monastero fin dall'infanzia. Come bibliotecario egli assicura il prestito dei libri ai monaci e ne tiene nota. Sulla scia di questa funzione scritturale, compila anche la tabella della rotazione delle mansioni di servizio settimanale in cucina, in due copie, una delle quali viene affissa a una colonna del chiostro, visibile a tutti.

Il primo cantore, maestro delle cerimonie, organizza le processioni, regola la benedizione delle fave novelle, del nuovo pane e del primo vino, organizza l'accoglienza degli ospiti in visita, come si è visto a proposito del monaco addetto all'ospitalità.

L'infermiere

Un altro importantissimo compito monastico, l'ultimo di cui ci occupiamo, è quello dell'infermiere.

I malati vengono confinati in un edificio isolato: l'infermeria, dove vivono un'esistenza separata. L'infermiere vigila sulla loro vita spirituale, assistito solamente dal cappellano dell'oratorio dell'infermeria, e sul loro benessere fisico, con l'aiuto di alcuni inservienti,

Nell'XI secolo, l'infermeria di Cluny è composta da sei sale delle dimensioni di 23 piedi di larghezza e 27 di lunghezza ciascuna. Quattro di queste sale contengono ciascuna otto letti e altrettante sedie: una è adibita al lavaggio dei piedi del sabato, l'ultima è quella dove si lavano i piatti. Vi si aggiunge una cucina, che è un elemento molto importante perché il modo fondamentale di curare gli ammalati consiste nel nutrirli più copiosamente di quanto la regola non autorizzi a nutrirsi la gente sana, soprattutto facendo loro mangiare la carne. Tutto è come se le malattie dei monaci dipendessero dalla sottoalimentazione.

È logico quindi che non fosse una faccenda da niente

farsi accettare in infermeria: «Il confratello che comincerà a sentirsi male, tanto da non potere più seguire la vita della comunità, si recherà al capitolo e farà onorevole ammenda. E in piedi, rivolto al presidente, gli dirà: "Sto male e non posso più continuare a seguire la vita del convento". Il presidente gli dirà allora di ritirarsi *extra chorum* e di riposarsi finché non si sentirà meglio. In capo a due o tre giorni, se non migliorerà, tornerà a fare onorevole ammenda e ripeterà che sta male. Gli si ordinerà di recarsi in infermeria. Dopo avervi trascorso due o tre giorni, se non guarisce, il priore lo andrà a trovare al momento dei pasti e gli porterà un po' di carne».

Nel X e XI secolo, mangiare carne equivaleva, per un monaco cluniacense, ad allontanarsi dalla regola su uno dei punti essenziali. Per cui, chi fosse autorizzato a farlo a causa della malattia, benché non dipendesse da lui, veniva accuratamente isolato dai confratelli. Conservava costantemente il cappuccio in testa e portava un bastone (che lascia un po' pensare alla raganella degli appestati). Non poteva né dire messa né comunicarsi. E quando, una volta guarito, lasciava l'infermeria, prima di riprendere la vita comunitaria doveva accusarsi davanti al capitolo per «avere peccato molto in alimentazione». L'abate lo assolveva ed egli doveva ancora cantare per penitenza sette salmi.

Oltre ai malati, l'infermeria accoglieva anche i monaci ben portanti al completo al momento del salasso, che era obbligatorio subire nell'ottavario dell'Annunciazione (25 marzo), di Pasqua e della Pentecoste. È noto che, come la privazione totale di carne, tale pratica aveva lo scopo di rendere meno difficile ai monaci la castità, in una stagione come quella primaverile in cui in genere si riaccendono le esigenze dei sensi.

Né a Cluny né nei monasteri che ne dipendevano c'era, dunque, qualcosa che venisse lasciata al caso. Ordine, gerarchia, autorità, disciplina, efficienza, tutto induce a credere che tutte quelle virtù di un'impresa ben diretta non fossero presenti nel medesimo grado in alcun altro corpo sociale intorno al mille. L'organizzazione cluniacense rappresentava sicuramente un modello senza pari. Ma, a vedere vivere da vicino quegli individui al di fuori della norma, ne abbiamo notati parecchi tratti che non dovevano essere sicuramente loro appannaggio esclusivo. Ecco quanto giustifica — perlomeno speriamo — la lunga sosta in mezzo a loro che abbiamo imposto al lettore di questo libro.

CAPITOLO SEDICESIMO

I LAVORI DELLO SPIRITO

Lo si crederebbe? Per avere un'idea dell'attività intellettuale degli uomini dell'anno mille dobbiamo per prima cosa soffermarci ancora una volta sui monasteri. Il fatto è che, in ogni epoca, la vita spirituale comincia con l'istruzione e nel mille i monasteri vi svolgevano un ruolo importante. Si potrebbe naturalmente dire, *mutatis mutandis* e un po' superficialmente, che svolgessero la funzione di scuole elementari e secondarie, mentre l'insegnamento superiore era dispensato soltanto dalle scuole episcopali. È noto come abbazie e vescovati fossero investiti di tale missione educatrice fin dalle misure assunte da Carlo Magno. Le sciagure del IX e X secolo vi avevano introdotto disordini e decadenza, ma all'avvicinarsi dell'anno mille il processo di rigenerazione era ormai visibilmente avviato.

Le scuole delle abbazie

Nelle abbazie, dunque, si tenevano due tipi di insegnamento scolastico. Quello svolto all'esterno del chiostro era aperto ai bambini dei paesi circostanti. La più significativa testimonianza di questo servizio reso dai monaci alla società si può leggere nella vita dell'abate Guglielmo di Saint-Bénigne di Digione: «Egli istituì scuole dove si dispensava gratis il dono dell'istruzione a coloro che arrivavano al monastero riconoscendone l'autorità e sottomettendosi a essa; e nessuno veniva scartato. Indistintamente, servi o liberi, ricchi o poveri beneficiavano di questo segno di carità. Parecchi ricevevano addirittura dal monastero, data la loro indigenza, di che sostentarsi».

Dunque, in quelle scuolette, remote antenate di quelle che avrebbero istituito secoli dopo i Fratelli delle scuole cristiane, potevano ritrovarsi fianco a fianco bambini usciti dai più disparati ambienti sociali. Come stavano insieme ragazzi che non potevano ignorare le diseguaglianze esistenti fra i rispettivi genitori? I contadinelli frequentavano normalmente le scuole, o soltanto alcuni? E quali, in tal caso? Altra questione: si può pensare che si insegnasse loro a leggere, perché per noi è di lì che comincia obbligatoriamente un insegnamento elementare. Ma l'unica lingua che si potesse allora imparare a leggere era il latino. Si inculcavano quindi ai fanciulli i rudimenti del latino? È molto probabile e quasi evidente che l'insegnamento fosse esclusivamente orale. Può darsi allora che consistesse in qualche regola sommaria di calcolo mentale e soprattutto in nozioni di catechismo, in preghiere imparate a memoria, in esposizioni della storia sacra e della vita dei santi. È di gran lunga questo il genere di conoscenza che ai monaci premeva di più trasmettere al popolo. In questo consisteva la missione del loro apostolato e si capirebbero meglio la gratuità dell'insegnamento, la sua apertura a tutti indipendentemente dalle origini, i pasti offerti ai bambini poveri. Arriviamo a ipotizzare che, non contenti di accogliere tutti quelli che si presentavano, l'abate incitasse i genitori a mandargli i figli. I signori delle vicinanze probabilmente trovavano logico che i loro rampolli venissero istruiti in quella religione sulla quale nessuno aveva dubbi, più o meno devoto che fosse. Quanto ai genitori fittavoli dell'abbazia — e il grosso dei contadini tutt'intorno lo erano — è immaginabile che non avessero difficoltà ad accogliere l'invito. Ed ecco così un ulteriore aspetto, non dei più irrilevanti, della «pressione» esercitata dal cristianesimo.

In definitiva, questa forma di insegnamento « elementare » era la più adatta ai piccoli laici del tempo. Non serviva loro saper leggere: non avevano niente da leggere. Avevano invece bisogno di conoscere, ai fini della loro vita di ogni giorno, la caccia, l'equitazione, l'uso della spada alcuni, altri il lavoro dei campi, l'allevamento del bestiame, i rapporti col padrone creditore: e imparavano queste cose nella pratica. Dare loro alcune idee sulla propria condizione spirituale, su Dio, i doveri verso di Lui e verso gli altri, proporre loro il modello dei santi, era quanto si potesse fare di meglio per essi e per la collettività. E significava anche renderli partecipi dell'essenziale della cultura del tempo, che in pratica coincideva con la religione cristiana.

Educazione dei bambini oblati

Del resto — e ci si stupirà — le scuole interne, riservate ai cosiddetti bambini oblati, che abbiamo visto allevati all'interno del chiostro e destinati alla condizione monastica, non davano di certo minore peso all'istruzione religiosa.

Sulla vita quotidiana dei fanciulli, contadinelli scelti in quanto particolarmente dotati fra gli alunni delle scuole esterne, o cadetti di nobile famiglia destinati allo stato monastico, abbiamo migliori informazioni. Non era una vita allegra. Era impossibile restare soli per un attimo, era vietato isolarsi in due. Neppure al maestro era permesso intrattenersi in privato con un alunno: è quanto vediamo dalla vita di Oddone, l'abate di Cluny, morto nel 942; poiché gli stessi divieti sono documentati cento anni dopo nella regola impartita da Lanfranco, arcivescovo di Canterbury, ai monasteri dipendenti da quello di san Benedetto, non c'è da sbagliare se si suppone che vigessero anche ai tempi dell'anno mille. Lanfranco vuole che « ovunque vadano i bambini, ci sia un maestro tra due di loro ». E precisa ulteriormente: « Se sono due, basterà una lanterna; se sono tre, il terzo ne porti anche un'altra». E nemmeno così sta tranquillo: «Non devono mettere niente in mano a chicchessia; non devono ricevere niente da nessuno, se non dall'abate, il priore o l'insegnante, e anche questo non dappertutto ma nei luoghi opportuni. Eccezionalmente il cantore potrà loro passare il libro con le cose da cantare o da leggere».

Nel terrore ossessivo delle «amicizie particolari», Lanfranco, come vediamo, darebbe dei punti ai più scatenati mariti gelosi.

Le punizioni sono crudeli: la frusta per ogni minima scappatella. Se il fanciullo è recidivo viene incatenato, fatto digiunare e messo in prigione. Perlomeno usava così, agli inizi del X secolo, Bernone, il fondatore di Cluny, spinto all'esagerazione dalla sua foga di restaurare la disciplina monastica. È doveroso aggiungere che, stando al biografo del suo successore, Oddone, fu per questo giudicato severamente: «Brigante e non monaco, tiranno e non padre, gladiatore e macellaio, non correttore ed educatore». E c'è da credere che intorno al mille, sotto la guida sensibile dell'abate Odilone, i bambini delle scuole interne venissero trattati con meno severità.

In questo caso possiamo dire senza tema d'errore che imparavano a leggere il latino, perché avrebbero poi dovuto farlo per tutta la vita nelle varie funzioni, e anche a scrivere in latino, perché molti di loro avrebbero dovuto trascrivere manoscritti. Anche il calcolo era loro indispensabile per amministrare i beni del monastero. Quanto al livello degli studi letterari, subivano in genere l'avversione dimostrata dagli abati per gli autori pagani dell'antichità.

Il problema degli scrittori pagani

Fin dall'origine del cristianesimo era un problema che si era posto a chiunque nutrisse la vocazione di pensare e di scrivere. Per esercitare gli allievi a un latino di buona qualità, e anche per formare le menti, la consuetudine con i principali classici del periodo repubblicano e del secolo di Augusto costituiva un metodo insostituibile. Ma la morale e la filosofia di quei modelli, le immagini voluttuose di cui erano costellate le loro opere li rendevano pericolosi per l'anima. Ben presto si erano trovati gli indispensabili compromessi, senza i quali non sarebbe stato più tardi possibile il rinascimento delle lettere sotto Carlo Magno. Ma la reazione cluniacense contro la licenza dei costumi del clero, l'implacabile sete di austerità dei fondatori, avevano riproposto all'ordine del giorno la pericolosa immoralità degli scrittori «profani». Oddone, che aveva compiuto gli studi presso le scuole di Saint-Martin a Tours e aveva imparato il latino con l'opera di Prisciano, un grammatico bizantino del VI secolo, vi aveva letto le citazioni che vi si trovavano a mo' di esempio, gli erano piaciute e si era lasciato tentare dalla lettura di Virgilio. Gli apparve in sogno un bel vaso ma, mentre lo ammirava, ne uscirono serpenti dai quali riuscì con fatica a difendersi. Capì e non volle più leggere altro se non la Sacra Scrittura. Diventato abate di Cluny espunse dalla biblioteca tutti gli autori profani. I giovani oblati poterono istruirsi solamente sulla Bibbia e le opere dei Padri della Chiesa. Si noti che almeno vi trovavano un buon latino: san Gerolamo, che aveva tradotto dall'ebraico il *Vecchio Testamento*, e sant'Agostino — per non citarne che un paio — avevano maneggiato da grandi scrittori la lingua di Cicerone.

Se fosse occorsa una dimostrazione della nocività delle opere classiche, gli errori giovanili di Gervino, futuro abate di Saint-Riquier, erano lì per offrirla: studente presso la scuola episcopale di Reims, «il suo animo casto venne macchiato dalla quotidiana lettura dei poeti». Visse per un certo periodo nella sregolatezza, ma ben presto, colto da rimorsi, si sottrasse dalle braccia di una cortigiana, impose ai propri sensi di tacere e ruppe con i suoi troppo amati poeti, «perché mentre apprendeva le lettere non gli soffocassero l'anima». A Saint-Riquier egli creò una biblioteca di trentasei volumi nella quale non figurava alcun autore pagano.

È probabile, stando così le cose, che gli studi «secondari» dei giovani oblati non li portassero in genere molto lontano. In fondo, l'unica cosa che fosse necessario insegnare a quei futuri monaci di coro era — naturalmente oltre la regola — il canto delle funzioni. Purtuttavia, in alcune abbazie si superava ampiamente tale livello. Soprattutto in quella di Fleury-sur-Loire, detta anche di Saint-Benoît, nei tempi in cui era diretta da Abbone, vale a dire dal 988 al 1004.

Abbone di Fleury-sur-Loire

Abbone aveva compiuto gli studi appunto a Fleury. Vi aveva appreso la grammatica, la dialettica — che si potrebbe definire una tecnica di pensiero non molto paragonabile, per la verità, con quello che ne avrebbe fatto la moderna filosofia — e, per finire, l'aritmetica. Con la dialettica già l'insegnamento di Fleury superava il livello minimo che si supponeva il più elevato. Ma allorché Abbone divenne a propria volta responsabile degli studi lo considerò ancora troppo basso e, per potere insegnare di più, riprese egli stesso a studiare. Dove andare se non nelle scuole episcopali, che rappresentavano allora l'insegnamento superiore? Si recò dunque a Parigi e subito dopo a Reims, resa celebre dalla presenza di Gerberto. Qui apprese l'astronomia, nella quale Gerberto eccelleva. Infine affrontò la retorica e la geometria, ma senza insistervi eccessivamente, perché negli ambienti monastici si cominciava a quanto pare a trovarlo un po' troppo dotto. Con un simile bagaglio, che come vedremo corrispondeva alle cosiddette sette arti liberali, Abbone tornò a Fleury e ne fece approfittare i confratelli. Si è detto in un precedente capitolo che egli venne chiamato presso il monastero inglese di Ramsay, un tempo famoso per la qualità del suo insegnamento, ma che allora aveva bisogno di qualcuno che ne riorganizzasse gli studi elevandone la qualità.

Abbone ci ha lasciato tracce scritte della sua scienza. Impartiva consulenze grammaticali, con l'appoggio dell'indispensabile Prisciano. Per l'aritmetica si serviva di un trattato dovuto a Vittorio d'Aquitania, pieno di chiose di Abbone stesso. Ha scritto un trattato di astronomia nel quale trova il modo di correggere alcuni errori del computista Dionigi il Piccolo nella stima del ciclo pasquale. Era, come ci fa sapere Ademaro di Chabannes, consultato e creduto senza discutere in Gallia, in Germania, in Inghilterra; gli veniva riconosciuta la saggezza di Salomone; lo chiamavano «un secondo Tullio», cioè un secondo Cicerone. «Tutto ciò che diceva era non umano, ma divino».

Scuole episcopali

Pur a un livello senza uguali grazie al dotto abate, la scuola di Fleury rimaneva una scuola monastica, non paragonabile a quelle che brillavano in diversi centri episcopali.

La gente che si ammassava sui banchi di queste scuole aveva origini ed età diverse. Alcuni erano di famiglia umile: per esempio Gerberto, giovanissimo contadino alverniate, era stato notato, forse nella scuoletta del monastero di Saint-Géraud d'Aurillac, da Borel, conte di Barcellona, che lo portò con sé e gli fece proseguire gli studi presso la scuola diretta dal vescovo di Vich in Catalogna, Attone. Anche Fulberto era nato poverissimo; la scuola di Reims si prese cura di istruirlo e non perse tempo. Naturalmente, l'insegnamento era gratuito per questo tipo di alunni, ai quali venivano assicurati anche vitto e vestiario. «Fai attenzione che i tuoi alunni non siano né affamati né nudi» scriverà Fulberto di Chartres all'insegnante di Saint-Hilaire di Poitiers, Hildegaire.

Dunque, questi studenti erano normalmente votati allo

studio ecclesiastico, nel quale i più dotati potevano seguire una brillante carriera. Ma insieme a loro ve ne erano altri, usciti dalle famiglie dell'aristocrazia feudale. Il pontefice Leone IX, egli stesso di nobile origine, cugino dell'imperatore Corrado, ricordava di avere avuto come condiscepolo a Toul, intorno al 1020, « nobili schiere di fanciulli ». Trenta anni dopo Gerberto, che allora insegnava a Reims, si vantava di « offrire ai fanciulli più nobili il cibo delle arti liberali », e fra questi c'era il figlio di Ugo Capeto, Roberto, futuro re di Francia. Questi allievi pagavano i maestri e conducevano, parrebbe, una vita molto piacevole, non sempre privandosi dei piaceri vietati: per esempio, appunto a Reims, Gervino, di cui sopra abbiamo brevemente ricordato gli smarrimenti e la conversione. Se ne deve probabilmente dedurre che alloggiassero in città, mentre gli alunni ammessi gratuitamente trovavano sicuramente posto nei locali annessi al vescovado.

A questi due tipi di studenti se ne aggiungeva un terzo, meno numeroso: quello composto da chierici già istruiti, non più giovanissimi e che, come Abbone, intendevano arricchire le loro conoscenze. Fissati sulle scienze che desideravano approfondire, andavano alla ricerca delle scuole che notoriamente eccellevano in esse. Così aveva fatto Abbone. Così Gerberto — già molto dotto e che si trovava a Roma, dov'era molto stimato da Ottone il Grande — ottenne da questi nel 971 il permesso di seguire Geranno, l'arcidiacono di Reims, che si apprestava a rientrare nel proprio paese e le cui conoscenze filosofiche avevano eccitato la brama intellettuale di Gerberto stesso. L'arcivescovo Adalberone gli affidò ben presto la direzione della scuola episcopale, dove sarebbe rimasto a insegnare fino al 991, tranne un soggiorno momentaneo di meno di un paio d'anni presso il monastero italiano di Bobbio, del quale Ottone II l'aveva nominato abate, ma che egli dovette rinunciare a riformare.

Un modello di insegnamento superiore: Gerberto

Gerberto ha avuto nella persona di Richer — che i lettori di questo libro hanno conosciuto per il difficile viaggio da Reims a Chartres — un discepolo molto dotato e un fervido ammiratore che, nella sua cronaca, ha dedicato ampio spazio agli studi e all'insegnamento del maestro. Grazie a una fonte così preziosa e ad altre fonti ancora, è possibile farsi un'idea dell'economia degli studi «superiori» intorno all'anno mille. Comprendevano innanzitutto le sette «arti liberali», tradizionalmente suddivise (ancora per molto tempo) tra il *trivium* e il *quadrivium*.

Richer assimila il *trivium* alla logica. Comprendeva, come indica la parola stessa, tre materie, tre «arti», che erano la grammatica, la dialettica e la retorica. Il *quadrivium*, da parte sua, raccoglieva quattro scienze matematiche: l'aritmetica, la musica, la geometria e l'astronomia. Alle sette arti liberali si aggiungevano la medicina, il diritto e — destinata ad espandersi ininterrottamente — la teologia.

Richer non dice molto sul modo in cui Gerberto insegnasse la grammatica. Probabilmente, come si usava allora, avviava gli allievi con l'*Ars grammatica* di Donato, maestro di san Gerolamo. Abbordava poi Prisciano e infine il *Satiricon* di Marziano Capella, autore del V secolo dal quale soprattutto il Medioevo mutua la definizione delle sette arti.

Avido di conoscenze e ben dotato per acquisirle, Gerberto non ha tuttavia apportato nulla di nuovo. Ciò vale particolarmente per la dialettica, dov'è possibile misurare meglio che altrove fino a che punto i modi di pensare, la vita intellettuale quotidiana dei grandi intelletti dell'epoca fossero diversi dai nostri.

Essi non pensavano di dover inventare alcunché. Sembrava loro che ci fosse già tutto nei libri ormai vecchi di secoli. Si affidavano a Porfirio, filosofo neoplatonico dei tempi di Costantino, tradotto in latino da Vittorino; o a Boezio, vissuto cinquecento anni prima sotto il re goto Teodorico, che trasmetteva loro alcuni elementi del pensiero di Aristotele o qualche opera di Cicerone, non senza avervi aggiunto, lui sì, il ricavato di sue riflessioni personali. Il loro sforzo autonomo era teso soltanto a una migliore comprensione dei grandi dell'antichità, ad assimilarne i metodi di pensiero e ad avvalersene per risolvere problemi astratti di portata spesso insignificante. Si apriva ormai la via a discussioni a non finire, nelle quali i contendenti facevano grandi sfoggi di sottigliezze.

Cultura di corte

Richer ci ha lasciato la sintesi, o forse il resoconto stenografico, di una disputa sostenuta da Gerberto alla presenza di Ottone II con il dotto Oderico. Si trattava di decidere se la matematica e la fisica fossero due specie uguali, o se la seconda fosse subordinata alla prima allo stesso modo della specie rispetto al genere. Perlomeno quella polemica non era vana, poiché l'astronomia, che era una parte della fisica, non si poteva studiare senza la matematica (oggi ancora di meno). Ma la discussione si perse in digressioni così interminabili che Ottone vi pose fine d'ufficio, «perché era durata quasi un giorno intero e il suo protrarsi ininterrotto cominciava a stancare gli uditori».

Non poteva emergere alcuna nuova concezione filosofica da simili ragionamenti sofistici, incapaci di andare al sodo e le cui argomentazioni venivano riprese esclusivamente nelle opere degli antichi maestri studiati, considerati infallibili e definitivi. La sola cosa che ne derivasse era una straordinaria agilità mentale, più pericolosa che utile. È logico infatti che non rimanesse confinata all'interno delle scuole, ma desse ai dotti il modo di brillare nelle corti. Non tutti i laici quindi erano tagliati fuori dalla possibilità di ammirarne le prodezze. E non solo nella cerchia degli Ottoni, che passano per essere stati fra i principi del tempo quelli che hanno meglio saputo ridare vigore alla cultura, ma anche, a quanto pare, presso la corte del re di Francia.

Roberto il Pio, discepolo di Gerberto, è famoso, grazie al biografo Helgaldo — anche lui allievo di Abbone — perché sapeva cantare al leggio non meno bene di un monaco del coro. Sicuramente aveva imparato a Reims ben altro ancora, altrimenti Ascelino non lo avrebbe rappresentato, nel suo *Carme* già tante volte citato, mentre discutono insieme nei seguenti termini.

Il re: « È evidente che ormai la tua testa canuta rivaleggia con la piuma del cigno; è chiaro che è la tua natura di vecchio a farti tenere un simile linguaggio; ed è questo che ti costringe a sragionare così ».

Il vescovo: « È un'altra la natura che mi ispira; una natura di cui la vecchiaia non manca ».

Il re: « Dimmi, quante nature ha ricevuto l'uomo? ».

Il vescovo: « Due, credo; ma anche tu conosci i molteplici aspetti di queste due nature ».

Il re: « Quale delle due parla in te? Da quale delle due provengono le tue parole? ».

Il vescovo: « Sono un semplice letterato, non sono affatto un sottile dialettico ».

Il re: « Cerca orsù di rimettere insieme qualche brandello dei tuoi passati studi ».

Il vescovo: « Per quanto poco ci si ricordi, non si può mai avere dimenticato tutto ».

Il re: « È la vecchiaia che ti impedisce di ritrovare quale natura ti ispiri in questo momento? ».

Il vescovo: « Tu incalzi, re, [...] I filosofi non costringono la natura dentro la morsa di una definizione rigida: alcuni saggi dichiarano che il fuoco ne sia l'artefice: per altri la natura è la sovrana volontà di Dio. Ora, la natura di Dio è Dio stesso, ma per gli uomini non è la stessa cosa.

Se Dio esiste in verità, è immutabile: la sua specifica essenza è quella di non mutare [...] Ma ogni cosa creata riceve la propria natura fin dall'istante in cui riceve la propria esistenza[...] ».

Il vescovo sviluppa la sua argomentazione per varie decine di versi. « Nell'uomo, per la sua duplice natura, ci sono due sostanze [...] C'è chi rimane attaccato a una delle due, chi all'altra [...]. » E così via.

Evidentemente Ascelino puntava a essere letto da ben altri che non Roberto. Non è perciò vietato immaginare che più d'uno dei « nobili giovani » istruiti a Reims al pari del re ne popolassero la corte e non lo facessero poi sfigurare tanto rispetto alla corte imperiale. Ecco a ogni modo a che cosa poteva servire la dialettica.

L'eloquenza attraverso i buoni scrittori

La terza arte del *trivium*, la retorica, ci sconcerta meno. È notoriamente l'arte del parlar bene e non v'è altro modo di esercitarvisi se non quello di leggere buoni scrittori. C'era, naturalmente, anche un trattato teorico, dovuto a un presunto maestro di san Gerolamo, Vittorino. Lo aveva usato Abbone. Gerberto, da parte sua, faceva subito leggere ai suoi allievi i grandi poeti dell'antichità. Richer ricorda Virgilio, Stazio, Terenzio, Giovenale, Persio — che vediamo citare da Roberto nel poema di Ascelino — Orazio, Lucano. Dal momento che egli imita meglio che può Sallustio, possiamo pensare che quel prosatore venisse anch'esso studiato a Reims. Né doveva mancare Cicerone, dal momento che Gerberto scrisse un giorno a Ramnolfo, abate di Saint-Pierre-le-Vif, a Sens, che gli stava facendo trascrivere un'opera dell'illustre oratore: « [...] siamo assetati dei fiumi di eloquenza di Marco Tullio ». Era il gennaio del 989, appena dopo la morte dell'arcivescovo Adalberone, quando Ugo Capeto stava difendendo la propria corona contro un minaccioso concorrente carolingio, per cui soggiunge: «Che Marco Tullio venga a consolarci nel pieno delle preoccupazioni che ci assillano».

Si può ricavare da queste poche righe quale valore attribuisse Gerberto ai manoscritti delle opere che faceva studiare ai suoi discepoli e che soprattutto leggeva con passione egli stesso. Il tema occupa un posto di rilievo nella sua corrispondenza, che è in fondo una delle più interessanti dell'epoca. Lo vediamo rivolgersi alle abbazie dove lavoravano i monaci copisti, per esempio Saint-Martin di Tours, il cui abate, Everardo, riceve la seguente lettera, molto istruttiva: «Impegno ogni cura per formare una biblioteca; da tempo ho acquistato con grande dispendio di denaro a Roma e nelle altre parti d'Italia, in Germania e in Belgio, manoscritti di autori vari, aiutato dalla benevolenza e dallo zelo dei miei amici in ogni provincia. Consentitemi di pregarvi di rendermi lo stesso favore. Gli autori che desidero fare copiare sono elencati in fondo alla lettera. Invierò ai copisti la pergamena e il denaro necessario, secondo le vostre indicazioni, e mi ricorderò sempre della vostra benevolenza».

A Gand, a Treviri, a Roma, in altre città d'Italia, in Spagna a Gerona e a Barcellona, Gerberto ha corrispondenti che fanno ricopiare i testi da lui richiesti, o ricercano per lui manoscritti da acquistare. Paga in contanti e, a volte, in natura. Da Treviri il monaco Remigio gli aveva chiesto una sfera celeste. Risponde: «Non ti inviamo la sfera, perché per il momento non l'abbiamo e non è uno scherzo fabbricarne una, specie nell'attuale situazione delle faccende pubbliche. Tuttavia, se vuoi avere la sfera, mandaci l'*Achilleide* di Stazio trascritta con cura: costituirà il compenso per la sfera, che non possiamo mandarti gratuitamente».

Talvolta rintraccia i volumi inseguendoli: un trattato di aritmetica appartenuto al vescovo di Gerona non si trova più in quella città, ma Gerberto, non si sa come, intuisce che era stato dimenticato a Saint-Géraud d'Aurillac e lo richiede all'abate. A volte chiede a qualcuno che gli annuncia la visita di portargli un certo volume, che manca dalla biblioteca di Reims.

In occasione del contrastato soggiorno a Bobbio ebbe perlomeno il piacere di scoprire la ricca biblioteca di quell'abbazia. Tornato a Reims se ne ricorda e chiede a uno dei monaci che aveva disapprovato la ribellione dei confratelli e gli era rimasto fedele di copiargli clandestinamente alcuni manoscritti.

Tutta una serie di passi della corrispondenza di Gerberto ci permettono dunque di cogliere dal vivo il salvataggio dei testi antichi, la maggior parte dei quali sono pervenuti fino a noi solamente in manoscritti medievali simili a quelli fatti ricopiare da lui. Non tutte le abbazie erano dunque restie nei confronti degli scrittori pagani, e per fortuna, perché da nessun'altra parte si sarebbero potuti trovare in quel periodo copisti con tanto tempo e tanta pazienza a disposizione.

Dopo che i discepoli avevano ben bene assimilato i modelli dei principali classici, Gerberto ne estraeva le regole della retorica, che aveva del resto fissato anche in un suo trattato. Si era altresì garantito la collaborazione di un «sofista» — che sarebbe sicuramente preferibile che Richer chiamasse un «retore» — «per addestrarli insieme a lui alle controversie e per insegnare loro l'arte di argomentare, fino a fare sparire appunto l'arte, cosa che sembra costituire il livello più alto che l'oratore possa raggiungere». Per le carriere future dei suoi allievi, sia chierici sia laici, l'eloquenza era infatti indispensabile. «Ho sempre fatto procedere parallelamente l'arte del vivere bene e quella di parlare bene», scrive all'abate di Saint-Juliens, a Tours.

«Vero è, tuttavia, che il vivere bene, anche da solo, è preferibile al cosiddetto parlare bene, e che per un uomo esentato dalle preoccupazioni del governo l'una cosa basta perfettamente anche senza l'altra. Ma quando si è come noi in mezzo alle faccende pubbliche, sono necessarie entrambe; perché è della massima utilità poter parlare in modo di persuadere e di riuscire a moderare con la dolcezza della propria eloquenza l'impeto degli animi sconvolti.»

Pur essendo stato un buon insegnante di lettere, Gerberto ha tuttavia colpito maggiormente i contemporanei per l'insegnamento delle «arti matematiche», del *quadrivium*. Non, per la verità, che per suo merito queste scienze abbiano fatto grandi progressi, ma sembra comunque che fosse riuscito a farle capire molto bene ai discepoli.

L'aritmetica

L'aritmetica era agli albori. Certamente i numeri romani, così scomodi per le operazioni più elementari, cominciavano a volte a essere sostituiti da quelli che, a giusto titolo, si chiamano numeri arabi. Ma lo zero, indispensabile a indicare le cifre tonde delle decine, centinaia, ecc., era sconosciuto. Fin dal V secolo, Boezio aveva messo a punto un rudimentale strumento di calcolo, il cosiddetto abaco. Intorno al 970, un discepolo della scuola di Spira, di nome Walter, aveva trovato l'occasione di descriverlo, in un poema su san Cristoforo. Gerberto dunque non l'ha inventato, ma ne ha probabilmente diffuso l'uso. Richer ricorda quello che fece confezionare «da un operaio cesellatore». Si trattava di «una tavola che doveva accogliere degli scompartimenti. La lunghezza ne venne suddivisa in ventisette parti, sulle quali dispose nove segni che esprimevano tutti i numeri».

Non è molto chiaro. Pensiamo che su quella tavola ci fossero tre colonne, ciascuna delle quali poteva accogliere i nove numeri. I numeri erano fatti della materia seguente: «Fece anche fare mille caratteri di corno[...]». E Richer prosegue: «[...] che davano la moltiplicazione con tale chiarezza che, rispetto alla moltitudine delle cifre, si capivano più rapidamente di quanto non le si sarebbe potute esprimere in parola». Evidentemente, il discepolo di Gerberto si è risparmiato di dirci che i numeri mobili di corno «davano la moltiplicazione» a patto di essere intelligentemente disposti nelle caselle dell'abaco. È quel che spiega un po' meglio una *Regula de abaco computi* (Regola di conto con l'abaco) analizzata da Olleris nella sua biografia di Gerberto. Non spingiamoci oltre sul modo di impiego dell'abaco, che è già complicato trattandosi di moltiplicazione, ma lo diventerebbe assai di più se affrontassimo la divisione. Ne sappiamo abbastanza per immaginare gli allievi di Gerberto mentre scelgono tra le nove caselle, ognuna delle quali conteneva una determinata provvista di numeri, collocano ogni carattere di corno nell'idonea casella dell'abaco e, sembrerebbe, sommano poi mentalmente risultati parziali... Così facendo, del resto, non potevano che procedere su numeri interi e, per le frazioni, dovevano ancora ricorrere al vecchio sistema decimale romano. I computisti del mille erano meno avanzati degli scolaretti delle nostre elementari.

La musica

La musica rientrava in quell'epoca fra le arti matematiche. Si trattava del retaggio del più o meno leggendario Pitagora, il greco del VI secolo avanti Cristo cui si attribuiscono i primi progressi delle matematiche e che vedeva nei numeri la base di ogni conoscenza, prefigurando in tal modo, osserviamo noi, l'indirizzo attuale del nostro pensiero. In fatto di musica, pur non essendo in grado di numerare come noi la frequenza delle vibrazioni sonore, ne aveva perlomeno individuato l'esistenza e osservato come fossero tanto più rapide e producessero un suono tanto più acuto quanto più breve fosse la corda pizzicata. Si narra anche che un giorno passasse vicino all'officina di un fabbro che lavorava con cinque martelli che mandavano suoni diversi. Osservò che due dei martelli suonavano la stessa nota su due ottave successive; li pesò e constatò che quello che mandava il suono più grave pesava il doppio di quello che emetteva quello più acuto. Uno degli altri tre stonava e lo mise da parte. Gli ultimi due suonavano, rispetto ai due primi, uno la quinta e l'altro la quarta; i loro pesi corrispondevano alle frazioni 5/7 e 4/7. Pitagora, che non si fidava troppo della percezione del senso dell'udito, troppo insicuro, né degli strumenti che subiscono variazioni per l'influenza della temperatura e di altri fattori contingenti, poté ragionare, grazie all'esperimento dei martelli, con maggiore sicurezza sul rapporto tra altezza dei suoni e lunghezza delle corde o volume degli strumenti a vento.

È questa l'origine della teoria matematica della musica, che sarebbe stata trasmessa al Medioevo dal *De Musica* di Boezio. Secondo Richer, Gerberto «stabilì l'origine dei suoni sul monocordo» — uno strumento di cui si faceva variare a piacere la lunghezza dell'unica corda con un ponticello: «Egli ne distinse le consonanze o accordi sinfonici, in toni e semitoni [...] e, attraverso un'opportuna classificazione dei suoni nei vari toni, diffuse una perfetta conoscenza di questa scienza».

Dunque Gerberto si attiene a Boezio per quanto riguarda la teoria musicale. Poco dopo Guido, un monaco di Arezzo probabilmente di origine francese — sarebbe nato nei dintorni di Parigi ed educato a Saint-Maur-des-Fossés — avrebbe dato alle note i nomi che hanno tuttora, «Ut, re, mi, fa, sol, la, si» sono le prime sillabe dei sette primi versi di un inno a san Giovanni. Prima di questa praticissima rivoluzione le note venivano indicate con le lettere dell'alfabeto. Ma quelle sillabe destinate a un così bel futuro ebbero inizialmente soltanto un valore relativo: quale che fosse il tono della scala, la si cominciava con il do (ut). I valori di altezza in assoluto — nella misura in cui l'ignoranza del diapason consentiva di fissarli — ancora per molto tempo rimasero tradotti nelle tradizionali lettere dell'alfabeto.

Occorre tuttavia precisare che i musici cantori ignoravano la teoria della musica, che del resto non sarebbe servita loro: cantori e musici di coro si formavano con la pratica, con il loro concreto senso della melodia. Le annotazioni musicali di cui disponevano, i *neumi* (segni anch'essi ereditati dai greci), non traducevano visivamente l'altezza dei suoni come si fa oggi con le note disposte sul pentagramma e molto probabilmente la memoria costituiva il migliore ausilio per loro. Fu ancora una volta Guido d'Arezzo a inventare per primo il pentagramma.

La corrispondenza di Gerberto ci rivela che egli costruì, o fece costruire con il suo controllo, alcuni organi. Come aveva concretamente tradotto gli insegnamenti dell'aritmetica dedicando le sue cure all'abaco, così neanche nella musica si limitava alla pura teoria.

La geometria

Per la geometria possediamo un trattato dello stesso Gerberto. A volte egli vi cita autori greci, pur ignorandone la lingua. Li conosce soltanto tramite un manoscritto che si trovava allora presso l'abbazia di Bobbio e che si è conservato fino ai nostri giorni. Si tratta di un'opera più pratica che teorica, secondo le usanze degli agrimensori romani. Non sempre nel trattato il calcolo delle superfici è corretto, pur essendo quello l'argomento centrale.

L'astronomia

Rimane l'astronomia.

«Non è inutile», scrive Richer, «dire con quale impegno egli studiasse l'astronomia, perché il lettore si renda ben conto di quanto sagace fosse quest'uomo e di quanto sia utile questa scienza.»

Abbiamo incontrato già in questo libro le tre sfere fatte costruire da Gerberto per fornire ai discepoli un'immagine concreta dell'universo — concepito, lo ricordiamo, in forma sferica con la Terra come centro — e i movimenti dei corpi celesti. Per interessanti e utili che siano, si limitano semplicemente a tradurre le concezioni astronomiche mutuate dall'antichità, ignorate — è vero — in molti monasteri, ma conservate nei centri di studio meno chiusi alla letteratura profana.

Il diritto

Delle tre materie estranee alle arti liberali (medicina, diritto, teologia) Gerberto conosceva bene soltanto le ultime due. Era addentro al diritto canonico e gli allievi ne trassero profitto. Quanto al diritto civile, che non sembra abbia insegnato, si trattava di una branca della scienza giuridica che stava muovendo allora i primi passi. Le grandi compilazioni giustinianee — *Digesto, Codice, Istituzioni* — si sarebbero scoperte soltanto in seguito. In assenza di quel diritto romano, che verrà studiato con ardore — in Italia e in Francia, specie a Orléans — dai «legisti» dei secoli successivi, le uniche basi del diritto civile erano rappresentate dalle usanze locali, non particolarmente adatte allo studio teorico. Jean da Vandièvres, abate di Gorz, in Lorena, conosceva, per la verità, «parola per parola», come sostiene il suo biografo, «gli editti delle leggi secolari». Si trattava a quanto pare degli editti imperiali degli Ottoni, poiché la Lorena era territorio imperiale. Ma i capetingi non avevano praticamente legiferato per l'insieme del regno e si può capire come a Reims, dove non ci si poteva riferire molto alle leggi germaniche, la materia presentasse lacune quanto al diritto civile.

La teologia

Quanto alla teologia, si offriva incondizionatamente alla sete intellettuale di Gerberto e dei suoi discepoli. Purtuttavia, sembra che a Reims non abbia ispirato quell'invadente passione che avrebbe più tardi costituito motivo di vanto, e di pericolo, per l'università di Parigi. Degli scritti teologici del maestro ci resta solamente un interessante trattato: *Sul corpo e il sangue del Cristo*, forse apocrifo, del resto. Le eresie provocate da interpretazioni avventuristiche dei dogmi non sono il fenomeno saliente di quei tempi. Quella scoperta all'epoca ad Orléans, e che valse il rogo a Herbert, a Lisoius e ai loro discepoli era, come abbiamo visto, di tutt'altra natura.

La medicina

In medicina Gerberto confessava i propri limiti. Possedeva qualche trattato e ne aveva sicuramente letti, ma non conosceva l'arte di guarire. Richer brillava invece in questa sfera, o perlomeno pretendeva di brillarvi. Comunque, la medicina lo incuriosiva: lo abbiamo visto andare a cercare fino a Chartres gli *Aforismi* di Ippocrate. E nella sua cronaca non accenna mai alla morte di un personaggio senza aggiungervi un rapporto clinico, come nel caso del re Lotario, il quale, «colpito da quel male che i medici chiamano colica, morì nel suo letto».

«Sentiva un dolore intollerabile al lato destro, sopra le parti naturali. Provava anche atroci dolori dall'ombelico alla milza e da lì fino alla parte inguinale di sinistra, e anche all'ano. Reni e intestini erano colpiti anch'essi. Aveva un continuo tenesmo e un'evacuazione sanguinolenta: ogni tanto gli si velava completamente la voce, a volte era gelato dal brivido della febbre; i suoi intestini emettevano ruggiti. Aveva nausee continue. Faceva sforzi vani per vomitare, il ventre era teso, lo stomaco bruciava.»

Vi si riconoscono, a quanto pare, i sintomi dell'appendicite e del suo sviluppo normale, la peritonite.

Il re Luigi V, da parte sua, è morto durante «la caccia estiva», per una caduta da cavallo: «Gliene derivò un violento dolore al fegato; e poiché il sangue, come assicurano i medici, ha sede nel fegato, la scossa provata dal fegato fece diffondere il sangue nell'ematoteca. Il sangue usciva abbondante dal naso e dalla bocca. Le mammelle palpitavano per le fitte continue e un intollerabile calore dominava tutto il suo corpo».

Ed ecco come è morto Eudo I, conte di Chartres, insopportabile vassallo del re Ugo Capeto: « [...] il cambiamento del tempo gli provocò umori superflui, per cui fu colpito da quella malattia che i medici chiamano squinanzia [angina]. La malattia ha sede dentro la gola e deriva da umori catarrali; tuttavia essa determina talvolta alle mascelle e alle guance, qualche volta al petto e ai polmoni, un tumore dolorosissimo; queste parti si gonfiano e diventano ardenti fin dal primo giorno, uccidendo in tre giorni il paziente. Eudo venne dunque colpito da questa malattia; provò in tutta la gola dolori insopportabili, gli bruciava il sangue, parlava a fatica. La parte alta del capo non ebbe dolori del genere, ma essi invasero le budella e si fecero violentemente sentire al polmone e al fegato».

Richer non ci dice se qualche medico si desse da fare per guarire quei nobili malati. Forse non ce n'erano sul posto. L'usanza di destinarne uno alla cura di ognuno di questi individui di primo piano è attestata soltanto intorno alla metà dell'XI secolo. Ma a partire dal periodo intorno al mille si vedono alcuni chierici praticare la medicina. Lo si sa, ad esempio, a proposito di Fulberto che, prima di diventare vescovo di Chartres nel 1006, redigeva ricette e componeva rimedi in base alle ricette di antichi autori, soprattutto Galeno. Dirigeva all'epoca la scuola episcopale di Chartres, dove la medicina era già in auge prima di lui, grazie a Eribrando, amico di Richer. Eribrando, a parte gli *Aforismi* di Ippocrate, possedeva un manoscritto sull'*Accordo di Ippocrate, Galeno e Surano*, che naturalmente volle leggere anche Richer; e lo aveva studiato così bene che «non ignorava nulla sull'arte dei rimedi, la farmaceutica, la botanica, la chirurgia». Ecco un bell'elogio, che tuttavia ci avrebbe fatto piacere che fosse accompagnato da qualche dettaglio più preciso.

Insomma, a leggere Richer, nulla ci spinge a pensare che ne sapesse molto più del maestro in fatto di medicina. Gerberto avrebbe potuto riferire altrettanto bene, se non meglio di lui, i sintomi delle malattie o delle ferite mortali che ha avuto modo di osservare. Né Richer si vanta da alcuna parte di avere curato chicchessia.

Le principali scuole episcopali

Con l'insigne maestro di Reims abbiamo imparato un sacco di cose concrete. Il suo abaco, l'organo, le sfere ce lo hanno mostrato come un maestro al quale non basta la teoria, che non si appaga di parole, né ne distribuisce agli allievi e che deve avere reso così assai piacevole il proprio insegnamento. Ecco sicuramente perché, pur non avendo recato alcun grande contributo al progresso delle scienze, ha reso la sua scuola di Reims la più famosa in quel tempo. Grazie soprattutto a Richer, al quale perlomeno va resa giustizia su questo punto, questa scuola esemplare è anche quella che conosciamo meglio. Essa ci aiuta a farci un'idea delle altre: quella di Parigi, destinata nei secoli successivi a superare tutte le altre e a diventare la più antica università; quella di Chartres, di cui abbiamo appena detto che era famosa per la medicina e che era saldamente guidata dal grande Fulberto; quelle di Orléans e di Laon, che sant'Anselmo avrebbe reso celebri; quella di Tours. A sud della Loira, meno bene attrezzata, quella di Saint-Hilaire di Poitiers e quella di Vich, dove si era formato Gerberto. In territorio imperiale, Liegi brilla di maggiore splendore che non Toul: il vescovo Notker, morto nel 1008, vi ha sviluppato la scuola episcopale e ne ha curate varie altre, che accoglievano tutte chierici e laici. Colonia, Treviri, Magonza, Strasburgo, Hildesheim, Magdeburgo, Ratisbona hanno le loro, meno famose però delle scuole monastiche di Saint-Gall, di Reichenau, di Fulda. Ad Aix-la-Chapelle, Ottone III aveva resuscitato la Scuola palatina creata da Carlo Magno, che tuttavia rimase senza futuro. La «rinascita degli Ottoni» non è responsabile del prospero sviluppo delle scuole tedesche.

Una monaca drammaturga

La «rinascita degli Ottoni» è invece responsabile dell'attività intellettuale che vediamo allora svilupparsi in alcune abbazie femminili, che accoglievano soprattutto le figlie dell'aristocrazia. La più notevole è quella di Gandersheim, nell'attuale Brunswick, che allora dipendeva dal ducato di Sassonia. Negli anni 960, aveva come badessa Gerberga, nipote di Ottone il Grande. La principessa era stata istruita in modo notevole dai dotti religiosi di Saint-Emmeran di Ratisbona. Fra le monache affidate alle sue cure Gerberga notò subito Roswita, poco più grande di lei, e si impegnò a coltivarne lo spirito. La fanciulla lesse tutti i libri della biblioteca e altri ancora procuratile dalla badessa. Finì per avere una gran voglia di scrivere, e ne uscirono alcuni poemi religiosi sulla *Vita della Vergine*, l'*Ascensione*, un racconto in versi burlesco ed edificante a un tempo, intitolato *Gandolfo*, alcune vite di santi, due grandi poemi storici su Ottone il Grande e sulla fondazione del monastero di Gandersheim, ma soprattutto — composti in precedenza — tre strani pezzi teatrali, nei quali Roswita ritiene di doversi impegnare a mettere l'arte di Terenzio al servizio dell'edificazione cristiana. Non è capace, da parte sua, di imitare Terenzio, ma non per questo i suoi lavori drammatici hanno meno valore. In effetti,

Roswita innova con piena libertà e lascia ai posteri drammi certamente sommari, ma concepiti come faranno, sei secoli dopo, Shakespeare, Calderon o il Molière del *Don Giovanni*. Si legga il *Callimaco*, per giudicare.

Callimaco, innamorato di Drusiana, cristiana e sposata, si confida con gli amici con tutta una serie di circonlocuzioni pedanti, che probabilmente allora costituivano la massima raffinatezza fra giovani istruiti. Poi lo vediamo affrontare l'amata, e il tono muta: «Voglio dire che sono innamorato di voi oltre ogni cosa». «Quali legami di sangue, quali leggi vi inducono ad amarmi?» «La vostra bellezza.» «Che rapporto c'è tra questa e voi?» «Ahimè! Finora ben scarso; ma spero che le cose cambino [...].»

Drusiana, più turbata di quel che non intenda dare a vedere, chiede e ottiene dal Signore di sfuggire alla tentazione con la morte. Eccoci al cimitero, esattamente come in *Giulietta e Romeo*. Callimaco ha pagato il custode Fortunato perché gli riapra la tomba.

«Oh, Drusiana, Drusiana!» esclama. «Quanta tenerezza di sentimenti ti ho dedicato, quale sincero amore verso di te mi stringeva in fondo alle viscere. E tu mi hai sempre respinto, ostile ai miei desideri. Ora ho il potere di infliggerti tutti gli oltraggi che vorrò.»

Un serpente, però, provoca la morte dei due uomini. Dio, nella sua clemenza, resusciterà l'innamorato smarrito e la moglie virtuosa. Callimaco, sopraffatto dal rimorso, si converte al cristianesimo. Drusiana ottiene dal Signore il potere di richiamare in vita anche Fortunato. Ma quell'essere, completamente dedito al male, preferisce una nuova morte allo spettacolo per lui insostenibile delle grazie ormai prodigate al suo ex complice. In tal modo si dannerà da solo: donde si vede come la misericordia divina si offra instancabilmente a tutti i peccatori e venga meno alla fine soltanto a chi la rifiuti. Ecco come, quarant'anni prima del mille, una monaca sassone intendeva mettere il teatro al servizio della fede. Preannuncia forse i nostri drammaturghi da oratorio, o Paul Claudel?

Quei drammi si rappresentavano in convento? È assai probabile: le suore di buona famiglia non conducevano certo una vita quotidiana da carmelitane, né quella delle suore minori dedite ai poveri. Né è vietato immaginare che si esibissero davanti a un pubblico di nobili signori e nobildonne. Resta pur sempre il fatto che il teatro di Roswita costituisce un fenomeno letterario isolato. I drammi liturgici, brevemente evocati in un precedente capitolo, pur avendo anch'essi a che fare con l'arte drammatica, ne rappresentano un aspetto completamente diverso.

Ormai conosciamo parecchi scritti normali dei chierici dell'epoca. Abbiamo letto vari passi delle cronache di Richer, di Rodolfo il Glabro, di Ademaro di Chabannes, dei *Miracoli di san Benedetto* di André de Fleury, del racconto di viaggio di Liutprando, del poema di Adalberone, delle lettere di Gerberto, della *Vita del re Roberto*. Abbiamo chiesto loro di suggerirci vari aspetti della vita quotidiana dei loro tempi e, probabilmente, non sempre ci hanno deluso. Sono ben lungi dall'essere gli unici ad avere maneggiato la penna ed essi stessi hanno scritto opere dalle quali non abbiamo ripreso niente. Evitiamo tuttavia di trasformare questo libro in una storia della letteratura. Ormai ne sappiamo abbastanza da immaginare a che tipo di scritti quei monaci dedicassero buona parte della loro vita di ogni giorno.

Rodolfo e le iscrizioni di Saint-Germain d'Auxerre

Non sembra illegittimo, come ci si renderà conto, collocare fra i «lavori dello spirito» le iscrizioni che si dipingevano allora sugli altari dei santuari. Queste ci riportano momentaneamente in un monastero, nella familiare compagnia di Rodolfo il Glabro.

Probabilmente allora egli si trovava a Saint-Bénigne di Digione. Un giorno i suoi «colleghi e confratelli» di Saint-Germain d'Auxerre lo fecero pregare di venire a restaurare le iscrizioni del loro altare, «scritte in altri tempi da uomini colti, ma che, logorate dal tempo come quasi ogni cosa, non erano più visibili».

Rodolfo assunse volentieri l'incarico, per il quale si sentiva qualificato. Ma a furia di rimanere in piedi — e probabilmente incurvato verso la parete per dipingervi le lettere — cominciò ad avere alcuni crampi. Una notte si trovò irrigidito, semiparalizzato sul paglericcio e per tre giorni rimase in infermeria senza riuscire ad alzarsi. Finalmente gli apparve in sogno san Germano in persona, nelle sembianze di un «uomo dai venerandi capelli bianchi». Lo prese in braccio mentre dormiva ancora e lo incoraggiò a riprendere il lavoro, promettendogli che sarebbe guarito. Rodolfo si alzò immediatamente, corse all'altare dei martiri Vittorio, Apollinare e Giorgio, la cui cappella era adiacente all'infermeria, e assistette con gioia alle funzioni mattutine. Fattosi giorno, in piena forma, «compose l'iscrizione che portava proprio i nomi di quei santi». Quindi si occupa dei ventidue altari della chiesa principale. Ne restaura le iscrizioni «debitamente scritte in versi esametrici». Si può ritenere, dal momento che non si leggevano più, che occorresse perlomeno quel tanto d'erudizione da conoscerne i testi, se non le ha addirittura ricomposte di suo pugno. Altrettanto fa Rodolfo per gli epitaffi dei santi. Infine, si preoccupa di «ornare al medesimo modo le tombe di alcuni pii personaggi».

Era un bel lavoro, che «le persone di buon senso trovarono perfettamente di loro gusto». Sfortunatamente, «la lebbra dell'invidia», che regna nei cuori di alcuni monaci più tirannicamente che altrove, venne a turbare la generale soddisfazione. Un nuovo arrivato, probabilmente fuggito dal suo monastero, dove si era reso «odioso ai confratelli», prese in antipatia Rodolfo e fu così abile nel trasmettere il proprio odio a quelli di Saint-Germain, che questi cancellarono tutte le iscrizioni.

«Ma il Dio vendicatore non ci mise molto a inviare il

suo castigo a quell'istigatore di una discordia fraterna. Costui fu colpito su due piedi da una cecità vindice e condannato senza scampo ad aggirarsi nelle tenebre fino al termine dei suoi giorni.»

Ecco un ulteriore aspetto della vita monastica che non dovevamo perdere l'occasione di richiamare.

«Chansons de geste»

Ma ecco che ormai usciremo definitivamente dalla vita dei chiostri e delle cattedrali. Se i chierici, regolari e secolari, sono gli unici che ci abbiano lasciato scritti, la loro letteratura — riservata a chi conosceva il latino e per ciò stesso costituivano un'*élite* ristretta — non era l'unica che circolasse nell'anno mille. Ce n'era anche un'altra, che parlava la lingua di tutti per dire le cose che i meno istruiti potessero capire e ascoltare con piacere, se non addirittura con emozione.

È vero che non ci è dato leggerne neanche una riga; ma oggi, grazie ai lavori di vari eruditi, fra i quali vanno perlomeno menzionati Ferdinand Lot, Menéndez Pidal, Rita Lejeune, René Louis, è dimostrato che esistesse.

Le *chansons de geste*, la più famosa delle quali è sicuramente la *Chanson de Roland*, ci sono pervenute solamente nella forma di testi trascritti, per i più antichi, alla fine del XII secolo. Ma tutti gli indizi di ogni genere consentono di rendersi conto di come, ben prima di quell'epoca, tali poemi epici fossero noti a un vasto pubblico. Quando per esempio, in pieno XI secolo, e nei luoghi più disparati della Francia, si constatano svariati casi di frati chiamati Roland e Olivier, si è più o meno costretti a ritenere che all'epoca del loro battesimo, cioè all'incirca nel mille, la *Chanson de Roland*, in cui il focoso protagonista ha per compagno il saggio Olivier, fosse già largamente diffusa. Quando si scopre nella biblioteca dell'Aia un frammento di poema latino volto in prosa, pieno sì di reminescenze di Virgilio e di Ovidio, ma che ci mostra Carlo Magno mentre si sta accingendo ad assediare una città, attorniato da prodi i cui nomi si ritrovano nelle *chansons de geste* del ciclo di Guglielmo d'Orange o di Aimeri di Narbona; quando si legge la descrizione di un colpo di spada che squarcia dall'alto in basso un cavaliere e il suo cavallo, esattamente come nella *Chanson de Roland*: allora non si può non riconoscere che il testo, la cui scrittura si colloca tra il 980 e il 1030, dimostri che fin da quell'epoca i temi di queste canzoni fossero familiari alla gente. Se non bastasse, un monaco — ma sì! — verrebbe alla riscossa: si tratta di Alberto di Metz il quale, nella dedica della propria opera storica dal titolo *De diversitate temporum* (Sulla diversità dei tempi), scritta intorno al 1020, si scusa di narrare avvenimenti già riferiti da altri, osservando come certe cose note possano venire ascoltate con rinnovato piacere: per esempio, le *cantilenae* — è già il termine latino che si vedrà indicare le *chansons de geste* in testi più tardivi — dovrebbero stancare, dal momento che narrano vecchie storie, mentre vengono ringiovanite ogni giorno, il che le rende piacevolissime da ascoltare.

Dunque, Alberto di Metz non ci dimostra soltanto l'esistenza delle *chansons de geste* agli inizi dell'XI secolo, in altri termini nell'anno mille, ma ci dimostra anche come all'epoca avessero già un passato alle spalle e la loro fama si rinnovellasse continuamente. In tal modo, egli ci spinge a chiederci quando abbiano avuto origine e come siano cresciute fino a diventare quei lunghi poemi, finalmente affidati alla scrittura, che possiamo ormai leggere. Egli finisce di spazzare via la tesi di Joseph Bédier il quale, intorno al 1910, credeva di vedere nelle *chansons de geste*, in particolare nella *Chanson de Roland*, opere letterarie nel senso moderno del termine, scritte al più presto agli sgoccioli dell'XI secolo, da poeti senza modelli né predecessori e che reperivano gli elementi per i loro soggetti nelle leggende orali rimaste vive intorno ai santuari che costellavano gli itinerari dei pellegrinaggi.

A un simile «individualismo» eccoci indotti a sostituire il «tradizionalismo» professato in Germania e in Francia nel corso del XIX secolo; un tradizionalismo, però, riveduto e corretto. Le *chansons de geste* non sono, come si pensava in epoca romantica, espressioni di una vaga mentalità collettiva applicate a ricordi storici sempre più alterati dal tempo: come le concepiscono i tradizionalisti moderni, hanno la loro origine in poemi narrativi piuttosto brevi, contemporanei agli eventi narrati e che, in un'epoca in cui non esisteva la stampa e in cui ben pochi laici sapevano leggere, sostituivano in sostanza i «comunicati» pubblicati dai giornali in periodi di guerra. In quello che Menéndez Pidal chiama «il clima eroico della Francia carolingia», questi testi, scritti in versi per poterli più facilmente imparare a memoria, recitati — o meglio cantati — non solo ai guerrieri, nei castelli o nei campi, ma anche al popolo, potevano essere ascoltati con passione. Quelli che riferivano avvenimenti salienti, grandi vittorie o grandi sciagure — Roncisvalle, ad esempio, dove morì Orlando — erano richiesti a lungo. I «giullari» (*joculatores*), animatori itineranti che offrivano al pubblico tanto giochi di prestigio quanto canzoni, li inclusero nel loro repertorio, se li trasmisero oralmente di generazione in generazione — si sa che la memoria auditiva è straordinariamente sviluppata fra chi non fa uso della scrittura; ma per un'inclinazione naturale in cantanti che dovevano e volevano suscitare l'interesse dell'uditorio, ciascuno abbelliva, aggiungeva episodi, inventava personaggi nuovi, in breve ci ricamava su. Taluni, più dotati, si spingevano fino a rimaneggiare il poema, ad articolarne più solidamente la trama, ad accentuarne la potenza drammatica. Di questi eccezionali successi, il *Roland* così come ce lo ha conservato il manoscritto di Oxford è sicuramente il più compiuto. Bédier non ha voluto riconoscere in quel «poema perfetto» una semplice tappa nello sviluppo della *chanson*, e questo per lui era uno degli argomenti più forti a sostegno della sua tesi.

Ma oggi la prova c'è: nel mille, già da tempo, nei castelli o sulle piazze dei villaggi, la gente poteva ascoltare giullari che cantavano la *Chanson de Roland* e parecchie altre. Al pari delle solenni cerimonie religiose richiamate in uno dei capitoli precedenti, sedute del genere rompevano la monotonia di ogni giorno.

I signori non erano certamente gli unici che si appassionassero a quelle battaglie, a quei grandi duelli che — esagerandoli a dismisura — ricordavano aspetti ricorrenti della loro vita quotidiana. Gli umili — esattamente come oggi, pur dicendosi sfruttati e oppressi dai «capitalisti» e maledicendo i gangster, non c'è nulla che preferiscano vedere al cinema se non miliardari e banditi dal grande coraggio — dimenticavano, ascoltando narrare le gesta dei guerrieri del passato, le miserie causate loro troppo spesso da quelli del loro tempo.

E a fare amare le *chansons de geste* c'era anche qualcosa di più profondo: quelle vecchie storie facevano pensare a vicende attuali. Si sapeva che c'erano ancora «saraceni» in Spagna, come ai tempi di Orlando. Si sapeva che i discendenti di Carlo Magno avevano appena conquistato il trono di Francia — l'ultimo si era battuto fino al 991. Altre canzoni parlavano di lotte feudali ed erano in sintonia con le ansie quotidiane dei signori, grandi o piccoli, allora implicati in analoghe lotte; a volte sembrava addirittura che contribuissero a fornire elementi a sostegno dei loro diritti o di incoraggiamento delle loro pretese. Ma anche fra i sottoposti potevano suscitare patriottismi locali. Così, per quanto stilizzata dalle *chansons de geste*, la storia, di cui il presente è sempre frutto, restava viva negli animi della gente.

Abbiamo fin dagli inizi avvertito il lettore che ci si sarebbe indotti a più riprese a proporgli una serie di estrapolazioni. Sappia che i due precedenti capoversi rappresentano, appunto, una di queste estrapolazioni, pur attendibile, ma priva di prove dirette. L'unica positiva certezza che si possa ricavare dai testi è che le *chansons de geste* erano note nell'anno mille. Sì, ma come non pensare, allora, che fornissero le loro note di colore ad alcuni giorni della vita quotidiana? In che modo, e a chi, è quanto abbiamo cercato di immaginare in questa sede.

I primi monumenti del «volgare»

Se non possiamo leggere nessuna *chanson de geste* nella veste originaria del mille, perlomeno non ci è assolutamente impossibile farci un'idea della lingua in cui erano composti tali poemi. Dobbiamo questo ai chierici che hanno affidato alla pergamena i ventinove versi della *Cantilène de sainte Eulalie* (Cantilena di sant'Eulalia), composta alla fine del X secolo presso l'abbazia di Saint-Amand vicino a Valenciennes, alle centoventinove quartine superstiti di un poema sulla *Passione* che sembra trascritto poco prima del mille, alla *Vie de saint Léger* (Vita di san Léger), messa probabilmente in versi ad Autun intorno allo stesso periodo. È evidente che questi poemi edificanti erano fatti per essere letti o recitati al popolo, probabilmente anche cantati. Questi relitti del «volgare» parlato in Francia intorno al mille ne riflettono aspetti diversi e di delicata interpretazione. Nella *Passion* e nel *Saint Léger* sembrano mescolarsi tratti della lingua *d'oil* e tratti di quella *d'oc*. Vi si è potuta scorgere l'influenza delle abitudini del copista che trascriveva un dialetto non suo. Si può anche, con maggiore arditezza, supporre che l'autore abbia pensato di essere capito meglio in quel modo dagli ascoltatori sia del Nord sia del Mezzogiorno. Quel che non può di certo essere messo in discussione — come si è visto nel capitolo dedicato ai linguaggi — è che i chierici, posti in questo caso nella condizione di tradurre per iscritto qualcosa di diverso dal latino, abbiano risolto così come hanno potuto i problemi di ortografia e di grammatica che si presentavano a frotte e abbiano scritto in una lingua che non era esattamente fedele al parlato. Quando, intorno al 1050, un canonico di Rouen, Tedbald de Vernon, comporrà la sua voluminosa *Vie de saint Alexis* (Vita di sant'Alessio), le soluzioni saranno più garantite e gli eruditi riconosceranno senza ombra di dubbio in quel bel testo, con il quale si apre realmente la letteratura medievale francese, il dialetto normanno o forse, più esattamente, quello parlato dai normanni che hanno conquistato l'Inghilterra.

I poemi religiosi in volgare inseriscono tra la cultura latina dei chierici e quella popolare delle *chansons de geste* un *trait-d'union* bene accetto. Ci dispensano dall'immaginare due mondi spirituali completamente estranei fra loro. Per quanto rare siano le prove rimaste — che indubbiamente testimoniano l'esistenza di ben altri poemi ormai perduti — esse rendono concreto ai nostri occhi il percorso letterario attraverso il quale il pensiero cristiano poteva direttamente trasmettersi ai fedeli laici. Particolarmente significativo al riguardo è il fatto che il *Saint Léger* sia stato composto sulla base di una vita in latino del santo, che abbiamo tuttora. E, viceversa, l'accenno di Alberto di Metz alle *chansons de geste*, oppure il frammento dell'Aja, ci attestano la medesima osmosi.

Dunque, a prescindere dalla diversità dei linguaggi, esisteva intorno al mille una comunione culturale apprezzabile, pur se a diversi livelli, da chiunque: una comunione culturale che recuperava e minava gradatamente la resistenza del vecchio paganesimo e conciliava approssimativamente vertiginose disparità di intelligenza e conoscenza. Impregnata al tempo stesso di cristianesimo e di un feudalesimo il cui passato ancora caldo spiegava la situazione presente, la gente doveva a tale comunanza culturale quel senso della propria condizione umana che sole riescono a ispirare la fede e la storia. In un tempo in cui l'idea di sviluppo era profondamente ignorata, una simile condizione sembrava dovesse durare in eterno.

E, per la verità, non era affatto in procinto di cambiare.

Ma un cambiamento di cui la gente non si rendeva conto stava per avvenire sotto i suoi occhi, nel campo dei lavori spirituali. Dopo almeno un secolo di decadenza, l'insegnamento — da quello «elementare» a quello «superiore» — riprendeva vigore: la stupenda fioritura in latino del XII e XIII secolo aveva già preso il suo avvio. Il «volgare», da parte sua, accedeva, sia pure timidamente ancora, agli onori della scrittura; ma già si delineavano i grandi poemi epici che, finalmente affidati, dopo un secolo, alla pergamena, si ergeranno agli inizi della letteratura francese e, in pieno Medioevo, si irradieranno in tutto il mondo cristiano.

CAPITOLO DICIASSETTESIMO

L'ENERGIA E LE TECNICHE

Giunti al punto di affrontare i lavori di contadini e artigiani, si impone una domanda preliminare: di quali fonti di energia disponevano? Risposta: i propri muscoli, quelli di alcuni animali, le acque correnti.

Ricorrendo, com'è intuitivo, unicamente alle loro forze, trasportavano ogni tipo di carico, maneggiavano ogni sorta di utensile, ma tra l'altro azionavano anche ogni tanto mole per macinare il grano, anche se erano già in grado di mettere in funzione l'energia idraulica. Niente di nuovo, in tutto questo, da parecchi secoli.

La forza animale

Le cose stanno diversamente per quanto riguarda la forza animale. Per quanto è dato giudicare, l'epoca intorno al mille sembra contraddistinta dall'avvio di un progresso decisivo nell'utilizzazione del cavallo da traino. È l'epoca in cui comincia a diffondersi il cosiddetto attacco moderno.

Fin dall'antichità, il cavallo era attaccato al veicolo tramite una morbida fascia di cuoio disposta intorno all'incollatura, alla quale si agganciava il tiro. Il cavallo era costretto a tenere alta la testa e il peso del carro gravava all'altezza della trachea, ostacolando la respirazione dell'animale. Trasferendo il peso sulle spalle dell'animale si elimina lo strangolamento e gli si consente di chinare l'incollatura, assumendo in tal modo un assetto ben più adeguato alla trazione. Questo si ottiene appunto con il collare da spalla rigido, che si è creduto di individuare in certe raffigurazioni cinesi del II secolo, ma che l'Occidente non ha utilizzato quasi mai prima della fine del X secolo. Sappiamo che sarebbe poi rimasto in uso per tutto il tempo in cui lo sarebbe stato lo stesso cavallo da tiro. Analogo risultato si ottiene anche con il pettorale, utilizzato soprattutto negli eserciti. Intorno allo stesso periodo si osserva come l'attacco in parallelo, l'unico in uso nell'antichità, venga sostituito da quello in fila, anch'esso più adatto a una trazione efficace.

Un ulteriore progresso nell'impiego del cavallo — come pure del bue, il cui attacco tramite il giogo, soddisfacente, era conosciuto fin dall'antichità — è l'invenzione di ferrarlo, per evitare il rapido deterioramento dello zoccolo nudo. I primi accenni sicuri ai ferri di cavallo risalgono al X secolo, per cui possiamo collocare intorno al mille l'avvio di questa modifica di notevole rilievo.

Il rivoluzionamento dell'attacco, segnalato nel 1931 a un vasto pubblico da una famosa opera del comandante Lefebvre-Desnouettes, triplicava o quadruplicava il rendimento del cavallo da tiro. Tuttavia, come osserva Bertrand Gille nella sua *Histoire des Techniques* (Storia delle tecniche), inizialmente non ha che implicazioni limitate. La trazione animale implica veicoli a ruote maneggevoli e strade in buone condizioni. Ora, i carri a quattro ruote, gli unici che potessero contenere un discreto carico — visto che il carretto a due ruote e a stanghe sembra fosse ignorato — non avevano allora il treno anteriore girevole, per cui ogni curva poneva problemi. Inoltre, la rete viaria era in uno stato pietoso. Se alcuni dei Merovingi e i primi Carolingi erano bene o male riusciti a conservare quanto restava delle antiche strade romane e ne avevano create alcune altre, i disordini del X secolo ne avevano provocato un'usura profonda. A ciò si aggiunga la scarsezza di ponti e il loro sfacelo, di cui Richer ci ha fornito testimonianza.

Non è dunque sulle strade che l'aumentata potenza del cavallo ha potuto essere largamente sfruttata nell'XI secolo, ma sui campi dove, trainando il carretto o l'erpice, si dimostrava ormai più resistente e rapido del bue che, pur senza soppiantarlo, sostituirà in diverse occasioni e vari luoghi.

In mancanza di cavalli o buoi, che sono costosi, si poteva usare anche l'asino, animale frugale, per tirare il carretto. Tuttavia l'asino non possiede altrettanta robustezza.

Le acque correnti

Pur saggiamente sfruttata, l'energia animale ha tuttavia i suoi limiti. Lo stesso non vale — oggi ne siamo più che abbondantemente convinti — per le energie naturali. Per la verità, nell'anno mille se ne conoscevano soltanto di due tipi: quella delle acque correnti, catturata grazie ai mulini; quella dei venti, che però ancora soffiavano esclusivamente sulle vele delle imbarcazioni — tranne probabilmente in Persia, dove sembra che i mulini a vento esistessero fin dal VII secolo.

Anche qui, fare risalire al periodo intorno al mille l'avvio della diffusione di una tecnica gravida di sviluppi futuri è possibile solo a costo di un'estrapolazione. L'antichità conosceva il mulino ad acqua, anche se non era frequente. In Gallia, nel VI secolo, se ne sono potuti contare solo una decina. Nel IX secolo, però, secondo Marc Bloch, « il possedimento comprendeva spesso un mulino ad acqua ». Inoltre « a partire dal X secolo, moltissimi signori approfittarono del loro diritto di coercizione per imporre l'uso dei propri mulini [...] a tutti gli individui che occupavano le loro terre [...] ».

Tenuto conto, tuttavia, della scarsezza di testi relativamente al X secolo, quei « numerosissimi signori » probabilmente non superavano il centinaio nel complesso del regno capetingio. Ora, alla fine dell'XI secolo, l'Inghilterra di Guglielmo il Conquistatore censiva 5.684 mulini ad acqua. Alla stessa epoca, in Francia, per il solo dipartimento dell'Aube, se ne contavano 14. Nel XII secolo si moltiplicano i documenti che ne testimoniano la presenza, ma il secolo che si apre con l'anno mille, più avaro di rivelazioni, sembrerebbe avere avviato il processo.

I mulini ad acqua, durante il Medioevo, erano destinati a usi diversi. Intorno al mille, eccettuate alcune macine da birra trovate in Piccardia, si vedono ancora in uso solo per macinare il grano. Sono quelli di cui i signori imponevano l'uso ai contadini o piuttosto l'affitto, dal momento che naturalmente pretendevano un canone. Si capisce quindi come mai la vecchia abitudine di macinare a braccia conservasse accaniti sostenitori fra i contadini.

Dunque: energia animale ormai sfruttata a fondo grazie al nuovo tipo di attacco e ai ferri; energia idraulica sempre più utilizzata. Quando, durante il XII secolo, comincerà a diffondersi il mulino a vento, l'armatura delle energie di cui disporranno gli uomini per supplire all'insufficienza dei loro muscoli rimarrà fissa per sei secoli, finché non farà la sua comparsa la macchina a vapore. Per povera che sia rispetto ai miliardi di cavalli vapore sprigionati dalla natura grazie alle tecniche moderne, forniva mezzi incomparabilmente superiori a quelli di cui si era costretti ad accontentarsi fino al X secolo. Si tratta sicuramente di uno dei fattori del prodigioso sviluppo in ogni campo che la civiltà medievale sarebbe stata destinata a conoscere. Da questo come da altri punti di vista, si può ben dire che l'anno mille segni il punto d'avvio di una trasformazione decisiva.

Le tecniche

Per dare un'idea delle tecniche in uso alla fine del X secolo e all'inizio di quello successivo si è di nuovo, e ancor più, costretti a ricorrere all'estrapolazione. Dal momento che all'agricoltura, tecnica allora incomparabilmente superiore per importanza a tutte le altre, è riservato il prossimo capitolo, non ci restano da dire molte cose accertate o, perlomeno, attendibili.

Le miniere

Le miniere chiaramente venivano sfruttate. Sembra che i procedimenti estrattivi non fossero cambiati molto rispetto all'antichità. In genere, il minerale ferroso si estraeva a cielo aperto. Troveremo miniere in galleria soltanto nel XII secolo, nella Champagne e nel Delfinato. I pozzi verticali erano dunque numerosi e ravvicinati, con profondità variabile a seconda del livello dei filoni. A Falun, in Svezia, c'è una grande miniera di rame la cui parte più antica, oggi interamente riportata alla luce, risalirebbe all'incirca all'anno mille. Incontreremo inoltre più avanti, nel Tarn, un'altra miniera di rame, che sembra fosse sfruttata più o meno nello stesso periodo. Possiamo solo immaginarci la vita materiale dei minatori, che verosimilmente lavoravano, come i loro successori, con il piccone, la zappa, la leva... E doveva essere dura. Il personale dipendeva sicuramente dal signore sul cui feudo si trovava la miniera. Non è possibile precisarne lo stato giuridico; tuttavia, non avendo terre da coltivare e non sfruttando evidentemente la miniera per lotti individuali, i minatori non potevano essere assimilati ai conduttori di un fondo.

Anche le miniere di salgemma venivano scavate con analoghi pozzi, ma quella di Salins, nel Giura francese, che dovrebbe risalire al X secolo (al più presto), ha delle gallerie. Non se ne estraeva il sale in blocchi: si introduceva nel pozzo acqua in cui si scioglieva il sale, poi questo risaliva in enormi otri tramite gigantesche pertiche a bilancia. Lo si faceva poi bollire in caldaie fino a completa evaporazione. Non c'è bisogno di dire che il sale si produceva anche in saline, secondo una tecnica ben nota e che non deve essere cambiata molto, in certe zone costiere, soprattutto nella laguna veneta.

La metallurgia

Quanto al trattamento dei minerali, si sono ritrovati in Cecoslovacchia, a Zelechovice, forni che si è riusciti a datare tra l'VIII e il IX secolo, scavati nel loess e rivestiti internamente da un triplice strato refrattario. Quelli di Zerotin risalgono al X secolo; hanno l'aspetto di una cavità a forma di piatto, ricoperta d'argilla rossa. Si può ritenere che questi forni fossero in funzione intorno all'anno mille.

I fabbri che lavoravano il ferro grezzo cominciano a lasciarsi intravedere in epoca carolingia. Il famoso testo rilevato in una saga scandinava sa ancora parecchio di leggendario: il fabbro Wieland, insoddisfatto della spada che ha appena finito di forgiare, la fa a pezzetti e mescola questi con la farina; dà da mangiare poi la strana mistura ad alcuni «uccelli addomesticati», ne raccoglie gli escrementi e li getta nel fuoco della forgia. I pezzi rifusi in tal modo producono, a quanto pare, un ferro più puro, con il quale il fabbro forgia una nuova spada, ora sì straordinariamente affilata, capace di tagliare in due un fiocco di lana trascinato dalla corrente...

A ogni modo, le spade «franche», nel IX secolo, erano considerate le migliori, erano ricercatissime e, se se ne dava l'occasione, si rubavano. Quelle che sono state ritrovate — ma risalgono all'epoca carolingia — sembrano composte di strisce di ferro dolce e di ferro carbonioso sovrapposte e saldate insieme, che formano una barra di sezione quadrata. I fili, ciascuno formato di una barra omogenea e saldati dalle due parti, sono affilati con la mola.

Si ammette generalmente che per tutto l'Alto Medioevo il ferro fosse molto raro. Soddisfatti i bisogni dell'armamento, che erano prioritari, ne sarebbe rimasto ben poco per altre esigenze, soprattutto per gli attrezzi agricoli. E infatti, nei testi incontriamo *utensilia lignea* (utensili di legno) impiegati nei campi. Se ne incontrano poi alcuni la cui sola parte tagliente è in ferro, che rinforza per esempio un badile di legno. Resta il fatto che le asce dei boscaioli, gli utensili dei tagliatori di pietra, dei carpentieri, dei falegnami (le cui forme, notevolmente stabili, si ritrovano tanto nell'antichità come nell'*Encyclopédie* di Diderot) non potevano se non essere in ferro.

Detentore di una tecnica rara, misteriosa e produttrice soprattutto di strumenti di morte, lavorando in un locale rischiarato dai bagliori del fuoco e improvvisamente illuminato da fasci di scintille, il fabbro ispirava una considerazione mista a timore, come se in qualche modo fosse in contatto con le potenze infernali.

Orafi

L'arte di fondere il bronzo ha sicuramente percorso l'epoca di cui ci occupiamo, dal momento che esiste prima e dopo l'anno mille. Le chiese, comunque, le campane le avevano. Quanto agli orafi, vedremo in un prossimo capitolo come non dovessero mancare loro lavoro e materia prima. Oro e argento provenivano dallo sfruttamento delle miniere (per l'oro possiamo aggiungere la sabbia dei fiumi), ma soprattutto se ne conservava da tempo nei tesori dei principi e ancora di più in quelli delle chiese. A volte si trovava persino un tesoro dimenticato da chi sa quanto tempo in un nascondiglio. È quanto avvenne a Orléans dopo l'enorme incendio che aveva distrutto, nel 988, l'intera città. Il vescovo Arnolfo, cominciando l'opera di ricostruzione della chiesa Sainte-Croix, venne — riferisce Rodolfo il Glabro — «gratificato da un esplicito incoraggiamento divino». Mentre i muratori stavano sondando la stabilità del terreno, trovarono «una grande quantità d'oro», che venne destinato a coprire le spese della costruzione. Un'ulteriore fonte di metalli preziosi era costituita a volte dal bottino strappato ai saraceni. L'esercito cristiano che li sconfisse, in una data imprecisata, sulla costa orientale della Spagna, raccolse sulle armi e le corazze abbandonate dai fuggiaschi «tante placche d'argento e d'oro», che vennero inviate a Cluny. L'abate Odilone ne ricavò un ciborio e distribuì quel che avanzava ai poveri, perlomeno stando a Rodolfo il Glabro. Egli però deve alquanto semplificare, perché non è facile immaginarsi i poveri di allora in grado di avvalersi dell'oro per i loro acquisti. Probabilmente l'eccedenza d'oro venne venduta e ad essere distribuiti ai poveri potrebbero essere stati i denari d'argento ricavati dalla vendita.

Gli artigiani del tempo, al pari di chiunque, avevano anche loro un signore. Molti risiedevano nelle città vescovili che, come vedremo, erano rimaste in vita solo come tali. Il vescovo, gran signore, abitando in un «palazzo», circondato da un consistente personale di canonici, chierici, cavalieri, guerrieri che doveva alloggiare, vestire, nutrire e armare, aveva parecchio lavoro per loro. Già, a quanto pare, macellai, salumieri, panettieri avevano le loro botteghe. Tutta questa gente dipendeva dal vescovo, in condizioni giuridiche più o meno equiparabili a quelle dei fittavoli di campagna. In altre città dipendevano dal signore laico. Per esempio, Ademaro di Chabannes parla di un tale Foucher, «abile falegname», che il conte di Limoges fece installare nella sua città. C'è da credere che, in un'epoca di inestricabile spartizione dei poteri e dei diritti, spesso in una stessa città signore laico e vescovo avessero ciascuno propri dipendenti tra la folla minuta degli artigiani. Infine, parecchi artigiani altri non erano se non monaci specializzati, che lavoravano entro la cinta del proprio monastero. Ne incontreremo più avanti uno che è addirittura un abate, ma anche un notevole orafo.

Qualche spiraglio ci si schiude in epoca carolingia, soprattutto sulla condizione di alcuni fabbri probabilmente estendibile anche ad altre corporazioni di mestiere: vivono su una terra ottenuta in affitto come i contadini, ma i canoni che debbono versare consistono nelle armi di loro fabbricazione. Ne fanno tuttavia anche altre e, naturalmente, le vendono.

L'industria tessile

Le tecniche del settore tessile erano piuttosto legate allo sfruttamento della terra, dal momento che la lana, il lino, la canapa ne provenivano direttamente. Le mogli dei fittavoli tosavano i montoni, ne trattavano la lana — soprattutto sciacquandola nell'orina — la filavano e la tessevano. Il lino, coltivato un po' ovunque, viene macerato, lavato, battuto e tessuto analogamente. Spetta sempre alle donne tingere le pezze di stoffa con il guado, la robbia, il cinabro, nonché confezionare gli abiti. Perlomeno si può osservare tutto questo per l'epoca carolingia. Ma queste usanze non dovevano essere cambiate molto e magari quelle attività erano semplicemente state un po' rallentate dall'infelicità dei tempi che correvano.

Ma filavano e tessevano anche le mogli e le figlie dei signori, come pure le badesse dei conventi femminili. È probabile che, come nel secolo precedente, si dedicassero ai lavori di lusso, sottili veli di lino, tessuti più o meno in broccato o ricamati, destinati a principi o vescovi.

Gli strumenti tecnici della tessitura consistevano nella rocca — abbondantemente attestata a Danzica precisamente intorno al mille — nel fuso — più antico — ma non ancora nell'arcolaio, che sembra sia giunto in Europa con i musulmani di Spagna, quindi nell'VIII e IX secolo, ma sia stato introdotto in Francia solo nel XII. La testimonianza dei primi telai riprodotti in documenti figurativi risale all'XI secolo. Sono del tipo verticale e assai grezzi e vi lavora un unico operaio.

La seta si produceva soltanto negli allevamenti di bachi bizantini o arabi in Sicilia e in Spagna. Fin dall'XI secolo si sarebbero stabiliti a Lucca tessitori e tintori ebrei e greci dell'Italia meridionale, che ancora dipendeva da Bisanzio.

In qualsiasi altra parte rappresentava un articolo di importazione, particolarmente ricercato. I viaggiatori che si recavano nell'Impero d'Oriente cercavano di portare indietro mantelli di seta tinti con la porpora. Lo fece il vescovo di Cremona Liutprando, di cui abbiamo già visto il difficoltoso ritorno. Ma l'acquisto di quei mantelli, e soprattutto farli uscire dal territorio dell'Impero, non era automatico. Lo sfortunato prelato fu ritenuto indegno di andarsene munito di abiti tanto sontuosi, riservati ai potenti di Bisanzio, per cui gliene confiscarono cinque, malgrado le sue indignate proteste. Per quelli più modesti, che gli lasciarono, ottenne una regolare autorizzazione all'esportazione, tramite un sigillo di piombo.

Altre tecniche di vario genere

Pelli e pellicce erano trattate da artigiani specializzati, ai quali si affidavano le pelli di bue, di caprone, di pecora, di lupo usate per le calzature, alcune delle quali, con suola di legno, si chiamavano *gauloises*, a dimostrazione dell'antichità del modello. Per le pellicce, le pelli erano di pecora, di martora — come per il gran manto che Genelon, nella *Chanson de Roland*, slaccia in un gesto di stizza — di talpa, di lontra, di castoro. Nei paesi occidentali questi animali allora erano molto più abbondanti di ora.

Il vasellame, oggetto di un'arte plurimillenaria i cui prodotti hanno lasciato tracce in ogni epoca, probabilmente non aveva mai conosciuto momenti di crisi. Non si può dire di più. Per l'arte del vetro, viceversa, c'è una fase di eclissi nell'Alto Medioevo, che sembra appunto essersi esaurita agli inizi dell'XI secolo; siamo al preannuncio delle vetrate, la meraviglia del Medioevo classico: un ulteriore segno di rinnovamento da accreditare all'anno mille. Bisogna tuttavia riconoscere che, per quanto riguarda le tecniche nel loro complesso, sembrerebbe che ci siano stati ulteriori progressi soltanto nel XII secolo.

CAPITOLO DICIOTTESIMO

I LAVORATORI DELLA GLEBA

«Termine feudale. Appezzamento di terreno con i suoi servi e i suoi diritti.» Così suona la definizione del Littré alla voce *gleba* del suo *Dizionario*. Se, in memoria del passo del poema di Ascelino citato precedentemente, si accetta per un attimo di chiamare servi i conduttori agricoli delle varie categorie, si dovrà ammettere che sono tutti «lavoratori della gleba».

Ognuno ha il proprio fondo che, a parte le prestazioni e le *corvées* dovute al signore, sfrutta come se ne fosse il proprietario. È giunto il momento di immaginare con la maggiore concretezza possibile che tipo di vita vi conducesse. Ci faranno da guida Marc Bloch e Georges Duby.

Fisionomia del terreno

Non dimentichiamo, innanzitutto, che questa gente viveva nelle radure. La zona coltivata è circondata, delimitata dal bosco. Normalmente il bosco si estende intorno ad alcune case abitate che, raggruppate insieme, costituiscono il villaggio, spesso recintato da una palizzata. In altre regioni, soprattutto nella parte occidentale della Francia, le case a volte sono più disperse, pur costituendo un insieme solidale. Intorno ai campi coltivati domina una vasta fascia incolta, dove cresce una vegetazione più o meno adatta al pascolo. Oltre ci sono boschi, via via più fitti a mano a mano che ci si addentra. E se l'insieme dei fondi corrisponde al territorio di un piccolo feudo, di una signoria, vi domina il castello del signore.

Il bosco

Il bosco, dove gli stessi confini del feudo rimangono del tutto imprecisati, non è minimamente diviso tra i conduttori dei fondi, ma appartiene in linea di principio al signore. I contadini hanno però su di esso ogni forma di diritto d'uso per cui di fatto appartiene a tutti e viene sfruttato, o meglio saccheggiato, per svariati materiali.

Naturalmente, vi si va a caccia, ma questa occupazione spetta al signore. La grossa selvaggina, cinghiali o cervidi, non si può prendere se non in corsa: occorrono buoni cavalli da sella, che i contadini non hanno. Le circostanze danno dunque al signore il diritto all'esclusiva, quel diritto che già tante volte egli pretende di riservarsi, senza ancora poter invocare alcun fondamento giuridico. Certo non è impossibile immaginare la caccia al cinghiale senza cavallo, con lo spiedo, o la cattura del cervo con buche nascoste fra il fogliame. Ma si rimane visibili, per cui è pericoloso e si fa raramente. Non altrettanto probabilmente vale per gli animali più piccoli, da pelo e da piuma, che con un po' di abilità e di astuzia si possono uccidere con l'arco o la fionda, oppure prendere in trappola: fosse o meno permesso, c'è motivo di ritenere che questo tipo di caccia fosse normalmente praticato, perlomeno da coloro che — un po' ai margini della comunità di villaggio — traevano dal bosco il proprio sostentamento.

Questi *boisilleurs* (fabbricanti di utensili in legno), come li vedremo chiamare più tardi nella letteratura francese, esercitavano mestieri nei quali il legno costituisce la materia prima o il combustibile indispensabile. Erano carbonai, cioè producevano carbone di legna; altri, o magari a volte gli stessi, si servivano del carbone per scaldare la loro fucina; altri ancora si limitavano a bruciare rami per ricavarne la cenere, che allora si usava per la fabbricazione del vetro o del sapone. C'erano poi quelli che staccavano la corteccia degli alberi, da cui, bruciandola, si ricavava il tannino necessario per conciare le pelli, oppure quelli che intrecciavano corde con le liane. Risparmiavano invece gli alberi quelli il cui mestiere era togliere alle api il miele e la cera grezzi.

Quella piccola cerchia di gente era nomade per necessità: bruciati i rami — non si abbattevano i grossi alberi i cui tronchi non sarebbero serviti alla bisogna, né probabilmente si disponeva regolarmente degli attrezzi necessari —, strappate le cortecce, depredate le api, bisognava andare a cercare altrove e innalzare le nuove sommarie capanne, al riparo delle quali si dormiva. Era gente irregolare, questa, che respirava un'aura di libertà ignota agli abitanti del villaggio, che sicuramente nutriva disprezzo per loro e li preoccupava un po', non sempre immotivatamente.

Ma gli stessi abitanti del villaggio ricavavano parecchie cose dal bosco. Avevano bisogno di legna per scaldarsi, per l'illuminazione — tramite torce resinose — per fabbricarsi gli utensili necessari, per costruirsi le case, per riempire di fascine le buche delle strade, per alzare le proprie palizzate o quelle del castello. Ancora più regolarmente, «in epoche», come ricorda Marc Bloch, «meno lontane di oggi dalla vecchia abitudine della raccolta», chiedevano al bosco cose ben diverse dal legno: con il muschio e le foglie morte si facevano i giacigli; ricavavano olio dalle faggiole (molti odierni cittadini ignorano che si tratta dei frutti del faggio); vi trovavano le castagne o il luppolo, le cui cime si mangiano come le punte degli asparagi e che danno alla birra il suo gusto. Meli, peri, sorbi, prugni selvatici offrivano loro i propri frutti aciduli. Soprattutto, nei boschi mandavano a pascolare le bestie, che vi trovavano, a seconda delle stagioni, i germogli freschi, le foglioline verdi, le ghiande, le faggiole e tosavano l'erba del sottobosco. Non ci si dimentica ancora di quanto i maiali fossero ghiotti del frutto della quercia, né ci si stupisce di come le capre si nutrano di foglie. Ma ovini, bovini, equini trovavano allora anch'essi da mangiare nel bosco. Vi vivevano allo stato brado, né era sempre così facile ritrovarveli.

Per frequentato che fosse, il bosco era pur sempre poco sicuro. Si rischiava più o meno di incontrarvi animali pericolosi. Già il cinghiale non era di tutto riposo, ma meno ancora lo erano gli orsi e soprattutto i lupi, ben più diffusi. Non si tratta certo di animali specifici dell'anno mille, e neppure del Medioevo: i lupi sono scomparsi nei paesi occidentali soltanto di recente. Meno normale, benché non del tutto eccezionale, era vederne uscire dai boschi e avventurarsi in pieno villaggio, oppure, come quello di cui narra Rodolfo il Glabro, in piena città e fin nella cattedrale d'Orléans. Vi penetrò di notte, mentre i guardiani aprivano le porte a quelli che si recavano alla prima funzione. Dal momento che non c'erano armi a portata di mano, gridarono a più non posso; meno sicuro di sé in chiesa che non nel bosco, il lupo scappò. Inutile dire che, l'anno dopo, un incendio devastò Orléans. Un simile prodigio non poteva che costituire il preannuncio di una catastrofe, tanto più che poco dopo se ne era verificato un altro: nella chiesa del monastero di Saint-Pierre-le-Puellier, il Cristo del crocifisso principale aveva versato alcune lacrime...

Sulle tracce di quel lupo, cominciamo a uscire anche noi dai boschi e ad andarcene lontano, non senza, però, tornarvi per un istante per far notare come, trattato nel modo di cui sopra, il bosco non avesse sicuramente un bell'aspetto, ai margini e anche abbastanza in profondità. Il suo sfaldamento avrebbe reso meno arduo il lavoro dei dissodatori, che decolla davvero intorno alla metà dell'XI secolo. Si può anche immaginare che i margini del bosco non si distinguessero bene dalla fascia incolta che lo separava dai campi, insieme alla quale costituiva il solo pascolo permanente. Le terre arabili erano infatti riservate alla coltivazione dei vegetali adatti all'alimentazione umana, in primo luogo ai cereali. Solo la vigna vi prendeva ogni tanto piede, ed era presente anche nelle regioni settentrionali, di dove sarebbe scomparsa solo in epoca moderna.

I campi

Le terre che si estendevano intorno al villaggio erano dunque quasi tutte coltivate. Campi di «grano», come si diceva da secoli: ma con quel termine, e ancora per molto, si indicavano tutti i cereali con cui si potesse fare il pane: frumento, come oggi, ma anche segale, farro, avena, orzo e quella mistura di frumento e segale che si chiama segalata.

Siccome il pane — o la farinata — era alla base dell'alimentazione dei più, e siccome gli scambi commerciali — in mancanza di strade e di mezzi di trasporto adegua ti — erano scarsi e difficoltosi, ogni gruppo umano si preoccupava innanzitutto di far crescere il «grano». Mentre oggi lo si semina solo nelle terre più fertili, allora si seminava ovunque e il prodotto si consumava sul posto. Non c'era dunque una regione specializzata in un'altra coltivazione, sul modello dell'attuale Linguadoca, ricoperta dai vigneti, o della valle d'Auge, dalle ampie distese di pascoli. Erano campi ovunque, se si esclude la superficie ben più ridotta occupata da ortaggi e frutteti, a volte anche le piantagioni di canapa, dal momento che era una pianta tessile di cui non si poteva assolutamente fare a meno. Le piantagioni erano vicinissime alle case, all'interno della palizzata che circondava il villaggio e delimitate da recinti che indicavano i confini dell'assegnazione.

Quel che vorremmo fare ora è immaginarci i contadini al lavoro in quei campi.

In primo luogo bisogna che la terra sia fertile. Ma smette di esserlo se per alcuni anni — due, di più se è buona — ha dovuto portare messi. Bisogna allora lasciarla riposare, metterla a maggese. Quando la si riterrà nuovamente atta a ricevere la semenza, bisognerà prima sarchiare le erbacce che vi sono spuntate e che, marcendo sul posto, vi produrranno l'humus. Le si può anche bruciare a mucchi, rovesciando le zolle, poi spargerne le ceneri sul campo: è il sistema del debbio. Infine, come si sa, c'è un altro modo di ridare fecondità alla terra senza lasciarla riposare: è quello di concimarla con i concimi naturali rappresentati dallo sterco animale. Ma è un materiale raro: la maggior parte si disperde nel bosco, dove di solito passano le bestie. Come vedremo, esse rimangono sui campi anche dopo la mietitura ma, nonostante ciò, sembra che questo concime naturale scarseggiasse. Per farla breve, se vogliamo immaginare il contadino impegnato a rendere fertile la terra, lo dobbiamo vedere o curvo a sarchiare il maggese — spesso forse mentre strappa le erbacce con le mani — o che sparge sul campo lo sterco secco di cavallo o di bue che è riuscito a raccogliere in giro nei pascoli naturali e che ha trasportato in una gerla o canestro — e anche qui, sicuramente, anche le mani gli servono parecchio. È inoltre probabile che riservasse prioritariamente quei concimi preziosi e rari alle piante di legumi che coltivava subito vicino casa, nell'orticello recintato.

In effetti, fino alla grande rivoluzione agricola del XIX secolo, non esisteva concime sufficiente a evitare il riposo del terreno: la rotazione s'imponeva. Ma c'erano due tipi di rotazione. Quella biennale, la più semplice, consisteva nel seminare ogni due anni. Su un determinato terreno c'era dunque ogni anno metà dei campi a riposo. Era l'usanza seguita nel Poitou, nel Mezzogiorno della Francia e in tutti i paesi mediterranei. Nella parte settentrionale della Francia, in Inghilterra e nelle vaste pianure dell'Europa settentrionale dominava la rotazione triennale: su ogni campo si succedevano un'annata di «grano invernale» — frumento, farro, segale — che si semina in settembre; un anno di «grano primaverile» — orzo, avena — che si semina in marzo, a volte sostituito da una pianta foraggera come la veccia, dai piselli o dalle fave; infine un anno a riposo. Il terreno si divideva allora in tre parti, ognuna delle quali si trovava in uno degli stadi di questo tipo di rotazione.

Ecco però un pezzo di terra buono da seminare. Resta da arare, che è l'attività fondamentale, eseguita con quell'arnese che si chiama aratro.

L'aratro può essere semplice o a ruote. Il primo tipo è più difficile da guidare diritto e, a parità di attacco, scava meno in profondità, ma è più maneggevole e si presta meglio alla virata che bisogna fare al termine di ogni solco. L'Italia antica, tranne la parte settentrionale, la cosiddetta Gallia Cisalpina, conosceva soltanto questo tipo, mentre il tipo a ruote dominava in parte della Gallia e in Germania. Inoltre, alla differenza tra i due strumenti per arare corrispondevano — grosso modo — differenze molto simili nella distribuzione delle terre arate.

Nella Francia a nord della Loira e in quella orientale, in Germania, in Inghilterra, nelle vaste pianure slave si usa comunemente non separare con recinzioni il proprio campo da quello del vicino. All'avvicinarsi dell'inverno o della primavera, quando arriva il momento di arare, tutti gli aratri a ruote del villaggio si possono vedere contemporaneamente sulle superfici destinate quell'anno alle seminagioni. Seguiamo con gli occhi uno degli aratori. I suoi buoi avanzano lentamente, i cavalli — se è abbastanza ricco da averne — procedono più spediti. Ma si direbbe che il solco che traccia non finisca mai. Solo quando giunge al limite del terreno messo a coltura, dopo essere andato avanti cento metri e forse più, lo vediamo compiere, non senza difficoltà, un mezzo giro e abbordare in senso inverso il solco successivo. Potremmo pensare che il suo terreno sia grande, se non scorgessimo, non lungi dal suo tiro, un altro aratore intento a tracciare solchi altrettanto lunghi, paralleli ai suoi. E infatti, dopo cinque o sei andirivieni e dieci o dodici solchi, se ne va. Il suo campo è molto lungo ma strettissimo: e dal momento che non è delimitato da alcuna recinzione, non sa neppure quanto sia largo se non contando il numero di solchi che ha il diritto di tracciare.

Come vedremo, neppure questa forma di delimitazione della terra di cui dispone è permanente. Certo, è lui il padrone quando, a giugno, arriva l'epoca della mietitura. Lui solo, insieme ai familiari che sanno mietere, si recherà nel campo. Ma lo strumento di cui si serviranno, in virtù di un'usanza imperativa, è esattamente imposto in vista degli interessi collettivi della popolazione del villaggio.

Si tratta del falcetto. Forse ricordiamo di averne vista la lama, descritta come «dentellata» da André de Fleury, nel suo racconto sull'empietà e le sciagure di un ricco coltivatore della zona di Blois: dunque essa taglierebbe i gambi delle spighe come una sega. Sulla forma, a ogni modo, non vi sono dubbi: è quella della luna crescente. È raffigurata così in tutti i disegni o le miniature dei manoscritti, in tutto il Medioevo, soprattutto in una raccolta composta a Chartres tra il 1026 e il 1028. Ed è l'unico strumento che si veda in mano a una figura occupata a tagliare spighe.

Perché il falcetto e non la falce? Perché questa stroncherebbe gli steli quasi rasoterra, mentre il mietitore è tenuto, viceversa, a lasciare il più possibile alte le stoppie. Questo perché, dal momento in cui ha tolto le spighe fino a quando comincerà a farvi spuntare nuove messi, il suo e gli altri campi diventano di proprietà comune. Quel nastro di terra, che già non è di sua proprietà perché glielo ha concesso il signore, gli è riservato solo in rapporto a quel che il suo lavoro vi fa crescere. E nemmeno integralmente, perché in fondo è stato lui a fare crescere gli steli insieme alle spighe, ma su di essi ha gli stessi diritti di qualsiasi altro abitante del villaggio. Chiunque può andarsi a prendere ciò che gli serve per ricoprirsi la capanna, e tutti vi mandano le bestie, che vi rimarranno finché non avranno rasato completamente le stoppie (è quello che in francese si chiamerà il diritto di *vaine pâture*, il diritto di pascolo sulle terre incolte). Ecco perché non bisogna tagliare gli steli troppo in basso.

Se uno dei membri di questa comunità rustica così caratterizzata ha seminato sul suo campo piante foraggere potrà tagliare l'erba e farne fieno per l'inverno. Ma gli spetta in proprio solo quel primo taglio. Fatta la fienagione, quanto eventualmente rispunti su quel prato sarà a disposizione del gregge comune, che raccoglie tutte le bestie del villaggio.

Nella Francia a sud della Loira, e anche nel paese di Caux, i campi non offrono quest'aspetto a strisce, strano pur se largamente diffuso. Hanno forme variabili, rettangolari o trapezoidali, o anche triangolari, ma pressappoco di lunghezza e larghezza uguali. Lo stesso vale per l'Italia. In queste zone si lavora con l'aratro semplice, che non ha problemi a girare in fondo ai solchi. La comunione delle terre mietute è meno generalizzata e scompare nelle zone di *bocage* (piccole proprietà tenute a prato), dove i campi sono delimitati da siepi o recinzioni, come in Bretagna, nel Cotentin, nel Maine, in parte del Poitou e della Vandea, in zona Basca, nella maggior parte delle pendici del Massiccio Centrale, nel Bugey, nella zona di Gex.

Campi aperti e di forma allungata, campi irregolari aperti o recintati, tutti comunque in appezzamenti di piccole dimensioni, anche se in genere ciascun coltivatore ne aveva diversi. Diciamo, semplificando molto per maggiore chiarezza, che ne aveva uno in ciascuno dei «quartieri» nei quali era suddivisa la superficie di terreno coltivabile; in questo modo, dal momento che i quartieri potevano essere diversamente fertili, non sorgevano gelosie. Per la verità, tuttavia, un simile sistema di spartizione delle terre è applicabile soltanto nelle zone dei campi a striscia.

C'è per caso bisogno di precisare che il quadro, pur rapidamente tracciato nelle linee essenziali, dei regimi agrari non è assolutamente specifico dell'epoca dell'anno mille? Esso registra una situazione che i documenti attesteranno soltanto più tardi e che sarebbe durata fino alla rivoluzione agraria del XIX secolo. Per quanto riguarda la fine del X secolo e gli inizi dell'XI non esiste un solo testo che la rifletta con esattezza; mancando tuttavia qualsiasi indizio di una trasformazione di un qualche rilievo, la persistenza notoria delle particelle di terreno agricolo non autorizza dubbi sul fatto che anche i campi del mille fossero già suddivisi e sfruttati nel modo suddetto, e da lunga data.

Né ci mancano elementi per valutare il rendimento di quei campi. Secondo Marc Bloch «le testimonianze concordano nel mostrarci come, nell'antica Francia, non ci si riteneva sfortunati quando si fosse riusciti a raccogliere da tre a sei volte il valore di quanto seminato».

Ma l'«antica Francia» cui allude Bloch è quella degli ultimi secoli della monarchia, in cui l'agricoltura era piuttosto prospera. Per l'anno mille, i testi citati all'inizio dell'opera ci inducono a ritenere che invece non lo fosse. Possiamo ipotizzare, con Georges Duby, che il rendimento fosse di due a uno.

La vigna

Bisognava dappertutto coltivare la vigna, dal momento che il vino, ricercatissimo da tutte le parti e indispensabile per celebrare la messa, non poteva, al pari di altre merci, essere trasportato ovunque in grandi quantitativi. Sembra che proprio per questo, ma anche perché vescovati e abbazie erano allora particolarmente attrezzati per non mancare di nulla, le signorie ecclesiastiche fossero quelle più ricche di vigneti: una superiorità che avrebbero mantenuto fino al termine del Medioevo.

Un po' dappertutto, dunque, c'erano piccole piantagioni di vigne, decisamente più grandi nelle signorie ecclesiastiche, ma anche zone in cui i ceppi coprivano estensioni maggiori. Intorno a Laon, quando nel 988 Ugo Capeto fu costretto a contendere la città al rivale carolingio della Bassa Lorena, Carlo, vediamo dalle descrizioni di Richer come le vigne fossero abbastanza estese da permettere di nascondervisi a un grande numero di guerrieri; egli sostiene altresì che i soldati del re bevevano troppo. D'altra parte, Laon, nel XII secolo, avrebbe meritato l'appellativo di «capitale del vino» e la sua zona sarebbe restata zona di viticoltura fino al XIX secolo. Nella zona di Soissons, dove verso la metà dell'XI secolo venne fondata la chiesa di Saint-Jean-des-Vignes, un documento del 1066 accenna a mercanti e trasportatori di vino, che sicuramente non dovevano essere i primi a fare quel mestiere.

I grandi fiumi, uniche importanti vie di trasporto, facilitano la coltivazione di vigneti lungo le loro rive. Le vigne alsaziane sembra risalgano alla prima metà del IX secolo. Si contano in quella zona, lungo il Reno, centodiciannove villaggi di vignaioli prima del 900. Sul resto del corso medio del Reno, e sulla Mosella intorno a Metz e a Treviri, la vigna risaliva all'epoca dell'occupazione romana. Nelle Fiandre, nel Brabante, intorno a Liegi e a Maestricht, sulle colline del Reno, della Mosella e dei loro affluenti, parecchie abbazie possedevano vigne dalle quali ricavavano le provviste per l'anno. L'eccedente scendeva lungo il fiume fino al Mare del Nord e giungeva di là in Inghilterra. Appunto al transito del vino Colonia — nel cui porto i barili passavano dalle sciabiche da fiume alle imbarcazioni da mare — dovette l'avvio della sua prosperità.

Già di Parigi si diceva all'inizio del IX secolo, grazie alla Senna, che era «ricchissima di vigne». Ve ne sono a Charonne, a Belleville, sulla collina di Montmartre — dove ne resta ancora una — a Issy, a Vanves, a Suresnes, donata nel 918 ai monaci di Saint-Germain-des-Près da Carlo il Semplice e dove la professione di vignaiolo si è tramandata di padre in figlio fino agli inizi del XX secolo. I vini di queste zone, come forse anche quelli di Pierrefitte, di Deuil, di Groslay, di Cormeilles-en-Parisis, non venivano completamente consumati in loco: la Senna li portava fino a Rouen, di cui intorno al mille un cronista normanno parlava come di un porto in cui era notevole il traffico vinicolo. Il vigneto di Vernon, in Normandia, viene ricordato nei testi dello stesso periodo.

C'è da pensare che sulla Loira, a Sancerre, il vino non mancasse, dal momento che nei *Miracoli di san Benedetto* lo vediamo utilizzato, intorno al 1040, in luogo dell'acqua per fare calcina. Più a valle, Orléans, grande porto vinicolo dell'epoca merovingia, avrebbe conosciuto un prodigioso sviluppo nell'XI secolo.

Nella Champagne, viceversa, pur esistendo già i vigneti di Reims, di Epernay, di Châlons, i vini non venivano venduti molto lontano. In Borgogna, era rinomata Auxerre, menzionata fin dal 680; nel XIII secolo, Guido Salimbene osserverà che gli abitanti dei villaggi della zona potevano permettersi di «fare a meno di seminare e mietere», visto che l'Yonne, ai loro piedi, «se ne va verso Parigi», dove il vino si vende «nobilmente». Chablis, che dall'867 apparteneva ai monaci di Saint-Martin di Tours, non aveva probabilmente la stessa possibilità, con un fiume, il Serein, così magro.

Le zone meridionali hanno lasciato, salvo errore, meno tracce di loro vigneti del periodo dell'anno mille. Si può pensare che ve ne fossero nel Rossiglione, intorno a Collioure dove, evidentemente per la presenza del porto, verso il 1290 ci saranno soltanto vigneti. E c'è da stare certi che la zona di Bordeaux, nell'XI secolo, fosse già da tempo soprattutto viticola.

L'alimentazione contadina

Per quanto onnipresente e particolarmente copiosa in certe zone fosse la vigna, non è la coltivazione che caratterizza il paesaggio agricolo dell'anno mille. Il vino, nonostante tutto, è una bevanda di lusso, il cui consumo, ricordiamolo, è riservato soprattutto ai privilegiati, tranne evidentemente nei territori specializzati. I contadini, nel complesso, non ne bevevano, o ne bevevano solo in occasioni molto rare.

Ed eccoci allora sospinti a chiederci, dopo le assolate e ridenti visioni che ispira sempre quest'amabile bevanda, che cosa mangiassero i contadini, che vesti indossassero, dove vivessero.

Non c'è tema d'errore nell'ipotizzare che le farine tritate di cereali vari — segale e orzo più che frumento, a quel che sembra richiesto in grandi quantitativi dai signori — fornissero loro, letteralmente, il pane quotidiano. È probabile che, non avendo altro forno che quello del signore per cuocere — il forno « bannale », l'uso del quale non era gratuito — spesso e volentieri si accontentassero di farinate. Sembra tuttavia eccessivo presumere che non mangiassero altro. Avevano innanzitutto i frutti del bosco, cui abbiamo già accennato. Avevano orticelli dove niente poteva loro impedire — se non la mancanza di tempo — di coltivare quei vegetali che abbiamo visto servire ai monaci: fave, piselli, cavoli, lattughe. Se restava qualcosa di cui nutrirli, potevano allevare conigli o polli che, prima di venire mangiati, potevano fornire un po' di uova. Latte e formaggi potevano procurarseli dalle capre, alle quali bastava il bosco, o dalle vacche, che disponevano del diritto di pascolo.

Gli animali domestici

A dire il vero, i testi dell'epoca non ci dicono quasi nulla sul capitolo degli animali domestici. Va considerata un'eccezione rarissima un passo di Rodolfo il Glabro dal quale risulta chiaro come vacche e buoi non fossero davvero rari, perlomeno nella zona di Troyes, dove certi malandrini avevano rubato parecchi buoi. Accortisi di essere stati citati in giudizio dai padroni degli animali, se la cavarono consegnando il bottino a un povero vecchio ingenuo, il quale fu naturalmente scambiato per il colpevole e condannato dal conte all'impiccagione. La vittima di quest'errore giudiziario riuscì a salvarsi grazie a « una giovenca molto grande e vigorosa », che per tre giorni lo resse per i piedi con le corna... Ora, in gioventù, l'uomo e la moglie avevano regalato il loro unico vitello a un bambino che avevano tenuto a battesimo. Rodolfo conclude: « Dopo la notizia dello scampato pericolo, se ne è seguito l'esempio in tutta la zona circostante e ai figliocci, come dono di battesimo, si sono regalate innumerevoli schiere di vitelli ».

A prescindere da quel che si voglia pensare del miracolo della giovenca, c'è da credere che in Champagne i vitelli non mancassero.

Nei testi dell'epoca i maiali non hanno avuto la stessa fortuna, ma ve n'è testimonianza nei disegni. È noto che nelle rappresentazioni dei mesi dipinte sui calendari dei libri di preghiere di solito dicembre è simboleggiato da un uomo che sta squartando un maiale. È quanto avviene in un manoscritto eseguito a Chartres tra il 1026 e il 1028, alla cui testimonianza si ricorre qui per la prima, ma non ultima, volta. L'animale è appeso per una zampa al ramo di un albero segato in cima, che funge da gancio da macellaio. A un altro ramo del genere è appesa una zampa già tagliata. L'uomo svolge il suo lavoro munito di un coltello a forma di *iatagan*. Sappiamo del resto che c'era il lardo nelle cucine di Cluny, a dimostrazione che si praticava la preparazione del maiale. Saremmo più sicuri che anche i contadini lo facevano se sapessimo se disponevano di sale, e in quali quantitativi. Disdegnate dagli autori del tempo non meno dei maiali, e perdipiù praticamente ignorate nei dipinti, le capre dovevano tuttavia esserci nei pascoli, se la loro lana veniva filata nelle capanne.

Se è evidente che questi animali da cortile e da allevamento esistevano nelle campagne dell'anno mille, certamente dovevano essere piccoli e piuttosto magri, dal momento che erano molto meno nutriti di quel che non lo sarebbero stati in seguito. Aggiungiamo che, a differenza dei cavalli e dei cani da caccia, che i signori avevano tutti i motivi di curare, non si sapeva selezionarli e incrociarli per migliorarne le razze. Il loro numero, inoltre, pur variando molto a seconda delle zone nonché dei periodi — pensiamo agli anni di atroce carestia segnalati dai testi — era, in genere, certamente insufficiente a garantire un'alimentazione regolare a base di carne. C'è bisogno di ricordare che, ancora ai tempi di Enrico IV, «la gallina in pentola ogni domenica» era un obiettivo da raggiungere?

L'abbigliamento rustico

Il manoscritto di Chartres sopra citato — tanto più prezioso dal momento che in quell'epoca i calendari illustrati sono rarissimi — ci aiuterà a immaginare i costumi dei contadini (non, però, delle contadine). Essi non sono cambiati dai tempi dei Carolingi, per meglio dire non sono cambiati da secoli. Sempre le stesse «brache» e lo stesso «saio» che indossavano già i Galli, anche se il nome medievale cambia (*braie* e *saie*, poi *chausse* e *bliaut*). L'uomo che, in giugno, rastrella il fieno ha le brache strette da nastri incrociati e il saio gli scende a metà gamba. Sembra avere la testa coperta da una specie di cappuccio e non ha barba. I Gemelli (il segno zodiacale di giugno) sono vestiti allo stesso modo, ma hanno una barba circolare (alla Cavour) e i capelli non sono né corti né lunghi, spartiti da una riga in mezzo. Entrambi calzano strane scarpine a punta, che stupiscono trattandosi di calzature per la fienagione. Le si ritrova comunque ai piedi del giardiniere del mese di aprile, che ha in testa un cesto di vimini da cui escono fiori e che ha protetto brache e saio con un grembiule legato al collo da un cordone e alla vita da una cinta, esattamente come oggi. Il vignaiolo che, in febbraio, pota con una roncola un tralcio poggiato su un ceppo porta brache di pelliccia, il che si spiega data la stagione, ma è scalzo, il che si spiega meno. Ha in testa un berretto rotondo ornato di palline, che si è tentato di considerare un copricapo tipico del suo mestiere.

Sul costume delle contadine, praticamente mai raffigurato prima del XV secolo, non ci sarebbe gran che da dire. Un vestito semplicissimo non cambia nel corso delle varie epoche. Forse, però, il vestito delle contadine non era lungo come quello delle dame. Quanto ai bambini, maschi o femmine, per i quali, se possibile, la moda mutava ancor meno, si può più o meno star certi che il loro abito consistesse in quella cotta — quella tunica a maniche più o meno lunghe e che arrivava a mezza gamba — che indosserà ancora nel XVII secolo Luigi XIII bambino e sotto la quale alcune dame di corte, premurose di ispirargli precocemente i gusti del padre, vecchio donnaiolo, infilavano spesso la mano, come si legge nel diario del suo attento medico, Jean Hérouard: dunque il reale fanciullo non portava brache sotto la cotta e meno ancora, sicuramente, i bambini dei contadini, o le loro madri e sorelle maggiori.

I tessuti usati potevano essere la lana — che cardavano e filavano le donne —, sicuramente meno spesso il lino, più lussuoso e perciò riservato ai signori e, probabilmente, la tela di canapa grezza, anch'essa prodotta localmente. Abbiamo visto come anche la pelliccia — certo economica, di pelle di pecora o di coniglio? — potesse servire anch'essa, addirittura per le brache.

La gente dei campi portava davvero le scarpe a punta raffigurate varie volte nel calendario di Chartres? Si stenta a crederlo. Ci se li immagina meglio in zoccoli, se non scalzi. Eppure, salvo errore, quest'ultimo tipo di calzatura è assente in tutta l'iconografia del Medioevo, anche tardo.

Gli insediamenti rurali

Ci sono scarsissime tracce circa gli insediamenti rurali di quest'epoca remota di cui ci occupiamo. Una recentissima scuola archeologica sorprendentemente ingegnosa sta appena cominciando a ricavare alcune conclusioni verosimili. Possiamo leggere nel *Manuale di archeologia medievale* del professor Michel de Boüard, uscito nel 1975, che la costruzione in legno dominava ovunque nelle campagne, tranne nel Mezzogiorno mediterraneo e in alcune zone dove scarseggia l'albero. Possiamo immaginarci baracche fatte di assi tenute insieme su montanti squadrati, con perni più che con chiodi, non ancora prodotti normalmente. Il tetto doveva essere fatto di stoppie, di canne, di erba poggiata su tavole. I tetti in materia vegetale, secondo M. de Boüard, erano sicuramente la norma nella maggior parte delle case rurali. Le aperture, rare, non erano trasparenti. Non c'era camino per riscaldarsi. Si poteva al massimo accendere il fuoco direttamente sul pavimento di terra battuta, o su qualche pietra piatta, ben al centro perché fosse il più lontano possibile dalle pareti di legno. Il fumo usciva dalle finestre. Probabilmente, come si sarebbe usato ancora per molto tempo fra i contadini più poveri, nelle capanne doveva esserci posto per le bestie, che in inverno riscaldavano un po' l'atmosfera.

La costruzione in pietra presupponeva nozioni tecniche più specialistiche. Potrebbe darsi che nei paesi mediterranei dove era in uso si sia mantenuta meglio che altrove la tradizione dei costruttori romani e che vi si trovassero più muratori di professione. Probabilmente, la scarsità di alberi, del tutto relativa, non è l'unica spiegazione. È sintomatico che in Francia la regione dove domina la casa di pietra sia la Provenza, di gran lunga quella più profondamente romanizzata e da più antica data.

Per un paradosso soltanto apparente, le dimore rurali di cui ci restano tracce particolarmente leggibili sono di un tipo del tutto eccezionale. Si tratta di quelle che l'archeologo A. Soutou chiama «case-cave», osservabili in gran numero soprattutto nel territorio dei comuni di Alban e Ambialet, nel Tarn. A lungo erano state fatte risalire al V secolo avanti Cristo. A. Soutou ha dimostrato però, basandosi sui frammenti degli oggetti sparsi al suolo, che possono essere state costruite solo fra l'VIII e il XV secolo della nostra èra. La loro caratteristica consiste nel fatto che «la parete posteriore, le due pareti laterali e la superficie inferiore di queste dimore sono state scavate, in tutto o in larga misura, sul pendio di una parete rocciosa».

Sul pavimento di queste case-cave ci sono i buchi che indicano il luogo dove c'erano i pali che reggevano la parete anteriore, a volte il solaio di un piano, e il tetto. La vicinanza di un'antica miniera di rame lascia supporre all'autore che le abitassero gli operai addetti a sfruttarle per conto del signore, le vestigia del cui castello sono rimaste sul massiccio roccioso.

Meglio tacere sul mobilio dei contadini dell'anno mille. L'immaginazione non può sempre accampare qualsiasi diritto... specie in fatto di storia, perché lo storico che cedesse alle sue lusinghe, pur ammettendolo a ogni piè sospinto, non ha la coscienza troppo pulita.

Diseguaglianza delle condizioni dei contadini

Sarebbe errato, e di molto, immaginare tutti uguali i contadini di un medesimo terreno, in una comune condizione di relativa povertà. Ce n'erano di poverissimi e di quasi ricchi. Alcuni discendevano dal proprietario di un «allodio» — cioè, lo ricordiamo, di una terra detenuta in pieno possesso — che, nei tempi torbidi delle invasioni scandinave o di altra provenienza, aveva ritenuto opportuno garantirsi la protezione del signore vicino diventandone fittavolo. L'allodio divenuto possedimento a lungo termine poteva avere dimensioni ragguardevoli e consentire un certo agio a chi ne aveva la gestione. Viceversa, gli appezzamenti concessi ai servi intorno allo stesso periodo da detentori di vasti domini, che in tal modo si liberavano dalla preoccupazione di remunerarli e nutrirli direttamente, calcolati sulla base del «manso», previsti quindi per riuscire a mantenere una famiglia, erano stati probabilmente misurati fin dagli inizi senza molti margini ed erano quindi insufficienti una volta moltiplicatasi la famiglia. A meno che, invece, le vicende delle successioni — visto che la trasmissione ereditaria costituiva la norma — non avessero raggruppato più mansi nelle stesse mani. Anche qui, come in altri casi, bisogna stare attenti a non trascurare l'«equazione personale» che, grazie a particolari transazioni di cui ci sfuggono i particolari, può avere consentito ai più accorti di arrotondare la loro porzione di terra.

Fra i contadini, dunque, ci sono, se non varie classi, perlomeno effettive disparità di condizioni. Semplificheremo dicendo che c'è chi ha i mezzi per arare e chi non li ha: quelli che dispongono di un aratro a ruote o di un aratro semplice con il relativo attacco e i «braccianti», che possiedono soltanto le braccia. Perlomeno fino alla Rivoluzione, il primo strato costituirà una sorta di aristocrazia contadina. Il bracciante, quanto a lui, può a rigore coltivare, con vanga e zappa, un piccolissimo campo di cereali, la cui stessa esiguità è causa della sua miseria; spesso affitta le proprie braccia a qualcuno più fortunato di lui, il quale, possedendo un terreno troppo grande, è costretto a utilizzarne le prestazioni, specie nell'epoca della mietitura.

Per i più dotati c'è la possibilità di migliorare la propria condizione. Il signore, un qualsiasi signore, non è nella posizione per riuscire da solo a garantire la riscossione dei canoni, la direzione delle *corvées*, la sorveglianza in genere dei suoi possedimenti. Se è un laico, è un soldato che non sa farlo e non ne ha voglia, e spesso non ne ha neanche il tempo perché, se non è in guerra, sta a caccia. Oppure è un signorotto che risiede lontano. Se è un ecclesiastico — un abate o un vescovo — ha anche lui ben altre occupazioni. Per farla breve, il signore ha bisogno di un sostituto: un «sergente» del signore (il termine, che deriva da *serviens*, servente, ha un significato molto ampio), che in francese verrà chiamato esattamente «sindaco» (*maire*) o «baglivo» (*bayle*). L'incarico è affidato a un contadino di riconosciute capacità. Inutile dire che i canoni entrano, le *corvées* vengono rispettate e che l'abilità del «sindaco» consiste nel riservarsi parte degli uni e delle altre. Succederà così — la documentazione esiste per epoche posteriori — che riesca a emanciparsi completamente dalla condizione di contadino.

Questo ci porta a segnalare quanto relativa sia la distinzione, pur rilevata in più di un testo, fra *bellatores* e *inermes*, tra quelli il cui mestiere è fare la guerra e quelli che non hanno armi. I *bellatores* — nei testi è chiaro — costituiscono l'aristocrazia feudale ed è verissimo che, quando si è tali, si rimane tali. Gli inermi invece — che da parte loro rappresentano tutto il resto dei laici, in primo luogo i contadini — non sono tutti, né per sempre, destinati a rimanere tali. Innanzitutto, in genere, tutti gli uomini vengono mobilitati dal re: il signore — che esercita di fatto tutti i poteri regi — può perciò reclutare fra i suoi fittavoli, temporaneamente o in forma stabile, quanta gente d'armi gli paia e piaccia. Quando deve venire in aiuto del sovrano in una guerra importante ha bisogno di molti uomini e sicuramente non tutti sono contenti di vedersi inquadrati. In tempi normali, inoltre, il signore ha bisogno di una piccola guarnigione per il castello, nel qual caso non mancano nelle sue terre i baldi giovani che si affrettano a barattare la zappa con le armi o la balestra. Non gli resta che scegliere i più robusti e sicuramente ci saranno più aspiranti che prescelti, visto che non può allargare indefinitamente il suo drappello. Quei giovani non forniranno solo la fanteria; qualcuno diventerà uno di quegli scudieri a cavallo che devono accompagnare il signore nelle sue cavalcate. Sia pure eccezionalmente, perché l'orgoglio di casta costituisce un ostacolo poderoso, potrebbe anche capitare che uno scudiero, se si copre di gloria in combattimento e se il signore si innamora di lui, acceda al rango di cavaliere e faccia così il proprio ingresso definitivo nella classe dei *bellatores*.

Gli oneri dei concessionari delle terre

Marc Bloch ha sinteticamente esposto con tale vivacità, in una pagina del suo libro *La società feudale*, gli oneri che gravavano sul fittavolo «agli albori dell'epoca feudale» — quindi nell'anno mille — che non possiamo che limitarci a parafrasarlo.

«In giorni fissi, lo si vedeva portare al sergente del signore ora un po' di denaro, ora e spesso covoni raccolti sui suoi campi, polli della sua aia, dolci di cera sottratta ai suoi alveari o a quelli della vicina foresta. In altri momenti, egli faticava sui terreni arativi o sui prati padronali. O ancora eccolo trasportare per conto del padrone, verso residenze più lontane, botti di vino o sacchi di grano. Le mura o i fossati del castello vengono riparati col sudore delle sue braccia. Il padrone riceve? Il contadino spoglia il proprio letto per fornire agli ospiti tutto il necessario. Viene il momento delle grandi cacce? Egli nutre la muta. Scoppia infine la guerra? Sotto la bandiera del capo del villaggio egli s'improvvisa fante o valletto d'armi.»[1]

Ai canoni o alle *corvées* si aggiungono altri pesanti oneri. In primo luogo, la decima, che sarebbe dovuta in teoria

[1] Marc Bloch, *La società feudale*, Einaudi, Torino 1949, pp. 383-384 [*N.d.T.*].

al vicario parrocchiale, ma che in genere percepisce il signore, pronto a cederne al prete la quota minore possibile. Inoltre il signore si arroga il diritto di vendere da solo, in una parte dell'anno, il vino e la birra, di affittare il toro o il verro, più in generale di costringere i contadini a utilizzare a pagamento il forno, il mulino, il frantoio. Sono i cosiddetti diritti «bannali», dall'antica parola tedesca *ban* (banno), che significa «potere di comando». Che da quel termine derivi l'attuale aggettivo «banale» sta a significare fino a qual punto fossero generalizzate quelle «esazioni».

Ciò che conferisce al signore tutto questo potere discrezionale è, oltre alla forza bruta, il diritto di rendere giustizia che egli ha usurpato, perlomeno per le cause minori, ma di fatto spesso completamente, contemporaneamente agli altri diritti regali. A dire il vero, disdegna di esercitarli direttamente sui suoi stessi fittavoli, per cui li delega al sindaco, che deve saperla lunga sulle usanze consuetudinarie, in altri termini sulle convenzioni più o meno immemorabili che regolano, in maniera assai diversa a seconda dei luoghi, il diritto agrario. Tramite quella figura, tuttavia, il signore è di fatto giudice e parte in causa in ogni controversia con i suoi contadini e i suoi servi. Capita che, spinti all'estremo, questi si ribellino, ma non sanno quel che li aspetta. In genere la repressione è atroce e toglie loro per un bel pezzo la voglia di ricominciare.

È vero che ogni tanto il castello del signore doveva servire da rifugio per i contadini contro le varie razzie che improvvisamente ne potevano minacciare l'esistenza: in occasione di quelle momentanee tragedie, si rallegravano di sicuro del fatto di avere un signore. Per il resto, però, è molto probabile che gemessero sotto il giogo della sua oppressione.

Contrariamente a quel che si potrebbe credere, se il signore era un vescovo i suoi fittavoli non si trovavano in condizioni migliori. Dovevano fare i conti come gli altri con «sergenti», sindaci, baglivi, che usavano dappertutto gli stessi metodi — per non parlare naturalmente delle terre episcopali infeudate a laici. Quanto ai possedimenti delle abbazie, sono ancora di frequente alle dipendenze di un «abate laico», di un signore che, in teoria, ne percepisce le rendite. Questo signore è spesso il re o un grosso feudatario, che non abusa del suo diritto. Qui la gestione delle terre date in concessione è probabilmente un po' meno opprimente che altrove, se è direttamente garantita da funzionari ecclesiastici. Si dirà più tardi che «si vive bene sotto il pastorale».

CAPITOLO DICIANNOVESIMO

I SIGNORI E I PRINCIPI

I contadini era dunque i sudditi di un signore, grande o piccolo che fosse. Cominciamo dai minori.

I piccoli signori

I signori di rango inferiore, che regnano sul territorio di un solo o di pochi villaggi, a volte su una porzione di territorio, hanno origini molto diverse. L'elemento caratterizzante, ciò che li contraddistingue come signori, è che dispongono di buone armi, di cavalli da guerra, sanno servirsene e sanno comandare la truppa, oltre ad occupare una roccaforte. Non tutti sono giunti a diventare signori nel medesimo modo.

Potevano discendere — ed è forse il caso più frequente — da antichissimi capi-villaggio, di cui sembra si possano trovare tracce già all'epoca dei Galli. La configurazione della loro signoria risalirebbe alla notte dei tempi. Altri sono semplicemente vassalli di un signore più importante che, in cambio dei servizi che si aspetta per il fatto che gli hanno giurato fedeltà, ha «consegnato loro il feudo», una porzione di terra compresa nel loro stesso feudo. Va osservato come il signore non lo faccia per tutti i suoi vassalli; il termine non indica una disponibilità di terreno, ma semplicemente un guerriero che ha prestato al proprio signore giuramento in fatto di fedeltà e di omaggio. Molti vivono nell'ambito della cerchia immediatamente vicina al signore, mantenuti direttamente da lui. Coloro che vengono compensati attraverso la concessione di un feudo sono i cosiddetti vassalli «casati» (alloggiati). In tal caso i confini della loro signoria non corrispondono necessariamente a quelli del territorio, o dei territori, da questa più o meno parzialmente compresi; per cui può capitare che i contadini di uno stesso villaggio, pur solidali quanto ai noti doveri comuni da assolvere, non dipendano tutti dallo stesso signore per i canoni, le *corvées*, le «bannalità».

Tra l'altro, in una fase ancora instabile, in cui il feudalesimo si va conformando e ricerca un proprio codice, in cui spesso la violenza e il fatto compiuto creano uno stato di diritto, ci sono di sicuro signori che si sono imposti per proprio conto. Un guerriero, ritenuto per le sue umili origini inferiore al rango di vassallo, può venire reclutato dal signore nella famiglia di qualcuno di coloro ai quali ha concesso le sue terre e, scontento del modo in cui è trattato, se l'è svignata con armi e cavallo. È riuscito poi a evitare di essere perseguitato dal suo malvagio padrone. Ha reclutato un po' ovunque gente balda e robusta — servi fuggiaschi, figli di contadini con il gusto dell'avventura, puri e semplici briganti in cerca di un'attività meno precaria — grazie al suo eccezionale vigore, alla sua abilità e alle sue armi, alle sue doti di comando e si è fatto accettare come capo. La banda ha percorso parecchie leghe, vivendo alle spalle dei paesi attraverso i quali è passata, nascondendosi nel fitto del bosco. Ha evitato, per fortuna o per astuzia, le ritorsioni della gente del posto. Giunge finalmente in qualche luogo dove nessuno sa chi ne sia il capo, né da dove venga. Ma questi, che sa bene quel che vuole, adocchia un posto ben piazzato, per esempio un punto elevato che domina un luogo di transito. Lì vicino non c'è ancora un castello e lui si affretta a costruirne uno (vedremo presto che non è difficile). Rimane da convincere il signore di alto rango che regna da tempo su quelle terre che ha tutto l'interesse ad avere lì un buon vassallo in grado di difendere quella parte del feudo dalle aggressioni dei vicini — oppure, se questa bella avventura si svolge in pieno IX secolo, dalle incursioni dei normanni a nord della Loira, degli ungheresi nei paesi dell'Est, dei saraceni nel Mezzogiorno. Non è affatto escluso che abbia successo: l'argomento ha una sua validità, senza contare che un castello, per piccolo e rudimentale che sia, non è facile da prendere, se è difeso da gente decisa. Ed ecco che l'intraprendente guerriero è diventato un vassallo *casatus*. È vero che, prima o poi, il signore al quale ha appena giurato fedeltà e omaggio incontrerà in una delle assemblee annuali del regno colui verso il quale l'attuale vassallo, quand'era ancora semplice uomo d'armi, ha mancato. Ma se questo personaggio potente è soddisfatto dei servigi del nuovo vassallo le cose potranno sistemarsi.

Va detto che non c'è un solo testo che riferisca direttamente di un'ascesa sociale del genere, pur essendo quest'ultima assai verosimile. Perlomeno è certo, come osserva March Bloch, che « le case fortificate dei piccoli signori [...] furon costruite, quasi sempre, indipendentemente da qualsiasi autorizzazione dall'alto ».[1]

Vassallo *casatus*, detentore di una signoria, il nostro eroe non può che essere cavaliere. Il che non vuol dire che riceverà quel semisacramento di cui la Chiesa, ansiosa di moralizzare la condizione di chi impugna la spada, fisserà i rituali nel corso del secolo successivo. La parola cavaliere, che ha equivalenti in tutte le lingue volgari d'Europa, in origine non implica nulla di simile. Essa ha naturalmente acquistato significato solo quando, intorno alla fine della fase merovingia, diventava evidente che un guerriero completo doveva normalmente battersi a cavallo. Il cavaliere — il cui nome, ed è sintomatico, continuerà in latino a dirsi *miles*, che significa semplicemente « guerriero » — si distingue, d'altro canto, più che per la cavalcatura

[1] Marc Bloch, *La società feudale, op. cit.*, p. 457 [*N.d.T.*].

— perché anche quelli che lo assistevano e servivano dovevano per seguirlo montare a cavallo — per l'armamento pesante e completo che egli solo adotta: la lancia (che darà il nome al gruppo formato da lui e dai compagni), la spada, a volte la mazza, per attaccare; e, per difendersi dai colpi, l'elmo, l'usbergo (una tunica in maglia di ferro), lo scudo. Per farla breve, il cavaliere è il guerriero integrale, il guerriero per eccellenza, ed è probabile che intorno al mille per investirlo intervenisse una cerimonia di iniziazione, quella «vestizione» che nei testi fa la sua comparsa solo nella seconda metà dell'XI secolo. In realtà, si tratta di una condizione di fatto.

La piccola roccaforte

Discendenti degli antichissimi proprietari della sua terra, vassallo *casatus* — o figlio e successore di questi — avventuriero fortunato, il signore ha una propria dimora: il castello, meglio la sua roccaforte: potrà conservarla solo a patto che riesca a difendervisi. Per la verità, non ci vogliono mezzi spropositati, che del resto non riuscirebbe così facilmente a mettere in campo. Non esistono ancora le palle da cannone, né si useranno contro di lui le costose apparecchiature belliche che a volte i principi impiegano contro città ben fortificate. La roccaforte perciò presenta in fondo elementi semplicissimi.

Si erge solitamente su una altura, un pendio (quello che i testi francesi chiamano *motte*), che può essere naturale, ma ove occorra può anche essere frutto del lavoro dell'uomo, accumulando pietrisco e terra ben compressi. Quel che è indispensabile è che si trovi sopra una falda d'acqua sotterranea, perché non si può fare a meno di un pozzo. In cima gli si è posta una torre di legno, quadrata, di oltre dodici metri di lato, spesso meno, con all'interno dai due ai quattro piani, ai quali si accede tramite una scalinata, non molto dissimile da una scala a pioli. In basso, scavato nello spessore del pendio, un sotterraneo per conservare al fresco le provviste, oppure — volendo — per mettere al sicuro gli oggetti preziosi e la cassa dei soldi che è anche il luogo dove si apre il pozzo. Un'altra descrizione, che risale all'XI secolo, colloca la cantina al piano terra e al primo piano quella che chiameremmo una stanza di soggiorno. Quanto al tetto, non sapremmo dire di che materiale fosse fatto. Paglia? O tavole, magari rivestite d'erba o di pelle di bue, il che avrebbe avuto il vantaggio di una migliore protezione dalle torce scagliate dagli assalitori? Tegole e ardesia sono improbabili. A ogni modo, al riparo dal tetto, il piano superiore, spalancato all'esterno, è permanentemente occupato da una sentinella: i signori vicini, l'esercito di un importante feudo confinante, a volte le stesse torce di qualche predone (normanno o saraceno, a seconda della zona) fanno sì che aleggi una insicurezza permanente.

Perlopiù, ai piedi della torre si scava un fossato e, meno di frequente, a breve distanza corre una recinzione di pali e terra battuta, anch'essa circondata da un fossato. Nello spazio così ricavato sorgevano a volte costruzioni di modeste dimensioni con precise funzioni pratiche, quali il forno bannale e spesso la cucina, dal momento che era opportuno tenerne il focolare a distanza dalla torre. Così, la palizzata teneva a distanza eventuali aggressori, altrettanti e ben più temibili provocatori d'incendio. Tuttavia, per fornirla di difesa occorrevano ben più uomini di quanti non ne avesse al proprio servizio un signore di rango modesto.

Potremmo dire che fosse facile costruire un castello del genere. Il legno non mancava, visto che il bosco era sempre a due passi. E la manodopera la fornivano i contadini. Erano *corvées* straordinariamente pesanti e di sicuro tutt'altro che bene accette, ma il signore aveva ogni diritto di pretenderle. Rispetto alle capacità di quegli occasionali costruttori, sappiamo che, abituati a costruirsi da soli le loro capanne, erano tutti un po' carpentieri. La situazione, per la verità, era un po' meno rosea nelle regioni mediterranee, dal momento che l'albero vi scarseggiava. All'alba dell'XI secolo, però, sembra che anche lì i castelli signorili fossero di legno, come altrove.

Costellata di questi piccoli castelli era soprattutto la Francia — all'epoca — più che non la Germania, dove il potere centrale godeva di maggiore prestigio, o l'Italia, rimasta più ligia alla civiltà urbana. Come si è detto in uno dei primi capitoli, era l'epoca in cui l'autorità regia e la stessa indipendenza appartenevano in modo pressoché indistinto all'occupante diretto del suolo, al modesto signore, al castellano. Ve ne sono quindi un po' ovunque, e anche numerosi, poiché la «castellania» si estende per un raggio di territorio limitato. I castelli distano gli uni dagli altri non più di una decina di chilometri. Diecimila circa di essi hanno lasciato tracce più o meno agevolmente reperibili e la loro lista è stata pubblicata nel 1904 dall'archeologo Camille Enlart, suddivisi per dipartimento. Si tratta di una cifra che rappresenta solo una piccola quota del totale dei castelli che, intorno all'anno mille, ricoprivano la Francia di una rete di piccoli potentati. La frammentazione feudale era in quel momento all'apice: mai prima vi erano stati tanti piccoli castelli e sempre meno ve ne saranno nei secoli successivi, a mano a mano che il potere dei principi, con il supporto della Chiesa, riuscirà a ridimensionare l'anarchia feudale. Nel periodo in questione, il più delle volte nulla vieta al modesto gentiluomo — specie se si è fatto da solo — di approntarsi un simile rifugio. Per gente del genere — che l'autore di una *Vita di san Giovanni, vescovo di Tournai* bolla come «costantemente occupati in contese e massacri» — la cosa più urgente e importante è: «proteggersi dai nemici, trionfare sui propri pari, opprimere chi sta sotto».

La vita al castello

Nella sua unica stanza, che d'inverno non si poteva scaldare per timore di incendi, probabilmente buia la notte per la stessa ragione e comunque mai luminosa anche di giorno (poiché le finestre dovevano somigliare alquanto a feritoie, né si potevano chiudere altrimenti che con imposte non trasparenti, mancando i vetri), il modesto gentiluomo conduceva senz'altro una vita grama e c'è da credere che vi restasse il meno possibile, se non ve lo assediavano dentro. D'altro canto, non vi stava mai solo, al contrario (e questo, nella cattiva stagione, probabilmente riusciva a mitigare un po' la temperatura): i *Miracoli di san Benedetto*, nella descrizione ricordata sopra, ci dicono che là il «potente [...], con la sua famiglia, viveva, conversava, mangiava e dormiva». La «famiglia» erano la moglie e i figlioletti piccoli (perché i più grandicelli venivano affidati molto presto a un altro signore e lo servivano, mentre questi li addestrava alle armi), i figli dei signori ai quali aveva affidato i suoi, i domestici, gli uomini d'armi. Vi si poteva aggiungere qualche ospite di passaggio, per esempio un giullare, che rallegrava la casa cantando qualche brano di una qualche *chanson de geste*.

Lungi dal pesargli, la calca continua costituiva il segno visibile del suo rango. L'uomo solo, nel Medioevo come in altre epoche, è un personaggio di scarsa rilevanza. Un codice inglese di comportamento del XIII secolo dichiara disdicevole che un gentiluomo mangi solo. Circondato dai commensali, il castellano sfugge a quella noia che la solitudine risparmia solamente agli spiriti meditativi; egli si compiace continuamente della sua condizione di capo; ha continuamente sotto mano chi in qualsiasi momento può essergli indispensabile per la difesa del suo rifugio e della sua stessa persona.

Una volta finito di costruire il castello, ci voleva qualche mobile, per grossolano che fosse, certamente ricavato dal legname residuo. Ci volevano i letti, probabilmente abbastanza larghi per dormirci in parecchi, secondo un'usanza che si conserverà almeno per tutto il Medioevo e che, tra l'altro, era un modo per combattere il freddo, soprattutto se, come si ha il diritto di immaginare, c'erano intorno tende di lana o di pelli, sospese a montanti fissati in alto. Per i pasti, immaginiamo di preferenza lunghe assi poggiate all'occasione su cavalletti e che dopo l'uso venivano addossate alle pareti per ridurre l'ingombro. Le stoviglie potevano essere in terra, come quelle dei contadini, anche se probabilmente esistevano perfino scodelle in legno, mentre il vetro era di sicuro molto più raro. Non è impossibile, tuttavia, che molte di quelle rudi dimore celassero anche piatti, coppe, nappi, acquamanili d'argento o d'oro. La letteratura medievale offre parecchie testimonianze dell'attrazione che simili oggetti preziosi esercitavano sui cavalieri, per cui è legittimo immaginare che potessero fare di tutto per procurarsene alcuni. Comunque, erano quelli i doni che i signori d'alto rango, tenuti alla «generosità», offrivano il più delle volte — più spesso e volentieri delle terre, che sarebbero state ancor più bene accette.

La tavola dei signori

Che cosa si serviva su quelle tavole? Per rispondere dobbiamo allargare il campo e cessare di chiuderci nell'orizzonte del modesto gentiluomo all'interno del suo piccolo castello. Più o meno raffinata, più o meno ricca di «portate» successive, l'alimentazione è fondamentalmente la stessa per l'aristocrazia feudale in genere. In larga massima — dal momento che i dettagli non sono conoscibili e le stesse cose che abbiamo detto sopra son più induzioni che non notizie tratte da testi — si distingue da quella del volgo per la qualità del pane, l'abbondanza di carne e l'uso ordinario di bevande alcoliche.

Basti ricordare come fosse raro il frumento, con cui si fa il pane bianco, e come i concessionari del suolo — si è avuto modo di presumerlo sopra — dovessero consegnarne una quota preponderante al signore. Per quel che riguarda la carne, sappiamo anche qui che lo scarso bestiame ne forniva ben poca, e neanche buona. Provvedeva quindi la caccia. Cervi e cerbiatte, daini, cinghiali, di cui i boschi erano pieni, venivano serviti per interi quarti sulle tavole dei signori e, a volte, vi si aggiungeva anche l'orso: e la selvaggina minuta, da pelo e da penna, recava anch'essa il proprio contributo. Dal momento che non esistono libri di cucina o menù che risalgano all'anno mille, non sappiamo dire come si cucinasse tutta quella carne. La cosa più probabile è che venisse arrostita alla brace, com'è probabile che se ne esaltasse il sapore con erbe aromatiche (timo, rosmarino, alloro) anziché con le spezie orientali, così ricercate in Occidente finché la fase di prosperità del commercio marittimo non le avrebbe rese banali, ma ancora rarissime o inesistenti all'epoca.

I legumi, la frutta, i formaggi, grosso modo, dovevano essere gli stessi che abbiamo visto elencare dagli estensori delle norme consuetudinarie di Cluny. Idem per il pesce, anche se quei divoratori di carne ne consumavano probabilmente molto meno, tranne forse il venerdì e in periodi di quaresima (sempre che li rispettassero rigorosamente). Probabilmente, i castellani non dedicavano ai vivai e agli stagni le stesse cure dei monaci. Per quanto riguarda i dolci, non potevano che essere, ovviamente, a base di miele, anche se non è certo che fossero altrettanto abituali dei nostri *desserts*.

Si mangiava con le mani: come si sa, nel Medioevo non esisteva la forchetta. La porzione prestabilita, tagliata da un addetto (il famoso «scalco» dei testi ben più tardivi), veniva porta al convitato su una grossa fetta di pane, poi lui se la cavava con un coltello. Perlomeno, è l'usanza attestata nei secoli successivi.

Il vino, come abbiamo visto, si produceva ovunque in Francia, nel sud della Germania e nei paesi mediterranei. Sembra però che, tranne i vignaioli, solo i signori ne avessero normalmente in tavola. Nelle zone dov'era completamente assente suppliva la birra.

Alcuni testi del XIII secolo — specie un resoconto della battaglia di Bouvines, che si può leggere in una *Cronaca di Reims* — rivelano un rituale militare nel quale il vino riveste un suo specifico ruolo. Al momento di venire alle mani, al termine di un pranzo assieme ai suoi baroni, Filippo Augusto fa immergere pezzetti di pane in coppe di vino, poi li distribuisce. Pane e vino sono, evidentemente, simboli della Cena e il re, del resto, lascia chiaramente intendere ai vassalli che stanno a lui come gli apostoli a Cristo. Si trattava di un'usanza a quanto pare ricorrente in circostanze più o meno solenni o drammatiche, forse altrettanto antica quanto il vassallaggio, ed era già invalsa nei secoli X e XI. Del resto, Richer ne fornisce un indizio. Volendo Ascelino garantirsi proditoriamente la fiducia di Carlo della Bassa Lorena, accetta da lui una coppa di vino con dentro pezzetti di pane.

Igiene feudale

Per quanto zelo impegnino i difensori del Medioevo a sostenere che in quel periodo si osservava un'igiene notevole, è incredibile che nei modesti castelli di legno dell'anno mille la si potesse rispettare agevolmente. Ricordiamo che gli stessi monaci di Cluny, che pure erano molto, molto meglio attrezzati, facevano il bagno solo due volte l'anno. Non si vede come il castellano e tutta la sua gente potessero far di meglio, o altrettanto. Lo stesso vale per i bisogni intimi. In luogo delle confortevoli latrine dei monasteri, c'era più o meno soltanto il fossato per la bisogna. Solo i signorotti importanti, nei castelli e palazzi di cui parleremo in seguito, disponevano probabilmente di comodità analoghe a quelle delle principali abbazie.

La vita all'aperto

È anche vero che buone attrezzature igieniche a domicilio non erano altrettanto indispensabili come lo erano per i monaci, dal momento che — indipendentemente dal rango — i signori vivevano essenzialmente all'aperto. Al pari della guerra, che ne costituiva la professione, anche i loro divertimenti si svolgevano all'aria aperta.

Uno di questi svaghi era rappresentato dalla caccia, in quanto essa avesse anche una finalità pratica. Si svolgeva in vari modi. La caccia alla corsa — da tempo e ancora per molto — costituiva la passione per gente abituata ad andare a cavallo e un surrogato della guerra per la gente d'armi. Se i pavidi cervidi offrivano solo il piacere di rincorrerli, un po' movimentato da qualche astuzia, e di un'uccisione rituale, i cinghiali, da parte loro, va detto che si difendevano, gli orsi graffiavano, i lupi (che si cacciavano anche per sterminarli) azzannavano: non sempre i cani erano i soli che si facessero sventrare. Quelle cavalcate per i boschi (come fino ai nostri giorni) radunavano senz'altro numerosi cavalieri, castellani di una stessa zona, scudieri e, spesso, le dame, vigorose amazzoni. Tra il fitto del fogliame risuonavano le trombe, e ci si divertiva.

La caccia con il falcone radunava meno gente. Con il falcone, l'astore, o il sagro incappucciato appollaiato sulla mano guantata, il cavaliere procedeva al passo, con poche persone al seguito, in terreno aperto. Scorta la selvaggina, restituiva la vista al rapace, che si buttava avido addosso alla preda. Quello sport affascinante, ignoto all'antichità e ora scomparso, era stato trasmesso all'Occidente dalle civiltà equestri delle pianure asiatiche.

Un altro divertimento dei signori, che ne esprime ancor meglio la passione per la guerra, sono i tornei. Più in là nel Medioevo si dirà che sono stati inventati da Geoffroi de Preuilly, morto nel 1066, per cui risalirebbero soltanto alla metà dell'XI secolo. In realtà, quei simulacri di combattimento sono ben più antichi. Se ne svolse uno a Strasburgo nell'843, in occasione dell'incontro di Carlo il Calvo con Ludovico il Germanico, e non doveva di sicuro essere stato il primo, tutt'altro. In compenso, non esistevano ancora sicuramente i tornei minuziosamente regolamentati che conobbero gli ultimi secoli del Medioevo; dobbiamo invece immaginarceli più informali e improvvisati, quindi più pericolosi e a volte micidiali. All'epoca, del resto, non erano privilegio esclusivo dell'aristocrazia feudale. La tradizione era rimasta viva al livello popolare e doveva risalire all'antichità, dal momento che la Chiesa, che li metteva al bando nei suoi concili, li chiamava «giochi pagani». Il ragazzo che venne ucciso in un gioco del genere a Vendôme nel 1077 era il figlio di un ciabattino.

Per completare il quadro della vita quotidiana dei signori non resta che parlare della guerra. Affronteremo l'argomento in un capitolo a sé, dal momento che lo merita.

I potenti

In guerra, a caccia, nei tornei, nonché nei raduni più o meno annuali che riunivano l'aristocrazia feudale di un grande feudo o del regno, i signori di qualsiasi rango avevano dunque modo di trovarsi insieme.

In Francia, i grandi feudatari, la cui ricchezza e potenza perlomeno eguagliano quella del re, vivono come sovrani. Hanno una capitale e vi risiedono per un certo periodo nel palazzo di loro proprietà. Riccardo II, duca di Normandia nell'anno mille, risiede per esempio a Rouen, accogliendo annualmente monaci provenienti dal Sinai e ricolmandoli di doni. Guglielmo V il Grande, duca di Aquitania, ha il suo palazzo a Poitiers e lo ricostruisce, intorno al 1014, insieme alla cattedrale e alle altre chiese, dopo un incendio che aveva devastato l'intera città. Quei principi tengono presso di sé le rispettive corti e adunanze, accolgono all'occorrenza questo o quel loro vassallo, o i vescovi e gli abati che si recano spesso a visitarli, discutendo insieme di religione o di politica. I domestici, il personale di guardia, i chierici incaricati di assicurare il culto nella cappella privata, gli artigiani indispensabili per la manutenzione o il rinnovo del palazzo o del guardaroba (muratori, falegnami, pittori, pellicciai, sarti, probabilmente) compongono il personale domestico. Mogli e figlie non sono assolutamente confinate in qualche gineceo, ma anzi ne condividono, e in primo piano, quella che potremmo chiamare la « vita mondana ».

A parte la guerra, che spinge spesso i signori ad abbandonare il palazzo, soprattutto per far rientrare nei ranghi un vassallo indocile, essi si spostano parecchio, si incontrano tra loro o « al vertice » con il re, fanno pellegrinaggi; secondo Ademaro di Chabannes, Guglielmo il Grande si recava ogni anno a Roma, a meno che non andasse a San Giacomo di Compostella. Folco Nerra, duca d'Angiò, ha compiuto tre pellegrinaggi a Gerusalemme per scontare le terribili punizioni che il suo violento temperamento lo induceva a infliggere alle popolazioni, alle chiese, ai monasteri. Guglielmo Tagliaferro II, conte d'Angoulême, ne ha compiuti due, uno nel 1027, l'altro nel 1028, ed è morto poco dopo il ritorno, nella propria capitale, dove si era fatto sistemare una casa vicino alla chiesa di Saint-André per potervi seguire le cerimonie.

I castelli in pietra

Oltre ai palazzi in città — di cui è impossibile farsi un'idea — i baroni possedevano castelli fuori, nei paraggi della campagna o in piena campagna. Naturalmente, non si trattava delle modeste torri di legno dei castellani di rango inferiore. La torre era in pietra e fungeva al tempo stesso da dimora e da estremo baluardo difensivo: era quello che comunemente si chiama il « maschio ». Esso dominava un ampio cortile, circondato da una o più recinzioni e in cui sorgevano varie costruzioni: caserma per le truppe, abitazioni dei domestici e degli artigiani addetti al castello, granai per raccogliere i prodotti dovuti al signore. Edifici del genere si sono trovati fin dal X secolo. Ma i primi castelli veramente conosciuti, in Francia, sono quello di Langeais, quello di Coudray, poi inglobato nell'ampio complesso fortificato di Chinon, quello di Fréteval, tutti ben descritti da Jacques Levron.

Langeais era stato costruito, intorno al 994, da Folco Nerra. Del maschio «bislungo» (rettangolare) di circa 17 metri per 9, che si ergeva su una modesta altura probabilmente in sostituzione di un torrione di legno, restano oggi, accanto al castello costruito nel XV secolo da Jean Bourré, soltanto due spigoli in rovina, con accanto tracce di una torretta quadrata, dove si apriva, all'altezza del primo piano, la postierla d'ingresso. Sotto il primo piano, lo spazio tra le quattro pareti era pieno di terra, per cui non si poteva accedere che da una scalinata appoggiata esternamente, facilmente smantellabile in caso di aggressione. Lo spessore dei muri era di oltre due metri alla base e di quasi un metro e mezzo in cima. Il primo piano, con la sola apertura della postierla, serviva da ripostiglio. Al secondo soggiornavano il signore e il suo seguito. Vi si scorgono tracce di un caminetto e bei finestroni a tutto sesto.

Del maschio di Coudray, costruito da Stefano di Blois (che ha combattuto spesso contro Folco) e restaurato in epoche recenti, quel che rimane del periodo intorno al mille non è diverso da Langeais. Lo stesso dicasi per i ruderi di Fréteval, che risalirebbe soltanto al 1040. Vi si possono scorgere quattro piani e alcuni caminetti con cappa, probabilmente i più antichi di quanti se ne conoscano.

Non è tanto più facile avere un'idea del mobilio di quei palazzi inconoscibili e di quei castelli reticenti. I documenti figurativi li ignorano, o quasi, se si escludono le sedie su cui siedono alcuni personaggi. Il calendario di Chartres ne mostra uno per il mese di gennaio. L'uomo bifronte che si sta scaldando accanto al fuoco siede su una specie di poltrona dai braccioli pendenti, lo schienale molto basso, i piedi davanti prolungati in un poggiapiedi stabile, apparentemente intarsiata con legni vari. A parte questa sedia, comoda ma poco solenne, si conoscono quasi esclusivamente — e anche qui grazie a immagini che risalgono piuttosto all'epoca carolingia — i troni dei principi, dalla forma di sedia curule, senza schienale, con braccioli e con piedi a X. Sono coperti da un cuscino, dal quale pendono a volte due ghiande.

Abbigliamento dei potenti

Sull'abbigliamento maschile dei frequentatori abituali delle corti principesche disponiamo di un testo, dovuto all'immancabile Rodolfo il Glabro: « Intorno all'anno mille, poiché il re Roberto si era appena sposato con la regina Costanza, venuta dall'Aquitania, si videro affluire al suo seguito in Francia e in Borgogna uomini venuti dall'Alvernia e dall'Aquitania, pieni di fatuità e vanità, dai modi non meno affettati dei loro abiti, che ostentavano un lusso sfrenato nelle armi, e nelle bardature dei loro cavalli, con i capelli tagliati a metà del capo, la barba rasata nella foggia degli istrioni, con scarpe e gambali indecenti [...] ».

Rodolfo soggiunge che « tutti i franchi e i borgognoni » seguirono avidamente quelle mode. E, in un poema ispiratogli da quello scandalo, inveisce contro quegli « uomini dagli abiti corti ». Da questa testimonianza, per la verità non molto ricca di particolari, deduciamo come quei meridionali avessero distolto i signori del Nord della Loira dall'usanza di portare i capelli lunghi, la barba non rasata e tuniche che gli arrivavano fino alle gambe. Naturalmente ci farebbe piacere sapere perché le scarpe e i « gambali » (che probabilmente corrispondono alle brache) fossero «indecenti». È opportuno richiamare in che modo i monaci di Saint-Rémi di Reims — a detta del loro abate, omonimo del cronista — si conciassero per andare in città, a disprezzo della regola. Se il lettore ha la bontà di riandare al capitolo XIII, vi troverà il richiamo a «brache larghe sei piedi», di un tessuto così sottile da lasciare trasparire «le pudende». Quanto alle calzature, sembravano meno indecenti che non strambe e scomode, strette com'erano, agghindate con «orecchie». Le tuniche sarebbero più indecenti, con le ampie maniche pendenti, gli orli sicuramente ricamati, la cintura così stretta da accentuare in modo ambiguo le rotondità posteriori. Se i baroni della corte di Roberto si travestivano a quel modo — e, come si vede, la moda non giungeva solo dal Mezzogiorno — si capisce come l'austero Guglielmo da Volpiano abbia rivolto loro la minaccia che non sarebbero andati in paradiso in un simile abbigliamento, che a sua detta era quello del diavolo.

Nei disegni piuttosto sommari del calendario di Chartres di cui ci siamo già avvalsi anche questa volta vediamo, per il mese di marzo, un cavaliere la cui tunica scende fino al ginocchio, con gli stivali ai piedi, a capo scoperto, rasato, i capelli piuttosto corti. Suona una tromba a forma di corno di bue — un olifante — sorreggendola con la sinistra, mentre con l'altra incita il cavallo con una frusta a tre corde. La bardatura del cavallo è interessante: una sella che sembra di pelliccia, con staffe; sulla groppa, una gualdrappa di stoffa; in bocca, un morso «di briglia», come dicono i cavalieri. Questo tipo di morso, che poggia sulle parti sdentate della gengiva — le «barre» — è più crudele del «filetto», applicato alla commessura delle labbra. Fino a un'epoca piuttosto recente, era il solo modo che si usasse, perché in passato i cavalli non avevano una bocca sensibile come ora. Molto probabilmente il personaggio sta cacciando alla corsa.

Sempre il manoscritto di Chartres contiene una miniatura che rappresenta il vescovo, il famoso Fulberto, mentre arringa il popolo radunato nella cattedrale. Vi si nota un signorotto, probabilmente Eudo II, conte di Chartres e di Blois. Ha la barba e i capelli tagliati in tondo intorno al capo, con le orecchie che si vedono. È avvolto in un ampio mantello dai riflessi dorati, un semplice rettangolo di stoffa appeso alla spalla destra con una fibbia ornata di pietre preziose, il cui drappeggio lascia scorgere la tunica, blu, che scende a metà polpaccio e le brache, rosse, non strette, come si vede spesso in epoca carolingia, da stringhe incrociate. Ha scarpe nere orlate da una fascia dorata, che continua sopra il piede fino alla punta. Non si vede bene il resto degli uomini, mentre si distinguono meglio i bambini, vestiti come i personaggi del calendario.

Le donne, nella miniatura, portano un gran velo bianco, forse di tela, che dalla testa scende fino ai piedi ed è fermato sotto il collo da un vistoso gioiello. Il pallio — se il nome è adeguato — è a volte orlato da ricami d'oro. È abbastanza aperto da lasciare scorgere la tunica lunga femminile, con ampie maniche ornate di galloni dorati e lunga fino a nascondere i piedi. Una delle tuniche è decorata anche con un nastro ricamato a colori all'altezza del ginocchio. Grazie a una donna che alza un po' la mano, si può vedere la manica aderente della camicia. Certamente si usa spesso la seta (un tessuto, come si è visto, importato) per la confezione di abiti del genere.

Gli amori del re Roberto

A tutti i livelli della gerarchia feudale il matrimonio è considerato un'occasione offerta a tutti di ampliare i propri possedimenti terrieri, estendere la propria influenza, ottenere nuove protezioni. Il che vuol dire che il sentimento spesso non c'entrava affatto, comunque non sempre.

Appena divenuto re di Francia, Ugo Capeto si era preoccupato di scegliere una sposa per suo figlio Roberto, che aveva allora circa diciassette anni. Per un attimo pensò di chiedere per lui la mano di una principessa bizantina, ma era avere grandi mire, troppo grandi. E probabilmente la lettera che aveva fatto scrivere a Gerberto non venne nemmeno inoltrata. Comunque, ben presto Roberto venne fatto sposare con Rozala, detta Susanna, da poco vedova del conte di Fiandra Arnolfo II. Nelle speranze di Ugo, avrebbe recato l'amicizia dei fiamminghi i quali, al pari del loro conte, lo avevano visto di malocchio soppiantare il rivale carolingio e che andavano incoraggiati a difendere il proprio paese dalle iniziative della corte germanica. Rozala recava anche in dote il Ponthieu, oggetto di antichissima contesa tra Normandia e Fiandra. Perdipiù era di famiglia reale: il suo defunto padre aveva portato, negli anni 950, la corona d'Italia.

Nel 988, la sposa non era più tanto giovane. Dopo appena un anno di matrimonio, Roberto la ripudiava. Ne ricevette biasimo — a detta di Richer — ma in segreto, perché non si aveva il coraggio di contrastarlo apertamente. Neanche la Chiesa, così saldamente gelosa dell'indissolubilità del matrimonio, reagì. Roberto — possiamo dire il re Roberto, perché suo padre lo aveva subito associato al trono e fatto consacrare — conservò il Ponthieu, il che evidentemente non era affatto fine. La « vecchia italiana » tentò invano di riprendersi il castello di Montreuil-sur-Mer, porto e cittadella della contea. Si ritirò infine presso il figlio, il conte di Fiandra Baldovino Bellabarba, e sopravvisse per altri quindici anni, morendo nel 1003.

Il giovane principe avrebbe potuto benissimo, come tanti altri, tenersi la moglie e prendersi qualche amante, ma sicuramente i suoi sentimenti cristiani (di cui ci offre più che abbondante testimonianza Helgaldo, che ne ha scritto la biografia) gli impedivano una simile soluzione di comodo. Voleva essere un marito fedele e voleva una moglie che gli andasse a genio: una concezione del matrimonio non molto frequente a quei tempi, che il re avrebbe cercato di mettere in pratica con notevole ostinazione, anche a scapito di altri sentimenti cristiani, come si è appena visto.

Poco dopo essersi liberato di Susanna, eccolo innamorarsi. L'eletta è Berta di Borgogna, moglie di Eudo I, conte di Chartres, di Tours e di Blois. Non è un vassallo comodo per il re di Francia. Nel 993 partecipa a un complotto destinato a consegnare il regno a Ottone III. Scoperto l'intrigo, Ugo e Roberto si alleano con Folco Nerra contro di lui. Alla fine, tre anni di guerra portano sull'orlo della catastrofe il conte di Chartres, il quale, colpito da angina pectoris, sente intanto avvicinarsi la fine. Chiede grazia, offre riparazioni, preoccupato di risparmiare ai quattro figli la vendetta del re. Ugo si lascerebbe intenerire, ma Roberto è intrattabile. Al ritorno, gli ambasciatori trovano già morto il loro signore.

Appena avuta la notizia, il giovane re, che è il vero padrone perché il padre non ne ha più per molto, fa dietrofront: prende sotto la propria protezione i figli dell'uomo che voleva sopraffare. Corre poi a riprendere Tours a Folco, che vi si era precipitato. E annuncia la sua intenzione di sposare Berta. Il minimo che si possa dire è che non aveva fatto alcunché per impedirle di diventare vedova.

Purtroppo Berta, per quanto vedova, non poteva diventare la moglie di Roberto. In primo luogo, era sua cugina di terzo grado canonico, discendendo anch'essa per via materna dal re di Germania, Enrico l'Uccellatore; inoltre, aveva scelto in passato Roberto come padrino di uno dei suoi figli e ne era quindi comare. L'unione sarebbe perciò stata doppiamente incestuosa agli occhi della Chiesa.

Gerberto, un tempo maestro di Roberto alla scuola di Reims, lo esortò invano, invano i genitori rifiutarono il consenso: l'amore ebbe la meglio. Appena morto Ugo Capeto, probabilmente di vaiolo, il principe, ormai unico sovrano, fece celebrare dai vescovi francesi il proprio matrimonio con Berta, riuscendo finalmente a diventare un marito fedele e felice.

Il pontefice Gregorio V — che aveva altri motivi di risentimento contro la corona di Francia — riunisce allora un sinodo a Pavia che depone dai loro incarichi di vescovi i troppo compiacenti prelati e li convoca sotto pena di scomunica insieme a Roberto, perché vengano a discolparsi.

Il re ricerca una conciliazione. Il papa esigeva, tra l'altro, che si reinsediasse l'arcivescovo di Reims, Arnolfo, fatto deporre da Ugo e Roberto per punirlo dei suoi tradimenti. Avuta soddisfazione su questo punto, probabilmente avrebbe accettato di dimenticare l'altro. Ma Gregorio finge di capire che il colpevole faccia onorevole ammenda su tutta la linea. Poiché Roberto continua a tenere la moglie con sé, un concilio generale riunito a Roma rinnova l'ingiunzione, condanna Roberto e Berta a una penitenza di sette anni e minaccia il re di anatema qualora persista nei suoi proposti.

L'anatema era peggio della scomunica. Era la forma suprema di maledizione, che pretendeva di perseguitare la vittima fin nell'altro mondo. Sarebbe stato spaventoso, se Roberto avesse preso sul serio le sanzioni spirituali del capo della Chiesa. Ma Gregorio V, che era il primo dei pontefici germanici, in ordine di tempo, era troppo legato agli interessi della corte imperiale perché Roberto potesse ignorarne le ragioni politiche. Lo stesso sicuramente pensavano i vescovi francesi condannati insieme a lui: Roberto si ostinava a non separarsi dalla donna che amava, e gli altri non per questo smisero di considerarsi praticanti e garanti del culto cristiano. Per farla breve, in Francia si delineava uno scisma analogo a quello che, cinque secoli dopo, avrebbe consumato, in circostanze abbastanza analoghe, l'Inghilterra di Enrico VIII.

Un simile dramma, gravido di conseguenze storiche — d'altra parte poco probabili date le condizioni generali del periodo — venne evitato. Morto Gregorio nel 999, Gerberto divenne papa Silvestro II. Egli non fece che ignorare puramente e semplicemente l'anatema scagliato dal predecessore, per cui sembrava che ormai Roberto potesse assaporare in pace le gioie di un matrimonio d'amore.

Allora, come mai Berta, dal 1001, non è più la moglie di Roberto? Continua ad amarlo, e lo dimostrerà. Preoccupazioni di ordine religioso sarebbero alquanto tardive. La vera ragione, perlomeno quella più verosimile, è squisitamente connessa a esigenze del regno: in quattro anni Berta non ha dato un erede al re di Francia e la nascente dinastia rischia di estinguersi. Quella rivale, la carolingia, non ha alcun esponente che possa imporsi. Dopo Roberto, sicuramente il regno è destinato a cadere in preda a un caos permanente. Se questo è il motivo giusto, la lunga e gloriosa Francia capetingia nota alla storia deve molto, anzi tutto, a Roberto.

Per farla breve, il giovane sovrano, senza neppure dovere annullare il secondo matrimonio, ne contrae un terzo, sposando Costanza, figlia di Guglielmo I, conte di Arles. Abbiamo visto sopra quale tono quest'ultima avrebbe impresso alla corte di Francia, con grave scandalo di Rodolfo il Glabro e di altri monaci più importanti. I meridionali del suo seguito godevano, a quanto sembra, una vita spensierata e libera: ma se questi sono difetti, ve ne sono ben altri. La regina era bisbetica, autoritaria: il suo comportamento verso i figli che darà al re rivelerà più tardi la sua sete maniacale di potere; nel frattempo, si rende ogni giorno più odiosa agli occhi del marito.

Roberto si consola soltanto parlando della sua amata Berta con Ugo di Beauvais, imparentato con il casato di Blois e quindi con lei. Ora Costanza, da parte sua, è cugina di Folco Nerra, il nemico giurato del casato di Roberto. Il preoccupante duca d'Angiò sposa la causa della regina e passa ai fatti: spedisce alcuni sicari ad assassinare Ugo di Beauvais mentre è a caccia insieme al re. Scandalo enorme. Un'assemblea reale dichiara passibile di pena di morte l'istigatore del misfatto. Ovviamente Folco non si presenta. L'arcivescovo di Chartres, Fulberto, cerca più o meno di sistemare le cose. Ma Eudo II, figlio di Berta e di Eudo I di Chartres, sicuramente incoraggiato dal re, riaccende la guerra permanente tra la propria famiglia e l'Angioino. Essa cessa bruscamente nel 1010, allorché Folco, probabilmente in preda al pentimento, intraprende un secondo pellegrinaggio in Terra Santa.

In quello stesso anno Roberto compie un ben diverso viaggio. Si reca a Roma, in compagnia di Berta. Deve delle scuse al pontefice Giovanni XVIII, la cui autorità è stata gravemente offesa, in sua presenza, in un sinodo tenutosi a Orléans. Egli va a offrire qualsiasi genere di riparazione e spera in cambio, naturalmente, di poter ripudiare Costanza e riprendersi Berta.

Quell'amore aveva dunque vita dura. E quel che più colpisce è che Berta, nata probabilmente intorno al 964, aveva allora ampiamente superato i quarant'anni: c'è perciò da pensare che le donne dell'epoca non sfiorissero tanto presto come sostengono alcuni. C'entra anche, sicuramente, la fedeltà del cuore, di cui comunque Roberto offre una bella testimonianza, che fa onore al suo carattere. Purtroppo non ci è dato conoscere come Berta ricambiasse quei sentimenti, quella Berta che poteva avere ragioni anche diverse dall'amore a volere rimanere, o ridiventare, regina di Francia.

Comunque, Costanza attende notizie nel castello di Theil, vicino Sens, con il giovane figlio Ugo. È in preda all'inquietudine quando, una notte, le appare in sogno san Saviniano, il primo arcivescovo di Sens, che la rassicura. La notte seguente arriva un messaggero che annuncia il ritorno del re. Il viaggio a Roma non aveva dato i frutti sperati. «Da allora» conclude il cronista della vicenda «amò Costanza». Diciamo pure che finse di amarla.

La carità del re Roberto

Roberto il Pio è l'unico principe nonché il solo personaggio del mille di cui si conoscano le vicende amorose. È anche quello la cui vita di ogni giorno è più chiaramente intuibile. Helgaldo, il monaco di Fleury o Saint-Benoît-sur-Loire che abbiamo già incontrato diverse volte, ha vissuto parecchio tempo alla sua corte e ne ha ricavato un libro pieno di osservazioni concrete, come nessun altro testo dell'epoca. Appunto perché si è dedicato a celebrarne le «sante virtù», lasciando agli storici il compito di riferirne «i combattimenti nel secolo, le vittorie sui nemici, i territori conquistati con il suo coraggio e la sua abilità», egli ci fa vedere il sovrano nella sua vita di uomo.

Diciamo subito che non era la stessa vita di quella di tutti i principi contemporanei. In primo luogo la sua devozione è eccezionale. La sua passione di prendere parte da vicino alle cerimonie liturgiche, di cantare al leggio come un monaco del coro, o il suo talento di compositore di inni lo sono ancora di più. Ma un altro dei tratti su cui Helgaldo insiste potrebbe persino essere giudicato incredibile, se la sua stessa insistenza non ci dicesse come fosse straordinario ai suoi stessi occhi,

«A chi ti ruba il mantello, lascia che ti rubi anche la tunica.» Questo precetto di Cristo, sicuramente uno dei più ignorati di tutto il Vangelo, sembra invece sia stato preso particolarmente sul serio da Roberto.

Vediamolo al palazzo di Etampes, appena fatto costruire da Costanza. Per l'inaugurazione il re dà un grande ricevimento e spalanca le porte ai poveri. Uno di questi, più ardito degli altri, gli si accoccola ai piedi; ed «egli si sfamava sotto la tavola con ciò che lui gli faceva passare». Ma si spinge più oltre: stacca un «ornamento di sei once d'oro», un «lambello» appeso «alle ginocchia del re», e se la svigna. Quando invitati e poveri lasciano il palazzo, Costanza si accorge del piccolo furto, insulta il ladro e dice che la vittima è «disonorata». Ma Roberto le risponde: «Per quanto mi riguarda, nessuno mi ha disonorato. Voglia Dio che quell'ornamento giovi a chi lo ha preso che ne ha molto più bisogno di noi».

Un'altra volta «un povero pretino» lorenese, chiamato Ogier, che il re aveva accolto e destinato al «collegio» della propria cappella, ruba un candelabro dell'altare. Lo nasconde sotto il mantello (il che prova che non era enorme). Roberto lo ha visto, ma dichiara di non sapere chi sia il ladro. Costanza «in preda all'ira, giura sull'anima di suo padre Guglielmo di infliggere ai guardiani colpevoli la tortura, di strappare loro gli occhi [...]». Roberto prende da parte Ogier e gli dice: «Vattene, se non vuoi che l'incostante Costanza, mia moglie, ti mangi vivo. Quello che hai con te ti basta per permetterti di arrivare al tuo paese natio. Che il Signore sia con te, ovunque tu vada». E «gli donò altre cose in più, oltre ciò che aveva rubato, perché al poveraccio non mancasse nulla durante il cammino». Qualche giorno dopo confida ad alcuni intimi: «Perché mai darsi tanta pena per cercare quel candelabro, se il Dio onnipotente ne ha fatto dono a uno dei suoi poveri? [...] Dio ha concesso a noi peccatori tutti i beni terreni soltanto per permetterci di soccorrere i poveri, gli orfani, le vedove e tutta la sua gente».

Mentre se ne stava «nella sua dimora reale di Poissy» Roberto trova un giorno la sua lancia «magnificamente ornata d'argento a opera della sua orgogliosa moglie». Subito dopo guarda alla finestra e scorge un povero, al quale «chiede con discrezione se ha un qualche pezzo di ferro, per staccare l'argento». Il povero torna immediatamente «con un attrezzo che poteva servire all'uopo». Il re si chiude con lui e gli infila il prezioso metallo nella bisaccia, raccomandandogli di fare in modo di non farsi vedere dalla moglie...

Helgaldo racconta anche altri episodi analoghi. Ci fa inoltre sapere che nelle «città regie» di Parigi, Senlis, Orléans, Melun, Etampes, Digione, Auxerre, Avallon — le tre città borgognone erano diventate del re dopo che questi ebbe strappato la provincia a un usurpatore — il re faceva distribuire a trecento poveri «o, per essere più precisi, a mille poveri» «una gran quantità di pane e vino». Durante la quaresima faceva lo stesso «dovunque andasse», aggiungendo il pesce. Il Giovedì santo integrava le sue elemosine con un denaro. Cento chierici poveri ne ricevevano addirittura dodici. Inoltre, coperto soltanto da un cilicio, lavava i piedi a centosessanta chierici, asciugandoli poi con le sue chiome e dando a ciascuno 2 soldi. (Equivalevano a 30 denari, il valore del tradimento di Giuda. Ecco perché, una volta tanto, Helgaldo preferisce contare in soldi...)

Un giorno, mentre teneva consiglio con i vescovi del regno «ne scorse uno che, afflitto da una forte pinguedine, teneva i piedi penzoloni». Va di persona «molto lontano» a cercargli uno sgabello e glielo infila sotto i piedi: Helgaldo non manca di sorprendersi per quel gesto d'umiltà, che proveniva da un sovrano.

Le residenze del re Roberto

Questi e altri racconti che siamo costretti a risparmiare al lettore non si limitano a rivelarci il normale modo di comportarsi del sovrano nella vita di ogni giorno e la futile vanità di sua moglie, ma ci fanno in qualche modo partecipi della vita della sua corte. Ce la mostrano molto itinerante, mentre si sposta di citta in città, specificando ogni tanto che il re vi possedeva un «palazzo». Oltre a quello di Etampes fatto costruire da Costanza, veniamo a sapere che quello «che sta a Parigi» — e che sicuramente esisteva prima di Roberto — è «magnifico». A Compiègne ci pare di capire che ce ne siano due, dal momento che Helgaldo distingue il «palazzo» *tout-court* e quello «di Carlo il Calvo», che sembra servire, almeno in parte, come luogo di detenzione per personaggi al di fuori della norma. Negli altri luoghi in cui vediamo soggiornare Roberto, la sua dimora, più semplice, probabilmente non meritava il nome di «palazzo». A ogni modo, questo nome non compare.

Quanto ai castelli, se ne incontra uno solo, a Crépy-en-Soissonnais, e non appartiene al re: è stato «splendidamente costruito dal potente Gautier», signore del luogo. È un peccato che Helgaldo non abbia la passione di descrivere tutti quei «magnifici» edifici.

Oggetti preziosi

Del pari dobbiamo ammirare sulla fiducia, o quasi, gli oggetti preziosi che Helgaldo elenca a profusione: il cervo «d'argento puro» donato a Roberto da Riccardo, duca di Normandia, abbastanza piccolo perché un ladro se lo nasconda nelle brache; il crocifisso d'oro massiccio e il «vaso d'argento che pesa 60 libbre» (!) offerto alla chiesa di Sainte-Croix d'Orléans dai genitori di Roberto per ottenerne la guarigione durante una sua malattia infantile; il calice «che vale 100 soldi d'oro fino» eseguito per ordine del vescovo d'Orléans, Thierry, e destinato alla stessa chiesa, al quale Roberto aggiunge una patena «dello stesso stile». Essendo Orléans la capitale del regno, il re non faceva che prediligere Saint-Croix, il santuario più venerando della città. Il vescovo Ulrico ottenne in dono «vesti sacerdotali così splendide» che quando celebrava la messa «appariva circondato dappertutto d'oro e di porpora» (finalmente un'osservazione visiva!). In un altro caso si tratta di «un vasetto di onice» acquistato dal re per 60 franchi. Si aggiungano «altre stoffe preziose» (ed eccoci di nuovo ciechi), «e tante altre cose che non possiamo elencare per iscritto né contare»...

Ed ecco poi «reliquiari d'oro, d'argento e di pietre preziose» per i santi Saviniano e Potenziano, martirizzati a Sens; una «stoffa preziosissima» per l'altare della Vergine della chiesa di Saint-Benoît, insieme a un «turibolo assolutamente ammirevole, magnificamente adorno d'oro e di gemme» e assolutamente «dello stesso stile del bruciaprofumi d'oro fatto dall'abate Gauzlin, costruttore di oggetti meravigliosi, la cui opera rifulgeva, più brillante di qualsiasi cosa mai vista, nella chiesa di Fleury». Se ne deduce chiaramente che l'abate, fratello naturale del re, praticava personalmente l'arte dell'orefice, e con talento.

Ma principi come Roberto non offrivano soltanto alle chiese magnifici oggetti preziosi: se ne scambiavano anche tra loro. Quando, nell'agosto del 1023, il re di Francia si incontrò sulle rive della Mosa con l'imperatore Enrico II, lo pregò di accettare «enormi doni d'oro, d'argento e di pietre preziose, oltre a cento cavalli lussuosamente bardati e a una maglia di ferro e un elmo». Enrico volle accettare «soltanto un libro dei Vangeli incrostato d'oro e pietre preziose e un reliquiario con analoghe decorazioni, con dentro un dente di san Vincenzo»; l'imperatrice accettò solamente un paio di piatti d'oro. L'indomani Roberto, restituendo la visita dall'altra sponda del fiume, si vide offrire 100 libbre di oro fino; accettò solo due piatti d'oro (il che non sembra equilibrare lo scambio). Così, perlomeno, Rodolfo riferisce quell'importante incontro.

Tutti quei rivoli di pietre preziose, quella profusione d'oro, le stoffe preziose potrebbero fornire l'immagine di un'epoca florida. Inutile dire al lettore che sarebbe ingannevole. Il fasto dei ricchi — come dimostra la storia di tutte le società — non riflette assolutamente l'agiatezza dei popoli, anzi è particolarmente clamoroso solo quando si erge sulla miseria degli umili.

CAPITOLO VENTESIMO

LA GUERRA

La società dell'anno mille vive immersa nella guerra. Si può dire che la secerne, perché tutti i quadri laici, dal vertice alla base della gerarchia, sono guerrieri. La Chiesa, come si è visto, cerca di arginarla, ma con ben scarsi risultati.

Ma di che guerra si tratta?

La natura delle guerre

Non si tratta, o si tratta ben poco, di quelle che si chiameranno in seguito guerre nazionali, e che sarebbero per quell'epoca guerre tra regno e regno. Per tutta una fase è possibile citarne una sola, limitata nel tempo e priva di conseguenze: il *raid* del re Lotario su Aix-la-Chapelle, seguito da una rapida incursione di Ottone II, che arriva fino alla Senna, poi ripiega, mentre la sua retroguardia è fatta a pezzi vicino Soissons. Sono eventi del 977. Di altro genere, e di dimensioni ben più ampie, è l'effimera conquista dell'Inghilterra a opera del re di Danimarca, Sveno, il quale sottrae nel 1014 la corona al re Etelredo, grazie al figlio Canuto, che la perde e la recupera, per conservarla fino alla morte, avvenuta nel 1035. In questo caso non si tratta dello scontro tra due regni, ma di un'impresa di sostituzione dinastica per mettere insieme un grande impero, per forza di cose fragile e destinato a disgregarsi entro breve.

Vi sono guerre contro i pagani dell'Est, che conduce solo l'imperatore germanico, così come spesso attacca i territori che ancora Bisanzio detiene nell'Italia meridionale, soprattutto nel 1021-1022. Ve ne sono altre, sempre condotte contro quei territori, fin dal 1017, da avventurosi vassalli dei duchi di Normandia, incoraggiati dal pontefice Benedetto VIII: guerre che preannunciano le stabili conquiste normanne del secolo prossimo nel Mediterraneo. Ve ne sono contro gli ultimi normanni non ancora assimilati, contro i saraceni che continuano a occupare La Garde-Freinet e che verranno liquidati da una rapida spedizione nel 972; contro quelli che, prima del 1019, assalgono Narbona, vengono sconfitti e vedono i loro fratelli prigionieri ridotti in schiavitù; infine, a partire dal 1020 circa, in Spagna, contro quelli del potente Modjehid, re delle Baleari, e quelli del re di Saragozza. Queste spedizioni periferiche rappresentano, con ventiquattro anni di anticipo, il preannuncio delle Crociate.

Ma le guerre più comuni e ricorrenti sono quelle feudali, quelle condotte tra signori, tra principi e vassalli, tra re e signori feudali.

Quali sono i motivi, le occasioni che scatenano le guerre? Vanno tutti ricondotti a quella che oggi chiamiamo la volontà di potenza. Gli strumenti per soddisfarla attraverso le armi, anziché concentrarsi come oggi nelle mani degli Stati, sono a disposizione praticamente di tutti i membri della società feudale. Dipendono dalla ricchezza, vale a dire, in quel tempo, dall'estensione delle terre che ognuno controlla, dal numero di vassalli che hanno permesso di «accasare»; e dipende anche dalle posizioni strategiche che in quelle terre si trovano, sempre rafforzate da un castello. È appunto questo che ci si contende, che ci si sottrae a vicenda e ci si riprende, permanentemente. Ne risultano ostilità, più di quante non ne provochino ingiurie o puntigli d'onore. E la solidarietà familiare — estesa al «lignaggio» che comprende fratelli, cugini e affini vari —

coinvolge spesso in quei conflitti (anche in quelli minori), in quelle inesauribili vendette, un gran numero di cavalieri.

La realtà della guerra

Leggendo le *Chansons de geste* — che, lo ricordiamo, si cantavano già nel mille — si immaginano queste guerre feudali come epiche mischie, in cui cavalieri dall'indomito coraggio prodigano colpi di lancia e spada. Leggendo le cronache il quadro si decanta.

Beninteso, il cavaliere è ben calato sulla sua sella a truschino, equilibrato dalle staffe — generalmente diffuse fin dall'epoca carolingia — efficacemente protetto dall'elmo (un casco conico provvisto di un nasale), dall'usbergo in maglie di ferro, dallo scudo rotondo od ovale. Il suo massiccio cavallo, lanciato al galoppo per l'assalto, sviluppa una temibile forza d'urto. Sta a lui fare in modo che superi quella del cavaliere contro cui si scaglia. Sta al vigore e all'abilità del suo braccio colpire nel punto giusto l'avversario, disarcionarlo con un colpo di lancia, ferirlo con la spada, accopparlo con l'ascia o la mazza. I «sergenti» o scudieri a cavallo, che seguono questi protagonisti della guerra, sono al loro servizio, come indica il loro stesso nome. La fanteria che essi guidano, disprezzandola, ha un ruolo soltanto secondario, peraltro più pericoloso, visto che è molto meno protetta dal tipo di armamento; benché a volte disponga di armi da getto — doveva già esserci la balestra, stando ad alcuni documenti figurativi — non sfugge al corpo a corpo.

Ma se questa «tecnica» è già a punto, non è la sola che si impieghi e neppure quella usata più di frequente. Perlomeno è questa l'opinione che si ricava decisamente dai testi narrativi. Per farsi un'idea delle guerre feudali intorno al mille bisogna liberarsi ampiamente di questo luogo comune.

Il motivo è semplice: l'obiettivo della contesa sono soprattutto alcune piazzeforti, castelli o città, per cui quello che predomina nelle guerre feudali sono gli assedi.

Ma c'è dell'altro, e ancora più serio. Lo scopo che si persegue è quello di indebolire l'avversario, causargli guasti rovinosi; in altri termini, saccheggiarne le terre, bruciarne i raccolti, incendiare le capanne dei suoi concessionari, se è il caso massacrarli, violarne le mogli e le figlie.

Assedi, dunque, e spesso anche sostituiti dal tradimento; devastazione delle terre; il meno sovente possibile anche battaglia campale, a volte anche il ricorso all'astuzia: è in questo modo che dobbiamo immaginarci le guerre feudali dell'anno mille.

Alcuni episodi

Carlo della Bassa Lorena, fratello del penultimo erede di Carlo Magno, Lotario, e unico sopravvissuto della dinastia, soppiantato quindi nel 987 da Ugo Capeto, non si era affatto rassegnato. A partire dall'anno successivo aveva cercato di impossessarsi di Laon, capitale tradizionale della dinastia soppiantata con lui. Assisteremo, con Richer, a un assedio in piena regola? Assolutamente no. Gli abitanti di quella città mal tolleravano le esazioni del loro vescovo Adalberone, detto Ascelino, a noi già ben noto. Alcuni promettono agli emissari di Carlo di consegnargli la città. Il resoconto di Richer, che una volta tanto rinuncia a imitare lo stile antico e scrive da persona bene informata, è troppo vivace e concreto per poterlo riassumere: «Carlo sopraggiunse con le sue truppe nel momento favorevole in cui stava tramontando il sole e inviò i propri emissari ai transfughi per sapere da loro che cosa si dovesse fare. Quei tipi erano nascosti tra le vigne e dietro le siepi, pronti a entrare in città, se la fortuna glielo avesse concesso, o a difendersi a mano armata, se il fato avesse voluto così. Quelli che erano stati inviati a spianare la strada incontrarono i traditori nei luoghi convenuti [...] e annunciarono loro che Carlo era arrivato, insieme a un gran numero di cavalieri. I traditori, tutti contenti, rimandarono indietro i messi, perché dicessero a Carlo di venire immediatamente. Appena informato di questo, Carlo, alla testa dei suoi, procedette lungo le anse del monte [Laon si erge su una scarpata rocciosa] e si presentò davanti alle porte della città. Le sentinelle, accortesi dal calpestio dei cavalli e dal rumore delle armi che c'era gente, gridarono da sopra le mura: "Chi va là?" e cominciarono subito a gettare giù pietre. Ma i traditori risposero: "Cittadini! Siamo abitanti della città". E le sentinelle, ingannate dalla risposta, aprirono le porte da dentro e accolsero le truppe. Stava ormai cadendo la notte. I nemici invasero la città; si impossessarono persino della porta, dove piazzarono alcune guardie per impedire a chiunque di fuggire. Gli uni suonavano la tromba, altri lanciavano grida, altri ancora facevano risuonare le armi, in modo che i cittadini spaventati, perché non sapevano che cosa stesse succedendo, si precipitassero fuori dalle case per cercare di fuggire. Alcuni si cacciavano negli angoli più remoti delle chiese, altri si rinchiudevano dovunque potessero nascondersi, altri infine si precipitavano giù dalle mura. Il vescovo, tra gli altri, fuggì solo e scese per la montagna, ma scoperto fra le vigne da gente mandata in esplorazione, venne portato davanti a Carlo e da questi fatto prigioniero. Carlo si impadronì inoltre [...] di quasi tutti i nobili della città».

Ed ecco il caso di una città conquistata, come si dice, senza colpo ferire. Carlo si dà da fare per renderla imprendibile. Vi ammassa provviste alimentari, soprattutto grano. Ordina pattugliamenti notturni, per le strade e sulle mura. Fa disporre «alti merli» in cima alla torre — il maschio — perché a suo avviso non era abbastanza elevata, e ordina di scavare tutt'intorno ampi fossati.

«Fece costruire macchine contro il nemico e fece al tempo stesso portare legname per la costruzione di altri macchinari. Si costruirono palizzate con pali acuminati; si chiamarono fabbri per fabbricare proiettili e per rafforzare tutto ciò che andava rafforzato. Si concentrarono là persino uomini che maneggiavano le baliste con tale destrezza da riuscire a trapassare con un sol colpo deciso due aperture situate ai due lati diametralmente opposti di una bottega e da centrare con sicurezza gli uccelli al volo e farli cadere trafitti da grandi altezze.»

Preziosa descrizione di una città che si prepara a reggere un assedio.

Ugo Capeto e il figlio Roberto, anche lui re, giungono sotto le mura di Laon. Scelgono la collocazione del campo dove schierare le proprie truppe al riparo da una sortita dei difensori, circondando il campo stesso di fossati e di «argini», probabilmente muretti bassi fatti con la terra asportata. Ma «la pendenza ripida della collina sottostante la città rendeva quest'ultima inespugnabile». Giunge l'autunno e si abbandona il campo, «per ritornare in primavera». Carlo ne approfitta per rafforzare ulteriormente le difese, sbarra le porte, chiude «le aperture segrete praticate sul dietro delle case».

Arriva la primavera del 989 e i due sovrani capetingi ritornano, con ottomila uomini, ci dice Richer (ma è scontato che non sono cifre da prendersi alla lettera). Schierano nuovamente il campo e fanno poi costruire un ariete per cercare di buttare giù le mura.

«Costruirono questa macchina con quattro travi straordinariamente larghe e lunghe, disponendole a forma di rettangolo e drizzandole poi in piedi: le tennero insieme in cima e alla base con quattro assi di legno; in mezzo c'erano barre trasversali soltanto sul fianco destro e su quello sinistro; sulle giunture superiori delle travi erette stesero due lunghi travetti e li fissarono a una distanza tra loro di un terzo dello spazio compreso tra le travi. Ai travetti attaccarono corde intrecciate e vi appesero un massiccio tronco con la punta di ferro. Legarono corde anche al centro e all'estremità del tronco e in tal modo, tirando e lasciando alternativamente le corde con l'impiego di molte braccia, si metteva in moto la massa ferrata. [...] Collocarono la macchina su tre ruote disposte a triangolo, per poterla deviare più facilmente e dirigerla ovunque fosse necessario.»

Ahimè! «Poiché l'assetto della città, costruita in cima a una scoscesa collina, non permetteva di avvicinare la macchina, non la si poté usare.» Gli artiglieri del re sapevano fabbricare macchine, ma c'è da pensare che fossero piuttosto sprovveduti.

In agosto, approfittando di una notte in cui i sovrani dormivano appesantiti da troppo abbondanti libagioni, gli assediati fanno una sortita e incendiano il campo. Distrutti completamente viveri e scorte, ai due re non resta che ordinare la ritirata.

Carlo aveva preso Laon ricorrendo al tradimento e, in seguito, sempre il tradimento avrebbe restituito al re la città. Nel frattempo, ancora un tradimento avrebbe consegnato al pretendente carolingio una città ancora più importante di Laon: Reims.

Il traditore fu Arnolfo — bastardo di Lotario e, quindi, nipote naturale di Carlo — appena nominato da Ugo Capeto (che credeva di conquistarsene la fedeltà) arcivescovo di Reims. L'ingrato, poco dopo l'investitura, dischiudeva allo zio le porte della città. Indignato e furibondo, Ugo raduna «seimila» uomini, deciso a piegare Reims «con le armi o per fame».

«Parte dunque pieno di ardore e guida le sue truppe attraverso il territorio donde il nemico ricavava il sostentamento, lo devasta da cima a fondo e lo abbandona in preda alle fiamme con tanta furia da non lasciare in piedi neppure la capannuccia di una vecchia fuori di senno».

Dopo l'impresa, c'era ancora da affrontare l'esercito del rivale.

E sembra che Ugo ne abbia tutte le intenzioni. Quanto a Carlo, ha condotto in aperta campagna «quattromila» uomini della città di Laon. «Ed era ben deciso, se non l'avessero attaccato, a starsene tranquillo, ma avrebbe resistito se lo avessero attaccato.»

È appunto quanto sembra stia per avvenire. Arriva Ugo e vede le truppe di Carlo pronte per la battaglia.

«Divise i suoi uomini in tre divisioni, per timore di essere ostacolato da troppa gente e messo in difficoltà dalle sue stesse forze. Formò dunque tre corpi d'armata: il primo, che doveva affrontare lo scontro; il secondo, che doveva appoggiarlo se avesse ceduto; il terzo, che avrebbe razziato il bottino. Dopo avere in tal modo distribuito e organizzato l'armata, il sovrano, alla testa del primo corpo, avanzò con le insegne spiegate aprendo lo scontro; gli altri due corpi si disposero in luoghi prestabiliti, pronti a recare soccorso.»

Contro i «seimila» uomini del re, Carlo ne ha in campo soltanto «quattromila» (teniamo comunque fermo che le sue truppe sono inferiori numericamente).

«Da entrambe le parti si resta nell'incertezza, perché Carlo disponeva di scarse forze militari e d'altro canto il re si rendeva conto di avere agito contro ogni diritto privando Carlo del trono dei suoi padri per impossessarsene. Queste considerazioni trattenevano entrambi. Alla fine, i grandi diedero al re il salutare consiglio di fermarsi un attimo insieme alle truppe. Se il nemico avanzava, lo avrebbero combattuto, ma se non lo avesse fatto sarebbero tornati indietro con tutto l'esercito. Da parte sua, Carlo prese la medesima decisione e così, fermandosi entrambi, le due parti cedettero ciascuna a un suo specifico impulso. Il re riportò indietro il suo esercito e Carlo si ritirò a Laon.»

Tutti questi cavalieri, e la fanteria che li seguiva, erano stati trattati dalla guerra molto meglio della povera vecchia della Champagne...

È comprensibile che Carlo, conscio della propria inferiorità numerica, abbia puntato a vedersi risparmiare la battaglia. Ma i motivi che Richer presta a Ugo sono ben poco verosimili e, comunque, sorprendenti. Quei rimorsi tardivi che lo bloccano sul campo di battaglia mal si accordano con il suo «ardore» iniziale e, peggio ancora, con il metodo sleale che impiegherà per trionfare sul rivale. Se avesse avuto dubbi sulla legittimità delle sue pretese avrebbe fatto meglio a venire alle mani, cosa che avrebbe significato affidarsi al giudizio di Dio, anziché incaricare il «vecchio traditore» Ascelino di attirare in una trappola Carlo a Laon. I particolari di questo basso intrigo sono le mille miglia lontani da quello che è la guerra perché possano trovare posto in questo capitolo. Ci limitiamo perciò a osservare che se Carlo fu preso proditoriamente, anche lui era ricorso al tradimento per sottrarre a Ugo due città.

Anche il figlio di Ugo Capeto, Roberto il Pio — di cui abbiamo visto nel capitolo precedente come si svolgesse bonariamente la vita quotidiana — ci sorprende non meno quando, in guerra, lo vediamo animato dalla stessa sete di devastazioni del padre. Accanitamente deciso a riconquistare il ducato di Borgogna, non ha esitato a infierire con tutta una serie di saccheggi. Per «pio» che fosse, aggredì violentemente l'abbazia di Saint-Germain, contigua alla città di Auxerre, ben difesa — va detto — da «robusti bastioni» e predisposta alla difesa da Landry, conte di Nevers, con l'aiuto degli abitanti, i quali — come dice Rodolfo il Glabro — «temevano le devastazioni nemiche ai danni del santo gregge». L'intervento di Odilone, il celebre abate di Cluny, non valse a disarmare Roberto. Egli dovette sì rinunciare a prendere l'abbazia, ma l'indomani — riferisce Rodolfo — abbandonò il campo «incendiando al suo passaggio case e raccolti, rispettando soltanto città e castelli ben difesi», dimostrando che la devastazione del territorio costituiva una normale tecnica di guerra.

Alcuni decenni prima, il re Lotario era riuscito a impossessarsi di Verdun, una delle maggiori piazzeforti di quella Lorena che i Carolingi si contesero all'ultimo sangue con gli imperatori germanici. Egli aveva sconfitto la resistenza della gente del posto attaccando la città dal lato in cui confina con la pianura, mettendo in campo «macchine da guerra di ogni genere». I difensori, non vedendo arrivare alcun soccorso, si erano arresi nel giro di otto giorni. Qualche mese dopo, però, alcuni vassalli lorenesi dell'imperatore avevano occupato «uno spazio che le mura che lo circondavano faceva somigliare a una fortezza», posto di fronte a Verdun, sull'altra riva della Mosa, ma collegato da due ponti con la città. Vi raccolsero provviste, legname da costruzione portato dal bosco di Argonne per farne macchine da guerra all'occorrenza, pali muniti di punte di ferro, corde, scudi «per formare la testuggine». Lotario, messo sull'avviso, richiama cavalieri e soldati che aveva appena congedato e si accinge a costringere la fortezza a capitolare. Richer descrive una macchina assai diversa dall'ariete di Ugo Capeto. Si tratta di una torre di legno abbastanza alta perché dalla cima si possano dominare i difensori e schiacciarli con proiettili vari, «giavellotti e pietre». Per portarla a contatto con la fortezza senza subire il tiro dell'avversario si inventano delle corde di richiamo che scorrono su una specie di cabestano e sono tirate da buoi che la avvicinano alle mura a mano a mano che essi si allontanano. La macchina procede su «cilindri» ruotanti. Così, si poteva collocare al suo posto «senza che nessuno venisse ferito». La cosa che, per la verità, non si capisce bene è come mai quelli che hanno piantato saldamente a terra, quasi ai piedi delle mura, il famoso cabestano fossero meno esposti che se avessero semplicemente spinto avanti la macchina bellica...

Comunque sia, per non restare dominati dall'alto dagli assalitori, i difensori costruiscono una macchina analoga. Su quel campo di battaglia sospeso s'ingaggia un combattimento difficilmente paragonabile alle mischie equestri dell'epopea. Gli uomini di Lotario hanno la meglio: l'apparecchio nemico, agganciato da corde munite di arpioni, tirato con forza, si inclina e rovescia al suolo gli occupanti. La guarnigione chiede grazia e il re la concede e si accontenta della resa.

Richer è prezioso per i particolari che fornisce sugli eventi militari, ben più circostanziati di quelli forniti dagli altri cronisti. Certamente, non gli si può credere a occhi chiusi; tuttavia, anche se ciò che riferisce non si è svolto esattamente così, si tratta pur sempre di riflessi di quelle che erano le usanze guerriere contemporanee. Si è esagerato parecchio, a quanto pare, sulla sua mania di imitare Sallustio: vi si compiace soprattutto nei discorsi che mette in bocca ai suoi personaggi. In ogni caso, la *Guerra giugurtina* non contiene la sia pur minima descrizione di una macchina da guerra, per cui Richer non può che aver ricavato le sue dalla propria diretta esperienza o informazione, il che del resto vale anche per le vicende dei conflitti di cui riferisce.

Una battaglia campale

C'è una battaglia campale riferita sia da Richer, sia da Rodolfo il Glabro: è quella condotta il 27 giugno del 992 da Folco Nerra contro il conte di Rennes, Conan, vicino a Conquereuil, oggi un comune del dipartimento Loire-Atlantique. Non c'è da stupirsi se i due resoconti non sono su tutto perfettamente concordi, anche se si somigliano per l'essenziale.

Entrambi ci dicono che Conan aveva fatto scavare nel terreno che lo separava dall'esercito di Folco alcuni fossati, perfettamente camuffati da coperture di rami e foglie. Secondo Richer, aveva poi annunciato che avrebbe atteso il nemico fermo sulle sue posizioni, avendo il diritto dalla sua. Secondo Rodolfo, al momento della battaglia le sue truppe finsero di mettersi in fuga. Comune ai due resoconti, naturalmente, è il dato della caduta nei fossati degli uomini di Folco, lanciati all'attacco. Il seguito presenta diverse discordanze, ma approda in entrambi i casi alla vittoria finale di Folco.

Bilancio

Molti altri assedi, ma molte meno battaglie campali, è dato incontrare nelle cronache, anche se perlopiù riferiti in termini molto generici. Quel che possiamo ricavarne è la frequenza dei castelli conquistati, distrutti, ricostruiti, ripresi — quei torrioni in legno risorgevano con la stessa facilità con cui venivano divorati dalle fiamme — soprattutto nel caso di Ademaro di Chabannes, che riporta prevalentemente le guerre feudali dell'Aquitania. E continuamente ricorrono — orribile ritornello — le devastazioni dei campi.

I signori più importanti — abbiamo avuto modo di osservarlo molto sopra — muoiono solo eccezionalmente in campo di battaglia. Ci mancano invece testi che ci dicano quale fosse la sorte dei loro vassalli e dei loro cavalieri di rango inferiore. Non ci sarebbe tuttavia da stupirsi se anch'essi godessero nei combattimenti di una certa immunità. La sopravveste di maglia, l'elmo, lo scudo li proteggevano dai colpi mortali meglio di quanto non proteggesse i sergenti l'attrezzatura molto meno completa, sicuramente meglio dei fanti, protetti da un'armatura leggera. Si tenga poi conto che, a cavallo, si scappa molto più in fretta, all'occorrenza... Infine, se un cavaliere si trova alla mercé del nemico non lo si massacra tanto spesso come si fa con gli umili fanti: lo si cattura per ottenerne il riscatto.

Certamente, l'ulteriore storia del Medioevo registrerà episodi di eroismo e di morti gloriose, fino all'ecatombe di Azincourt, dove perì il fior fiore della cavalleria francese, orgogliosamente attardata in una tattica anacronistica di fronte agli arcieri inglesi. L'ideale cavalleresco, sviluppato dalla Chiesa a vantaggio delle Crociate, sorretto dalla fedeltà e dalla devozione che riusciranno a ispirare alla media e piccola aristocrazia feudale i grandi Capetingi del XII e XIII secolo, costituirà una realtà duratura, che intorno al mille, tuttavia, non esiste ancora. E il «clima eroico della Francia carolingia», in cui Menéndez Pidal ha individuato l'ispirazione originaria delle *chansons de geste*, è completamente svanito. In realtà, non è riuscito a sopravvivere a Carlo Magno.

Al culmine dell'anarchia feudale, l'ambiente è in preda all'avidità di guadagno. In sostanza, si combatte soltanto per sé e in vista di interessi materiali, di bottino, di terre conquistate o date in feudo come ricompensa da parte di un signore di rango superiore. L'ideale è essere forti, abili, bene armati, spregiudicati. La guerra è amata: c'è molta gente che ne approfitta, ce n'è molta di più che ne resta vittima.

CAPITOLO VENTUNESIMO

IL COMMERCIO E LE CITTÀ

Religiosa, agricola e militare, la società dell'anno mille è assai poco mercantile, come si intuisce e spiega nelle pagine precedenti.

Tutto ciò che serve per la vita di ogni giorno — alimenti, vestiario, oggetti d'uso, nonché materiali da costruzione — si produce o raccoglie in loco. Anche per le armi, la cui domanda è così forte, c'è a volte (lo si è visto per l'epoca carolingia) un fabbro che è tenuto a produrle in cambio della concessione di terra. Il feudo nutre, veste, ripara e attrezza il signore, laico o ecclesiastico che sia, insieme a tutti coloro che vi vivono.

Scambi commerciali secondari

Quanto detto non vuol dire che non ci siano scambi in assoluto. I coltivatori vendono, al mercatino del villaggio che probabilmente si svolge una volta a settimana, parte dei modesti prodotti dei loro orti o della loro aia, qualche auna[1] delle stoffe tessute dalle mogli, o qualche pelle di coniglio. È probabile, come ipotizza Henri Pirenne nella sua *Storia economica e sociale del Medioevo*, che vi andassero soprattutto a cercare piacevoli incontri e occasioni di conversazione; ma vi guadagnano anche qualche denaro, quelle «monetine d'argento annerito» cui Georges

[1] Antica misura, corrispondente a m 1,20 circa [*N.d.T.*].

Duby riconosce un ruolo «modesto ma reale» nell'economia rurale dell'epoca e che in parte servirà per pagare i canoni spettanti al signore, in moneta, in natura, come decima o taglia. Anche il fabbro, come sappiamo, vende le armi che foggia in più di quelle che deve al signore ed è ipotizzabile che venda anche ferri di cavallo: prestazioni, queste, tanto più utili in quanto non è detto — tutt'altro — che vi sia un fabbro in ogni piccolo feudo o in ogni villaggio.

Scambi di maggiore ampiezza, per la verità, possono concludersi a seconda delle circostanze. Un signore le cui terre abbiano prodotto un raccolto deludente cercherà di acquistare grano da vicini più fortunati. Siccome però, il più delle volte, non disporrà del danaro sufficiente, ricorrerà al prestito di una ricca abbazia dei dintorni; oppure manderà l'argenteria al laboratorio monetario più vicino, per esempio quello di un'abbazia — i Carolingi avevano concesso a parecchia gente il diritto di coniare moneta — o a quella di un signore più importante di cui magari è vassallo, gli antenati del quale avevano usurpato insieme a tanti altri il diritto di battere appunto moneta. È l'occasione buona per far notare che, se è riuscito ad accumulare un certo patrimonio, non ha però avuto la propensione ad accumulare denaro, dal momento che normalmente non gliene serve molto: meglio un tesoro fatto di bei pezzi di oreficeria, di cui può godere e sentirsi fiero quando si siede a tavola, sempre pronto a disfarsene all'occorrenza. Un'ulteriore prova, questa, della modestia del ruolo svolto dalla moneta.

Meno occasionale sembrerebbe la vendita del vino. Abbiamo visto sopra come il signore se ne riservasse di frequente il monopolio per un certo periodo, a danno dei vignaioli suoi concessionari, che in tal caso rischiavano di trovare ormai saturo il mercato disponibile. Abbiamo anche visto come alcuni grandi centri produttori spedissero piuttosto lontano le loro botti, lungo i principali fiumi.

Scarso spazio per il commercio vero e proprio

Tutti, comunque, vendono soltanto quel che producono, direttamente o grazie al lavoro manuale dei loro dipendenti: non praticano, cioè, quello che si chiama il commercio, non sono mercanti. Praticare il commercio, essere un mercante vuol dire rivendere quanto acquistato, con un profitto che rappresenta il prezzo del servizio reso acquistando la merce là dove è disponibile per trasportarla dove ce n'è domanda.

Una simile professione, così vitale nella società contemporanea, era all'epoca poco utile, scomoda e anche rischiosa.

Poco utile: abbiamo visto perché. Le cose che ci si potrebbe procurare solo acquistandole da mercanti sono in pratica quelle di cui si potrebbe anche fare a meno, un lusso superfluo.

Scomoda: le merci, per definizione, vanno procurate lontano dalle zone di vendita. Ora, trasportarle per grandi distanze, come sono soprattutto quelle tra Europa e Vicino Oriente, che rappresenta la fonte principale delle stesse, non presenta più le condizioni vantaggiose che rappresentava per il mondo romano, o anche per l'epoca merovingia, la navigazione attraverso il Mediterraneo, ora che l'Africa settentrionale, quasi tutta la Spagna e la Sicilia sono cadute in mano ai musulmani. Per giunta, la via fluviale del Danubio, di dove sarebbero potuti continuare a passare gli scambi, è diventata per due secoli impraticabile per opera degli ungheresi, la cui conversione al cristianesimo — ancora recente nel mille — non basta a sistemare le cose. Sul mare del Nord, dove si erano svolti commerci prosperi fino all'epoca di Carlo Magno, gli approdi di Quentovicus — oggi trascurabile nella modesta veste di Etaples, sulla Canche — e di Dorestadum — che ormai non si trova neppure più sul Reno, a monte di Utrecht — sono stati completamente soppressi dai normanni. Sappiamo che quei pirati, risalendo a varie riprese la Senna e la Loira, hanno imposto in Francia un regime di permanente insicurezza, penetrando anche in profondità. Quei tempi sono ormai andati. La rete fluviale, intorno al mille, rappresenta il sistema di comunicazione più pratico: la rete stradale ereditata da Roma è assai sconnessa, come si è potuto variamente notare anche in questa sede: i carri, peraltro poco maneggevoli, vi scorrono male; soltanto gli animali da soma passano ovunque, purché i ponti non siano interrotti. A tutte queste difficoltà materiali si aggiungono, inoltre, i vari tipi di pedaggi, retaggio dell'Impero romano che ne destinava i proventi alla manutenzione stradale, mentre ora vengono imposti arbitrariamente dai locali proprietari del suolo, che li considerano una pura e semplice rendita di posizione senza alcuna contropartita: «esazione», «malcostume» contro cui in seguito si batteranno accanitamente i mercanti.

Infine, la professione di mercante è rischiosa, semplicemente per il fatto che, come sappiamo, le vie di comunicazione sono tutt'altro che sicure. Per via, si rischia più o meno regolarmente di venire aggrediti da qualche avido signorotto in agguato dall'alto del suo torrione ligneo, oppure semplicemente da briganti accampati nei boschi. Se ci si avventura nel Mediterraneo, ci sono altrettante probabilità di essere assaliti da pirati musulmani con base in Algeria, quelli che più tardi prenderanno il nome di Barbareschi, e di finire schiavo di un qualche emiro. Forse sono i fiumi i percorsi meno pericolosi, ma non bastano per ogni tipo di traffico.

Un altro ostacolo di ordine morale si presenta inoltre a chi, nonostante tutto, è attirato da un mestiere per tanti versi respingente come questo. La Chiesa biasima il commercio. Aspirare a guadagnare denaro significa macchiarsi del peccato di «avarizia». Il profitto del mercante è altrettanto condannabile dell'usura. Diversamente dal grano o dal bestiame, che la bontà divina fa riprodurre, «i soldi non riproducono soldi»: quel che si ottiene in più di ciò che si ha è rubato. Questa morale, come si vede, assolve i signori, i quali approfittano — spesso più che abbondantemente — del prodotto delle terre coltivate dai loro concessionari, a partire dai vescovi e dagli abati: non assolve invece i mercanti, per arduo che sia il loro mestiere.

Gli ebrei

Non c'è da stupirsi, allora, se gli unici commercianti che si conoscano in epoca carolingia siano gli ebrei. All'epoca, i due termini *mercator* e *judeus* sono pressoché sinonimi. Perlopiù le loro basi si trovano in paesi musulmani. Attraverso la Spagna, penetrano nelle zone cristiane, carichi quasi esclusivamente di spezie, tessuti preziosi, nonché di quelle essenze indispensabili per il culto che l'Europa non produceva. Quei «radaniti» si approvvigionavano in Siria, in Egitto, a Bisanzio.

La letteratura del mille non menziona questi ebrei levantini, ma ce ne fa vedere altri che vivevano in città cristiane. Non dice che si dedicavano al commercio, sicuramente perché è un dato scontato, ma ci fa sapere altre cose, ben tristi.

A Orléans, scrive Rodolfo il Glabro, c'era «una consistente colonia di individui di questa razza, che si mostravano più orgogliosi e malefici degli altri loro congeneri». Giunge la notizia che «il principe di Babilonia» — vale a dire il califfo fatimita di Bagdad, al-Hākim — ha fatto distruggere a Gerusalemme la chiesa del Santo Sepolcro — l'avvenimento risale all'anno mille — e che sono stati gli ebrei di Orléans a indurvelo. Subito «tutti i cristiani furono unanimi nel decidere di scacciare dalle loro terre e dalle loro città tutti gli ebrei. Oggetto dell'ostilità generale, espulsi dalle città, alcuni di essi passati a fil di spada, altri annegati nei fiumi, massacrati in mille modi diversi, ve ne furono addirittura che si suicidarono in vario modo [...]. I vescovi decretarono lo stesso il divieto per tutti i cristiani di associarsi con loro per qualsiasi affare».

Gli affari, cioè il commercio e sicuramente l'usura, erano dunque chiaramente la loro normale occupazione. Rodolfo riferisce poi il supplizio del cristiano accusato di avere trasmesso al principe di Babilonia il messaggio degli ebrei di Orléans. E continua: «Ma gli ebrei fuggiaschi ed errabondi che, nascosti in luoghi riparati, erano sfuggiti al massacro, ricominciarono a presentarsi in piccoli nuclei nelle città, a cinque anni di distanza dalla distruzione del santuario. E poiché è necessario — benché, a dire il vero, questo debba tornare a loro imbarazzo — che ne rimanga sempre qualcuno vivo a eterna testimonianza del loro crimine o del sangue versato da Cristo, per questo, riteniamo, la Provvidenza volle che l'odio dei cristiani si attenuasse per qualche tempo nei loro riguardi».

Rodolfo ne segnala la presenza anche a Sens. A quanto pare, questi non avevano da lamentarsi: il conte della città, Renaut, «provava tanta simpatia per loro e per i loro modi disonesti, che si faceva salutare da tutti quelli che lo circondavano con il titolo di re dei giudei». Ci sembra di dovercelo immaginare come un signore scettico in materia di religione — probabilmente come tanti altri, ma meno mimetizzato — e che fa affari lucrosi con i suoi mercanti e usurai. La sua «mania filoebraica» spinse il re Roberto (nel 1015) a voler «ricollegare il governo di una città così importante all'autorità regia». Secondo Rodolfo, perfettamente d'accordo su questo, le truppe del sovrano «conquistarono la città, la devastarono da cima a fondo e ne incendiarono addirittura una parte notevole». Questa «parte notevole» coincideva forse con il quartiere ebraico? Saremmo tentati di crederlo, se altre fonti, più vicine a quegli avvenimenti, non fornissero un resoconto diverso: sarebbe stato Renaut, una volta che Roberto ebbe conquistato la città, ad appiccare il fuoco. A ogni modo, quanto riferisce Rodolfo è pur sempre una testimonianza di uno stato d'animo diffuso.

Sembra che un numero maggiore di ebrei risiedessero nelle città del Sud della Francia e che non vi fossero trattati meglio. Ademaro di Chabannes, limosino, ce li mostra naturalmente a Limoges, perseguitati come a Orléans, e nella medesima circostanza: segno che un po' dappertutto era la stessa cosa, come indica una frase di Rodolfo. Tuttavia, la sua narrazione — molto più sintetica — documenta soltanto conversioni forzate al cristianesimo, che la maggior parte degli ebrei evitarono rifugiandosi «in altre città», altri invece ricorrendo al suicidio. Ma Ademaro ci porta anche a Roma, dove è ben noto che è esistita per tutto il Medioevo una consistente comunità ebraica, che in genere non ebbe da lamentarsi troppo del pontefice. Vi furono sì alcune eccezioni, ed eccone una, per l'appunto. Sotto il pontificato di Benedetto VIII — e quindi tra il 1012 e il 1024 — un Venerdì Santo, infuriano nella Città eterna un terremoto e un «ciclone tremendo». Comunicano al papa che «proprio in quel momento, gli ebrei beffeggiavano nella sinagoga l'immagine del Crocifisso». Indagine, conferma. Il pontefice manda a morte i colpevoli e «appena questi furono decapitati, la furia dei venti si placò». O il ciclone è stato di una lunghezza interminabile, o è stata molto breve l'indagine...

Ed eccoci ora, sempre in compagnia di Ademaro, a Tolosa, per assistere all'episodio più atroce. Ugo, cappellano di Aimeri, visconte di Rochechouart (cappellano, cioè sacerdote), «dando uno schiaffo a un ebreo, come qui si usa fare ogni anno in occasione della festività pasquale, fece sprizzare immediatamente fuori dalla testa del perfido il cervello e gli occhi, che caddero a terra; l'ebreo morì sul colpo; i confratelli della sinagoga lo portarono fuori dalla basilica di Saint-Etienne e lo seppellirono».

Non è facile precisare a che tipo di commercio si dedicassero gli ebrei delle città cristiane. È probabile, ma è solo un'ipotesi, che vendessero nelle loro botteghe le merci portate dall'Oriente dai loro confratelli radaniti. O magari viaggiavano anche loro. E non v'è dubbio che praticassero il prestito con interesse, con fortissimi interessi, quell'« usura » vietata ai cristiani, ma alla quale si è sempre costretti a ricorrere per bisogni impellenti in qualsiasi società che non sia completamente primitiva.

Venezia

La presenza di comunità ebraiche in parecchie delle principali città cristiane costituisce la prova sicura che vi si praticasse un qualche commercio. È probabile, anzi è quasi certo stando a Henri Pirenne, che nel periodo carolingio non esistessero altri mercanti. Nel mille, la situazione è già diversa.

In primo luogo esiste una città cristiana in Europa che, per la sua collocazione geografica e i legami che ha mantenuto con Bisanzio, è esente dagli ostacoli che incontrano le altre: si tratta di Venezia.

Venezia non dispone né di campi, né di prati, né di vigneti o boschi. Se dovesse limitarsi alle sue sole risorse naturali non potrebbe che vivere di pesca. Resta assai misterioso scoprire che cosa abbia potuto spingere degli individui a concentrarsi in quella laguna disseminata di isole, mentre sono ben chiari i condizionamenti che li hanno indotti ben presto a praticare il commercio. Intorno al mille, questa città, diversa da tutte le altre — « l'evento urbanistico più prodigioso che esista sulla faccia della terra », così si è pronunciato Le Corbusier — a lungo contesa fra l'impero bizantino e le mire dei « franchi » carolingi prima, dei « germani » ottoniani poi, era in realtà riuscita a rendersi autonoma. Ottone III aveva rinunciato al tradizionale tributo che la città versava al re d'Italia e le aveva concesso libero accesso a Pavia tramite il Po e l'Adige, il tutto senza contropartite. Precisamente nel mille, il doge Pietro Orseolo, che ha sconfitto i dalmati e si è impadronito dei loro porti sull'Adriatico, si proclama loro duca in nome dell'imperatore d'Oriente: ed ecco che Venezia dispone di una specie di colonia in terraferma, perlomeno altrettanto libera rispetto al *basileus* di un grande feudatario occidentale rispetto al re. La città del Rialto è la capitale che unifica le numerose cittadelle sparse per la laguna: Cittanova, Torcello, Malamocco, ecc. È andata a fuoco nel 976, al momento della rivolta della popolazione contro il doge Pietro Candiano IV, e la si ricostruisce più bella di prima. San Marco sarà terminata nel 1071.

I saraceni non hanno neppure tentato di dare fastidio a Venezia, in fondo al suo golfo. Sono stati piuttosto i veneziani ad andarli a cercare, riuscendo nel 1002-1003 a sgomberare finalmente della loro presenza il canale di Otranto. Ciò, tuttavia, non ostacolava i buoni rapporti commerciali. Gli scrupoli dettati dal cristianesimo erano sopiti dalla protezione del grande san Marco, le cui reliquie erano state traslate da Alessandria nel IX secolo da alcuni mercanti... La città, che non può vivere senza una forte attività commerciale, esporta verso gli harem egiziani e siriani giovani slavi — non ancora evangelizzati, dal momento che è proibito ridurre i cristiani in schiavitù — rapiti o comperati lungo le coste della Dalmazia. Quei malcapitati, com'è noto, hanno subito trasmesso il loro nome a tutti gli «schiavi»: esiste ancora a Venezia una «riva degli Schiavoni». Ai musulmani serve anche il legno e il ferro, che non si producono nel loro paese. Senza chiedersi se serviranno a farne navi e armi da usare contro i cristiani, i veneziani — che non ne producono neanche loro, ma sanno dove procurarsene — glieli vendono.

Venezia è ormai una città completamente dedita al commercio e alla navigazione. La vita, le condizioni della popolazione sono radicalmente diverse dal resto dell'Occidente. Non c'è nessuno che somigli neanche vagamente alla figura di un servo. Gli umili sono marinai, artigiani, piccoli commercianti. I maggiorenti non hanno quasi nulla che li avvicini ai proprietari terrieri della società feudale, pur possedendo alcuni anche delle proprietà in terraferma. Il livello della loro posizione sociale è connesso alla dimensione dei loro traffici. E quei ricchi trafficanti sono capitalisti in anteprima.

«Gli stessi dogi», scrive Henri Pirenne, «danno l'esempio — cosa che sembra quasi incredibile per gente dei tempi di Ludovico il Pio — fin dalla metà del IX secolo.»

Naturalmente, l'intensa attività commerciale non si limitava ai discutibili traffici con l'Islam. Grande potenza marinara, che nell'XI secolo avrà la meglio contro i rivali normanni nel Mediterraneo, Venezia traffica ovviamente con Bisanzio, con l'Italia bizantina. A Bisanzio c'è una colonia veneziana; ce ne sono, o ce ne saranno ben presto, in parecchie città delle coste o delle isole del Mar Egeo.

Gli scambi, già molto intensi intorno al mille, dovevano interessare perlomeno alcune delle mercanzie elencate per i secoli successivi da P. Braunstein e R. Delort nel loro saggio: *Venise, portrait historique d'une cité* (Venezia, ritratto storico di una città). L'Occidente forniva il legno dei boschi del Trentino e degli Appennini e i metalli: il ferro di Brescia, della Carinzia o della Stiria, il rame e l'argento dell'Harz, della Boemia e della Slovacchia, l'oro della Slesia e dell'Ungheria, la lana. Importava, attraverso Venezia, spezie, profumi. Bisanzio, in cambio di grano, tessuti di lana, metalli preziosi, vendeva sete, oro filato, vini e numerosi prodotti provenienti dal Mar Nero o dal Vicino Oriente.

Il commercio scandinavo

Ai margini dell'Occidente cristiano perdurava un'altra attività commerciale, esercitata dagli scandinavi. La pirateria — la storia lo dimostra, soprattutto quella della Grecia arcaica — evolve naturalmente verso il commercio, costituendone la prima tappa. Fin dal volgere del IX secolo, i pirati settentrionali si mostrano piuttosto nella veste di mercanti. E la zona su cui estendono la propria iniziativa è estremamente vasta.

Mentre danesi e norvegesi «depredavano sistematicamente» (Henri Pirenne) l'impero carolingio e le isole britanniche, gli svedesi se la prendevano con la Russia. Come facevano i loro congeneri nei bacini dell'Escaut, della Mosa o della Senna, essi avevano ricavato fin dalla metà dell'XI secolo accampamenti trincerati lungo il Dnepr e i suoi affluenti. Vi ammucchiavano i tributi imposti alle popolazioni, gli individui che riducevano in schiavitù, il miele, le pelli che si procuravano nei boschi; tutte mercanzie ben commerciabili in entrambi gli imperi ai confini meridionali del loro dominio: a est, il califfato di Bagdad, a ovest l'Impero bizantino. Nel X secolo, il *basileus* di Costantinopoli, Porfirogeneto, ci mostra le imbarcazioni scandinave radunate a Kiev appena sciolte le nevi, mentre scendono lungo il Dnepr, di cui debbono aggirare le numerose cateratte trainando le barche lungo le rive. Costeggiano poi il Mar Nero fino a Costantinopoli, dove i «russi» — così li chiamano gli slavi e i bizantini — dispongono di un loro particolare quartiere. Un trattato commerciale, risalente al secolo prima e poi a varie riprese modificato, regolamenta gli scambi. Quei rozzi mercanti subiscono ben presto l'influenza della veneranda capitale dell'Oriente cristiano. Ne adottano la religione (nel 1015 non ne avranno più altra), ne prendono a prestito la scrittura, ne imitano l'arte e apprendono da essa l'uso della moneta; organizzano sul suo modello l'amministrazione dei territori da loro dominati. Dunque, intorno al mille la Russia assume la fisionomia che le rimarrà fino a Pietro il Grande e che manterrà fino a Lenin alcuni dei tratti più tipici. Ecco un altro dei mutamenti fondamentali di cui il famoso millennio può considerarsi cardine.

A Bisanzio gli scandinavi scambiavano il loro miele, le pelli, gli schiavi con le preziose mercanzie orientali, spezie, vini, sete, che inoltravano verso il Nord, attraverso il Volga o il Dnepr. Raggiungevano il golfo di Botnia e di là si irradiavano per tutte le coste del Baltico. È probabile che avessero una base importante nell'isola di Gotland, dove gli scavi hanno riportato alla luce tutta una serie di monete bizantine e islamiche. Là probabilmente avvenivano gli scambi tra il bottino ricavato dai loro fratelli d'Inghilterra e Francia e il frutto delle loro rapine in Russia e dei loro commerci sul Bosforo. Il contagio del commercio, dunque, raggiungeva i pirati che tanto a lungo avevano depredato l'Occidente europeo. Nei secoli X e XI si vedono i «normanni» dell'Ovest solcare in lungo e in largo il Mare del Nord, stabilire insediamenti dalla foce dell'Elba a quella della Vistola, costruire a nord di Kiel, in Danimarca, l'enorme interporto mercantile di Haithabu, la cui importanza è ancor oggi attestata dalle rovine. Ancor più delle rive continentali del Mare del Nord — dove preannunciano la prospera ascesa di Amburgo — l'Inghilterra costituisce il teatro dei loro traffici, soprattutto allorché il re di Danimarca, Canuto, la riporta nel 1017, per diciotto anni, insieme alla Norvegia, sotto il proprio dominio. All'epoca dell'anno mille, gli scandinavi esercitano sulle acque settentrionali un'indiscussa egemonia marinara e commerciale. I loro navigatori dimostrano un'audacia senza pari. È l'epoca in cui colonizzano la Groenlandia, di dove verranno cacciati in seguito solo a causa di un forte irrigidimento del clima e di dove, appunto nel mille con ogni verosimiglianza, il famoso Erik il Rosso farà rotta fino al «Vinland», vale a dire la Nuova Scozia, la punta avanzata della costa nordamericana.

Primi mercanti cristiani d'Occidente

Ebrei, veneziani, scandinavi, tutti quei mercanti, per ardua e rischiosa che fosse la loro vita di ogni giorno, avrebbero offerto ben presto l'esempio nei paesi dell'Europa cristiana dove piazzavano un po' ovunque le loro bancarelle. La gente aveva modo di vedere che facevano soldi e c'è sempre dappertutto qualcuno che prova invidia per questo. Al grosso della povera gente, naturalmente, la miseria appariva una fatalità ineludibile; ma qualcuno è disposto a imporsi le fatiche peggiori, ad affrontare i più grossi rischi, pur di uscirne. Fin dal X secolo si comincia a trovare nell'Occidente cristiano qualche individuo del genere.

La popolazione rurale esprimeva continuamente giovani che non avevano, o non trovavano più, un proprio spazio nel quadro naturale delle terre in concessione. Venivano respinti dalle carestie, se ne andavano in cerca di zone meglio fornite e parecchi non facevano più ritorno. Altri, figli di famiglie troppo numerose, si vedevano costretti ad andarsene per ridurre le bocche da sfamare. Ed eccoli, allora, andarsene in giro a mendicare la carità di abbazia in abbazia, a offrire le proprie braccia per la mietitura o la vendemmia. I più intraprendenti, tuttavia, intuiscono le possibilità offerte dal commercio. Dapprima, sicuramente, diventano scaricatori lungo le coste o i fiumi dove le imbarcazioni dei mercanti scaricano le loro merci — e all'occasione saccheggiano i relitti. Oppure si fanno assoldare nelle scorte armate che accompagnano le carovane. O meglio, fanno i marinai sui vascelli che vanno lontano a rifornirsi di derrate preziose da riportare poi in Europa. I primi soldi guadagnati e risparmiati sapientemente servono ai più scaltri per acquistare alla fonte un primo modesto stock di spezie, sete o profumi. Ritornano che sono mercanti. Se ci sanno fare e la fortuna li aiuta, allargheranno ben presto il loro traffico.

Con ogni probabilità, è questa l'origine dei mercanti dell'Europa cristiana, messa bene in luce da Henri Pirenne. I decenni intorno al mille rappresentano per loro la fase aurea, in cui sono innanzitutto viaggiatori, dal momento che il loro mestiere consiste appunto nell'inoltrare le mercanzie là dove troveranno acquirenti. Ora, ogni viaggio è un'avventura. Impossibile affrontare le strade se non in gruppo, e in numero sufficiente a cavarsela. Il gruppo prende il nome di «confraternita», «compagnia», «gilda», «ansa». I membri prestano giuramento. C'è un capo, che ha in terra germanica il nome di *Hansgraf*, e un gagliardetto, sorretto alla testa del convoglio dallo *Schildracke*. Tutti sono armati, chi di arco, chi di «gladio», cioè di lancia. Si penserebbe piuttosto a un esercito in marcia, se quei guerrieri non scortassero animali da soma e — ove l'itinerario lo consenta — carri, il cui carico costituisce la ragion d'essere del loro viaggio.

Le città nella fase anteriore al commercio

Quei pionieri dell'economia moderna avevano bisogno di basi d'appoggio. Un riparo d'inverno, quando le intemperie rendono pressoché impraticabili le vie di comunicazione, un posto dove fare i conti dell'annata o depositare le merci. Per questi aspetti, la crescente attività mercantile avrebbe esercitato un'influenza determinante sul destino delle città.

Come si è già detto, le città, dall'epoca carolingia e soprattutto in seguito alle incursioni normanne, ungheresi, saracene, erano sopravvissute soltanto come sedi vescovili e a volte, accessoriamente, come capitali di un regno o di un feudo importante. I pochi artigiani, i bottegai (forse anche meno numerosi) che vi si trovavano non avevano altra legittimazione se non quella di soddisfare le richieste del personale ecclesiastico e laico alle dipendenze del prelato o del signore. Inoltre, le esigenze principali — alimentazione, vestiario — erano soddisfatte dalla campagna, dove i vescovi, come i principi o conti, disponevano di vasti possedimenti sfruttati dai concessionari. Così nelle città, anche le più importanti, la popolazione scarseggia: poche migliaia di anime, al massimo.

Non vuol dire, però, che esse fossero esangui o sonnolente. Il clero, come classe dominante, è attivo e irrequieto. Si danno imponenti spettacoli religiosi, per esempio in occasione della traslazione di reliquie, come si è intravisto anche in qualche pagina del presente volume. Quel che accade nella sede vescovile (si è detto anche qualcosa in proposito) interessa tutti i cittadini, pronti al momento buono a riversarsi pacificamente nel «vasto palazzo» episcopale. Dove c'è in funzione una scuola, come a Reims, o a Chartres, gli studenti sicuramente imprimono una certa vivacità, facendo la fortuna dei tavernieri, nonché sicuramente delle cortigiane e di coloro che li ospitano. E ciò che valc per le città del Nord della Loira vale sicuramente a maggior ragione per quelle del Mezzogiorno, e ancor più per quelle italiane, dove l'antica tradizione della vita cittadina non era mai venuta meno, dove gli stessi signori preferivano risiedere anziché starsene nei loro castelli in aperta campagna e dove si possono ancora vedere — per esempio a Bologna — le torri che si ergevano in mezzo alle case. In terra germanica e nella Francia settentrionale, l'aspetto delle città vescovili è più o meno lo stesso. Intorno alla cattedrale, monasteri e scuole. Di fronte al «palazzo» si erge la torre del procuratore, il signore laico che ha l'incarico di proteggere il vescovo con le armi, o quella del burgravio. Più lontano, le abitazioni dei cavalieri della guarnigione, le dimore più modeste del personale domestico, quelle dei laici addetti a varie mansioni, nonché quelle di artigiani, fornai, birrai, conciatori, preparatori di pergamena, carpentieri, carradori, muratori, fabbri ferrai, armaioli.

In alcune città, per esempio a Saint-Omer o ad Arras,

al posto del vescovado c'è un'abbazia. In altre ancora il nucleo originario era costituito da una fortezza laica: questo soprattutto in Fiandra, a Bruges, Gand, Ypres, nonché nelle città fondate nel X secolo dal re germanico Enrico l'Uccellatore lungo l'Elba e la Saale.

Ma tutte queste città non sono, in sostanza, che semplici residenze di signori, chierici o laici, che vivono dei loro possedimenti agricoli. Spesso, tra l'altro, ne ospitano più d'uno. E non vi si svolge alcun'altra attività se non quelle che riguardano la vita di ogni giorno di questo tipo di residenti. Ma i mercanti modificheranno tutto questo.

Le città rinnovellate dai mercanti

Non tutti i posti andavano bene ai mercanti per passare l'inverno e mettere al riparo le proprie merci. Avevano bisogno di città situate in centri importanti di comunicazione, per esempio di approdi adatti a ricevere le loro imbarcazioni, anche se di modesto tonnellaggio: Bruges, Rouen, Bordeaux, Amburgo li attiravano; come pure li attiravano le città fluviali di Parigi, Colonia, Worms, Amiens, Avignone, o quelle su affluenti di grandi fiumi, quali Gand, Liegi, Lione, Magonza. Perlomeno uno dei guadi principali, Francoforte — Frankfurt, il « guado dei franchi » — sembrava rispondere alle loro esigenze. Non c'è da sorprendersi, del resto, se questi luoghi particolarmente adatti all'interporto e all'inoltro delle merci si trovavano a coincidere quasi completamente con importanti città romane: l'Antichità li aveva visti sorgere per le medesime ragioni.

I mercanti, dapprima, si misero al riparo delle mura di quelle città, costruite o ricostruite in seguito alla minaccia rappresentata dai normanni e da altre popolazioni di predoni. Ben presto, a mano a mano che i loro depositi diventavano sempre più ingombranti, cominciarono a sentirvisi stretti, per cui oltrepassarono le cinte degli agglomerati urbani, che — fortificati o meno che fossero — prendevano il nome di «borgo»; la zona esterna che presero a occupare in tal modo — e che circondarono con una palizzata di protezione — prese naturalmente il nome di «borgo esterno», *forisburgus* in latino, donde «sobborgo». Tuttavia, i mercanti non sarebbero stati chiamati «sobborghesi», ma semplicemente «borghesi»: fatto sta che, rapidamente, essi assunsero in forza del numero e dell'attività che svolgevano una rilevanza tale da essere considerati gli abitanti più importanti e più tipici dell'intera città dove, una volta raggiunte la prosperità e la tranquillità, avrebbero ben presto fissato le loro dimore. Anche un altro termine si riferisce agli insediamenti stabili dei mercanti, soprattutto nel X e XI secolo: il termine «porto», che non significa necessariamente un'insenatura costiera, ma un posto attraverso il quale si trasportano merci. In quest'accezione, il termine appartiene piuttosto ai paesi di lingua germanica: in Fiandra e in Inghilterra, per indicare i mercanti insediati in posti simili si usano i termini *poorter, portman.*

Borghesi, *poorters, portmen*, i commercianti erano destinati nel corso del Medioevo a trasformare radicalmente le città: da residenze di proprietari terrieri esse diventarono i centri nevralgici di un'attività economica destinata a svilupparsi costantemente, fino alla crisi che segnerà il XIV secolo. Per un processo ormai obbligato, esse attireranno artigiani in numero sempre crescente, e parecchi di essi amplieranno la propria produzione fino a diventare veri e propri imprenditori industriali. Sarà il caso dei produttori di tessuti di lana fiamminghi, dei produttori di rame battuto di Namur, di Huy e soprattutto di Dinant.

Dall'epoca intorno al mille — contrassegnata dall'avvio di questo sviluppo fondamentale — data dunque la nascita di quella «borghesia» che diventerà ben presto la classe «pilota» delle società occidentali, quella che — nonostante gli ostacoli frapposti dalle corporazioni e dalla loro ispirazione malthusiana — determinerà il progresso delle tecniche, assicurerà gli scambi di ogni genere, esprimerà quasi tutti gli intellettuali e gli scienziati — anche se il più delle volte porteranno avanti il loro lavoro sotto la protezione di una carica o meglio di una condizione, nei ranghi della Chiesa — e alla fine, in Francia, guiderà la Rivoluzione in cui vedrà consacrata la propria preponderanza sociale. Si può ancora dubitare che l'anno mille abbia segnato una svolta?

CAPITOLO VENTIDUESIMO

IL «BIANCO MANTO»

L'unico cambiamento che i contemporanei abbiano colto, tra quanti la storia può legittimamente collocarne intorno al mille, sembrerebbe quello del distendersi del «bianco manto di nuove chiese» celebrato da Rodolfo il Glabro. Diciamo pure che non è, attualmente, il più facile da mettere storicamente in evidenza.

È ormai appurato, specie grazie alle ricerche dell'esperto archeologo francese Jean Hubert, la cui *Architecture religieuse du Haut Moyen Age en France* (Architettura religiosa dell'Alto Medioevo in Francia) costituisce ancora, a quasi quarant'anni di distanza, una valida e dettagliata messa a punto, che «il periodo delle invasioni normanne ha segnato, per la quasi totalità dell'attuale territorio francese, una frattura profonda fra la civiltà del IX secolo e quella degli inizi del Medioevo» (qui il termine «Medioevo» va inteso come attribuito al periodo successivo all'«Alto Medioevo» e che comincia nell'XI secolo). In altri termini, le nuove chiese del mille sorgono dopo una lunga fase di impotenza architettonica, segnando un risveglio, un punto di partenza.

Le cause

Come mai un simile risveglio? Per il fatto che l'anno mille non ha portato con sé la fine del mondo e si riprende ad avere fiducia nel futuro? Evidentemente no. Semplicemente perché chiese e monasteri diventano sempre più ricchi. Si moltiplicano donazioni e fondazioni pie da parte di grandi e meno grandi. Il potere temporale della Chiesa, severamente ridimensionato un tempo da Carlo Magno, si ricostituisce, dopo le miserie del IX secolo e di buona parte della prima metà del X. Il resto è dovuto al rinnovarsi dello spirito cristiano. Il clero regolare e secolare, che sempre più organicamente si occuperà del controllo spirituale dei popoli, intende offrire alla loro devozione — ma anche alla loro capacità di stupirsi — santuari più degni del Dio e dei santi che si intende pregare e onorare.

Ma, una volta fornito l'avvio, il movimento andrà avanti per cinque secoli, interrotto o rallentato soltanto dalle sciagure della guerra dei Cento Anni. E per questi cinque secoli costruzioni sempre più imponenti e di forme e colori sempre più ricchi sostituiranno, si sovrapporranno o trasformeranno (al punto da non lasciarne tracce visibili) quelle ammirate da Rodolfo il Glabro.

Stando a quel che è possibile ricostruire di quelle chiese, si è del resto inclini ad ammettere che Rodolfo, non molto sofisticato, fosse facile all'ammirazione. Per la maggior parte si tratta di costruzioni semplicissime, austere e spoglie. Raramente ci si imbatte in qualche decorazione scolpita e, se ve ne sono, sono di una rozzezza sconcertante. Si ha proprio la sensazione che quei costruttori e quei primi scultori dovessero scoprire tutto da soli, partendo da zero.

Nella rilevazione di Jean Hubert, circa trentacinque articoli si riferiscono a santuari di cui ancora possono distinguersi tracce al giorno d'oggi e la cui costruzione può collocarsi fra la fine del X secolo e il terzo decennio dell'XI. Sarebbe, ci pare, non particolarmente vantaggioso per il lettore trascinarlo fra frammenti di mura, fondamenta o sottomurazioni riportate alla luce dagli scavi, che potrebbero dire qualcosa soltanto ad archeologi smaliziati, neppure concordi fra loro. Tracce del genere non forniscono nulla a chi voglia immaginare la vita di ogni giorno della gente nel mille.

Per un turismo dell'anno mille

Tuttavia, qualcuna di queste costruzioni è sopravvissuta, in tutto o in parte. Facilmente accessibili al turista, meritano forse di essere segnalate in questa sede.

La più interessante, in quanto integralmente conservata e databile con un decennio di approssimazione, è sicuramente la chiesetta di Notre-Dame di Melun, costruita per la comunità dei canonici da Roberto il Pio, tra il 1020 e il 1031.

La chiesetta parrocchiale di Saint-Aubin di Vieux Pont, nel Calvados, cantone di Saint-Pierre-sur-Dives, ci è anch'essa pervenuta nello stato originario. Un'iscrizione conservata in una delle pareti del campanile induce a considerarla di poco precedente o successiva al mille.

La caratteristica più netta di questo tipo di edifici è la distribuzione delle pietre di cui sono composte le mura, l'«apparecchiatura». Si tratta di pietre piccole e disposte a «spiga» — cioè, se si preferisce, a zig zag — o in *opus reticulatus* in forma di losanghe equilatere giustapposte. In altri termini, i giunti non sono mai orizzontali o verticali, ma obliqui. Ecco perché probabilmente si potrebbero aggiungere alle rilevazioni di Jean Hubert due chiese del Val de Loire — quella di Restigné, vicino a Burgueil, e quella di Néhers, a una quindicina di chilometri a nord di Saint-Aignan — i cui pignoni frontali, perlomeno, presentano un'apparecchiatura del genere.

A parte queste chiese, anche due cripte dello stesso periodo ci si mostrano ancora completamente integre: quella della chiesa collegiale di Notre-Dame d'Etampes costruita da Roberto il Pio, che sembrerebbe l'avesse destinata ad accogliere le reliquie che aveva portato con sé di ritorno dal viaggio a Roma nel 1016. Essa presenta capitelli scolpiti, probabilmente gli unici che si conoscano per quell'epoca, i quali testimoniano di un'arte e una tecnica assolutamente rudimentali. La seconda cripta, terminata intorno al 1030, è quella della cattedrale di Saint-Etienne d'Auxerre. Quanto alla «cripta di Saint-Fulcran», che è in realtà una chiesa vescovile costruita probabilmente dall'omonimo vescovo di Lodève, morto nel 1006, e progressivamente interrata in seguito alla progressiva sopraelevazione del terreno, la volta, che poggia su pilastri molto rozzi, è stata sovrapposta in epoca più recente.

Il massiccio campanile - atrio della chiesa di Saint-Pierre di Chartres sembrerebbe essere stato costruito alla fine del X secolo. Quello di Saint-Germain-des-Prés a Parigi dovrebbe essere stato fatto costruire dall'abate Morard, morto nel 1014. Tuttavia, le molteplici trasformazioni ulteriori lo hanno reso irriconoscibile.

A Chinon, le pareti della navata della collegiata di Saint-Mexme dovrebbero risalire all'incirca al mille, epoca in cui venne fondato il collegio dei canonici.

La chiesetta del Moûtier, a Thiers, ha l'estremità della navata di forma rettangolare e le pareti di questa potrebbero risalire a poco dopo il 1011.

Il piano inferiore della chiesa dell'abbazia di Saint-Bénigne a Digione, a forma di rotonda che si prolunga in un oratorio rettangolare, è tutto quel che rimane oggi dell'edificio costruito da Guglielmo da Volpiano, l'austero abate ben noto ai nostri lettori. È stato però restaurato «poco fedelmente» nel 1836. Comunque, non potremmo più ammirare questo santuario così come l'hanno ricostruito, con l'appoggio dei testi, alcuni eruditi del XIX secolo, sulla cui base Christian Pfister, nei suoi *Etudes sur le règne de Robert le Pieux* (Saggi sul regno di Roberto il Pio) così lo descrive: «Vi si ammirava la chiesa romanica a tre navate con pianta a croce latina, la chiesa sotterranea e buia, dagli archi schiacciati, dove le massicce colonne riproducevano la misteriosa T, che apparve a Ezechiele come immagine della croce ancora imperfetta: sopra ogni altra cosa si vantava la rotonda con i suoi tre piani sovrapposti, i due inferiori al livello delle due chiese e il superiore poggiato su trentasei colonne di marmo pregiato e abbondantemente illuminato da ampie finestre e da una grande cupola a giorno».

Se Bougaud nel suo *Étude sur Saint-Bénigne* (Saggio su San Benigno), Chevalier nel *Vénérable Guillaume* (Guglielmo il Venerabile), Pignaud nel *Guillaume, abbé de Saint-Bénigne* (Guglielmo, abate di San Benigno) edito in *Annales franc-comtoises* (Annali della Franca Contea), non si sono lasciati indurre a magnificare il senso dei testi che esaminavano, a esagerare il valore di quel che ricavavano dall'osservazione diretta dei luoghi, oppure a retrodatare i capolavori da loro resuscitati, c'è da pensare che Saint-Bénigne di Digione fosse, per le sue strutture e il suo splendore, un monumento eccezionale per la sua epoca.

Ma è probabile, viceversa, che parecchie chiesette campestri si costruissero in quel periodo con i mezzi più modesti, e in legno. Ce ne fornisce un indizio Helgaldo, che ne costruì una del genere nella zona di Fleury-sur-Loire, « modestissima, per la verità », ci dice lui stesso, « ma molto graziosa »; e fu fierissimo che il suo re gli avesse fatto l'onore di andare a visitarla.

CONCLUSIONI

Sotto il «bianco manto», si andava elaborando tutto un mondo nuovo. Certamente, quello delle cattedrali. Quello delle Crociate, che stanno già prendendo avvio in Spagna. Quello della cavalleria che, all'insegna della Pace e della Tregua di Dio, riuscirà, almeno per un certo periodo (sotto Filippo Augusto e soprattutto sotto san Luigi), a risvegliare in molti uomini d'arme il senso della loro responsabilità e del dovere. Quello dei sovrani sempre più in grado di reprimere la violenza dei piccoli feudatari rimasti predoni e guerrafondai, come comincerà già a fare Roberto il Pio. Quello delle istancabili fondazioni di nuovi ordini monastici, cistercensi, francescani, domenicani, alacremente pronti a contrastare, come accadeva allora con Cluny, la decadenza di quelli preesistenti, garantendo, per dirla con Daniel Rops, «la riforma permanente». Quello delle università, preannunciato dalle scuole episcopali della Francia, della Germania e della Spagna cristiana. Quello delle *chansons de geste*, già celebrate all'epoca e grazie alle quali acquisteranno dignità letteraria i «volgari».

L'energia fornita dal cavallo, quella dell'acqua impiegata dai mulini, che si vanno moltiplicando, promettono ai lavoratori dei campi e a quanti sono impegnati nelle fasi successive del ciclo produttivo agevolazioni dalle quali i contadini dei secoli a venire trarranno, fino alla guerra dei Cento Anni, una relativa ma concreta prosperità. E i pionieri che saggiano l'avventura del commercio gettano le basi di una nuova attività economica, fondano una nuova classe sociale, che imprimerà alle città un nuovo ruolo e un'importanza crescente.

È così: la gente dell'anno mille aveva ben altro da fare che spaventarsi per la fine del mondo.

NOTE SULLE FONTI E LA BIBLIOGRAFIA

Una *Vita quotidiana* non è un libro rivolto agli specialisti. Nella loro stragrande maggioranza, i lettori non avrebbero modo, né tempo, né voglia di riandare alla letteratura originaria e ai numerosi studi contemporanei ai quali ho attinto per le mie argomentazioni. Per questo, ho ritenuto opportuno non frammentare quest'opera con rimandi a note superflue; anche se molto spesso, come si è avuto modo di vedere, richiamo nell'ambito dello stesso testo l'autore al quale mi riferisco.

Ciò detto, forse farà piacere a qualche lettore o potrà essergli utile sapere come poter conoscere documenti dell'epoca, o opere di studiosi contemporanei ampiamente utilizzati in questo lavoro. Eccone dunque un elenco, non esaustivo, ma in cui vengono riportati i testi essenziali.

Fonti

Spero mi si voglia scusare se indico in primo luogo la seguente opera, in cui il lettore riconoscerà i nomi degli autori dell'epoca in questione più abbondantemente sfruttati, richiamati e citati nel mio libro:

L'An Mille. Opere di Liutprando, Rodolfo il Glabro, Ademaro di Chabannes, Adalberone, Helgaldo, raccolte, tradotte e presentate da Edmond Pognon, Paris, Gallimard, 1947.

Ormai introvabile, quest'opera è tuttavia conservata in molte biblioteche pubbliche.

Anche il testo di Richer esiste in traduzione francese: Richer, *Histoire de France (889-995)*, curata e tradotta da Robert Latouche, Champion, Paris (Collana «Les classiques de l'Histoire de France au Moyen Age», n. 12), 1930-1937.

In mancanza di quest'opera, si può rinviare al frammento della vecchia traduzione Guadet, in: *Hugues Capet roi de France*, a cura di Edmond Pognon, Albin Michel, Paris (Collana «Le mémorial des siècles» fondata da Gérard Walter, vol. *Les hommes, Xe siècle*), 1966.

Questo estratto riguarda gli anni 950-995, ma ne sono stati espunti i capitoli relativi all'insegnamento di Gerberto a Reims.

Si può inoltre leggere in francese un testo non citato, ma utilizzato ogni tanto nel presente volume: André de Fleury, *Vie de Gauzlin, abbé de Fleury. Vita Gauzlini, abbatis Floriacensis monasterii*, testo curato, tradotto e annotato da R. H. Bautier e G. Labory, Paris (Collana «Sources d'histoire médiévale», n. 2), 1969.

Ai soli latinisti è riservata la consultazione dei *Miracles de Saint Benoît*, di cui esiste soltanto la vecchia traduzione dal titolo:
Les Miracles de Saint Benoît, écrits par Adrevald, Aimoin, André, Raoul Tortaire et Hugues de Sainte-Marie, moines de Fleury, raccolti e pubblicati dalla Societé de l'Histoire de France, a cura di E. de Certain, Paris, 1858.

Le opere di Gerberto non sono state tradotte in francese e, per il loro latino, sono di difficile lettura. Soltanto alcune lettere sono reperibili in francese in *Hugues Capet*, citato sopra, nonché in un altro volume del «Mémorial des siècles»:
La naissance du Saint-Empire, a cura di Robert Folz, Albin Michel, Paris (vol. I, *Les événements, Xe siècle*), 1967.

Volendo leggere in latino le opere di Gerberto, si veda:
Œuvres de Silvestre II, pubblicate da Alexandre Olleris, Paris, 1867.

Il *Guaritore* di Burcardo di Worms può leggersi in originale nella raccolta pubblicata da:
Wasserschieben, *Die Bussordnungen der abendländischer Kirche, nebst einer Rechtsgeschichte Einleitung*, Halle, 1851.

Ecco, in ordine alfabetico, l'elenco degli autori e delle principali opere di storici moderni usati nel presente volume:

Bloch, Marc, *La société féodale. La formation des liens de dépendence*, Paris, Albin Michel, 1939 (ed. it.: *La società feudale*, Torino, Einaudi, 1949).
Les caractères originaux de l'histoire rurale française, 2 voll. (nuova edizione con avvertenza di Lucien Febvre e aggiornamento in base ai lavori proseguiti dall'autore dal 1931 al 1944), Paris, A. Colin, 1952-1956.
Avènement et conquête du moulin à eau, in «Annales», 1935, pp. 538 segg.

Boüard, Michel de, *Manuel d'archéologie médiévale: de la fouille à l'histoire*, Société d'éditions d'enseignement supérieur, Paris, 1975.

Cohen, Gustave, *Le théâtre en France au moyen Age, I, Le théâtre religieux*, Paris, Rieder, 1928.

Dion, Roger, *Histoire de la vigne et du vin en France des origines au XIXe siècle*, Paris, 1959.
Les frontières de la France, Paris, 1947.

Dontenville Henri, *La mythologie française*, Paris, Payot, 1948.

Duby, Georges, *L'économie rurale et la vie des campagnes dans l'Occident médiéval*, Paris, Editions Montaigne, 1962 (ed. it.: *L'economia rurale nell'Europa medievale*, Bari, Laterza, 1970).
Guerriers et paysans; VIIe - XIIe siècles, Paris, Galli-

mard, 1973 (ed. it.: *Le origini dell'economia europea. Guerrieri e contadini nel Medioevo,* Bari, 1978).
Fliché, Augustin, *L'Europe occidentale de 888 à 1125*, Paris, Presses universitaires de France, 1941.
Gille, Bertrand (sotto la direzione di), *Histoire des techniques*, Paris, Gallimard, «Encyclopédie de la Pléiade», 1978.
Higounet, Charles, *Les forêts de l'Europe occidentale au Ve et XIe siècles*, in *Agricoltura e mondo rurale in Occidente nell'alto medioevo*, Settimane di studio del Centro italiano di studi sull'Alto Medioevo, XIII, 1966, pp. 343-398.
Hubert, Jean, *L'Architecture religieuse du Haut Moyen Age en France, Planes, notices et bibliographie*, Paris, Imprimerie nationale, 1952 (Ecole Pratique des Hautes Etudes. Section des Sciences religieuses. Collection chrétienne et byzantine, diretta da A. Grabar).
Imbart de La Tour, *Les paroisses rurales du IXe au XIe siècles*, Paris, 1900.
Lefebvre-Desnouettes, *La force motrice animale à travers les âges*, Paris, 1924.
Le Roy Ladurie, Emmanuel, *Histoire du climat depuis l'an mill*, Paris, Flammarion, 1967.
Levron, Jacques, *Les château fort*, Paris.
Menéndez Pidal, Ramon, *La chanson de Roland et la tradition épique des Francs*, con il contributo di René Louis e tradotto dallo spagnolo da Irénée-Marcel Cluzel, A. e J. Pocard, 2a ed., Paris, 1960.
Merlet, Robert, l'Abate di Chiaravalle, *Un manuscrit chartrain du XI siècle*, Chartres, 1893 (con numerose riproduzioni di disegni e dipinti).
Ollivier, Alain, *Otton III, empereur de l'an mille*, Lausanne, Editions Rencontre, 1969.
Pfister, Christian, *Etudes sur le règne de Robert le Pieux (996-1031)*, Paris, Vieweg, 1883.
Pirenne, Henri, *Histoire économique et sociale du Moyen*

Age, nuova edizione riveduta e aggiornata da Hans van Werveke, Paris, Presses universitaires de France, 1969.

L'origine des constitutions urbaines au Moyen Age, in «Revue historique», 53 (1893), pp. 57 segg. e 57 (1895), pp. 57 segg.

Riché, Pierre, *La vie quotidienne dans l'empire carolingien*, Paris, Hachette, 1973 (nuova ristampa 1979).

Soutou, A., *Les cases encoches d'Alban et d'Ambialet*, in «Archéologie médiévale», 1973-1974, pp. 297-317.

Valous, Guy de, *Le monachisme clunisien*, Paris, 1936.

Vogel, Cyrille, *Le pécheur et la pénitence au Moyen Age*, testi scelti, tradotti e presentati da Cyrill Vogel, Paris, Editions du Cerf, 1969. (L'opera contiene parecchi estratti, in traduzione francese, dal *Guaritore*, di Burcardo di Worms.)

INDICE DEI NOMI

SOMMARIO

Finito di stampare nel mese di febbraio 1989
dalla RCS Rizzoli Libri S.p.A. - Via A. Scarsellini, 17 - 20161 Milano
Printed in Italy

LA BUR LIBRERIA
Ultimi volumi pubblicati

L 614. Jean-Paul Crespelle, *La vita quotidiana a Montmartre ai tempi di Picasso* (1900-1910)
Con illustrazioni
pp. 272

L 615. Lev Nikolaevič Tolstoj, *I racconti di Sebastopoli*
Introduzione di Eridano Bazzarelli
pp. 208

L 616. Terenzio, *I fratelli*
Introduzione di Dario Del Corno
Testo latino a fronte
pp. 176

L 617. James Stephens, *Fiabe irlandesi*
Introduzione di Melita Cataldi
Con le illustrazioni a colori di Arthur Rackham
pp. 288

L 618. Erich Kuby, *Il tradimento tedesco*
Con illustrazioni
pp. 688

L 619. Emile Durkheim, *Il suicidio. Studio di sociologia*
Introduzione di Roberto Guiducci
Traduzione e analisi degli studi succcssivi
di Rosantonietta Scramaglia
pp. 354

L 620. Alessandro Manzoni, *Storia della colonna infame*
Introduzione di Franco Cordero
Con le illustrazioni di Francesco Gonin
pp. 256

L 621. Epicuro, *Scritti morali*
Introduzione e traduzione di Carlo Diano
Edizione a cura di Giuseppe Serra
Testo greco a fronte
pp. 174

L 622. Hernán Cortés, *La conquista del Messico*
Introduzione e traduzione di Luisa Pranzetti
pp. 468

L 623. Saffo, *Poesie*
Introduzione di Vincenzo Di Benedetto
5 illustrazioni
Testo greco a fronte
pp. 246

L 624. Martin Gardner, *Enigmi e giochi matematici*
pp. 372

L 625. *Il Decamerone nero,* Racconti africani
Raccolti da Leo Frobenius
pp. 398

L 626. Jean Marabini, *La vita quotidiana a Berlino sotto Hitler*
Con illustrazioni
pp. 270

L 627. Marcel Proust, *I Guermantes*
Introduzione di Samuel Beckett
Con un saggio su «Proust e la critica inglese»
di Robert Gibson
5 illustrazioni
pp. 768

L 628. André Castelot, *Maria Antonietta*
16 illustrazioni
pp. 448

L 629. Jules Michelet, *L'amore*
Introduzione di Franco Fortini
A cura di Nicola Muschitiello
pp. 400

L 630. Jack London, *Radiosa aurora*
Introduzione di Fernanda Pivano
pp. 366

L 631. Thomas Wiseman, *Una romantica donna inglese*
pp. 254

L 632. Lydia Flem, *La vita quotidiana di Freud e dei suoi pazienti*
Con illustrazioni
pp. 260

L 633. Jonathan Swift, *Istruzioni ai domestici*
A cura di Attilio Brilli
5 illustrazioni
Testo inglese a fronte
pp. 186

L 634. Aleksandr S. Puškin, *Piccole tragedie*
A cura di Serena Vitale
Testo russo a fronte
pp. 284

L 635. Plutarco, *Vite parallele*
Nicia
Introduzione di Luciano Canfora
Crasso
Introduzione di Albino Garzetti
Testo greco a fronte
pp. 342

L 636. Fausta Leoni, *Karma*
Storia autentica di una reincarnazione
pp. 504

L 637. Richard Adams, *I cani della peste*
Disegni di A. Wainwright
pp. 428

L 638. Aristotele, *Poetica*
Introduzione e note di Diego Lanza
Testo greco a fronte
pp. 256

L 639. Basil Liddell Hart, *Scipione Africano*
Con illustrazioni
pp. 282

L 640. Ivan Alekseevič Bunin, *Racconti d'amore*
Introduzione, traduzione e note
di Giovanna Spendel
pp. 202

L 641. William Shakespeare, *Timone d'Atene*
Introduzione, traduzione e note
di Gabriele Baldini
8 illustrazioni
Testo inglese a fronte
pp. 224

L 642. *Bhagavadgītā*. Il Canto del Beato
Introduzione e traduzione di Raniero Gessoli
Testo sanscrito a fronte
pp. 272

L 643 - L 644. Paul Bocuse, *La Nuova Cucina*. In omaggio ad Alfred Guérot
Due volumi in cofanetto
pp. 944

L 645. John le Carré, *Un ingenuo e sentimentale amante*
pp. 480

L 646. Pietro Aretino, *Ragionamento - Dialogo*
Introduzione di Giorgio Bàrberi Squarotti
pp. 640

L 647. Aristofane, *Pluto*
Introduzione, traduzione e note di Guido Paduano
6 illustrazioni
Testo greco a fronte
pp. 192

L 648. Gaston Boissier, *Cicerone e i suoi amici*
Introduzione di Emanuele Narducci
pp. 432

L 649. David H. Lawrence, *L'amante di Lady Chatterley*
Prefazione di Guido Almansi
pp. 430

L 650. *La vita di Lazarillo de Tormes*, seguita dalle due continuazioni del 1555 e del 1620
Introduzione di Roberto Paoli
pp. 336

L 651. Lytton Strachey, *Eminenti vittoriani*
pp. 330

L 652. Tito Maccio Plauto, *Casina*
Introduzione di Cesare Questa
Testo latino a fronte
pp. 240

L 653. Plutarco, *Vite parallele*
Cimone
Introduzione, traduzione e note di Stefania Fuscagni
Lucullo
Introduzione e note di Barbara Scardigli
Testo greco a fronte
pp. 528

L 654. Henry D. Thoreau, *Walden ovvero Vita nei boschi*
A cura di Piero Savanio
6 illustrazioni
pp. 416

L 655. Italo Svevo, *I racconti*
A cura di Giacinto Spagnoletti
pp. 640

L 656. John Keats, *Endimione*
Introduzione, traduzione e note di Viola Papetti
Testo inglese a fronte
pp. 368

L 657. Luca Canali, *Arma Virumque*
Pagine di letteratura latina
Con testo latino
pp. 346

L 658. Hermann Hesse, *Il mio credo*
A cura di Maria Teresa Giannelli
8 illustrazioni
pp. 278

L 659. Henry James, *Le bostoniane*
Introduzione di Agostino Lombardo
pp. 500

L 660. Iris Origo, *Il mercante di Prato*
Prefazione di Luigi Einaudi
Con illustrazioni
pp. 510

L 661. Jacques Heers, *La vita quotidiana nella Roma pontificia ai tempi dei Borgia e dei Medici (1420-1520)*
Con illustrazioni
pp. 276

L 662. Nikolaj Gogol', *Le anime morte*
Introduzione di Eridano Bazzarelli
pp. 494

L 663. Giuseppe Conte, *Le stagioni*
Introduzione e note di Giorgio Ficara
pp. 122

L 664. Marco Tullio Cicerone, *Due scandali politici. Pro Nurena, Pro Sestio*
Introduzione di Giovanni Ferrara
6 illustrazioni
Testo latino a fronte
pp. 394

L 665. Pietro Verri, *Osservazioni sulla tortura*
Introduzione e note di Giulio Carnazzi
6 illustrazioni
pp. 148

L 666. William Shakespeare, *Misura per misura*
Introduzione, traduzione e note di Gabriele Baldini
11 illustrazioni
Testo inglese a fronte
pp. 212

L 667. Walt Whitman, *Foglie d'erba*
A cura di Biancamaria Tedeschini Lalli
Prefazione di Giorgio Manganelli
9 illustrazioni
Testo inglese a fronte
pp. 510

L 668. Euripide, *Ifigenia in Tauride, Ifigenia in Aulide*
Introduzione, traduzione e note di Franco Ferrari
6 illustrazioni
Testo greco a fronte
pp. 324

L 669. Giacomo Leopardi, *Pensieri*
Introduzione e note di Saverio Orlando
pp. 160

L 670. Claude Mossé, *La vita quotidiana della donna nella Grecia antica*
Con illustrazioni
pp. 202

L 671. Annette von Droste-Hülshoff, *La casa nella brughiera (Poesie 1840-1846)*
Introduzione, traduzione e note di Giorgio Cusatelli
11 illustrazioni
Testo tedesco a fronte
pp. 240

L 672. Jean Paul Crespelle, *La vita quotidiana a Parigi al tempo degli impressionisti*
Con illustrazioni
pp. 280

L 673. Marcel Proust, *Sodoma e Gomorra*
Introduzione di Walter Benjamin
Con un saggio su «Proust e la critica tedesca» di Kurt Ringger
6 illustrazioni
pp. 768

L 674. Mario Vargas Llosa, *Storia di Mayta*
pp. 340

L 675. Antonio Spinosa, *Starace*
Con illustrazioni
pp. 318

L 676. Enzo Bettiza, *Il mistero di Lenin*
Per un'antropologia dell'*homo bolscevicus*
Note a cura di Dario Staffa
pp. 448

L 677. Pablo Neruda, *Poesie (1924-1964)*
Introduzione, scelta, traduzione e note di Roberto Paoli
11 illustrazioni
Testo spagnolo a fronte
pp. 312

L 678. *Storielle ebraiche*
A cura di Ferruccio Fölkel
pp. 222

L 679. Raffaele Nigro, *I fuochi del Basento*
Prefazione di Raffaele Crovi
pp. 246

L 680. William Shakespeare, *Troilo e Cressida*
Introduzione, traduzione e note di Gabriele Baldini
8 illustrazioni
Testo inglese a fronte
pp. 288

L 681. Molière, *Le donne sapienti*
Introduzione, traduzione e note di Luigi Lunari
9 illustrazioni
Testo francese a fronte
pp. 244

L 682. Dante Alighieri, *Monarchia*
Introduzione di Giorgio Petrocchi
Testo latino a fronte
pp. 424

L 684. Lidia Ravera, *Bagna i fiori e aspettami*
pp. 238

L 685. Renato Mieli, *Togliatti 1937*
pp. 374

L 686. Jean-Paul Bertrand, *La vita quotidiana in Francia al tempo della Rivoluzione*
Con illustrazioni
pp. 324

L 687. Strabone, *Geografia*
L'Italia (libri V-VI)
Introduzione, traduzione e note di Anna Maria Biraschi
6 illustrazioni
Testo greco a fronte
pp. 358

L 688. Michele L. Straniero, *Maria José.* La regina di maggio
pp. 212